ハヤカワ・ミステリ

THOMAS H. COOK

サンドリーヌ裁判

SANDRINE'S CASE

トマス・H・クック
村松　潔訳

TOKYO
HAYAKAWA
BOOKS

A HAYAKAWA
POCKET MYSTERY BOOK

SANDRINE'S CASE
by
THOMAS H. COOK

Translated by
KIYOSHI MURAMATSU
First published 2015 in Japan by
HAYAKAWA PUBLISHING, INC.
This book is published in Japan by
arrangement with
GROVE/ATLANTIC, INC.
through JAPAN UNI AGENCY, INC., TOKYO.

装幀／水戸部 功

いつも、いつもスーザンとジャスティンのために

サンドリーヌ　ごく一般的なフランスの女性の名前。古代ギリシャ語に由来し、人類を守り助ける人を意味するアレクサンドラの短縮形。

――『名前の意味』

サンドリーヌ裁判

おもな登場人物

サンドリーヌ・マディソン…………コバーン大学教授
サム（サミュエル）・マディソン…同教授。サンドリーヌの夫
アレクサンドリア……………………サンドリーヌとサムの娘
ハロルド・シングルトン……………検察官
モーティ・ソルバーグ………………弁護士
レイ・アラブランディ………………刑事
マルコム・エスターマン
クレイトン・ブランケンシップ　}…サムの同僚
エイプリル・ブランケンシップ……クレイトンの妻
イーディス・ホイッティア…………マディソン家の隣人

第一部

コバーン大学の教職員はきょう、非常に敬愛されていた史学教授、サンドリーヌ・マディソンの早すぎる死を悼んで喪に服している。マディソン博士はフランス、パリのソルボンヌで博士号を取得し、これまで二十二年にわたってコバーン大学で教鞭を執ってきた。遺族は同大学教授サミュエル・マディソンと娘、アレクサンドリアである。

――『コバーン・センティネル』二〇一〇年十一月十六日付

第一日

検察側冒頭陳述

〈失われた希望はそのガウンの下に剣《レピア》を隠している〉とサンドリーヌは『ジュリアス・シーザー』の余白に書きこんでいた。奇妙なことに、彼女が口にしたり書きつけたりしたすべての言葉のなかで、わたしが裁判の最終日にこのうえなく悲痛な気分で思い出したのはこの一行だった。人生はわたしたちの耳にさまざまな警告を発しているにちがいないが、それは赤児の泣き声で掻き消されてしまうのだろう、とキャシアスの憂鬱な台詞の傍らに彼女がその書きこみをしたときのことを思い出しながら、わたしは思った。

陪審員長が立ち上がって、わたしの裁判の評決を下そうとしたとき、つまり、わたしが絞首台の床の軋みを聞くことになるかどうかという瞬間に、わたしが達した結論がそれだった。ある意味では、彼らの決定はもはやほとんどどうでもよかった。わたしは自分が何をしたか、どんなふうにしたか、どんな手段を使って罰を逃れようとしたかを知っていた。評決がどうであれ、すでに裁判によってすべてが白日の下にさらされていた。それを通してわたしが学んだのは、鏡を覗きこんだからといって、そこにほんとうに映っているものが見えるとはかぎらないということだった。

公判の一日目には、わたしには殺人というものをこれほど赤裸々に理解することはとてもできなかった。もっとも、それを言うなら、ほかのどんなものについてもおなじだったけれど。思いがけない重大な発見はすべて骨身を削る努力の果てになされる、とサンドリーヌはかつて言ったものだった。それはたぶん警告だったのだろう。だが、裁判という試練に立たされるまでは、わたしはつまらない発見しかしたことがなく、骨身を削って発見したものはひとつもなかった。

実際のところ、裁判がはじまった日に確かだと思えたことはただひとつ、ハロルド・シングルトン検察官が必死になってわたしを有罪にしようとしていることだけだった。

「検察官はその気になればハムサンドでも起訴できると言われているが、あんたはそのハムサンドなんだよ、サム」と、わたしがサンドリーヌ殺害容疑で起訴された日に、わたしの弁護士、モーディカイ・〝モーティ〟・ソルバーグは言った。罪になる証拠がいくつかあるのは認めざるをえないにしても、起訴されたのはわたしたちのどちらにとっても驚きだった。鏡板張りの彼のオフィスに坐っていたわたしは、一瞬、その数週間前、アラブランディ刑事が身を乗り出して、凄みのある暗い目でわたしをにらみながら、おなじような声で、このままで済むとは思わないことですな、と言ったことを思い出した。

そのぞっとする瞬間を思い出した結果、わたしは猛烈なパニックに襲われ、実際に両手がブルブル震えだした。

それを見たモーティは、わたしの気を鎮めるため、革椅子にことさらゆったりと背をもたせかけた。「これは完全に情況証拠しかないケースなんだぞ、サム」と彼は言った。「いわゆる物的証拠ということになれば、検察が提出したものには、ひとつとして奥さんの自殺で説明できないものはない」

「しかし、わたしが自殺に見せかけたのかもしれない」とわたしは警戒を緩めずに答えた。「シングルトンは陪審員にそう信じさせるつもりじゃないのかね?」

そんなことはまったく問題にならないとでも言いたげに、モーティは手を振って払い除けるような仕草をした。「ひとつだけあんたが理解する必要があることがある」と彼は言った。「この訴追手続きは証拠の重みによって推し進められているわけじゃないということだ」

「それじゃ、何によって推し進められているんだ？」

「あんたが奥さんを殺したというハロルド・シングルトンの個人的な確信によってだ」とモーティは言った。「彼はあんたが冷血漢だと信じている」と彼はつづけた。「言っておくが、サム、あんたにはたしかにそう思わせるところがある。だから、陪審員の前に出るまえに、人の心をとらえる技術にちょっと磨きをかけておくべきだろう」

　いまやわたしの手は冷たく湿っていたが、それを聞いた瞬間、数カ月前に、サンドリーヌが読んでいた本――こともあろうに、陰謀の天才イアーゴーに関する研究書だった――から目を上げて、じっとわたしの顔を見つめ、しばらくしてからこう言ったことを思い出した。「冷笑家は優秀な人殺しになれるようね」そのときはイアーゴーのことを言ったのだと思ったが、あとになって、ほんとうにそうだったのか自信がもてなくなった。サンドリーヌは、あの彼女独特の射抜くような目で、わたしが彼女の死を考えていたことを見抜いたのだろうか？

「わたしが驚かされたのはシングルトンが死刑判決を目指していることだ」とモーティはつづけた。「こういう検察のやり過ぎは結局は自分に跳ね返ってくることになるんだが。そんな脅しをかけたのはもちろん自白を迫るためだろう。で、一度脅して、そのときは効き目がなかったが、いまさら引っこめられないというわけだ。まあ、小便飛ばしゲームみたいなものだが、信じてもらいたいのは、わたしのほうがハロルド・シングルトンよりずっと遠くまで飛ばせるということだ」それ以上論じるには及ばないとでも言いたげに、彼は肩をすくめた。「公判は短時間で終わるだろう。

それは絶対に確かだ」と彼は言った。

それから、彼は立ち上がって、わたしをドアまで送った。

「心配ないよ、サム」長年のあいだ、被告が無罪でも有罪でもおなじくらい巧みに弁護して勝利してきた鉄壁の自信をこめて、彼は言った。「優秀な弁護士さえ付いていれば問題ないが、あんたにはコバーン郡でいちばん優秀なユダヤ人弁護士が付いているんだから」

そうかもしれなかったが、けりをつけるために書いたあの具合の悪い中篇小説があったし、それ以外にも、グラスの指紋、エイプリルへのEメール、サンドリーヌの血液中の奇妙な成分、不穏なインターネット検索、いろんな質問に対する気にさわるような返答など、わたしを捕らえるための検察の網は強靱とまでは言えないにしても、網であることに変わりはなかった。それから、もちろん、わたしが冷たい人間に見えるということもある。それもなんとかする必要があるだろう。

それでも、その日、モーティのオフィスを出てきたとき、わたしがいちばん心配していたのは裁判の場所だった。コバーンという場所が問題なのだ、とわたしには思われた。アトランタの南わずか七十マイルに位置する大学都市。この静かな土地のプライバシーが、サンドリーヌの死や、それにつづく調査、さらにその後のわたしの逮捕に関するマスコミ報道によって侵されていた。事態が一歩先に進むごとに、町の住人のわたしに対する反感は強まっていた。モーティのオフィスを出てコバーンの町を車で戻ってくるときには、たとえどんな証拠があろうと——あるいは、なかろうと——この町の意志堅固な住民たちは公判の最後にはわたしを有罪と見なすことになるだろうとしか思えなかった。そう思うと、ほんとうに恐ろしくなった。地獄というと、薄暗い小道を永遠に歩かされるところを想像する、とサンドリーヌは言ったことがあるが、裁判がはじまるころには、地獄というと、わたしは絞首台の床の穴から果てしなく墜落していくところを想像するようになっていた。

サンドリーヌの死について一年も調査がつづけられるうちに、はっきり思い知らされたことがひとつあった。わたしの当初の誤りは、小さなことを見くびって、それがどんなつまずきのもとになるか考えなかったことだった。たとえば、最初に来た制服警官が妻の死の床のかたわらに黄色い紙片を見つけ、それについてわたしに質問をして、その答えを手帳に書きつけるとは思ってもみなかった。あとから考えてみると、半裸で、顔や体に目につく外傷もなく、ベッドに横たわって死んでいる女を見たその女性警官が、どうして死んだのか疑問に思うのは当然のことだった。つまり、警官はその死についてわたしが思っていた以上の関心を抱き、ほとんどすぐに部屋のなかを注意して見まわしはじめ、意識的に観察した結果、その黄色い紙片に目を留めることになったのである。


そうやって調査がはじまり、ときとともに、それはますます陰険に大げさになっていった。まず検死官による検死、それから病理専門医の報告書、そのあと――殺人事件を想定した――アラブランディ刑事による通話や医療記録の綿密な調査があり、コンピュータの押収、友人、同僚、隣人たちへの聞き込み捜査があって、そういうすべてが最終的には大陪審による起訴につながり、その結果としてついにわたしの裁判のこの第一日がやってきて、わたしはコバーン郡最高の〝ユダヤ人弁護士〟といっしょに被告席に坐り、いままさにミスター・シングルトンが演台に歩み寄って、メモを見ながら口を切るのを黙って見守っていた。

「裁判長、陪審員のみなさん」とミスター・シングルトンは言った。「わたしたちは本日の第一日以降、段階を追って、サンドリーヌ・アレグラ・マディソンがみずから命を絶ったわけではないことをみなさんが完全に納得できるかたちで証明するつもりです」

その最初の日、彼はダークブルーのスーツを着こんでいた。サイズがぴったりだとは言いがたく、背中の首の後ろあたりが、小さな蛇みたいに、横方向にすこし持ち上がっていた。わたしにはその丸いふくらみがよく見えた。彼が裁判官のほうを向くと、わたしに背を向ける恰好になったからである。背が低く、非常に痩せていて、鉄縁の眼鏡のせいで弱々しく、不健康にさえ見えた。

「シングルトンはいつも人の顔に向かってくしゃみをしようとしているように見える」とモーティは低い声で言いながら、陪審員には見えないように気をつけて、ちらりと笑みを浮かべた。

たしかにそのとおりだったが、この検察官の肉体的な問題はそれだけではなかった。まず第一に、彼はほぼ完全な禿げ頭で、そのピンクの頭蓋を白いハンカチで頻繁にぬぐった。しかも、何カ月も前、〝予備的な話し合い〟のためにオフィスに来てほしいと言われたとき、彼の歯並びがひどいことにわたしは気づいていた。神聖さとは縁もゆかりもない墓地の傾いた墓石の列みたいだった。そのときわたしが思ったのは、彼は育ちが貧しく、両親が歯列矯正の費用を出せなかったか、さもなければ、彼は自分の見かけにはまったく重きを置かない人間なのだろうということだった。いずれにせよ、歯並びがひどいせいで、なかば飢えた原始人みたいな、劣悪な環境で生き延びるのにぴったりな顔つきになっていた。

そのころには、わたしは自分が捜査の対象になっていることを知っていた。彼の調査結果によれば、わたしはサンドリーヌの生活のなかのただひとりの男、彼女を殺す理由を——ひょっとするとひとつならず——もち、しかも、そういうことを実行するのに必要な道徳的下劣さを併せ持つただひとりの男だった。

いま、彼を見ていると、あの最初の訪問がはっきりと脳裏によみがえった。とりわけ、「マディソン先生、あなたにいくつかの事実をお知らせしたいと思います」と言ったとき、彼がいかに自信に満ちあふれていたかを。

この男はわたしが軟弱だと思っている、とわたしはあのとき感じたものだった。わたしは軟弱な、象牙の塔のインテリであり、彼がブルドッグだとすればプードルみたいなものだから、脅しがきくだろうと思っているにちがいなかった。そう感じたからこそ、わたしはその〝事実〟に対する不安を隠し、たとえどんな嫌疑をかけられようと、自分の潔白を完璧に信じているかのような顔をして、「それは是非うかがいたいものですね」と答えた。そして、ゆったりと腕を組んで椅子の背にもたれ、午後のマティーニを待つ高級クラブ会員みたいにくつろいだ態度で、彼の出方をうかがった。

それにつづく数分間、シングルトンはわたしを告発する論拠を並べ立てた。最後まで厳粛な口調をくずさずに、まるでスペインの異端審問官みたいに、わたしのあらゆる罪や異端者ぶりを列挙した。まずこの問題（サンドリーヌの血液から検出された抗ヒスタミン剤）があり、それがもうひとつの事実（わたしのコンピュータの不穏な検索履歴）と結びつけられる。さらに、わたしが通信記録を削除しようとした痕跡。そのほかにも、まるで鉄槌を打ち下ろすように、次々と重大な事実が列挙され、それを聞いているうちにあきらかになったのは、もしもわたしが自白しなければ、少なくとも司法取引を仄めかさなければ、ミスター・シングルトンはわたしが絞首台にぶら下がるまで追及の手をゆるめないだろうということだった。わたしはふいに恐ろしくなった。そして、あまりにも遅きに失する感はあったが、そのときになってようやくモーティのところに行って、検事局のオフィスで聞かされたすべてを彼に伝えた。

モーティはすぐさま、わたしに対する検察側の主張がばかばかしいほど根拠薄弱であり、シングルトンが列挙した事実はこけ脅しに過ぎないことを請け合った。それだけに、その後、アラブランディ刑事がふたたびわが家の玄関に現れ、こんどはそれまでに見たことのない大男で、黙っていると敵意をもっているようにさえ見える、首の太い、見るからにスポーツバーの用心棒みたいな男を連れてきたときには、わたしは心底驚いた。

「あなたを逮捕します、ミスター・マディソン」と、礼儀正しいが、氷みたいに冷たい目でじっとわたしを見据えながら、アラブランディは言った。

なにかがぐらりと揺れ動いて、自分が巨大な車輪に押しつぶされようとしていることを悟る——そんな感じがするのではなく、はっきりそうと悟る——瞬間がある。ある朝、中年という冥界のどこかで、鏡を覗くと、これまで時間がほかの人たちにやってきたことをあなたにもしていることを悟る。あるいは、とつぜん胸が締めつけられるように痛みだし、それは単なる胸焼けかもしれないが、いまやもっと悪いものである可能性が、否定できない可能性があることを悟る瞬間がある。

あなたを逮捕します。

その瞬間だった。わたしが人生のもっとも深甚な教訓のひとつを初めて体験しはじめたのは。すなわち、自分がいちばん生きていると感じられるのは、いちばん無防備になった瞬間だということ、矢がまだ矢筒に入っているときではなく、矢が弦から放たれてあなたに向かって飛んでいるときだということである。その瞬間、慎ましいコバーンの司法制度の容赦ない歯車が動きはじめた、とわたしは感じた。そして、これまではそういうものからは完璧に絶縁されていた自分、高級な学位とだれにもわからない深遠な知識の鎧をまとい、超然と学者ぶっていた自分、終身在職権をもつ英米文学教授、サミュエル・ジョゼフ・マディソン博士こそその歯車で挽きつぶす恰好の標的なのだと。

「わたしたちが証明しようとしているのはあの男」と言いながら、ミスター・シングルトンは振り向いて、わたしを指差した。「あそこに坐っているあの男が、サンドリーヌ・アレグラ・マディソンの命を奪い、彼女を犯罪行為の被害者にしたということです」

被害者？　サンドリーヌが？

わたしは若いときから彼女を知っていた。そして、恋人として、妻として、いまや立派に成長した娘の母親としての彼女を知っていた。だが、わたしの人生のいかなる時点でも、彼女がなにかの被害者になると想像したことはなかった。にもかかわらず、わたしの裁判の初日までには、大多数の人々が彼女を被害者と見なすようになり、それとともに、わたしは説明すべき多くをもち、告白すべき多くをもち、悔い改めるべき多くをもち、大きな――きわめて重大な――罰を与えられて然るべき人間だと見なされるようになっていた。


「サンドリーヌ・アレグラ・マディソンは冷酷かつ悪質な企みの被害者になりました」とミスター・シングルトンは言った。「これから説明するように、何週間も前から計画されていた殺人、彼女を殺す動機をいくつももっていた男によって行なわれた殺人の被害者になったのです」

ミスター・シングルトンは陪審員の前でのこの冒頭陳述のあいだ、ずっと彼女のフルネームを使いつづけたが、裁判が進むにつれて彼は〝サンドリーヌ〟と呼びはじめるだろうし、最終陳述では〝サンディ〟とさえ呼ぶかもしれない、とその朝、モーティはわたしに指摘していた。本人はそんな短縮形で呼ばれるのは非常に嫌がったにちがいないけれど。サンドリーヌはすこしもサンディという感じではなかった、わたしが最初に知り合ったとき、彼女は古代史を学んでおり、彼女が最後に書き残した文章も歴史への言及ではじめられていたのだから。〈わたしはしばしばクレオパトラ

のことを考える。二十一歳で砂漠に流刑になり、縞瑪《オニ》瑙《キス》を踏んだ足をもつ彼女が、灼熱する砂に取り巻かれていたときのことを〉

〈公判中のいずれかの時点で、ミスター・シングルトンはこの最後のメモ――あるいは手紙あるいはほかの何であれ――をかならず陪審員の前で読み上げるだろう、ともモーティは指摘していた。サンドリーヌの死が自殺ではなかったという彼の主張の証拠として。モーティは口には出さなかったが、そのころにはわたしも法廷戦略というものをそれなりに学んでいたので、サンドリーヌが書き残したこの最後の文章が彼女を勿体ぶった女に見せることを彼が期待しているのは察しがついた。最後の瞬間には、夫や娘への愛情のこもった――あるいは、少なくとも事情を説明する――手紙を書くべきなのに、彼女はクレオパトラについて書いていた。あざとい考えかもしれないが、陪審員がサンドリーヌはインテリだったという印象をもてば、それはわたしには有利に働くだろう――とモーティがわたしに直接言ったのだが――ということだった。つまり、被害者が最後の瞬間にクレオパトラのことを考えていたのなら、妻殺しの嫌疑をかけられている男を無罪だと見なしやすくなるということらしかった。

それにしても、サンドリーヌのメモは勿体ぶった文章だろうか？　それを読んだとき、わたしはそうは感じなかった。それはただいつものサンドリーヌの文章で、ちょっぴり古風な感じがするが、同時に優雅でもあり、慎重に控えめな調子が保たれていた。彼女は考えをつなぎ合わせていくとき、〝into which〟とか〝about which〟とか〝according to whom〟とかいう連結句をよく使ったし、学生たちにもそうするように教えていた。彼女にとって、書くという仕事は直観を知識に関連づけること、あるいはその逆だった。「文章は手の指みたいに隙間なく組み合わせる必要があるのよ」と、ある晩、ニューヨークで、彼女はわたしに言ったものだった。わたしたちはふたりともまだ若く、ワインボトルはまだ三分の二ほど残っていた。「さもなければ、水をすくうことはできないから」

彼女が水と言ったのは叡智という意味で、すなわち、苦労して獲得した真実という果実全体を指していた。そのすべてが必然的に彼女の言う〝ボトムライン〟、つまり最小限の不可避的な人生の真実につながるというのだった。

ひとつだけ確かなことがある。サンドリーヌはほかの人たちが食べ物を愛するみたいに言葉を愛していたということだ。だから、最後に彼女がいちばん怖れていたのは、その言葉を操る能力を失うことであり、結局はよだれを垂らしたり泣いたりしながら、わけのわからないことをつぶやいたり、呂律がまわらなくなることだった。

「わたしたちはあの男によって憐れむべきジェスチャー・ゲームが仕組まれたことを証明するつもりです」とミスター・シングルトンはつづけた。「それは彼が殺人を覆い隠そうとしたヴェールだったのです」

それはその背後に彼が殺人を覆い隠そうとしたヴェールだった、とわたしはミスター・シングルトンの言い方を訂正した。サンドリーヌもまったくおなじように訂正したにちがいなかった。

「あの男」とミスター・シングルトンはほとんど叫ぶように言った。

あの男というのは、もちろん、わたし、サミュエル・ジョゼフ・マディソンだった。故サンドリーヌの夫であり、わたしたちの娘、アレクサンドリアの父親である。その公判の初日、娘は全身黒ずくめの服装で、わたしの背後に坐っていた。髪は短くカットして、肉体的な美しさでも知的な才能でも、母親とは比ぶべくもない娘。しかし、それだけに、サンドリーヌの死は競争相手がいなくなったことを意味するのかもしれない、とわたしは思った。結局のところ、まばゆいばかりの母親が死んでみれば、アレクサンドリアはもはや彼女と比べて貶《けな》されることもなくなり、それがある程度は慰めになるにちがいなかった。なんと言っても、不当な比較をされることほど不愉快なことはないのだから。そう考えると、サンドリーヌの死は一人娘にまったく歓迎されなかったわけではないのかもしれない、とときには思わないでもなかった。

暗い考え。

じつに暗い考えだ。

人殺しにはお似合いかもしれないが。

「サミュエル・マディソンが自殺を偽装しようとしたのは露骨かつ残酷な利己的行為でした」とミスター・シングルトンは断言した。

背後をちらりと振り返ると、ミスター・シングルトンのこの最後の意見表明に、アレクサンドリアは軽蔑するような表情を浮かべたようだった。たとえそうだとしても、彼女がコバーン郡の痩せぎすの意欲に燃える検事を信じているのか、母親の死に関するわたしの説明――母親はみずから死を選んだのであり、わたしはそれとはなんの関係もない――を受けいれているのかわからなかった。数週間前、コバーン風フレンチ・ビストロ〈ル・プティ・クール〉で娘と食事をしたとき、彼女は「父さんはほんとうに想像もしていなかったの？」とずばりと訊いた。

「いくつか兆候はあった」とわたしは認めた。「しかし、確かなものはなにもなかった」

「あんなふうに、いきなり、あんなことをするなんて、とても不思議でならないわ」とアレクサンドリアはつづけた。「父さんが授業に行って、帰ってくると、死んでいたなんて。いきなり……もうたくさんだという結論を出すなんて」

わたしは肩をすくめた。「おまえの母さんには彼女だけの考えがあったんだ」

「でも、あの晩、母さんがどうするつもりか知っていたら、父さんはどうしたと思う？」

「わからない」とわたしは答えた。「おまえの母さんが死ぬことを望んでいたのなら、彼女にはその権利があったのかもしれない。ギリシャ人ならその権利を認めただろう」

　そのとき、わたしはふいに左右に目をやった。〈ル・プティ・クール〉のほかの客たちを意識したのである。そのとき初めてわたしは彼らの視線に、ささやきに気づき、コバーンの突撃部隊が結集して襲いかかってこようとしていると感じた。

　そうは感じても、わたしは大胆にもそのままつづけた。

「こんどのことはスキャンダル好きな連中にはうってつけの事件だ」とわたしは言った。

　アレクサンドリアの瞳がかげり、じっと動かなくなったが、彼女はなんとも言わなかった。母親とは大違いだ、とその瞬間にわたしは思った。実際にわたしが犯した罪は別にしても、娘は彼女みたいに想像できるかぎりのあらゆる罪でわたしを非難したりはできないようだった。

「タブロイド新聞を読むような人間たちにはまさにお誂え向きなんだ」とわたしはつづけた。「まず第一に、これはふたりの大学教授にまつわる事件だが、インテリはいまだにこの世でいちばん憎まれている人種だからね。そのうちのひとりがもうひとりを殺した嫌疑をかけられているんだから、それこそ彼らにとってはまさに垂涎物だ。とりわけ、おまえの母さんみたいにとても……写真写りのいい女性の場合には。まったく、どれだけきわどい話にされてしまうかわからない」

　しかし、冒頭陳述のなかで、ミスター・シングルトンは——地方および全国版の——さまざまなメディアの報道がすでにでっち上げていたよりもさらにいちだんと好奇心をそそる物語に仕立て上げた。可能なかぎり最大限に熱をこめた言い方で、彼は小さな町のリベラル・アーツ・カレッジ――彼はもちろん〝自由《リベラル》〟というところをとくに強調した――の温室のような空気のなかでひそかに企まれた死に至る陰謀を描き出して見せたのである。

それだけではなかった。

わたしは風俗小説は読まないが、その種の本をもとにした映画はかなり見たことがあるので、コバーンという素朴な、牧歌的でさえある舞台を背景として、ミスター・シングルトンがそこにどす黒い犯罪の臭いをたっぷり流しこもうとしているのがわかった。たとえば、彼はサンドリーヌの生命保険を引き合いに出して、言わずもがなの災害倍額支払い特約を指摘してみせた。その最初の攻撃を口切りにして、この裁判の過程で、郵便配達夫が二度ベルを鳴らすのが陪審員に聞こえるように、わたしという人物を描き出そうとしているのはまず間違いなかった。レンガを一個ずつ積むように、彼はわたしを告発する論拠を積み重ねていくだろう。そして、最終陳述までには、自分の妻の殺害を不器用なやりかたで企み、さらにもっと不器用なやり方で実行した、傲慢で愚かな――どんな基準から見ても不道徳な――男の肖像を描き出すつもりにちがいなかった。動機は金かセックスか単なる利己主義か、どれでも好きなものを選べばいいというわけだ。陪審員はそういうすべてを聞かされて、それを聞いたあと、偉大なるジョージア州の心臓を停止させ筋肉を弛緩させる絞首台の等価物へと喜んでわたしを送りこもうとするだろう。

「サンドリーヌ・アレグラ・マディソンの死は自然死によるものではありませんでした」と、ミスター・シングルトンは冒頭陳述の最後に厳粛に朗唱する口調で言った。「サンドリーヌ・アレグラ・マディソンは殺害されたのです」

ミスター・シングルトンは、ブルブル震えるほどの道徳的憤激をかなり真剣に見せつけながら、そう断言して検事席に戻った。笑みを浮かべこそしなかったが、自分の陳述にかなり満足しているにちがいなかった。わたしはちらりとモーティに目をやった。〈さあ、あれを凌駕してみせてくれ、ユダヤ少年！〉とでもいうかのように。

弁護側冒頭陳述

わたしはモーティにちらりと目をやった。カールした黒髪、かすかに曲がった鉤鼻、分厚い黒眼鏡、実際、典型的なタルムード学院の生徒の反ユダヤ人版みたいだった。彼は穏やかにうなずいて、〈なあに、心配いって！〉というポーズを取り、おもむろに椅子から立ち上がった。立ち上がると、深く大仰に息を吸いこみ、それからわざとすこしも急がずに、裁判官席の数フィート手前に位置する簡素な木の演台に歩み寄った。細心綿密な役者、モーティは、ミスター・シングルトンの言ったことはすべて実際には取り上げる価値もないことであり、弁護側としては冒頭陳述をする必要はないと思っているかのようだった。彼の足取りはのんびりしていたが、そのゆったりした歩調にくわえて、うんざりした雰囲気を漂わせていた。それによって彼が陪審員に伝えたいと思っていたのは、ミスター・シングルトンが空疎な美辞麗句を連ねるだけの哀れな能なしであり、検察側の冒頭陳述は一言一句がとほうもない時間の浪費だったと陪審員は考えているにちがいないが、彼もまったく同意見だということだった。

「裁判長」と、演台に着くと、彼ははじめた。「陪審員のみなさん」

彼はメモを持たず、まっすぐに陪審員を見つめてつづけた。そうすることで彼らにこう問いかけていたのである——いまや理不尽にも愛妻の殺害という嫌疑をかけられ悲嘆にくれている寡夫、哀れなサム・マディソンに不利な証拠はひとつもないのに、どうしてメモなど必要だろう？

「じつは、善良なみなさんが本日この陪審員席に坐っておられるのはお気の毒だと思っています」と彼ははじめた。「なぜなら、みなさんはむしろ職場にいるか、家族と家にいるほうがいいとお思いにちがいないからです。率直に申し上げるとすれば、みなさんはここにいるべきではないのです。なぜなら、人を裁判にかける前に、州当局は単に証拠をもっているだけではなく、合理的な疑いを超えた証拠をもっていなければならないからです。いや、そうではない。ちょっと訂正させてください。これは殺人事件です。もしもそうと信じるとすれば、死刑に値する事件ですが、正直なところ、みなさん、わたしにはとてもそうは思えません。しかし、これは死刑裁判であり、だからそれだけではなく、検察は単に合理的な疑いを超えるだけではなく、かすかな疑いの痕跡すらなしに有罪を確信できる証拠を提供する義務があるのです。だからこそ、みなさん、みなさんのひとりひとりがきょうは職場にいるか、ご家族と家にいて、ふだんやるべきことをやっているべきだったのです。なぜなら、本件にはなんの証拠もないからです。ミスター・マディソンの生死を決する裁判をするどころか、そもそも彼を裁判にかけるのに充分な証拠さえないのです」

モーティがつづけているあいだ、わたしは黙って陪審員のほうを、すっかりわたしを殺す気になっているにちがいない――とわたしは確信していた――十二人の男女のほうを向いていた。彼らがわたしを軽蔑しているのはあきらかだったし、わたしに敵意を抱いている原因もはっきりしていた。なぜなら、まさにわたしみたいな口先ばかりの教師こそが彼らのこどもたちに無神論や社会主義という毒をそそぎこみ、さらに悪いことには、それまでは汚れのなかった心に、世界を変えようとか偉大な小説を書こうとかいう非現実的な空想を吹きこんできたのだから。しかも、そうはしながら、あとで仕事を見つけるために、彼らが両親の家に戻ってきて、実現不可能な希望で煮えくりかえる思いを抱えたまま、不機嫌そうにテレビの前に坐るのを回避するために、役立つような技術はなにひとつ教えなかったのだから。

全員がきちんとした身なりをして非常に厳粛な表情をしている陪審員の顔に視線を漂わせながら、こういう人たちに裁かれるというのはなんと奇妙なことだろう、とわたしは思っていた。このうち何人と通りですれ違い、公園で姿を見かけたことだろう。彼らがいつかわたしに対してなんらかの権力をもつことになるとは、ましてやいま彼らがもっている恐ろしい権力をもつことになるとはこれっぽっちも予想することなしに。

わたしが彼らのことを考えたことがあるとすれば、それは墓碑銘に人生を語らせるという趣向のマスターズの詩集『スプーンリバー詞花集』のコバーン版登場人物としてだった。わたしは公園や町の広場に坐って、通りすぎる人々の墓碑銘に刻まれる詩句を作ったことさえあった。冷笑的な短い韻文で、サンドリーヌはめったに面白がらなかったし、ときには途中で立ち上がって、わたしから距離をあけることさえあったけれど。

そういうとき彼女はどう考えていたのだろう、とわたしはふいに考えた。そして、そう自問すると、彼女があのイアーゴーの研究書から目を上げたときのことをふたたび思い出した。〈冷笑家は優秀な人殺しになれるようね〉わたしの軽蔑的な警句にサンドリーヌは危険を嗅ぎとったのだろうか？　それから、ふいに立ち上がってわたしから離れたのは、生涯の最後の数週間に彼女がわたしに課したあの決定的な隔絶した距離の小さな最初の一歩にすぎなかったのだろうか？

彼女はあの数カ月のあいだにあまりにも大きく変わってしまった、とわたしは法廷の前方に視線を戻しながら思い出していた。彼女はとても静かになり、じっと動かなくなった。少なくとも、怒りが鬱積するあまり、あの最後の夜、憤激が滾《たぎ》り噴きこぼれ、わたしにカップを投げつけるに至ったあの夜までは。それ以前は、彼女はまだあまりにも若かったから、そして不運ほど腹立たしいものはないのだから、わたしにではなく、早すぎる死に憤激してもおかしくないとは思っていた。だが、彼女は道ばたの爆弾みたいに炸裂し、あまりにも激しく怒りを爆発させたので、わたしはとうとう家から退散せずにはいられなかった。

しかしながら、あの夜までは、すべてが非常に違っていた。実際、最後の週には、彼女はとても重々しくなり、完全に無言で坐ったまま、本を読むことも音楽を聴くこともなく、ただじっと考えこんでいた。そうやって深い瞑想に耽っているうちに、彼女は自分の人生についてとんでもない結論に達したのだろうか？　あの小さなサンルームでわたしが目にしたのがそれだったのだろうか？　未来が閉ざされ過去と闘っていたサンドリーヌは、自分の〝人生のボトムライン〟のもっとも残酷な部分と向き合うことになったのだろうか？　自分の時計にもはや一秒も付け加えられないという事実。その貴重な一秒があれば、まだなにかが…

…それは何だったのか……できるはずなのに。サンドリーヌの場合、それが何だったのか、わたしにはまったくわからないことを認めざるをえなかったのだが。

そんなことを考えているうちにも、モーティの冒頭陳述はつづいていたが、わたしはかなり唐突に、わたしたちの最初の旅のコースをもう一度たどって、それを二度目の新婚旅行にしないかというサンドリーヌの提案を思い出した。

「地中海めぐりをしましょうよ、サム」と、死の数カ月前に、彼女は興奮した顔で言った。「あの最初の旅のときにまわったすべての場所にもう一度行くのよ」彼女は幸せそうに笑みを浮かべた。「アテネから出発してアルビまで、若いときにやったみたいに、めぐり歩くの」

そんな提案にどう答えたらいいものか困惑して、彼女がしきりにしゃべりつづけるあいだ、わたしはなにも言わなかった。

「アレクサンドリアにも行けるわ、あの大図書館があった」彼女は一瞬考えた。「そう、アレクサンドリア」笑みを浮かべて、「わたしたちがその名にちなんで娘を名づけたあの都市にも」

アレクサンドリア、そう、わたしがいつもはっきりと明瞭にア、レ、ク、サ、ン、ド、リ、ア、と発音するように気をつけている名前。アレクサンドラではなく、もちろんアレックスでもなく、ましてアリなどとはけっして呼ばずに。

ああ、しかし、いまとなっては娘の名前についてどれだけ偉そうなことが言えるというのだろう、とモーティがいまや陪審員に対する最初の陳述を終えようとしているとき、わたしは思った。彼はわたしたち一家の生活について陪審員に語りかけていた。あの牧歌的なクレセント・ロードの小さな家で、すべてがどんなに完璧だったかを彼らに納得させようとしていた。愛情深い夫婦の家、鮮やかな緑の芝生、赤い小鳥の餌台、チリンチリン鳴るウィンドチャイム、まさに『グッド・ハウスキーピング』誌のページから抜け出したような家だったのだということを。

「この家は温かい家庭でした」とモーティは陪審員に言っていた。「冷たくて暗い場所ではなかったのです」彼はそこで間を置いて、無表情な人々の顔をじっと見据えた。「クレセント・ロードの家は陰謀や策略の場所ではなく、サムとサンドリーヌのマディソン夫妻が築いた愛の巣だったのです」

わたしはちょっぴりたじろいだ。モーティの冒頭陳述の最後の言葉を聞いたときの居心地の悪さを、わたしは顔には出さなかったが、その感傷的な言葉に苛立ちを覚えずにはいられなかった。なぜなら、それはわたしたちの家をありふれた絵葉書にしてしまったからだ。もちろん、クレセント・ロード237番地には愛があった。実際、長年にわたる愛があった。しかし、結婚生活は、そのどんな一部をとっても、そんなに単純なものであったためしがあるだろうか?

わたしの脳裏に、ベッドから持ち上げられ、薄闇のなかに差し出されたサンドリーヌの手が浮かんだ。一瞬、それはカップを投げつけたあと、わたしを引き戻そうとする仕草なのかと思った。しかし、そのあと、その手は乱暴に白いシーツをつかんで、わたしにはもはや彼女の体を見る権利はないとでもいいたげに、頭の上に引き上げた。ああ、もちろん、クレセント・ロードのわが家には愛があった。しかし、ほかには何があったのだろう?

不満の種か?

不倫の種か?

最後には、殺人の種か?

モーティが陳述を終えて被告席のテーブルに戻ろうとしているとき、わたしはその家に初めて移り住んだときのサンドリーヌ——それから二十年ほどあとで、彼女はそこで死ぬことになるのだが――のことを思い出していた。うららかな春の日で、彼女は鮮やかな色のサンドレスを着て、そのえも言われぬ一瞬、神々しいほど幸せに見えた。「おお、サム」と彼女は言って、わたしの腕のなかに飛びこんだ。「気をつけましょうね」彼女は一歩後ろにさがって、真剣な顔でわたしを見つめ、それからつづけた。「変わらないように気をつけましょう」それから、わたしにとても愛おしげにやさしくキスをした。一〇〇パーセントの愛のキス。いま、わたしがふいに悟ったのは、そのときこそ彼女との人生でただ一度かぎりのこの上なく幸せな瞬間だったのだということだった。

ああ、それはどこに行ってしまったのか、とわたしは自分に問いかけた。と同時に、サンドリーヌがこれ以上深い悲しみをうたったものはないと信じていた詩句を思い出した。初めてのとき、彼女はそれをフランス語で読んでくれたものだった。〈Mais《メ》, où sont les《ウ・ソン・レ・》 neiges d'antan《ネージュ・ダンタン》?〉

ああ、去年《こぞ》の雪はいまいずこ？

奇妙だった。モーティが被告席のわたしの隣に坐って、なにかの文書を取り上げ、ふたたび立ち上がって裁判官席に向かったとき、わたしはなんだか奇妙な気分だった。この二十年のあいだ、サンドリーヌは何度となくその詩句を引用したが、わたしはその恐ろしい警告を、時間というものの切迫した危険性をそのときまでは感じていなかった。

あのうららかな日に戻ったかのように、わたしはふたたび彼女と芝生の上にいた。彼女の体が自分に押しつけられるのを感じながら、わたしたちは玄関のポーチへ歩いていった。そこでブランコに坐ると、やさしいけれどしっかりとした声で、彼女は時間に異議をとなえるかのように言った。「なにも悪いことは起こらないわ、サム、わたしたちがそうさせないようにすれば」

わたしたちを自分の罪へ連れ戻す旅がどんなに静かにはじまりうるかをわたしがはっきりと悟ったのは、裁判の最終日になってからだった。

申し立て

冒頭陳述が終わると、まるで公判前手続きの長い蛹《さなぎ》の時期を経て一斉に蝶が現れたかのように、おびただしい申し立てが次々に繰り出された。公訴棄却の申し立て。罪の軽減の申し立て。あれやこれやを除外する申し立て。もちろん、これまでにもたくさんの申し立てがあった。あまりにもたくさんありすぎて、それらがどうなったのかもう覚えていないが、ただひとつだけ別だったのは、実際に——少なくとも社会学的には——多少ともメリットがあったはずなのは、裁判地変更の申し立てだった。モーティはそれが却下されると予想していたが、控訴する必要がある場合には、わたしの主張を補強するのにその却下を利用できるかもしれないと考えていた。そのうえ、サム、あんたがこのコバーンの住人にあまり好かれていないのはかなり明白だからね、と彼はあるとき言ったものだった。

もちろん、それが事実であることはわかっていた。わたしは彼らのこどもたちに恐ろしいことをしただけでなく、そういうことをしながら、きわめて特権的な生活を享受している――少なくとも、こどもたちをコバーン大学に送るのに必要な法外な授業料によってその一部が賄われている――ことに憤懣を抱いているにちがいなかった。そういう敵意はサンドリーヌが死ぬ前には多かれ少なかれ抑えられていたが、その後、メディアが狂乱状態になり、その結果、裁判の第一日までには、わたしはこの小さな町でひどく忌み嫌われる人間になっていた。彼らにとって、わたしはすばらしい仕事に恵まれている男だった――夏休みがあり、有《サバ》給の休暇年度《テイカル》があって、人間に知られているあらゆる宗教の祭日が休みになるとしても、それを仕事と呼べるとすればだが。わたしは終身在職権のある教授だったが、コバーンの住人にとって、これは気苦労のない、ちょっぴり贅沢な隠退生活への無料切符のようなものだった。たとえ教室でどんなことを言おうと、教室に現れなかったとしても、わたしはけっしてクビにはならない、と地元の人たちは信じこんでいた。ところが、このサミュエル・ジョゼフ・マディソンという男はそれだけでは満足していなかった、と彼らは心のなかで考えたり口に出したりした。メルヴィルやホーソーンやそのほかあまたのややマイナーな文学者を専門とするこの尊敬されている教授には、そういううま味のある生活だけでは充分ではなかったのだ。本人はなにも考え出さず、なにも築き上げず、なにも発明せず、なにも維持せず、なにも売らなかったにもかかわらず、贅沢な暮らしをしてきた男がここにいる。ただ……おしゃべりをするだけで、贅沢な暮らしをしてきた男。

町の住人は、もちろん、コバーン大学の教師はすべておなじように甘やかされていると考えていたが、サンドリーヌの死によってスポットライトが当てられることになったのはこのわたしだった。彼女が美人だったことが当初はメディアの好奇心を掻き立てたこともあるだろう。地元紙は二十代の彼女の写真を、その大半はわたしたちのヨーロッパと地中海めぐりの旅のあいだに撮られたものだったが、掲載した。なかでもいちばん挑発的な一枚のなかでは、彼女は水着姿で、サントリーニ島の黒砂の海岸をバックにした彼女の石膏みたいに白い肌や、完璧な形の長い脚が目を惹いた。また別の一枚では、彼女はジヴェルニーの花のあいだで誘惑的なポーズをとり、彼女自身もおなじくらい美しい花を咲かせているように見えた。そういう写真は問いかけていた。こんなにすてきな女性がどうしてあんなに悲しい、絶望的な最期を迎えなければならなかったのか？　ひとりきりで死ぬなんて？　暗い部屋で死ぬなんて？　あるいは、ひょっとすると、狡猾な夫によって殺されるなんて？　そして、もしも彼女が殺されたのだとすれば、とそういう写真は問いかけていた、こんな女性を、こんなに生き生きとした美しい女を殺そうとするのは、いったいどんな男なのか？　こんな女を自分のものにできたのがどんなに幸運なことだったか、彼女の夫は知らなかったのだろうか、と。

だが、そういう人々は、サンドリーヌの長い時間のことを、コバーン大学の永遠の劣等生たちとのいつ果てるとも知れぬ個人授業のことをどれだけ知っていたというのだろう？　彼らは軽視されていると感じたことがあるのだろうか？　あきらめられていると感じたことがあるのだろうか？　絶えず変わっていく、望みのない、生気のない学生の群れの付随物にすぎないと感じたことがあるのだろうか？　にもかかわらず、サンドリーヌはこの学生たちをまったく別の目で見ていた。彼女にとって、彼らは非常に助けを必要としているように見えた。もっと貧しい生徒たちに教えることがかつては彼女の理想であり夢でもあったが、彼らはそれに取って代わる存在になった。そして、最悪なことに、彼らに教えることに人生を捧げることによって、彼女が書くだろうとわたしが期待していた偉大な本への興味をすっかり失ってしまった。

ある夜、彼女がとくに遅く、非常に疲れきって帰ってきたとき、わたしはちょっと苛立たしげに言ったものだった。「本来なら自分の本を書いていられたのに、きみはまた一晩無駄にしてしまったね」

彼女はわたしの横をさっと通りすぎたが、そこで立ち止まって、くるりと後ろを振り向いた。「わたしは本を書くつもりはないわ、サム。たとえ小さな本でも、ましてやわたしが書くべきだとあなたが思っている偉大な本なんか」そして、一本の指を銃口みたいに自分に向けて言った。「わたしがわたしの本なんだから」

彼女の目つきが険しくなった。「念のために言っておくけど、あなたが憤慨しているのは書かれなかったわたしの本のためじゃなくて、サム、あなたの本のためなのよ」

こんな女に死を望むのはどんなに容易なことだっただろう、とわたしはふと考えたが、陪審員にちらりと目をやって、そういう考えが読み取られるおそれはないことに胸を撫で下ろした。

裁判官席の前では、モーティとミスター・シングルトンが依然として申し立てについてやり合っていたが、わたしはなぜこんな刺々しいやりとりをふいに思い出したのだろうと考えていた。果てしない法廷での手続きのせいでどうしても手持ち無沙汰になり、そのせいで堰が切って落とされたのだろうか。それとも、モーティの以前からの警告にいまだに反応して、すべてを思い出さなければならないと思っているからだろうか。というのも、彼によれば、殺人事件の取り調べでは、記憶違いはほとんど嘘とおなじくらい悪いことなのだから。

それで、しばらく前から、サンドリーヌとの生活をやたらに思い出そうとする癖がついていたが、それはただ証拠を残さないようにするためなのだろうか？　わたしにはわからない。ただ言えるのは、彼女が言ったことを思い出すたびに、わたしは自分の記憶をくまなく探り、それがいつどこで言われたのか、自分がどんなふうに答えたのか、具体的な時と場所や正確な前後関係を必死に思い出そうとすることだった。かつてサンドリーヌが言ったように、知るということは文脈を理解することなのだから。

その彼女の言葉についても、わたしは記憶をたどりはじめた。サンドリーヌがそう言ったのは、わたしたちがまだ若いころだったのだろうか？　結婚する前だったのか後だったのか？　彼女がそう言ったとき、わたしたちは外国にいたのか、それとも、このコバーンの泥沼にはまっていたのだろうか？

泥沼にはまっていた？　そんな容赦ない言い方が出てきたことにわたしは驚かされた。にもかかわらず、たしかにそのとおりだと認めざるをえなかった。わたしはコバーンの泥沼にはまっていると感じていた。足下でなにかが泡立っている感覚もなく、秘密の欲望を隠し持っているわけでもなく、ただ意味もなくじたばたしている男。あの午後、公園で、あの飢えたような目を覗きこむときまでは。それはサンドリーヌの目ではなかった。彼女の暗い、探るような目ではなかった。そうではなくて、小さな、潤んだ、青い瞳。どんな不吉さとも無縁な目、暗がりにひそんだり陰険な策略をめぐらしたりするような女とはなんの縁もない目に見えた。

人生に無感覚になっていくのはゆっくりと進行していくプロセスなのだろう、とわたしはふいに思った。そのプロセスの最後には、自分が選ばなかった人生も自分が実際に選んだ人生とたいして変わらなかったような気がしてくるのだろう。

もしかすると、わたしが逃れようとしていたのはそんなふうに無感覚になることからだったのかもしれない。遠い場所の名前、コバーンからの〝脱出〟、〝鎖を引きちぎること〟、引きちぎるために必要な、どんなものかは明記されていない〝死に物狂いの手段〟についての空想を自分の指がタイプライターから打ち出しているところが目に浮かぶ。そういうすべてが、その後、アラブランディ刑事の目に触れることになるのだが。

突然、もうひとつのサンドリーヌの言葉が頭に浮かんだ。わたしたちのベッドルームの恐ろしい暗がりで、彼女が初めて人生の恐ろしさをあきらかにしてから、ほんの二、三日あとのことだった。〈人は失ったと思っている小さなものにばかり目を向けて、ほんとうに失った大きなものには気づかないのね〉

これはどういう意味だったのだろう？　この〝人〟というのはだれなのか？　人間一般か？　わたしたちか？　それとも、わたしなのか？

そう自問したとたんにサンドリーヌの姿がまぶたに浮かんだ。裏庭でひとり、オークの巨木に吊されたブランコをゆっくりと漕いでいる彼女。

「だいじょうぶかい？」とわたしは訊いた。

白いブラウスにダークブルーの長いスカートという いでたちで、前に揺れるとき、スカートがかすかに舞い上がった。

「サンドリーヌ？」と、彼女がなんとも答えないので、わたしは言った。

彼女はしばらく黙っていた。それから、苦労してやっと手に入れた真実を口にするかのように言った。「後悔が問題なのは最後にはいつも哀れなことになることね」

その瞬間だったのだろうか、とわたしはいま考えていた。その苦労して手に入れた真実の冷たい渦のなかにたゆたっているときだったのだろうか、わたしが初めてガウンの下の剣《レピア》に手を伸ばしたのは?

わたしは裁判官席に目を向けた。わたしの事件の検事と弁護人が依然として最後の申し立ての是非を論じていた。裁判官の表情から、モーティがなんとか講じようとしている法律上の回避策を次々と却下しているようだった。おそらく彼の論法はすぐれてユダヤ律法的なのにちがいないが、それでは足が地に着いたこのコバーンでは通用しないだろう。起訴が取り下げられるはずがないことはわたしにもよくわかっていたし、起訴内容が軽減されることもないにちがいなかった。オマル・ハイヤームの言う神の動く指がすでに書いてしまったのであり、それはもはや消せないのだから。わたしはサンドリーヌ殺害の容疑で、自分の娘やこの混雑する法廷に席を見つけたほかのすべての人たちの面前で、同輩から成る陪審によって裁かれることになるだろう。どんな証拠も排除されることはなく、わたしの人生は死体安置所の死体みたいに解剖され、ヌメヌメした内臓が鋼鉄製のテーブルの上に引き出されて、何もかもが全世界の人々の目にさらされることになるだろう。それが現在の状況のほんとうの恐ろしさだ、とその瞬間にわたしは悟った。なにひとつ個人的すぎて人目にはさらせないものはないというのが厳然たる事実だった。なぜなら、わかりやすく言えば、裁判は内臓を摘出する手術にほかならないのだから。

あとから考えると不思議ではあったが、実際のところこの裁判の第一日まで、わたしは自分の人生がそんなに容赦なく調べられることがありうるとは思ってもみなかった。じつに超現実的な執拗さで、この非現実感がわたしのほかの点では眼識の確かな意識をがっしりとつかんで放さなかった。何週ものあいだ、わたしはこれがあたかも長い悪夢にすぎず、そのうちいつか目が覚めるかのように振る舞っていた。しかし、もちろん、悪夢が終わることはなく、その結果、わたしはカフカの困惑するヨーゼフ・Kみたいに、たしかに裁判にはかけられてはいるが、自分がどんな罪で訴えられているのかわからないような気分になっていた。いや、もちろん、容疑は殺人罪だった。しかし、それだけではなかった。それがわかるまでには長い時間がかかったけれど、この朝、裁判の第一日に、陪審員の顔を見たとき、その無表情なまなざしの背後に、わたしははっきりと見て取った。わたしは、ほかのなによりもまず、わたしであるという罪で告発されていたのである。

それを理解すると同時に、この世のどんな申し立てもこの上げ潮からわたしを救い出せないだろうと悟った。

というわけで、わたしが不思議に思ったのは、いまのいままで、自分がどんなに恐ろしい状況に陥っているかをどうして理解できなかったのかということだった。その何週間も前に、アラブランディがわたしに言ったことは正しかった。わたしはまんまと逃げおおせることはできないだろう。検察側の証人リストに並んだ名前を見れば、それは一目瞭然だった。にもかかわらず、わたしはなぜか、そのうちいつかすべてが消え去るだろうと信じていた。ミスター・シングルトンはいずれ証拠が不充分であることを悟るにちがいないし、良識があり、うまく立ちまわれる男でもあるのだから、最終的には、わたしが殺人を犯したと疑ってはいても、起訴するのに必要なだけの証拠がないことを認めることになるだろうと信じこんでいた。

しかし、実際に起こったのはそれとは正反対のことだった。耳元でありとあらゆる噂をささやかれ、生き生きとした美しいサンドリーヌの写真を見せつけられ、油断のないきわめて有能なアラブランディ刑事のさまざまな報告を聞かされるうちに、シングルトンはますますわたしの犯罪を確信するようになり、わたしをけっして取り逃がすまいという決意を固めていった。そうかい、あんたは自分がそんなに頭がいいと思っているのかい、マディソン先生、と調査をつづけていたある時点で、彼は自分に言い聞かせたにちがいない、それじゃ、いまにどうなるか見ているがいい。

円陣がくずれて、モーティとミスター・シングルトンはそれぞれの席に戻った。裁判官は非常に迷惑をかけられて苛立っているようだった。早く家に帰りたい男。そして、法律上のこんな職務のことはすっかり忘れたいのだろう。早くもこぢんまりとしたベージュの私室や革製のイージーチェアが待ち遠しい男。わたしの公判の最初の証人調べの準備をしながらでさえ、たぶん今夜のディナーは魚か肉かと考えているのだろう。

「思っていたとおりだ」と、被告席のテーブルに戻ると、モーティが言った。

わたしはずいぶん前に気づいていたが、モーティにとっては、いつもすべてが「思っていたとおり」だった。

「申し立ては却下された」とモーティはつづけた。

「州当局は公判手続きを進めることができる」

モーティのみごとなほど中立的な言葉づかいでは、ミスター・シングルトンはもはやあらゆる手腕と精力を総動員してわたしを殺そうとしている男ではなく、州当局だった。

「捜査の過程ではどの当事者においても不適格な、予断に基づく、ないしは不法な行為は発見できなかった」とモーティはつづけた。

これは長々しい言い方だったが、言わんとするところはわかった。重要なあるいは重要に見せかけられる事項については、どの警察官もヘマをしなかったということ。どんな下っ端の警察官も、法廷に告げ口をするような人間に聞こえるところでは、わたしへの嫌悪を口にしなかったし、どんな裁判所職員、すなわち正式に任命された裁判所の執行官も権限を与えられた任務の範囲を逸脱することはせず、署名が必要とされるすべての文書に署名があり、どんな文書にもそうする権限をもつ者以外の者による署名はなかったということだった。つまり、法律上は、すべてのtに横棒が引かれ、すべてのiに点がふられていたということだ。

「換言すれば」とモーティは言った。「あんたの憲法上の権利はすべて保障されているということだ」

「アメリカ万歳」とわたしはつぶやいた。

モーティがわたしをにらみつけた。「そういう小賢しい言い草があんたの首にロープを巻きつける結果を招くかもしれないんだぞ、サム」

「わるかった」とわたしは言ったが、小声でそうあやまっただけではモーティには充分でなかった。

「いったい何度おなじことを言わなきゃならないんだ?」彼は目を細めた。「裁判では何が起きたかではなくて、何が起きたと陪審が信じるかが問題なんだ。重要なのは見かけなんだよ。いいかね、アメリカについて嫌みな台詞を吐いて、それがうけるなんてことはありえないんだぞ」

「わるかった」とわたしは繰り返し、それで決着がついたと思ったが、モーティは勢いに乗っていた。

「アイヴィー・リーグの教授のお茶会に出ているわけじゃないんだ」と彼はつづけた。「ここはジョージア州のコバーンなんだからな、まったく」

「言っておくが」とわたしはかすかな憤慨をにじませて言った。「そのくらいはわたしにもわかっている」

「まあ、ぜひそう願いたいものだ」とモーティは言い返した。

これでようやくけりがついた、とわたしは思ったが、そうではなかった。

「魔女裁判のことを聞いたことがあるかね、サム?」とモーティが訊いた。「言っておくが、気をつけないと、あんたもそういうことになるぞ」

「気をつけるよ」とわたしは請け合った。彼はそういう言質を取りたいのだろうと思ったからだ。

彼は疑わしそうな目でわたしを見た。

「気をつける。約束するよ」

モーティはさっとうなずくと、書類の整理に没入した。通路の向こう側に目をやると、〝州当局〟も、鉛筆をページに走らせながら、おなじことをしていた。

わたしは待った。

やがて、ようやくラトレッジ裁判官が言った。「ミスター・シングルトン、州側は公判を進める準備ができていますか?」

「はい、裁判長」

「では、最初の証人を呼んでください」

「はい、裁判長」とミスター・シングルトンは言って、わたしの裁判を傍聴するために集まった群衆――野次馬の群れ?――に目をやって、最初の証人を呼び出した。


チャニザ・エヴァンジェラ・シップマンを証言台へ

この言葉でついにそれがはじまった。わたしの裁判の実質的な審理が。それまでのすべては、ゲームがはじまる前の練習のようなものでしかなかった。

わたしは最初の検察側証人が証人台に歩み寄るのを見守った。ミスター・シングルトンのわたしに対する論証の第一弾は、背の低い、引き締まった体形の黒人女性で、コバーン緊急事態準備対策局という大げさな名前の本部の夜勤シフトで働いている大勢の電話オペレーターのひとりだった。この名前について、わたしは皮肉を言ったことがある。ワールド・トレード・センターの悲劇のあと、市議会はどうやら次はコバーンの番だと考えたようだと。

証人台に着くと、彼女は宣誓をして、ミスター・シングルトンの最初の型どおりの質問に答えて、自分の名前を言った。すると、最近わたしはよくそんなふうに過去に引き戻されることが多くなっていたが、わたしは自分が911に電話して、チャニザ・エヴァンジエラ・シップマンの声を初めて聞いたあの夜に戻っていた。

わたしはその日の午後の授業を終えて帰宅すると、まっすぐ〝文書室《スクリプトリウム》〟に向かった。ずいぶん厳めしい名前だと思われるかもしれないが、わたしはその窮屈なスペースをそう呼んでいた。サンドリーヌとわたしはそこに二脚の小さな木製デスクを押しこんで、授業の計画を立てたり講義の原稿を書いたりするのに使っていたのである。そこに腰を落ち着けると、わたしはその日の世界文学概論のクラスの学生たちから提出された、たいていは支離滅裂で、ときには読み書きの能力さえ疑われるレポートのいくつかを採点した。恐ろしいほどなにも考えずに走り書きされた代物で、想像しうるかぎりのありとあらゆる文法や綴りの間違いだらけで、面白いアイディアなどすこしもないのは言うまでもなかった。日没までになんとか何本かは読みおえたが、最後のレポートの出だしのところで苛立ちが爆発してやめてしまった。〈ローマがほうかいしたのは、かれらの皿やカップにナマリが入っていたからだった、という古いジョークをたぶん聞いたことがあるだろう〉

それからわたしはサンドリーヌを探しにいった。一日の終わりによくそこで本を読んでいる小さなサンルームには姿が見えず、彼女はわたしたちのベッドルームの、暗がりのなかにいた。テーブルランプさえ点けずに。

「暗くしておきたいの」と、わたしがドアをあけて、部屋に入っていくと、彼女は説明した。

「なぜなんだい？」とわたしは応じた。

「暗闇のなかにいたいだけよ」と彼女は刺々しい声で言った。

「わかった……しかし、だいじょうぶかい、サンドリーヌ？」

「あとでまた来てちょうだい」

「食事は要らないのかい？」

「ええ。しばらく休みたいの。それから、あなたと話をしたいわ」

「わたしと話をしたい？」わたしは警戒して聞き返した。

「話したいことがあるのよ」

「サンドリーヌ、わたしは――」

「あとにして」

「わかった」と言って、わたしは部屋をそっと出た。

暗い、こわばった、怒りを孕んでいるような声だった。わたしの背筋をいやな予感の震えが走った。とはいえ、あとであきらかになるほどひどい事態になっていたとは、このやりとりが全面的な攻撃の序幕にすぎなかったとは思ってもみなかった。

もちろん、これはサンドリーヌが死ぬ数時間前の出来事であり、現在の証言とはなんの関係もないことだった。わたしは心が取り留めもなくさまようのを抑えつけて、いま言われていることに注意を集中しようとした。

「さて、あなたをどうお呼びすればよろしいでしょう、ミズ・シップマン？」とミスター・シングルトンが訊いた。

「わたしはミズじゃありません」と証人は訂正した。「結婚して十四年で、こどもが三人いるんですから。エヴィと呼んでください。みんなにそう呼ばれているんです」

「わかりました、エヴィ」とミスター・シングルトンは愛想よく言った。「よろしい。では、教えてください、あなたの仕事は？」

彼女は六年間電話オペレーターの仕事をしていた。初めは昼間勤務だったが、夫が夜働いているので、ポストの空きができしだい夜間勤務に替えてもらった。そうしなければ、十一月十四日の夜、勤務についていることはなかったはずだし、午前一時十四分に911の通信指令室に入ってきた電話に答えることもなく、いま説明しているような男の声を聞くこともなかったはずだった。

「その男は名前を名乗りましたか?」とミスター・シングルトンが訊いた。

「はい。マディソン教授だと名乗って、奥さんの死を報告するために電話しているのだと言いました」

「マディソン教授? ファーストネームは言わなかったんですか?」

「ええ、そうです。『マディソン教授』だと言って、奥さんが死んだと言ったんです」

「マディソン教授は奥さんがどうして死んだのか説明しましたか?」

「いいえ、しませんでした。ただ死んだとだけ言って、だから急ぐ必要はないということでした」

「急ぐ必要はない?」

「死んでいたから、だと思います」とエヴィは説明した。

そう、死んでいた、とわたしはとっさに思い出した、ベッドに仰向きに寝て、白いシーツはほとんど乱れていなかった。その夜、その前に彼女を部屋に残して出てきたとき、ベッドのわきのテーブルにはノートがあり、すぐそばに何本かのペンと一冊の本が置かれていた。それがティッシュペーパーの箱や、リップスティック、白いイヤホンが付いたアイポッド・ナノなど、そのころにはわたしも慣れていたベッドサイドの乱雑な山のなかに置かれていた。

「ところで、この種の電話については決まった手順があるんじゃありませんか、エヴィ?」とミスター・シングルトンが尋ねた。

「ええ」

「それはどんな手順ですか?」

「ええと、死んだ人が死ぬことが予想されていたかどうか聞き出す必要があります」

「予想されていた?」

「つまり、たとえばお祖母さんとかそういう人みたいに、年寄りなのかどうか。それとも、長いあいだ病気だったり、ホスピスの世話になっていたりして、死ぬことが予想できたのかどうかということです。そういうときは、その人の掛かり付けの医者を呼んで、死因証明書を書いてもらうだけでいいんです。そのあとは、葬儀社とか、亡くなった人を運んでもらいたい場所に連絡します。要するに、わたしが言いたいのは、そういう電話の場合には、警察に連絡する必要はないということです」

「なるほど」とミスター・シングルトンは言った。

「しかし、あなたは警察に連絡したんでしたね?」

「はい、しました」

「なぜですか?」

「わたしたちはいくつか質問をします。その結果、たとえば死んだ人が若かったりすれば、警察官を送るんです。そういう規則だからです。この場合、死んだ人は四十六歳でした。そのくらい若ければ、警察官が派遣されることになります」

それから数分のあいだ、ミスター・シングルトンはエヴィにさらに一連の質問をした。当日の夜、わたしも訊かれたような質問で、とくに意味のあるものではなく、すべてはチャニザ・エヴァンジェラ・〝エヴィ〟・シップマンが完全に有能な公益事業の通信指令員であることを示すためのものだった。わたしが気づいたのは、その夜のわたしの声の調子については、ミスター・シングルトンは一度も質問しなかったことだった。怖がったり、怒ったり、悲しんだりしている声ではなかったか、あるいは、サンドリーヌの死を報告したときなんらかの感情を示さなかったかさえ訊こうとはしなかった。裁判がはじまる前から、そういう質問は証人に推断を求めることになり、したがって弁護側からの異議の対象になると想像できるくらいには、わたしも法廷ドラマを見ていたのだが。その種の異議申し立ては陪審の注意をそらし、審理を遅らせることになるので、ミスター・シングルトンがそれを避けようとしたのはあきらかだった。ミセス・シップマンの証言は殺人の物語の第一章であり、この不吉な語りの流れを弁護側からの派手な異議申し立てで中断させないほうが得策だと考えたにちがいない。

というわけで、しばらくのあいだ、証人は証言をつづけた。やや細かい点に関する質問ではあったけれど、よく訓練された女性がただ訓練されたとおりのことをやったというだけだった。

それから、かなり唐突に、わたしが思っていたよりもずっと早く、それは終わった。

「質問は以上です」とミスター・シングルトンは証人に言った。「ありがとうございました」

モーティが立ち上がり、証人台に歩み寄ると、チャニザ・エヴァンジェラ・〝エヴィ〟・シップマンににこやかに笑いかけた。陪審員のうち三人は黒人であり、彼はこの忠順な公僕に対して絶大なる敬意以外のものはなにも抱いていないことをはっきりさせた。

「わたしもエヴィとお呼びしてもかまいませんか？」と彼は訊いた。

「もちろんです」

「ありがとう。では、そうします。さて、ミスター・マディソンが奥さんの死を報告する電話をしてきたときですが、あなたはいくつくらい質問をしたことになるでしょう？」

エヴィはちょっと考える顔をして、計算しているようだった。「そうですね、十くらいかしら。住所とか電話番号とかそういうものを訊かなければなりませんから」

「ミスター・マディソンはそういう質問に躊躇《ちゅうちょ》なく答えましたか?」

「はい」

「その夜ミスター・マディソンが答えたなかで、その後、あなたが間違っていることに気づいたことがなにかありましたか?」

「いいえ」

「彼は奥さんが四十六歳だと言ったんですね?」

「はい」

「ここにサンドリーヌ・マディソンの出生証明書があります」とモーティは言って、それをエヴィに手渡した。「ミセス・マディソンの生年月日を読み上げていただけますか?」

エヴィはそうした。

「亡くなったとき、サンドリーヌ・マディソンは何歳でしたか?」

「四十六歳でした」

「実際、その夜、あなたがミスター・マディソンにした十あまりの質問のひとつひとつについて、彼はあなたに正しい答えをしたのですね、違いますか?」

「わたしが知っているかぎり、そう、そのとおりでした」

「しかも、彼はそういう質問に躊躇することなしに答えた、とあなたはすでに証言されましたね?」

「はい、そのとおりです」

モーティはふたたび笑みを浮かべた。「あなたがこの町のためになさっている仕事に感謝したいと思います」と、彼はほとんど恭しい口調で言った。「質問は以上です」

エヴィは証人台を離れた。人の心にどんな側道があるかはわからないもので、そのときになって気づいたのだが、わたしはなぜか彼女が実際よりかなり大柄な女性だと想像していた。ハスキーな、ばかなことは許さない声。食料品店やモールでよく見かける大女。巨大な臀部に張りついたストレッチ・パンツが、大量の肉を支えなければならない重圧にうめき声をあげているように見える大女のひとりだという気がしていた。だが、エヴィは小柄で、痩せぎすだが強靱そうな、バンタム級の女性だった。歩き方は軽やかで、ダンスフロアをふたつに引き裂くこともできる、人生の楽しみ方を知っている女みたいだった。と同時に、職場ではふざけたりすることなく、慎重に仕事をこなしているにちがいなかった。

通りすぎるとき、彼女はわたしの顔を見ようとはしなかった。モーティによれば、証人はめったにそうはしないという。距離を置いて、個人的な関わりをもたないようにしたいからだろう。わたしが言ったことがあんたを死刑囚監房に送りこむ手伝いをすることになったとすれば申しわけないが、ありのままを言わないわけにはいかないのだ、と彼らは言っているかのようだった。

数秒もしないうちに、彼女の姿は見えなくなり、モーティとミスター・シングルトンは細かい点を協議するため裁判官席に歩み寄った。

わたしの心がまたもやさまよいだして、あの最後の夜、まだ生きているサンドリーヌをあとに残して、ベッドルームを出てきたときのことを思い浮かべていた。彼女から言われたことに、わたしは怒りをブツブツ滾らせていた。なんと冷たく残酷な言い方だったことか。彼女はそれをなんと静かな声で言ったことか。「サム、これ以上一秒でもあなたと暮らすよりは死んだほうがいい、ましだわ。なぜかわかる？　なぜなら、あなたは……」

その最後の言葉を耳にしながら、そう言いながら投げつけられたカップを避けて、わたしはピシャリとドアを閉め、夜のなかに出ていった。そして、星空を、物語で彩られた広大な空間を見上げた。一瞬、なんとかしてこの攻撃から立ち直り、彼女のそばに戻って、かつてわたしたちが共有したすべてのなかでまだ残されているものを救うため、できるだけのことをしたいと思った。しかし、それはほんの一瞬で、そんな希望はたちまち消え去った。そして、最終的な望みが絶たれると同時に、自分がもはやこのままつづけていきたいとは思っていないという恐ろしい事実を受けいれた。彼女がかつてはどんな愛情を抱いていたにしても、それはいまやベッドルームから逃げだすわたしに投げつけられたカップみたいに粉々になり、もはや修復しようがないのはあきらかだった。

そのあと、わたしはどうしようもない麻痺状態に陥ったが、いま、そのときの病的な神経の状態がぶり返しかけていた。どうやらこまごまとした問題は解決されて、ミスター・シングルトンが次の証人の尋問に移る用意ができたらしく、モーティとミスター・シングルトンは裁判官席から離れて、それぞれのテーブルに戻ろうとしていたのだが。

わたしには先に進む用意はできていなかった。わたしは依然としてクレセント・ロードに、その裏庭にいて、夜空を見上げていた。ただし、時はすでに移り変わり、サンドリーヌはすでに死んでいた。しかし、それでも、わたしはなにも感じなかった。とすれば、最後にわたしに投げつけられた彼女の非難の言葉は正しかったのだろうか、とわたしは自問していた。あんなにもわたしを傷つけた言葉なのに？　そのときだった。なにも知らない星々を依然として見つめていたときだった。自分には娘がいたことをふいに思い出し、母親の死を娘に知らせなければならないと思ったのは。それでも、わたしはしばらくそこに立ち尽くして、適切な言葉を探していた。結局、ほんとうに適切な言葉は見つけられず、アレクサンドリアが電話に出たとき、わたしは悲報を知らせるもっともありふれた言い方をするしかなかったのだが。

「アレクサンドリア、悪い知らせがある」

「母さんのことね、そうでしょう？」

娘がいきなりそんな結論を出すのはおかしいと思った。とりわけ、その日の午後、彼女がサンドリーヌといっしょにいたという事実を考えれば。サンドリーヌはアフリカ風のカフタン、アレクサンドリアはきちんとした黒っぽいパンツスーツというでたちで、ふたりはあのサンルームに坐っていたのだから。そうは思ったが、わたしはただ「ああ、そうだ」とだけ言った。

それから一呼吸置いて、「死んだんだ、アレクサンドリア。ベッドの横に錠剤があった」

「それじゃ、自殺なの？」

「そうだ」

沈黙のあと、アレクサンドリアが言った。「なぜそんなことをしたのかしら、父さん？」

「おまえは理由を知っていると思うが」

「でも、とても元気そうだったのよ」とアレクサンドリアは言った。「本のことを話したりして」

「どんな本のことだい？」

「クレオパトラについての本よ。自分が書けたかもしれないどんな本よりすばらしいって言っていたわ」

「それはどうかな」とわたしは言った。自分の才気あふれる妻、サンドリーヌが書けるにちがいない――とわたしがむかしから信じていた――偉大な本を書くに至らなかったことに対する、長年の苦々しい思いをかすかににじませながら。

またもや沈黙が流れたが、こんどは妙に白々しかった。

「母さんが自殺しようとするなんて、わたしにはとても想像できないわ」とアレクサンドリアは言った。

「自殺するような人だとは思えないから」

「それは策略だったのかもしれない」とわたしは言った。「そんなに興奮して、なんであれ、熱中しているように見えたのは。それは証拠を残さないため、嗅ぎつけられないようにするための彼女のやり方だったのかもしれない」

「嗅ぎつけられる?」不適切な言葉を見つけたかのように、アレクサンドリアが聞き返した。

「それをしようとしていることを」とわたしは説明した。

三度目の沈黙が流れた。そのあいだにわたしは、そう言えば、アレクサンドリアは息を呑んだり、わっと泣きだしたり、母親の自殺を知らされた娘がとっさに示すような反応をなにも示さなかったことに気づいた。

「わかった」とやがて彼女は言った。「すぐにそっちへ行くわ」

「そのほうがよければ、あとでも、朝になってからでもかまわないが」

「そのほうがよければ?」とアレクサンドリアは鋭く言い返した。「わたしの母が、あなたの妻がたったいま自殺したのよ。わたしたちはいっしょにいるべきじゃない?」

「ああ、そうだ、そうだと思う」

「父さん、父さんはなんだか……」

彼女は最後までは言わなかった。だが、数時間前に、サンドリーヌが彼女の代わりにその最後の一語を発していた。わたしにあのカップを投げつけながら、じつに容赦なく高らかに鳴り響く非難の言葉を浴びせかけたときに。〈社会病質者《ソシオパス》〉

「わたしはショックを受けているんだ、と思う」とわたしはとっさに言いわけをした。

「完全に冷静な話し方に聞こえるけど」

「しかし、ほかにどんな話し方をすべきだと言うんだ?」とわたしは聞き返した。「起こってしまったことはもう起きてしまったんだから」

アレクサンドリアはそれにはなんとも答えなかったので、そのあとには長い沈黙がつづき、やがてわたしが言った。「アレクサンドリア、だいじょうぶかい?」

「ええ」と彼女は答えたが、すこしもそうは思えなかった。「すぐに行くわ」

「わかった」とわたしは言って、電話を切ろうとした。

「それから、父さん?」

「何だい?」とわたしは言った。母親への愛情かわたしへの同情を示すやさしい言葉が聞けるかと思ったので、彼女の言葉を聞いたときにはひどく驚かされた。

「なににもさわらないようにね」と彼女は言った。

いまやこの記憶は薄れてかけていたが、こんなに早い段階から、娘はわたしが殺したかもしれないと疑っていたのだろうか、とわたしは思った。いま、わたしの裁判でふたりめの証人を呼び出したミスター・シングルトンという名前の検察官より先に、わたしを疑っていたのだろうか?

ウェンディ・ヒルを証言台へ

その名前が読み上げられた、というよりは呼ばれたとき、ちょっと面白い名前だと思ったが、わたしは面白がっているそぶりは見せなかった。法廷でたとえどんなことを見たり聞いたりしても、絶対に面白がっている顔をしてはならない、とモーティからきびしく警告されていたからである。目を潤ませてもいいし、涙を流してもかまわない。実際、そういう強い感情を大げさなくらい見せつけるのはむしろ有利に働くかもしれない。だが、どんなことがあっても、けっしてにやにやしてはならないと言われていた。

だから、ウェンディ・ヒルが右手を挙げて宣誓するあいだ、わたしは石みたいに無表情な顔でまっすぐ前を見つめていた。

彼女はほっそりした中背の女性で、警察官の制服を着ていた。髪はこの日は後ろにまとめてピンで留めていたが、十一月十五日の早朝クレセント・ロード237番地にやってきたときには短いポニーテイルにしていて、わたしのほうへ歩いてくるとき、それがとても生き生きと揺れていた。その生き生きした感じをよく覚えているのは、事態の重大さに比してひどく軽やかで楽しそうに見えたからであり、その瞬間、巡査とおなじくらいの年齢だったころのサンドリーヌを思い出したからだった。

しかし、ミスター・シングルトンが質問をはじめると、実際には、彼女はわたしが思っていたより年上だった。

「わたしは三年前に州の警察学校を」と彼女は答えた。「二十三歳で卒業しました」

「で、コバーン市警察に所属されてからどのくらいになりますか？」とミスター・シングルトンが訊いた。

「二年です」

それにつづくミスター・シングルトンの質問によってあきらかになったのは、その前に、ウェンディ・ヒルは合衆国海軍に勤務し、二度イラクに派遣されていることだった。つまり彼女は退役軍人であり、したがって——少なくとも陪審員の目には——忠実で、勇気があり、正直な人間だった。それに反して、わたしは軍服を着たこともなければ、どんな公的な資格でも国に仕えたことがなかったが。

「さて、ヒル巡査、十一月十五日の午前一時三十三分ごろ、通信指令員からコバーンのクレセント・ロード237番地で死者が出たという連絡を受けましたか？」

実際、チャニザ・エヴァンジェラ・〝エヴィ〟・シップマンがヒル巡査にそう連絡していた。

「その連絡を受けて、あなたはどうしましたか、巡査？」

「教えられた住所に行きました」

あのころ、早朝の時間帯には空気は冷たく爽やかだったはずだが、事実よりドラマチックに再構成された記憶のなかでは、やけに暗くてどんよりしており、わたしは奇妙な息苦しさを感じていた。パトロールカーは回転灯を点滅させずに――もし質問されたなら、わたしならそう説明したにちがいないが――とてものんびりしたスピードでドライブウェイに入ってきた。運転している巡査に通信指令員が急ぐ必要はないと伝えたからだろう。女性はすでに死んでおり、もはやできることはなにもなかったのだから。

「到着したとき、何がありましたか、ヒル巡査？」とミスター・シングルトンが質問した。

彼女は玄関でわたしと会った、それとも、わたしが彼女と会ったと言うべきだろうか。彼女はもちろん制服姿で、ホルスターに収められた自動拳銃が、西部劇の早撃ちみたいに低い位置に吊されていて、何が起こるかわからないので警戒しているように片手がグリップにあてがわれていた。

「死者が出たということですが」と彼女は言った。

わたしはうなずいた。「わたしの妻です」

「どこですか？」

「ベッドルームです。こちらです」

わたしは廊下から、いまヒル巡査が法廷に向かって描写しはじめた部屋へと案内した。

「部屋は散らかっていました」とヒル巡査は陪審員に説明した。「そこらじゅうに書類や本が散らばっていて。ほんとうにごたごたした部屋でした。なんの上にでも物が載せてありました。たいていは本や雑誌や、もそういったものでしたが」

わたしたちのベッドルームはむかしからいつも乱雑だったので、ヒル巡査を部屋に案内したときにも、散らかっていることを詫びはしなかった。それでも、多少は整理しようと思わなかったわけでもないが、アレクサンドリアの警告を思い出して、部屋のなかのものには手をふれなかった。ただ、散らばっていた磁器のカップのかけらだけは別で、塵取りにていねいに掃き集めて、裏のデッキの大きなプラスチック製のごみ箱に捨てておいた。そのときは、まさかそれが有罪の証拠になる行為だとは考えもしなかったが。

「そのとき、マディソン教授はどこにいましたか？」とミスター・シングルトンが訊いた。

わたしはベッドルームの入口に立って、部屋を見まわしているヒル巡査を見守っていた。彼女は奇妙だと思っているようだった。じつにおびただしい本や書類、そのすべてがひどく乱雑に置かれていたのだから。もしかするとクレセント・ロード237番地ではすべてがあるべき姿ではなかったのかもしれない。彼女が疑念を抱くようになったのはそのせいだったのかもしれない、とわたしはいまや考えはじめていた。彼女がつづいて証言したように、あとでベッドルームの乱雑さをアラブランディ刑事に報告したのはそのせいだったのだろうか？　その部屋で夫婦喧嘩のようなものがあったのかもしれない、とこの元海軍兵士は感じ、そこから殺人という考えが、あるいは殺人があったかもしれないという考えが生まれたのだろうか？　わたしたちが、サンドリーヌとわたしがそこにある本を投げつけあったのではないかとか？　わたしたちが争っているあいだに、いろんなものが投げ出されたのではないかとか？

「どんな本があったか気づきましたか？」とミスター・シングルトンが尋ねた。

「ひらいたままになっている本に気づきました」

「その本はどこにありましたか？」

「ベッドの横の床の上です。ミセス・マディソンが読んでいたのだろうと思います。亡くなる前に床に置いたように見えました」

「何の本だったか覚えていますか？」

「クレオパトラについての本でした。彼女の肖像が見えて、タイトルが大きな文字で書かれていました」

「ほかにもなにか気づきましたか？」

「黄色い紙片がありました。法定《リーガル》サイズの」

「その紙片はどこにあったのですか？」

「やはりベッドの横の床の上です」

「本のそばですか？」

「すぐ横でした」

「平らに置かれていたんですか？」

「いいえ。まんなかで折られていて、立っていました。テントみたいに」

「紙片の外側になにか書かれていましたか？」

「いいえ」

「その紙片を読みましたか、ヒル巡査？」

「いいえ、そのときは読みませんでした」

そのときには読まなかった。というのも、そのときふたりの救急隊員が到着したからである。おそらくこういう場合の規則に則って、チャニザ・エヴァンジェラ・〝エヴィ〟・シップマンによって派遣されたにちがいなかった。このふたり、すなわちオーヴィル・トッドとリーノー・カネダは救急車で到着し、彼らの報告書によれば、サンドリーヌが〝見たところ死亡している〟と判断したが、この推定はのちに（リーノーの）聴診器によって確認された。

ヒル巡査が一連の作業を説明しているあいだ、わたしもわたしなりにそれを思い出していた。閃光を発する救急車のライト。それが部屋を一定のリズムで掃射していたこと。初めてサンドリーヌを見たとき、オーヴィル・トッドの顔に浮かんだ困惑した表情。彼女がどんなに美しかったかということ。死の静謐さのなかでも、おそらく生きていたどんなときにも増して美しかった。ふたりの救急隊員もその美しさに気づいていたにちがいない。彼らが彼女を見たとき、まったく、なんともったいないことだとでも言いたげに、ふたりが――男同士のあいだで――心得顔に顔を見交わしたことにわたしは気づいていた。

「けっこうです」とミスター・シングルトンは言った。ヒル巡査は救急隊員の到着、活動、出発について時間を追って念入りに、ややのろのろと説明したが、彼はあきらかにもどかしがっていた。それは事実に即した証言だったが、陪審員にとっては、彼があきらかに怖れていたように、あまりにも遅々としており、彼の入念に計算された尋問のペースを乱しかねなかった。

「けっこうです」と彼は繰り返した。「さて、ヒル巡査、その時点で、救急隊が部屋を出ていったあとですが、その時点で先ほど気づいた黄色い紙片を見る機会がありましたか？」彼はここをよく聞いてくれとでも言いたげに陪審員席に目をやった。「折られて、先ほどのあなたの証言によれば、テントみたいに立てて置かれていた紙片ですが」

彼女にはそうする機会があった。だが、その紙片を実際に手に取る前に、彼女はわたしに質問した。

「わたしはミスター・マディソンにそれが、その紙片が何なのか訊きました」とヒル巡査は説明した。

「どんな答えでしたか？」

「自殺の遺書だろうということでした」

「マディソン教授がサンドリーヌ・マディソンの死因に言及したのはそのときが初めてでしたか？」

「はい、そうでした」

ミスター・シングルトンはうなずいた。「彼が遺書だとした紙片についてマディソン教授がほかになにか言ったかどうか教えていただけますか？」

「わたしが持っていってもかまわないと言いました」

なぜなら、いずれにせよ、彼女はそれを持っていくにちがいないと思ったからだ。

「彼はそれを読んだかどうか言いましたか？」

「読んでないと言いました」

たしかにそのとおりで、わたしは読んでいなかった。なぜか？　読むためには、それを手に取らなければならなかったからだ。だが、その結果、ここでもまた、わたしの用心は裏目に出た。ヒル巡査が証言をつづけているあいだ、慎重な振る舞いがこんな危うい結果を招くなんてだれに想像できるだろう、とわたしは考えていた。

「マディソン教授は自分の妻の遺書だと考えていたものを読もうともしなかったんですね？」とミスター・シングルトンはその点を強調するように聞き返した。

「彼はそう言いました、そのとおりです」

「で、それを持ち去ってもいいと言ったんですね？」

「はい」とヒル巡査は答えた。「実際そう言ったんです。彼は『持っていって』と言って、手を振りました」

陪審員席に目をやると、彼らがいかに奇妙なことだと思っているかがわかった。この男にはなんの感情もないのか？　いや、それを言うなら、なんの好奇心さえないのだろうか？　このマディソン教授という男は、妻が残した最後のメモを読みたいというかすかな衝動さえ感じないほど妻と疎遠になっていたか、彼女に無関心になっていたか、彼女を毛嫌いしていたのだろうか？

陪審員は、当然ながら、特定の証拠より雰囲気に反応するものである。ヒル巡査は具体的にその雰囲気を説明したわけではないが、彼女の証言からなんとなく立ち昇る空気が陪審員席へ流れていった。それはいわば匂いみたいなものだったが、それが彼らを困惑させた。わたしがヒル巡査にサンドリーヌのメモを持ち去っていいと言ったその言い方に、彼らは奇妙で不吉なものを感じとり、わたしがそれを読まなかったという事実にさらにもっと奇妙でもっと不吉なものを感じたにちがいなかった。

陪審員にはそういうそぶりを見せなかったが、ミスター・シングルトンがそれを知っているのは確かだった。いまはまだ、陪審をすっかり手中に収めたという顔をするには早すぎたので、彼は謙虚な、たいした給料ももらっていない公僕でしかないというポーズを取っていた。その気になれば、むしろ弁護士になって、荘厳な紫色の山脈と琥珀色に波打つ穀物畑に囲まれたこの土地で、毎日のように邪悪な混乱の種を撒きちらす弁護の余地のない与太者どもを弁護するほうが、はるかに大金を稼げるのに。重要なのは陪審員とおなじ人間だと見なされること、彼らが買い物をする店で買い物をし、彼らが買うものを買い、家族を映画に連れていき、3Dの青い生き物をこどもみたいに目を見張って見つめる男だと見なされることだった。わたしはそういうふつうの勤勉な人々に取り囲まれたエイリアンだった。わたしはいつも本ばかり読んでいて、妻の名前はフランス風で、そういう気障な言葉で書かれた本さえ読んでいるような男だということになるのだろう。

気をつけろよ、とわたしは自分に言い聞かせた。この牛耳りやすい（という言い方でいいのかな？）陪審員をミスター・シングルトンが操ろうとしているのはあきらかだが、その露骨な戦略に対して感じている軽蔑心を顔に出したりするんじゃないぞ。

「ヒル巡査、あなたはそのメモを持ち去りましたか？」とミスター・シングルトンは訊いた。

「いいえ」とヒル巡査は答えた。「わたしは呼び出しに応じて現場に行っただけで、捜査についてはどんな任務も与えられていませんでしたから」

そうだったかもしれないが、まさにその夜、ベッドルームに入るやいなやほとんど即座に、彼女が捜査をはじめたのはあきらかだった。彼女の目を見れば、それはわかった。暗い疑念のきらめき、なにかがおかしいという感覚。手の内を明かすまいとするかのように、彼女はゆっくりと、用心深く、部屋のなかを歩きまわったが、わたしにはなんだかひどく芝居がかっているように見えた。だからこそ、わたしはヒル巡査を典型的な小さな町の警察官として片付けてしまったのだ。刑事ドラマ『ロー&オーダー』をよく見てはいるが、コバーンという眠くなるような小さな町で、テレビの警察物のようなドラマチックなシーンには一度も出くわしたことがない警察官として。

だが、いま、ヒル巡査の証言を聞いていると、サンドリーヌが死んだ部屋の薄明かりのなかで見たものに、彼女が疑問を抱いたのは当然だったかもしれない、と認めざるをえなかった。ベッドのわきの床の上に置かれた口をつけていない料理の皿、丸めて部屋の隅に投げ出されたパジャマ、奇妙に折りたたまれたあの黄色い紙片のテント。この女性が自然死ではなかった可能性があるだろうか？　その死が本人以外の手によってもたらされた可能性があるだろうか？　そういう問いを発するのはヒル巡査の務めであり、もちろん、彼女はその務めを果たしていた。彼女が証言をつづけるのを聞いているうちに、もしも彼女が警察官ではなく教授になっていたら、わたしよりずっとひたむきな教師になったかもしれないと思った。

「あなたには、ヒル巡査、そのベッドを観察する機会がありましたか？」とミスター・シングルトンが質問した。

もちろん、彼女にはその機会があった。そして、彼女が見たものは薄気味悪さを上塗りしただけだった。

「そのベッドのなかのミセス・マディソンも？」

「はい。ミセス・マディソンも見ました」

次に何が来るかはわかっていた。なぜなら、そのイメージがサンドリーヌが死んでから何日ものあいだ、わたしから離れようとしなかったからだ。あのときわたしの目に飛びこんできたあの奇妙な光景が。わたしはある場面を予想しながらベッドルームに入っていったが、まったく別の光景を発見して驚かされたのだ。

「あなたが見たものを陪審員に説明していただけますか、ヒル巡査?」とミスター・シングルトンが頼んだ。

それはこうだった。彼女は仰向けに横たわっていた。ウェイブのかかった黒っぽい髪が左上に吹き上げられ、水面に浮いているように見えたので、まるで体が水中に沈んでいるかのようだった。白いシーツを引き下げて、片方の完璧な乳房が剝きだしになり、小さいピンクの乳首と白い半球が見えて、死んでいるにもかかわらず妙にエロティックだった。右腕はシーツの上に静かに置かれ、文書室の小さな花瓶に挿してあった乾燥したバラの花をそっと指先に持っていた。口紅を塗り、頰には軽く紅を差して、両目はいまにも眠りこもうとするかのようにかすかにひらいていた。

そういう光景がベッドの横の木製の小テーブルに置かれた数本のボトルや一本のクリスタル製のデカンターに映っていた。なんだか不気味な光景で、ヒル巡査は躊躇したにちがいなかった。サンドリーヌの遺体は意図的にそんなふうに、一見安らかに死んだかのように見えたが、じつはそうではなかったのではないか。彼女はそういう疑念を抱いたのではないか、といまになってわたしは自問した。

その疑問に対する答えはまもなく与えられた。

「さて、ヒル巡査、この……現場……を前にして、それがマディソン教授がサンドリーヌ・マディソンを発見したときと厳密におなじ状態かどうか、あなたは教授に尋ねましたか?」

「はい」

「なぜそういう質問をしたんですか、ヒル巡査?」

「自殺しようとしている女性がメイクをするのはちょっと奇妙だと思ったからです」とヒル巡査は答えた。

「それに、ほかのいろんなものの感じも、たとえばボトルとかもそうでした。なんだかセットされたかのようで、どことなく不自然な感じがしたんです。むしろ、たとえば映画とかに出てくるシーンみたいに見えました」

〝たとえば映画とかに〟出てくるシーンみたいに配置されていたというのはほんとうだった、とわたしは思った。だから、サンドリーヌの死がなにかの儀式みたいなものだったのかもしれないという可能性を探るのは、たしかにヒル巡査の務めだった。一時的だったにせよ、わたしたちが悪魔的な教団のメンバーで、サンドリーヌが人身御供だった可能性を彼女は考えたのだろうか？

「そういったことから、そのベッドルームが犯罪の現場であった可能性があるとあなたは考えはじめた、と言っても間違いではないでしょうか？」

実際、そう言っても間違いではなかった。というのも、つづく証言であきらかになったように、ヒル巡査はそう考えたのだから。

「コバーン警察署に戻ったとき、あなたは自分が気づいたことを報告しましたか？」とミスター・シングルトンが質問した。

「はい」

「だれに報告したんですか？」

「わたしは当直巡査に報告し、彼がレイ・アラブランディ刑事を呼びました」とヒル巡査は言った。「そのあとアラブランディ刑事が警察本部に来たので、わたしはミセス・マディソンのベッドルームで見たものを彼に報告しました」

「で、アラブランディ刑事の意見は？」

「わたしとおなじで、ただちに検死官を呼ぶべきだということでした」とヒル巡査は答えた。「彼がその手配をするということでした」

「あなたはただちに検死官を呼ぶべきだと感じたんですね？」

「はい、そうです」

「しかし、いずれにしても検死官が呼ばれたのではありませんか、ヒル巡査？」とミスター・シングルトンが訊いた。「なぜならマディソン教授がすでに、ベッドの横にあった黄色い紙片が自殺の遺書かもしれないと言っていたのですから」

「そうです」とヒル巡査は答えた。「すこしでも自殺の疑いがある場合には、解剖が行なわれることになっています」

「しかし、あなたはこの公式の調査がただちに開始されるようにしたいと考えたんですね、巡査？」とシングルトンが訊いた。

「はい」

「なぜですか？」

「わかりません」とヒル巡査は答えた。「ただ……違和感があったからです」

シングルトンは笑みを浮かべた。「ありがとうございました、ヒル巡査、コバーン市民のためにあなたがなさっているお仕事に感謝します」と彼は穏やかに言った。「質問は以上です」


モーティが証人台に歩み寄った。

「ヒル巡査、ミスター・マディソンがその自殺の遺書かもしれないものに言及する前から、あなたはなにか犯罪的な不都合があると感じていたのではありませんか？」と彼は訊いた。

ヒル巡査はかすかに体をこわばらせた。「犯罪的な不都合？」

「違和感のことですが」とモーティはそっけなく言った。

「そうだと思います」とヒル巡査は認めた。

「そうだと思う？　しかし、コバーン警察本部に戻ったとき、ただちに当直巡査に報告した、とあなたは証言されましたね？」

「はい」

「そして、そのあと、レイ・アラブランディ刑事に報告したと？」

「はい」

「ところで、アラブランディ刑事は殺人課の刑事ですね？」

「彼は刑事です」とヒル巡査は答えた。「殺人事件の捜査を担当しているんだと思います」

「いずれにせよ、あなたはミセス・マディソンが死亡した現場について気づいたことを当直巡査に報告し、それから正式な資格をもつ刑事にも報告したわけですね？　たとえ本件には間違いなく検死官が呼び出されるだろうことを知っていたとしても？」

「そうです」

「わかりました。で、なにかが原因であなたはちょっとした違和感を抱いた」とモーティが訊いた。「そう言っても間違いではありませんね？」

「そうだと思います」

「けっこうです。サンドリーヌ・マディソンの死についてアラブランディ刑事と話す機会があったとき、あなたは彼にどんなことを話しましたか？」

「そうですね、まず、部屋の様子を説明しました」

「どんなふうに説明したんですか？」

「さっきも言ったように、散らかっていました。そこらじゅうにいろんなものが投げ出されていたんです。女の人がベッドルームをそんなふうにするとはわたしには想像しにくかった。だから、その、もしかしたら彼女は……」

「彼女はどうしたと言うんですか？」

「ひょっとすると、そこに閉じこめられていたのかもしれないと思ったんです」

「彼女の意志に反して？」

「そうです」

「では、その部屋全体の乱雑さがあの違和感をもたらしたというわけですか？」

「はい」

「なぜなら、女性というのは生まれつき部屋をきれいにするものであり、ミセス・マディソンは女性だから、彼女は……自分の夫によって……監禁されていたのかもしれないと？」

「だれによってかは知りませんでした」

「そして、もしかすると、ミセス・マディソンの死は自然死ではなかったのかもしれないと？」

「自然死でないことはわかっていました。ミスター・マディソンからすでに自殺だと聞いていましたから」

「しかし、あなたはミスター・マディソンの言ったことは信じなかった。そうでしょう、ヒル巡査？」

「完全には信じられませんでした」とヒル巡査は認めた。

「で、ミセス・マディソンが自殺したのでないとすれば、どんなふうに亡くなったのでしょう？」

「わかりませんでした」

「しかし、あなたは疑いを抱いていたのではありませんか？ そして、その疑いというのは、ミセス・マディソンが殺害されたのかもしれないという疑いだった。それがあなたのほんとうの疑い、あなたの違和感だったのではありませんか、ヒル巡査？」

ヒル巡査はかすかに体をこわばらせた。彼女は考えていることをありのままに言うことを怖れない女であり、ある意味では、サンドリーヌへの敬意から、彼女の裁判で正義が行なわれるようにするために、誠実かつ断固としてそうしようとしていることがわかった。

「はい、そうでした」

「では、部屋の乱雑さ、ひとりの女性、そこから殺人という考えが出てきたことになりますね？」とモーティは訊いたが、ヒル巡査が答えたり、ミスター・シングルトンが異議を申し立てたりする前に、片手を上げてそれを制しながら、すぐに次の質問をたたみかけた。

「ヒル巡査、二〇〇九年十月十日の夜、ダンサーズ・ストリート439番地のジャニス・ルプレーンの家に呼び出されたことを覚えていますか？」

「はい」

モーティは演台に置いてあった書類の束から一枚の写真を取り出して、ヒル巡査に見せた。

「これがミセス・ルプレーンが発見された部屋ですか？」と彼は訊いた。

「はい」

「どんな部屋だと言えますか？」

「そうですね……散らかっています。床に雑誌が投げ出されていたり、食べ物の白い容器があったり。あの、中華の持ち帰り用のやつですけど」

「あなたがミセス・マディソンを見つけた部屋の状態と似ていなくもない。そうではありませんか？」

「そうですね」

「ジャニス・ルプレーンはどんなふうに亡くなったんですか、ヒル巡査？」

「自殺です。それが検死官の判定でした」

「どうやって自殺したんですか？」

「薬を飲んだのです」


モーティはヒル巡査から写真を取り戻すと、それを陪審員長に渡した。それからもとの場所に戻って、二枚目の写真を証人に渡した。

「この部屋を覚えていますか、ヒル巡査？」

「はい」と証人は答えた。「女性の名前は思い出せませんが」

「彼女の名前はマーサ・ギレスピーです」

「そうでしたか」

「ミセス・ギレスピーの部屋をどう説明しますか、ヒル巡査？　散らかっていると言えますか？」

「はい」

「部屋中に汚れた皿や紙がありますね。そうじゃありませんか？」

「はい、そうですね」

「マーサ・ギレスピーはどんなふうに亡くなったんですか、ヒル巡査？」

「覚えていません」

「自殺でしたか？」

「違っていたと思います。確かではありませんが」

「殺人でしたか？」

「違います」

「じつは、マーサ・ギレスピーは自然死でした。そうだったんじゃありませんか？」

「ええ、そうでした」

モーティはヒル巡査が確認したばかりの写真を取り戻して、陪審員長に渡した。陪審員長はそれをちょっと眺めてから、自分の左側の陪審員にまわした。

モーティは演台に戻っていた。「ヒル巡査、このふたつの部屋のどちらか、あなたが死体を見た散らかった部屋のどちらかから戻ってきたとき、その死に方についてなんらかの疑いがあると警察本部のだれかに話しましたか？」

「いいえ、そうはしませんでした」

「では、ミセス・マディソンの死因についてなぜ多少なりとも疑いを抱いたのでしょう？」

ヒル巡査は座席のなかで窮屈そうに身じろぎした。

「単なる感じだったんだと思います」と、陪審員席にじろりと目をやりながら、モーティは繰り返した。

「そうです」とヒル巡査はちょっとためらいがちに認めた。

モーティはそこで間を置いて、メモを確認しているようなふりをした。それから、別の写真を抜き出して、それを証人に渡した。

「この写真に見覚えがありますか、ヒル巡査」と彼は訊いた。

「はい」

「これはミセス・マディソンですね？」

「はい、そうです」

「検死官が撮影したものですが」とモーティはつづけた。

「だれが撮ったかは知りません」

「けっこう。しかし、あなたはミセス・マディソンがメイクをしていたと言われましたね。間違いありませんか？」

「はい」

モーティは笑みを浮かべた。「拝見したところ、あなたは口紅をつけていますね、ヒル巡査。きょう、いまここで、あなたはほかのメイクもしていますか？」

「すこしは」とヒル巡査は警戒しながら答えた。

「頬紅も？」

「ええ、すこし」

「非常に多くの女性たちのように、あなたも自分のルックスをより魅力的にするためにちょっとメイクをするんですね？」

「そうです」

「あなたは結婚されていますか、ヒル巡査？」

「はい」

「あなたはときにはご主人を喜ばせるためにメイクをしますか？」

「すると思います」

「それはご主人の目に美しく見えるようにしたいからですね？」

「はい」

「ご主人を愛しているから？」

「はい」

「サンドリーヌ・マディソンも彼女のご主人に対してそう感じていたかもしれないと言えますか？」

ミスター・シングルトンが間髪いれずに立ち上がった。「推断を要求しています、裁判長」

彼の異議は認められたが、モーティはすでに言いたいことは言っており、本人はそれをよく知っていた。

彼はそっとうなずいた。「ありがとうございました、ヒル巡査。質問は以上です」

彼は数秒後には被告人席に戻っていたが、ヒル巡査に対する自分の反対尋問にかなり満足しているようだった。

「彼女は初めからわたしを忌み嫌っていたんだ」と、モーティが隣の席に戻ってくると、わたしは言った。

モーティはさっとわたしの顔を見た。「初めから？」

「初めてわたしを見たときからさ」

「玄関で会ったときから、という意味かね？」

「そうだ」

わたしがふいに悟ったのは、その時点では、ヒル巡査はまだサンドリーヌが死んだ部屋をまったく見ていなかったということだった。ベッドのなかの遺体も、そこらじゅうに散らばっていた本も、もちろん、あのテントの形をしていた黄色い紙片も。だとすれば、彼女は何を、わたしの目のなかに何を見たのだろう、とわたしは思った。

「偏見を証明するのは樽のなかの鯨を撃つようなものだ」とモーティは上機嫌でささやいた。そして、おれにすべて任せておけという顔をした。「この事件ではあんたは被害者なんだ、サム。それを忘れないことだ。あんたは正当な理由のない嫌疑で警察のレーダーに捕捉された被害者であり、わたしたちはこれからそれを証明しようとしているんだ」

そのころには、それがモーティの不変不動の戦略であることをわたしは学んでいた。わたしは小さな町の偏見の犠牲者だとされ、それを理由に、陪審員の前で形勢を逆転させようとするのがわたしの弁護士の戦略だった。そういう偏見は恥ずべきものであり、それが事実を歪めていることを彼は証明するつもりだった。それに成功すれば、陪審員はそのとおりであることを認め、その種の偏見をあらわにしないように自戒するはずだった。実際のところ、モーティは彼らに自分自身に対する免疫性を与えようとしていたのである。

それは非常に頭のいいやり方だったが、ふいに、なんだかひどく悲しいことでもあるような気がした。わたしは埋もれていた感情の不思議なきらめきを、自分自身以外のなにかに対する憐れみの、思いもかけない疼きを感じた。

「みんなどうしていいかわからないんだ」とわたしはささやいた。

モーティは肩をすくめて、自分のメモに注意を戻したが、たったいまわたしを襲った悲しみと憐れみはすぐには消えなかった。そして、なかなか消えないその感情がわたしが初めて本から、とりわけメルヴィルの作品から、学校で教わったり教えたりするはるか以前に読んだ物語から、受け取った感情を思い出させた。スターバックがパイプを海に投げ捨てたあきらめきった様子が、さらに、『代書人バートルビー』を締めくくる「ああ、人間とは」という寒々としたため息交じりの言葉が頭に浮かんだ。と、その瞬間、なぜかはわからないがイェーツに思いがおよび、彼がモード・ゴンのなかに垣間見た悲しみが、彼女のなかに見た漂泊する魂が、彼女の美しささえその〝変貌する顔〟から拭い去れなかった悲しみが脳裏に浮かんだ。

そして、なぜか、そういうすべてがわたしをベッドのなかのサンドリーヌへと引き戻した。あの一輪の赤いバラ、髪をあんなふうに整えて、多面的に反射するのにぴったりの位置に一本のロウソクを立てていた。すべてが終わったとき、彼女は全世界に対してすこしも死を予期していない女に見えるように整えられていた。あるいは、それほど人を罪に陥れるものではないが、静謐だが至福に満ちたエロティシズムに抱かれた女に、死を自分の悪魔的な愛人であるかのように喜んで受けいれた女に見えるように。

「それでは、ええと」と、時計に目をやりながら、ラトレッジ裁判官が言った。「かなり遅くなってきたので」まず陪審員、次いでミスター・シングルトン、最後にモーティの顔を見て、「時間のことを考えると、本日はこれにて閉廷したほうがいいでしょう」と彼は言った。「被告あるいは検察側から閉廷に異議はありませんか？」

どちらからも異議はなかった。

「けっこう。それでは、明朝午前九時にふたたび開廷することにします」とラトレッジ裁判官は言った。

わたしたちは立ち上がり、陪審員は部屋から出ていった。わたしは黙って立ったまま、彼らが一列になって出ていくのを見守った。陪審員のだれもがわたしのほうを見ないように注意していた。わたしの見た目そのものがなんらかの偏見を抱かせる怖れがあると思っているかのように。

「よし」と、最後のひとりが出ていってしまうと、モーティが言った。「すこし睡眠を取ろう」

アレクサンドリアを振り返ると、緊張と不安でこわばった顔をしたままだった。

「まっすぐ家に送っていくわ」と、わたしが死の危険のある細菌であるかのように、彼女は言った。

わたしはテーブルから離れて後ろを向き、法廷から出ていこうとしたが、ジェーン・フォーブズの姿を見かけて立ち止まった。コバーン大学の同僚教師で、サンドリーヌが早朝に貯水池のまわりをジョギングするとき、ときどき会っていた女性だった。彼女は法廷の暗い片隅にこわばったように立っていた。ワイン色のオーバーコートを着て、両手をポケットに深々と差しこんでいた。その目がなぜかわたしに思い出させたのは、かつて公園の緑の木陰でわたしを見つめた目、いまや完全にわたしの罪を咎める目つきだった。ジェーンがなぜわたしの裁判を傍聴する気になったのかは見当もつかなかったが、それにもかかわらず、その瞬間、彼女の存在がふいにわたしの裁判のそれまで隠されていた側面を、わたしがまだ入ったことのない部屋の鍵を暗示しているような気がした。

「父さん？」とアレクサンドリアが呼びかけた。

「いま行く」とわたしは答えて、彼女の後ろに付いていった。いまや速歩になって、報道関係者や傍聴人が荷物をまとめたり、コートやジャケットを着たりしている傍聴席を通り抜け、さらに足取りを速めて、彼らを追い抜いた。

法廷の外に出ると、わたしたちは駐車場に向かったが、廊下には小さな町の裁判所には付きものの流れ者の群れがひしめいていた。禁止命令を出された者や申し立てている者、さまざまな種類の出頭命令で出頭してきた人たち、借金のある人、問題を起こした人、人生のあまりにも多くに絶えず絡みついてくるいろんな問題を抱えた人たち。

ああ、人間とは。むかしからずっとメルヴィルの声として想像していた、低い、悲しげな声でだれかがそう言うのが聞こえた。

「どうしたの?」とアレクサンドリアが訊いた。「父さんは……」と言いかけて、肩をすくめた。「わからないけど……変だわ」

わたしたちは裁判所の外に出ていた。駐車場はわずか数ヤードしか離れていなかったが、どういうわけか、階段の上でわたしの足がふいにぴたりと止まった。

「父さん?」とアレクサンドリアが心配そうに声をかけた。

わたしは首を横に振った。「なんでもない」と、気を取りなおして、わたしは彼女に請け合った。

「だいじょうぶ?」

わたしはうなずいた。それから、ようやく歩きだして、階段を下りはじめた。「なんでもない」とわたしは繰り返した。

だが、それは嘘だった。というのも、それがなにかであるのは確かだったのだから。ほとんどそれとわからないような感覚。非常に奇妙な、人生の悲しみというよりは、人生の憤怒とでも言うべき感覚。とぐろを巻く蛇みたいに、永遠にあちこちを攻撃しつづける、その悪意から結局だれも逃げきれない、スルスルと這い寄ってくる、有毒なものなのは確かだったのだから。

依然としてその考えに震えながら、わたしは背後を振り返って、裁判所の階段を見上げたが、B級映画みたいにその階段がいきなり血の川と化し、まっ赤な、どろどろした、曲がりくねった、わざとらしく曲がりくねった流れが、すべてを呑みこんでしまうのではないかと思った。

そして、パニックに襲われた。あまりにも強烈なパニックだったので、自分がいまにも走りだすのではないかと思った。

けれども、そんなことをするほどおめでたくはなかったようで、わたしはただ背筋を伸ばして、そのまま階段を下りはじめた。

「うちへ帰ろう」とだけわたしは言った。

わが家へ

「わたしが運転するわ」車に近づいたとき、アレクサンドリアがそう言うと、パースのなかに手を入れてキーをさぐった。その仕草は、その点についてわたしと議論するつもりはないことを意味していた。たったいま、わたしはなぜかひどくショックを受けたように見えた。だから、家に連れて帰るしかないし、それに議論の余地はないということだろう。

「わかった」とわたしは言った。

そのころまでには、犯罪の嫌疑は、どんな嫌疑でも、嫌疑をかけられた者を決定的に弱らせることをわたしは学んでいた。犯罪の被疑者は群れからはぐれた人間なのだ。わたしは徐々にそれに気づき、さまざまな地元のニュース・メディアからサンドリーヌの死に関する捜査における〝重要参考人〟というレッテルを貼られたときになって、初めてそれをほんとうに理解した。その時点では、わたしはまだどんな罪でも起訴されていなかったし、もちろん逮捕されてもいなかった。けれども、被疑者になったというだけで、コバーン大学の若手の辣腕学長、チャールズ・ヒギンズがわたしを学長室に呼びつけるには充分だった。聞かされていることに呆然として、黙って坐っているわたしに向かって、彼は——もちろん、非公式にだが——辞職を要求した。大学は新しいスポーツセンターの建設資金を募っている最中であり、わたしの〝状況〟（というのが彼の言い方だった）がその成功を脅かすおそれがある、と彼は説明した。

「あんたも知っているにちがいないが、サム」と学長は厳かな口調で言った。「スポーツイベントの観客は非常に重要な資金源になっているんだ」そして、それだけでは充分深く槍を刺せないかのように、彼はつづけた。「そのうえ、もちろん、同総会による寄付の問題もある。これはよくない宣伝があると簡単に激減するからね」

わたしが与えている損害を考えれば、採るべき道はあきらかだった。わたしは古きよきコバーン大学への義務を果たすためにも辞職すべきだったのである。

チャーリーは上着の襟にかけた指を滑らせながら、わたしの答えを待っていた。コバーンがホームレスの収容施設で、わたしが居つづければ収容者たちが容赦ない寒さのなかに投げ出されるとでも言いたげな嘆願をしていることを除けば、彼のまなざしは中立的だった。

わたしがサンドリーヌを殺したと思っているのかどうかは知りようがなかった。どちらにしてもおなじことだったにちがいない。騒がれることそのものが一種の犯罪であり、その最小限の罰が職を奪われることだった。わたしが自分の置かれた状況をもっとはっきり考えていたら、おそらくこういうことも予測できていただろう。たとえそうでも、わたしは自分が不当に扱われていることをある程度は示そうとしただろうが。わたしの裁判はまだはじまってさえいなかったのだから、実際、そう指摘することもできたのだ。しかし、そのころには、無罪推定などというものはコバーン大学の体育プログラムでは受けいれる余裕のない法律上の機微でしかないことを、わたしははっきりと悟っていた。

「しかし、わたしはどうすればいいんだい、チャーリー？」と、途方にくれて、わたしは言った。「辞職してしまったら」

「そうだな、小説にでも取り組んだらどうかね？」と彼は答えた。

「小説にはもう二十年も手をつけていない」とわたしは冷やかに伝えた。「わたしにとって、小説は死んだ赤児のようなものだ」

彼は無表情にわたしの顔を見ていたが、大部分の同僚が抱いている本を書くという幻想を利用できないのが残念そうだった。それこそ自分たちにはまだ言いたいことがあり、その意志や才能もあると自分に納得させるための方法だったのだが。

「そうかね」とチャーリーは言った。「まあ、いずれにせよ、なにかしらやることが見つかるにちがいない」

そうしなければならない倫理的な根拠はなかったし、彼はそれを承知していたが、それも問題ではなかった。彼にはもっと別にやるべきことがあったのだから。コバーンは彼にとっては梯子の最下段であり、将来もっと名のある大学の学長に就くための跳躍台にすぎなかった。彼は若く、眠りにつく前にまだはるかな距離を行くつもりであり、わたしの現在の苦境にその邪魔をさせるわけにはいかなかったのである。

それはよくわかっていたが、職を失うことはわたしには破滅に等しかったので、屈辱的ではあったが、その単純な事実を指摘せずにはいられなかった。「わたしには支払わなきゃならない請求書がある」とわたしは言った。「多額の請求書や弁護費用が」

ヒギンズはかぶりを振った。「それは気の毒だな、サム、ほんとうに気の毒だと思っている。この不幸な問題がいずれはすっきりと解決されることを祈っているよ」彼の目が冷酷な光を帯びた。「しかし、いまのところ、理事会はわたしに選択の余地を与えてくれないだろう。訴えられるおそれがある。何に対してかは知らないが、弁護士はなにかしら考えだすにちがいない。わたしたちは教職員に対する責任があり、学生への教師の影響についても責任がある」

だから、殺人を疑われている者はスタッフにはできないというわけだ、とわたしは思った。

「辞職しなければ、解雇されることになるのかね？」とわたしは訊いた。

「無給の停職になる」とチャーリーは答えた。

「あらかじめ考えてあるんだな」とわたしは言った。

「わたしが辞職を拒否した場合、どんなステップを踏むか」

「そういうことだ」彼は肩をすくめた。「いずれ問題が解決して、あんたの任命を再検討できるようになることを祈っている」と彼はつづけた。「辞職したあとに、ということだが」彼はふたたび肩をすくめた。そして、「じゃ、そのときまで」と彼は言って、みたび肩をすくめた。

そのときまで、わたしには仕事がないというわけだった。

いや、〝そのときまで〟ではなく、永久に。

たとえわたしの裁判の結果がどうであれ、わたしはコバーン大学では放射線を撒きちらすような存在になる。そして、コバーン大学以外でも。自分の大学にそんな瀑布のような悪宣伝をもたらした教授を雇おうとする大学がどこにあるだろう？

というわけで、学長室を出てきたとき、わたしは自分が二度と教壇に立てないことを充分に承知していたが、仕事を失ったことはもうひとつの喪失に比べればたいしたことではなかった。いま、わたしの車の運転席に坐っているアレクサンドリアを見ればあきらかな胸がつぶれるような喪失。父親としての伝統的な力の喪失。自分の娘にとって自分が病人のようなものになってしまったという事実。

しかし、そんなことを娘に話したくはなかったので、わたしは言った。「きょうの法廷はどうだったと思う？」

彼女は車をクレセント・ロードへ入れた。「問題なかったと思うわ」

平板な、無表情な声だった。裁判がどうだったのか、無言の陪審員がいまごろどう考えているのか、彼女にわかるはずもないという事実を認めただけだった。そう思うと、自分の置かれている状況の説明しがたさがあらためて骨に沁みた。こんなに頭のいい男がどうしてこんなことになったのか？

それはサンドリーヌの死とともにはじまったプロセスの一段階ごとに、わたしがみずからに問いかけた疑問だった。法的なプロセスがかなり進んでからでさえ、わたしはそれが止まることを期待していた。しかし、それは止まらなかったし、アレクサンドリアがハンドルをまわして、車がクレセント・ロードの家のドライブウェイに滑りこもうとしているいま、もはやそれがいつか止まるとは信じられなくなっていた。

「イーディスがドライブウェイを掃除している」と、隣に住む女を頭で指しながら、わたしはそっけない口調で言った。イーディス・ホイッティアはだいぶ前に離婚した、サンドリーヌの垣根越しの友人だったが、サンドリーヌの姿を最後に見かけた人間のひとりで、最近になってミスター・シングルトンの検察側証人リストに名前が加えられていた。彼女はうなずき返したが、どこか冷やかで、嫌悪感を漂わせているように見えた。あたかも最近になって州の性犯罪者登録簿にわたしの名前を発見したかのように。

「彼女もわたしを毛嫌いしている」とわたしは吐き捨てるように言った。

アレクサンドリアはハンドルを切って、車をドライブウェイに入れた。「無視することね」と彼女は言った。

家に入ると、わたしは文書室へ行って、アレクサンドリアが夕食の準備をするあいだ、本を読んだ。わたしが自分で食事をつくることもできたが、一日の裁判のあと、わたしにはゆっくりする時間が必要だろうと彼女は感じていた。たしかにそのとおりだったが、いくら本のなかに入りこもうとしても、証人の偏見をあばき出すのはいかに簡単なことかという、昼間のモーティの言葉がひっきりなしに脳裏に浮かんだ。それにしても、ヒル巡査はわたしにどんな反感を抱いたというのだろう?

夕食の席で、わたしはアレクサンドリアにそのことを言った。

「大人気ないことを言わないでよ、父さん」と彼女は言った。

「どういう意味だい?」とわたしは訊いた。

「彼女はたぶん父さんがかなり変だと思ったにちがいないわ」とアレクサンドリアはずばりと言った。

「どうしてそんなふうに思ったりするんだ?」とわたしは訊いた。「わたしは彼女にはほとんど口をきかなかったのに」

アレクサンドリアはさっとわたしの顔を見た。「だって、そのこと自体が変じゃないの、そうは思わないの?」

「何と言えばよかったというんだ?」とわたしは聞き

返した。「すてきな夜ですね、ヒル巡査。週末には雨になるでしょうとか？」

　アレクサンドリアはかぶりを振った。「どっちにしても変わらなかったかもしれないけど、家のなかの様子を見て、父さんと母さんがいい年をしたヒッピーみたいだったのを見れば、いい印象はもたなかったにちがいないわ」

「わたしたちはヒッピーだったことは一度もない」とわたしは言った。「そもそも、ヒッピーなんてわたしたちより前の時代じゃないか」

「わたしが言っているのは、家のなかの様子がどう見えたかってことよ、父さん」とアレクサンドリアは言った。「まるでいま引っ越してきたばかりみたいに、そこらじゅうにいろんなものが散らばっているんだから」

「家が散らかっているからわたしは人殺しだってことになるのかね？」

　アレクサンドリアは視線を皿に落とした。

「どうなんだい？」とわたしは訊いた。

　彼女はわたしの顔を見上げた。「父さん、父さんたちは気づかなかったの？　ほかの家に行けば、ほかの教授やそういう人たちの家に行けば、こんなふうには暮らしていないということに？」彼女は、書類や本やＣＤがそこらじゅうに散らばっている、隣の居間を示した。「この家はいつも、ちょうどいまとおなじように、散らかりほうだいだった。ほかの家では、すべてがきちんとしているのに。本はきちんと片付けられているのに。父さんと母さんはそれに気づかなかったの？」

「そりゃ、わたしたちだってそういう家のことは知っていたよ、ほんとうさ」とわたしは言った。「だけどね、アレクサンドリア、わたしたちはそんなふうに見える家にはしたくなかったんだ。すべてがきちんと片付いていて、なにもかもきれいに磨き立てられている家なんて。わたしたちはそういう種類の家にしたくはなかった。そういう種類の生活はしたくなかったからだ」

「そう、わかったわ、父さん」とアレクサンドリアはちょっと不機嫌そうに言った。それから料理に注意を戻して、くたくたに茹でたサヤインゲンを弄んだ。

「どういう意味だい、『そう、わかったわ、父さん』というのは?」とわたしは訊いた。

アレクサンドリアはわたしの顔をまともに見つめた。

「ほかに何と言えばいいというの? 父さんはけっしてあとには退かないんだから。議論にはかならず勝たなければ沽券にかかわるかのように。母さんでさえそう言っていたわ」

「ほんとうか?」とわたしは鋭く聞き返した。「いつ言ったんだ?」

「母さんが……亡くなるひと月くらい前よ」とアレクサンドリアは言った。最後の何日かのサンドリーヌの姿がわたしの目に浮かんだ。「ほんとうに悲しそうだったわ。あるとき、母さんがこう言ったのを覚えているわ。たいていの人たちはあやまってほしいと思いながら死んでいくけど、わたしはあやまりたいと思いながら死んでいくのねって」

「だれに対して?」

「父さんによ」とアレクサンドリアは答えた。

「わたしに?」とわたしは訊いた。「どうして?」

「知らないわ」とアレクサンドリアは答えたが、ふいにどきっとするほど鋭いまなざしになったので、わたしはまともに目を合わせていられなかった。

「もっと別のことを話そう」とわたしは言った。

彼女は手がつけられていない料理を指した。「なにか食べたほうがいいわ。体力を保つ必要があるんだから」

サンドリーヌが死んでからというもの、彼女はこんなふうに、ちょっとぶっきらぼうに、権威的になっていた。そういう新しい振る舞いをわたしは受けいれたが、それは彼女がもっと自信をもちたいのだろうと思ったからだ。大学を卒業したのはわずか三年前で、ニューヨークの出版社の仕事を探したが、結局はアトランタの著作権エージェントに落ち着いていた。だが、そこは評判の高いエージェントを付けられない物書きのための郵便物転送サービス会社みたいなものでしかなかった。「自費出版専門の出版社というのはそれだけでも充分哀れだけれど」と彼女は言ったことがある。「自前の著作権エージェントというのはほんとうに悲しいわ」

そのあとはたいした会話はなかった。わたしはこの本やあの映画、テレビの『フロントライン』や『名作《マスター》劇場《ピース・シアター》』の話をしたが、公判第一日についてはそれ以上ふれなかった。

そして、とりわけ、サンドリーヌについてはなにも言わないようにした。たとえそうしても、彼女は至るところにいたのだが。わたしはミュージカル『リトル・ナイト・ミュージック』のソンドハイムの唄の一節を思い出した。「毎日小さな死が……ボタンにも、パンにも」。最後の数週間、サンドリーヌはその唄を何度も何度も繰り返し聴いていた。見つけられるかぎりのあらゆるバージョンをダウンロードして、あの白いイヤホンと淡いグリーンのナノを持って、何時間も文書室に坐っていたものだった。ほとんど本を読もうとはせず、言葉やページにはもううんざりだと言っていた。ただ流れに身を任せていたいのよ、サム、とある夜、彼女が感心するかもしれない本についてわたしがふれると、彼女は言った。おねがい、ただ流れ漂うままにさせておいてちょうだい。

夕食後、わたしは文書室に戻り、それから、サンドリーヌといっしょに使っていた、そこで彼女が死んだベッドルームへ行った。彼女の死の数日後、わたしはベッドを処分した。ちらつくロウソクの明かりのなかで、半身だけ覆って彼女が横たわっていたマットレスで眠ることには耐えられなかったからだ。わたしたちは本格的なベッドを入れることはしなかったから、それは金属フレームにマットレスを載せただけの、ヘッドボードも支柱もないものだった。それもヒル巡査には奇妙に見えたにちがいなかった。剝きだしの金属フレームが飾り気のない壁に押しつけられ、それがわたしたちのさまざまな知的興味の残滓の山に取り囲まれていたのだから。じつに寒々とした、愛情の感じられない光景に見えたにちがいない。

わたしがその金属フレームの代わりに選んだベッドは、数日前から整えられていなかったが、一瞬、わたしはそれをぼんやりと眺めた。買い物は好きではなかったので、大急ぎで選んだ代物で、オーク製だったが、マホガニーみたいに着色されていた。なんの飾り気もなく、低いヘッドボードが付いているだけで、てかてかした塗装を除けば、シェーカー教徒でもよしとしたにちがいなかった。

ベッドにもぐり込む以外のことがなにかできないかと思ったが、ここはコバーンであり、夜の九時以降は、ベッド以外のものはなにもなかった。この町にナイトクラブはなく、ニール・サイモンの作品をよく上演するコバーン・カウンティ・セスピアンズ以外には劇場もなく、映画館の最終回はもう半分終わっている時刻だった。いずれにせよ、映画に行くつもりはなかったけれど。ずっと前から町中には出かけないようにモーティから警告されていたからである。わたしが楽しんでいるところをまだ陪審員に選ばれていないだれかに見つかることを彼は怖れていた。それほど不利になることはほかにはない、と彼は言った。妻を失った男は——とりわけ妻が自殺したり、さらに悪いことに彼女の殺害の嫌疑をかけられたりしている場合には——けっして笑みを浮かべてはならないし、もちろん、絶対に声をあげて笑ってはならなかった。裁判が終わるまでは、存在の軽さには重しを付けておかなければならず、わたしが人目にさらせるのは男やもめの喪章だけだというのだった。

しかし、妻を亡くした男でも近所に散歩に行くことはできるだろう、と思ったので、わたしはドアに向かった。

「どこへ行くの、父さん?」

アレクサンドリアの声は口に引っかかった釣り針みたいだった。

「散歩だよ」

「いっしょに行こうか?」

「いや、いいんだ」とわたしは言った。「ありがとう」

数秒後、ひんやりする夜の空気を吸いながら、わたしはクレセント・ロードを歩いていた。

初めのころ、コバーンに来てから最初の数週間、サンドリーヌとわたしはしばしば夜の散歩をしたものだった。彼女は星空を見上げて、不思議な幸福感に浸っていた。「わたしは本気で外国に住みたいと思ったことは一度もないのよ、サム」と、そういうあるとき、彼女は言った。「ヘミングウェイみたいに、カフェにたむろして、飲んだくれたり。そういうことをしたいと思ったことはなかった」

「どうしたいと思っていたんだい?」

彼女は笑った。「あのひどく悪く言われている善意の人のひとりになりたかったのよ」と彼女は答えた。「ここへ来る前に話したことがあったでしょう……学校をつくりたかったの」

その理想が実現できなかったので、しだいにおかしな方向にずれていったのだろうか、とクレセント・ロードをひとりでぶらつきながら、わたしは考えた。サンドリーヌの混沌とした青春の夢のなかにひとつだけ特別に強烈なものがあり、それが実現できなかったために、自分をすべてに失敗した人間だと見なすようになったのだろうか？　わたしが書かなかった小説のことを考えたように、彼女はそのことを考え、書かれなかった小説がわたしの心を蝕んだように、それが彼女の心を腐蝕させたのだろうか？

ある種の真実はほかのものより大きな打撃を与える。終わりが悪かったのではなく、初めから間違っていたのだとふいに悟ること。それほど人を完璧に打ちのめすものはほかにはないだろう。サンドリーヌの場合、世界のどこか見捨てられた片隅に学校をつくるという理想主義的な夢を抱いたりしたのがそれだったのだが。

わたしはブロックをひとまわりして家に戻った。アレクサンドリアは居間に坐っていた。あきらかにわたしが帰ってくるのを待っていたようだった。

「わたしは八歳のこどもじゃないし」とわたしは言った。「八十歳の年寄りでもないんだぞ」

彼女は叱られた少女みたいにふてくされた顔をした。

「わたしはだいじょうぶだよ」と、いまや心配してくれたことに対する心からの感謝を表そうとしながら、わたしは請け合った。「ほんとうに」

彼女は立ち上がって、短い廊下を歩いていった。

「おやすみなさい」と大声で言って、いまでも自分の〝むかしの部屋〟と呼んでいる部屋に入っていった。

自分の母親が死んでから、彼女はずっとそこで眠っていたが、おそらく判決が下されるまでそこで眠るつもりなのだろう。そのあとは、どうにかして、また自分の人生を生きていくしかないのだけれど。だが、どうやって、とわたしは思った。あの最後の日、最後の夜、闇のなかにいたサンドリーヌを、わたしたちが投げつけ合った口にするのも恐ろしい言葉を思い出した。わたしは自分の人生を生きつづけられるのだろうか？　亀裂が入ったり、粉々になったりしたものがある。そして、あの最後のやりとりのあと、自分たちの結婚生活が、サンドリーヌが投げつけた小さな白いカップみたいに、もはや修復不可能なことをわたしは悟った……

…だとすれば、なぜつづけなければならないのか？

濃密な、まったく光を通さない暗闇が覆い被さってくることがある。そのあと、ひとりでベッドに横たわっているとき、わたしはそう感じた。本を読む気にも、テレビを見る気にもなれなかったが、それよりもなによりも、眠りたくなかった。睡眠は自分が無防備になる時間だった。まともに向き合いたくはないいろんなものが吐き出される警察の取調室のようなものだった。だから、わたしは暗闇のなかに横たわり、その瞬間を押し戻そうと闘っていた。自分の意識がコントロールを失って、襲ってくるさまざまな考えになんの抵抗もできずに流されてしまう瞬間を押し戻そうとしていた。ところが、驚いたことに、心に浮かんだのはあるひとつの記憶だけで、しかもどちらかというと楽しい記憶だった。

わたしはワシントン広場にいた。その公園にたくさんあるベンチのひとつに坐って、本を読んでいた。秋の日で、すっかり本に夢中になっていたにもかかわらず、わたしは自分の前方数フィートの場所にじっと立っている人がいることに気づいた。初めは、それが男か女かもわからなかったが、顔を上げた瞬間にその疑問は解消した。目の前に立っていたのは見たこともないほど愛らしい若い女性だった。

「あなたはあまりハンサムじゃないけど」と彼女は言った。「とても集中しているのね」

わたしは恥ずかしそうにうなずいた。大学院まで進んでいたにもかかわらず、わたしは依然として擦りきれたジーンズにチェックのシャツといういでたちの、田舎の町の青年にすぎなかった。

「あなたは何をしているの？」と彼女は訊いた。「本を読んでいないときには？」

「ここのニューヨーク大学で博士論文を書きあげようとしている」

「それだけ？」と彼女は訊いた。

「ええと、小説にも取り組んでいる」とわたしは告白した。

あきらかに、それは前にも聞いたことがあるようだった。「ほかには?」

「いまは、知恵遅れのこどもたちに教えている。ここから遠くないところだけど、バワリー街で」

「何を教えているの?」

「基本的なことさ」とわたしは答えた。「清潔にするとか、小遣いを稼ぐとか。のちのち生きていくために役に立つようなことだよ」

彼女はにっこり笑った。わたしは、その目のなかのなにかが、まるで彼女の指先がわたしにふれたかのように、自分にふれるのを感じた。「まあ、それがボトムラインね」と彼女は言った。

「そう言えると思う」とわたしは言った。

「わたしたちは奇妙なカップルになるでしょうね」と彼女は言った。それから、笑みを浮かべて、わたしの隣に腰をおろし、わたしの手から本を取り上げると、すこし読んでから、わたしの顔を見上げた。人の心を見透かすようでもあり、同時にやさしくもある目だった。「それがわたしたちの運命《さだめ》かもしれないわね」彼女は手を差し出した。「サンドリーヌよ」

その瞬間、引いていく潮の流れのなかにまだ漂っているうちに、なにかが外れたような感触があり、同時に、毎晩ベッドに入るとき怖れるようになっていた不安を掻き立てるような疑問が一斉に湧き起こった。死ぬとき、サンドリーヌは何を考えていたのだろう?わたしが彼女を傷つけることはありえないと信じて、わたしの犯罪の本質を垣間見ることもなく、彼女は死に向かったのだろうか?

第二部

コバーン郡裁判所におけるサミュエル・ジョゼフ・マディソンの妻殺害事件に関する公判は、三日間にわたる各救急隊員ならびに郡の病理医の証言につづいて、四日目の審理に入っている。ミスター・マディソンは昨年十一月十四日の彼の妻、サンドリーヌの死に関して起訴されている。ミスター・マディソンはコバーン大学の文学部教授だったが、すでにこのポストを辞職しており、彼が自分のために証言するかどうかはいまのところ不明である。

——『コバーン・センティネル』二〇一一年一月十四日付

第二日および第三日

時間

つづく二日間の証言はじつに耐えがたいほど退屈だった。幸いだったのは、それはわたしが思い出す必要もなく、モーティが反論する必要もない、漠然とした技術的な問題の靄のなかで過ぎていったことだった。救急隊員は、彼らが到着したときすでにサンドリーヌが死んでいたこと、その遺体を収容して、コバーン郡死体安置所に運んだことを証言した。死体安置所の係官は、遺体がその到着以来一度も移動されていないと証言した。次に証言したのはアール・モーティマーという病理専門医だったが、その所見はわたしにははるか以前に知らされており、モーティがわたしに請け合ったように、ミスター・シングルトンも忘れているはずはなく、のちにほかの証人尋問のとき取り上げられるにちがいなかったが、驚くほど興味のもてない証言だった。そのほかにも何人かが証人台に立ったが、その全員からあきらかになった事実といえば、サンドリーヌの死後の彼女の遺体の保存や取り扱いについては、一連の証言に欠けている部分があるとか、証言のいずれかの部分がみだりに変更されたとか、被告側が主張するために使える可能性のあるものはなにもないということだけだった。

というわけで、それは延々とつづいた。

もちろん、ひとりの読者として、時間についてはすでにいろんなことが書かれていることをわたしは知っている。それは川であり、それは盗人だった。ベンジャミン・フランクリンにとっては、それは金であり、コンラッド・エイケンにとっては、夢だった。トルストイはそれを戦士と見なしていた。だが、公判がつづくなかでわたしが思い出したのは、シェイクスピアが時間に認めていた独特の力であり、サンドリーヌがそれをよく引用していたことだった。つまり、時間はずる賢さを無効にし、なにものも時間を出し抜くことはできないという考えである。

わたしはといえば、時間について確実にわかっていたのはただひとつ、裁判の第二、第三日には、それはカタツムリみたいにのろのろとしか進まず、次々と証人が証言台に立って、わたしの有罪・無罪とはなんの関わりもないことをボソボソ話しては、証言台を下りていったことだけだった。

時計の針の見かけ倒しの動きを耐えられるものにしてくれたのは記憶だけであり、長々とつづく単調な証言のあいだ、わたしはサンドリーヌと過ごした歳月を思い出すことに多くの時間を費やした。

わたしが思い出したのは、ワシントン広場でのあの出逢いのあと、いっしょに長い散歩をしたことだった。わたしたちは実際ずっと北に歩きつづけ、セントラル・パークにたどり着いた。わたしは背は高かったが、色が浅黒くはなく、ハンサムからはほど遠かった。というより、正直に言えば、わたしは見てのとおり、ひょろ長い田舎育ちの男、奇跡的にニューヨーク大学に合格したミネソタ出身の若者にすぎなかった。入学してから数年のあいだに、大学の梯子をどんどん上って、ますます有利な奨学金を獲得し、英文科の賞をいくつも手に入れて、ほとんど当然のように博士号を取得してはいたが、それだけではまだ大学のいいポストに就くには不充分なことに気づいていた。だが、それはたいした問題ではなかった。なぜなら、わたしが心に決めていたのは偉大な小説を書くことであり、そのうちいつか書けるだろうと確信していたからである。大学での教職に就けば、長い休暇やときおりの休暇年度があり、たっぷりと時間がとれるはずだった。

だから、あの秋の日の午後、サンドリーヌが出会ったのは大いなる芸術的野望に取り憑かれている男だった。彼女にはわたしはとても〝集中している〟ように見え、わたしには彼女はとても美しく見えた。夢みたいな美人がすっと現れて、わたしの隣に坐り、わたしたちは奇妙なカップルになるだろうとジョークを言って、それがふたりの運命なのかもしれない、とかわいらしく付け加えたのだった。

わたしはサンドリーヌのような女に会ったことはなかった。彼女はじつにいろいろな才能に恵まれていて、しかも信じられないほどそれを意識していなかった。男たちが振り返ったり見とれたりしていることにはほとんど気づかず、自分がしゃれた言いまわしをしたり鋭い洞察力のある意見を言ったりしても、それに気づいていなかった。彼女は多くを与えていたが、与えているという意識はなく、その意味では、むかしからだが、その後もずっと、わたしの目には、驚くほど浮ついたところがなかった。知り合ってから数週間後、彼女の望みは何なのかと率直に質問したとき、わたしは彼女の答えに驚かされ、笑いださずにはいられなかった。そのうち、赤ちゃん。

わたしたちはクローゼットみたいに狭いわたしのアパートにいた。薄っぺらいマットレスに横たわって、安っぽいシーツにくるまっていたが、彼女がふいに起き上がると、シーツがずり落ちて、染みひとつない真っ白な上半身があらわになった。

「どうして笑ったりするの、サム？」と彼女は訊いた。

わたしはふたたび笑った。「赤ん坊はだれにだってできるじゃないか。わたしが訊いているのは、きみが人生に何を望んでいるのかということさ」

彼女はとても真剣な顔をしてわたしをじっと見つめた。それから、「そのうち、赤ちゃん」ともう一度きっぱりと繰り返した。「たぶんあなたとわたしの」

こんどは、わたしは彼女の言ったままを信じた。

「なぜわたしなんだい？」

そのときは、わたしはそれが完全に正当な質問だと思っていた。結局のところ、わたしが彼女に与えられるものはたいしてなかったのだから。もちろん、わたしは頭がよかった。けれども、ニューヨーク市にはほかにもそういう若い男はいくらでもいた。わたしは英語しか話せず、旅をしたことはほとんどなかったが、サンドリーヌはフランス語を流暢に話し、長いあいだ海外で暮らしていた。ごく控えめに言っても、わたしの家系は慎ましく、両親はただの労働者だったが、サンドリーヌはふたりの大学教授のあいだの愛娘《まなむすめ》だった。

だから、もちろん、と、また別の証人が重い足取りで証人台に向かうのを見守りながら、わたしは考えていた。あの午後、わたしがサンドリーヌにしたのは、そしていまあらためて繰り返しているのは、正直な、心からの質問だった。なぜわたしなのか？

彼女はしばらくわたしの顔を見つめていた。どうやら、それまでにわたしについて集めたすべての情報をふるいに掛けて、彼女の目から見て、その答えになるものを見つけようとしているようだった。それから、彼女は体をずらして、あの古典的な愛情と信頼のこもったポーズで、わたしの肩に頭をもたせかけた。

「なぜなら、あなたはやさしいから」と彼女は言った。

積もり積もった誤りや失策が敵の大軍勢みたいに襲いかかってくることがある。三日目の公判が終わるころ、わたしはそういう記憶に襲われていた。その襲撃は思いもしないほど強烈で、わたしがそれまで法廷で保っていた冷静な態度がくずれかねないほどだった。

そのときまで、わたしは完全に無言で、まったく身じろぎもせずに坐っていた。証人たちにまっすぐ顔を向け、彼らがどんなことを言っても目に見える反応は示さなかった。けれども、その特別な記憶が驚くほど執拗によみがえってくると、第二の、もっと陰鬱な法廷が、黒い法衣をまとった大審問官が現れて、ほんとうは何が起こったのか、どうしてあんなきらめくような始まりがこんな星ひとつない闇夜に行き着いたのかを尋問しはじめたかのようだった。

冷静さを取り戻すため、わたしは自分の記憶の小窓をふさいで、幸せな瞬間だけに集中しようとした。サンドリーヌが主張した、治安判事の前での簡単な結婚式、束の間の地中海へのロマンチックな旅、帰国したときサンドリーヌを待っていた仕事のオファー。

仕事の口はかなりたくさんあり、そのすべてが名のある大学からのもので、彼女には前途洋々たるキャリアが、ボストンやスタンフォードやシカゴで教えられる可能性があった。すばらしい図書館や、優秀な学生たち、彼女にその才能があることをわたしが知っていた偉大な本を書く時間。しかし、わたしたちの両方に仕事のオファーをしてきたのはコバーン大学だけだった。

「これにしましょう」と、淡いブルーの便箋の手紙をわたしに手渡しながら、彼女は言った。

彼女はわたしたちの小さなアパートの床に坐って、蚤の市で見つけたループパイルの絨毯の上に脚を投げ出していた。

わたしはそれを彼女の手から受け取った。「コバーン大学かい？」とわたしは訊いた。

「わたしたちは結婚しているのよ、サム」とサンドリーヌは言った。「結婚したら、いっしょにいるものでしょう」

彼女はその後ここで買った家に完全に満足していたようで、引っ越しや増築や改築を望んでいる様子はこれっぽっちも見せなかった。そして、教職に身を捧げ、時間が空くと裏庭にイーゼルを立てて絵を描いたが、それを発表することには興味を示さなかった。正直なところ、彼女の作品は発表する価値があると思ったので、わたしはそう示唆したが、「いいえ、わたしは素人だもの、サム」と彼女は答えた。「ただ好きだからやっているだけなんだから」

〝そのうち、赤ちゃん〟の瞬間がやってきたのは次の年で、絵画は母親業に道を譲った。その初めの数カ月、わたしが自分の思いどおりにならない小説に苦闘しているあいだ、彼女はしばしばアレクサンドリアを連れて町に出て、広場を散歩したり、あちこちの店を覗いたりして、そのころにはすでに知り合いになっていた驚くほど大勢の町の人たちに、わたしたちの新しい娘を見せびらかした。

あるとき、アレクサンドリアが五つのとき、ふたりが町の公園で鮮やかな色の枯れ葉を集めているところに出くわした。

「王冠を作るの」とサンドリーヌは幸せそうに言った。「カエサルの月桂樹の冠みたいなやつを、オークの葉だけで」

わたしは小説が進まないことで疲れていたし、気落ちしていた。希望がどんどん先送りされると、人は腐った気分になるが、そういう気分に落ちこんでいたせいで、わたしは言った。「それじゃ、コバーンの月桂冠作りになるのかい？　クレオパトラに関する本を書く代わりに。クレオパトラか、ヒュパティアか、ほかのそういう……」

「やめて」とサンドリーヌがさえぎった。彼女はきびしい目でわたしの顔を見た。「わたしが本を書かないとしても、だからどうだというの？」彼女は誇らしげに顔を上げて言った。「犯罪じゃあるまいし」

彼女はわたしの答えを待たなかった。

「本を書きたがっているのはあなたよ、サム」と彼女は挑むように言った。「わたしじゃないわ」それから、手を伸ばして、アレクサンドリアの手を取ると、わたしから離れて広い芝生を、輝くような赤や黄色の落ち葉の海を、秋の華やかさに彩られたコバーンを横切っていった。

もしもサンドリーヌがわたしを裏切ることがあると

すれば、それはほかの男を愛したときだろう、とわたしはむかしから思っていた。しかし、その午後、彼女とアレクサンドリアが遠ざかっていくにつれて怒りが昂じるのを感じながら、わたしは町に妻を寝取られたような気がしていた。

ラトレッジ裁判官の小槌の音がわたしを現在に引き戻した。その鋭い打撃音は、ふいにわたしの胸を打ちはじめた気がかりな音に似ていた。

「公判は明日午前九時に再開することにいたします」

と彼は言った。

というわけで、十九世紀の小説家ならおそらくこんなふうに言っただろうが、公判第四日が布告された。

第四日

ミルトン・ダグラス・フォーサイスを証言台へ

公判第四日にその名前に答えた男はどちらかと言えば背が低く、やや小肥りで、非常に豊かな雪白の髪をしていたので、初めはアンディ・ウォーホルのカツラを被っているのかと思った。だが、もちろん、そんなことはなかった。それでも、彼が証言台に歩み寄るのを見ると、陪審員のなかにも一瞬おなじように考えた人がいるのではないかと思わずにはいられなかった。陪審員のなかのふたりは禿頭で、ひとりは若いのに髪が薄くなりかけていた。彼らはミルトン・ダグラス・フォーサイスが逆毛を立てたカツラを被っているのではないかと疑わずにいられただろうか？

ベージュのスーツに、淡いグリーンのシャツ、茶色のネクタイといういでたちで、まさにサンドリーヌが〝汚いサラダ〟と呼んだ取り合わせだった。

彼女がそう言ったのはどこだったろう？　思い出せないが、まだ若いころ、バスか地下鉄に乗っているときだったような気がする。彼女はそうわたしの耳元でささやくと、哀れな男のほうに頭を振ってみせたものだった。彼女の非難の的になっただけでなく、もちろん、同情も買うことになった男のほうに。

そんなふうに思いをめぐらせるのをやめたときには、ミスター・フォーサイスはすでに宣誓を済まして、コバーン郡検死官《カウンティ・コロナー》──という頭韻を踏む仕事、そんなものがあるとすればだが──だと自己紹介していた。

「あなたがその職務についてからどのくらいになりますか？」とミスター・シングルトンが訊いた。

「わたしは三十二年前からコバーン郡の検死官を務め

ています」とフォーサイスは答えた。

それから、いつものように、この検死官が属している職業団体や彼が受けて修了証を受け取ったさまざまな訓練プログラムのリストが開陳された。そのリストの項目を順番にたどったあと、陪審員はようやく十一月十五日の朝のフォーサイスのオフィスに、電話が鳴ったときにたどり着いた。

「コバーン警察のレイ・アラブランディ刑事でした」と彼は法廷に説明した。「その朝早く、その前夜にこの町で起こった死について巡査と話をしたということでした」

「その巡査の名前を覚えていますか？」とミスター・シングルトンが訊いた。

「ウェンディ・ヒル巡査です」

「ヒル巡査はアラブランディ刑事に何と言ったのですか？」

「彼女はクレセント・ロード237番地におけるサンドリーヌ・アレグラ・マディソンの死について報告しました。その報告に基づいて、アラブランディ刑事はわたしが調査する必要があると考えたのです。その死は外見上は自殺と思われるということでした」

外見上は、そうだろう、とわたしは思った。

「アラブランディ刑事は、遺体が運び出される前に、わたしがその家に行ってほしいと考えていました」

「なぜそんなに急いでいたのですか？」

「奇妙なことがいくつかある、と彼は言っていました」とミスター・フォーサイスは答えた。「だから、わたしがただちに正式な調査を開始することを望んでいたのです」

「正式な調査を、ですね」とミスター・シングルトンは繰り返した。「それを開始すると、どういうことになるんですか？」

「そうですね、まず第一に、遺体を処理する作業がすべて停止されます」とミスター・フォーサイスは答えた。「それから、もちろん、解剖が行なわれます。すこしでも自殺の疑いがある場合にはただちに解剖が行なわれることになるんです。しかし、本件の場合には、先ほども言ったように、アラブランディ刑事がわたしに故人の住所に行ってほしいと言ってきました」

「わかりました。で、そのあと、あなたは犯行現場に行ったのですか?」

モーティが立ち上がった。「異議あり、裁判長。〝犯行現場〟ではなく、クレセント・ロード237番地です」

「異議を認めます」と裁判官は言った。「先入観をもたせる言い方に気をつけてください、ミスター・シングルトン」

「申しわけありません、裁判長」彼はミスター・フォーサイスに注意を戻した。「では、あなたはそのあとクレセント・ロード237番地に行きましたか?」

「はい、行きました」

実際、彼はクレセント・ロード237番地にやってきた。いまから思えば、ちょっと疲れているように見えた。定年に近づきつつある男で、目のなかのなにかが長年のあいだにあまりにも多くの死体を見てきたことを物語っていた。

「わたしはダグ・フォーサイスです」と、わたしがドアをあけると、彼は言った。「コバーン郡の検死官です。この度はたいへんお気の毒でした」

小さい悲しげな頬笑みが心からなのか職務上なのかはわからなかった。

「もちろんご存じだと思いますが、今回のようなケースでは」と彼は言った。「比較的若い女性で、自殺が問題になっている場合には、郡からの要請でわたしが調査しなければならないんです」

そんなことはすこしも知らなかったが、わたしは「もちろんです」と言って、彼を家のなかに招き入れた。

彼はあたりを見まわしたが、顔は無表情で、目にもこれという変化はなく、ほとんどなにも見ていないようだった。

「妻はこの奥にいます」と、頭で廊下を示しながら、わたしは言った。

朝の八時だったが、フォーサイスはすでに一晩中働いたあとみたいだった。動きは鈍く、その目つきには観察力の鋭さをうかがわせるようなところはすこしもなかった――じつは彼はかなりの観察力の持ち主だったが、わたしがそれを知ったのは彼が報告書を書きあげたあとだった。

「娘がけさの四時ごろ帰ってきて」とわたしは彼に説明した。「わたしが起こったことを連絡したあと、わたしのそばにいるために帰ってきたんですが、廊下の奥の部屋で眠っているんです」

「娘さんを起こす必要はありません」とフォーサイスは愛想よく言った。「あまり長くはかからないと思います」笑みを浮かべて、「それに、できるだけ静かにするつもりです」。そう言うと、彼はとても慎重に廊下を歩いて、サンドリーヌが依然として横たわっている場所に行った。

ミスター・フォーサイスが証言をつづけているあいだ、なぜかは説明できないが、わたしはかなり以前に亡くなった母のことを思い出していた。母はだれにでもやさしく接したものだった。声はとても穏やかで、めったに怒ることはなく、死ぬほど単調な仕事をつづけて、わずかな賃金から、完全に無関心な父と最後は離婚したあとにも、ときどき小切手を送ってくれた。わたしは郵便物のなかにときおり十ドルか二十ドルの小切手と、わたしの息子へと書かれたメモを見つけた。その記憶がわたしをもっと若いころの自分に引き戻した。そういうささやかな贈与を心からありがたく思いながら、苦々しく思うこともなく、なんの恨みを抱くこともなしに、みずから『大地の引力』と題した小説、サンドリーヌには「物事のやさしさ」に関する物語になるはずだと説明した小説に取り組んでいた男。いまではあまりにも遠く、ミスター・フォーサイスを死んだ妻のベッドルームに案内した男とはまったくの別人にしか見えなかったけれど。

「クレセント・ロード237番地であなたはどんなことに気づきましたか、ミスター・フォーサイス？」とミスター・シングルトンが尋ねた。

「ミスター・マディソンが玄関に出てきて、わたしは自分の身分を明かしました。それから、彼に案内されて、裏手のベッドルームに行き、そこで被害者を見ました」

モーティがふたたび立ち上がった。「公判の進行を滞らせるつもりはないんですが、裁判長、公式記録のために指摘しておきます。サンドリーヌ・マディソンは死亡していましたが、〝被害者〟ではありません」

「承知しました」と裁判官は言って、速記者に向かってうなずいた。それから、彼は陪審員のほうに顔を向けた。「みなさん、ミセス・マディソンに関するみなさんの考えのなかに〝被害者〟という言葉があったとすれば、それは削除してください。ミセス・マディソンが被告あるいはほかのだれかが行なった犯罪あるいはそのほかの行為の被害者であるとは立証されていません」

わたしはほんとうに驚いて、このじつに申し分のない公平さを讃美したい気分になった。わたしを保護するため、ほかの点では取るに足りない、決定的に小さな町の裁判手続きのなかで、合衆国憲法の厳かな要求条件を尊ぶために、ここまで骨身を惜しまないなんて。

ラトレッジ裁判官はミスター・シングルトンのほうを向いた。「つづけてください」

「さて、ミスター・フォーサイス」とミスター・シングルトンはあらためてはじめた。「マディソン教授に案内されたベッドルームで、あなたはどんなことに気づきましたか？」

「死亡した女性を発見しました」と検死官は答えた。「ベッドのなかで、仰向けに横たわっていました。腰から上は裸でした。完全に裸なのかどうかわからなかったのは、下半身にはシーツがかけてあったからです」

つづく数分に、検死官はヒル巡査と似ていなくもない所見を列挙した。部屋は散らかっていた。ベッドの横に黄色い紙片があった。さらに、「アイスティーを飲むサイズくらいの」空のグラスや、キャップの閉まった錠剤の容器、さまざまな本が散らばっているのが目についた。「それから、ロウソクが燃えていました」

「ロウソク？」とミスター・シングルトンが訊いた。

「そうです」とミスター・フォーサイスは答えた。

「そのロウソクはどこにあったんですか？」

サンドリーヌのベッドの傍らの小さな棚にロウソクが立ててあったことを、わたしは思い出した。わたしがそこに置いたのだが、彼女からそうしてほしいと頼まれたからだった。そのロウソクははるかむかしにアルビで買ったものだった。サンドリーヌがいつもわたしたちの〝新婚旅行〟と呼んでいた旅で、最後に泊まったフランスの小さな町だった。同棲して一年近く経ったとき、わたしの独身の叔母が思いがけなく亡くなり、わたしにささやかな遺産を残してくれた。わたしたちはそれを元にしていざというときのための貯金をはじめようかとも考えたが、そうはせずに旅行をすることにした。貯金をする時間はいくらでもあるけど、とサンドリーヌは指摘した、地中海めぐりをして、いろんな伝説的な場所を訪ねるチャンスは二度とないかもしれないからと。

「大きな赤いロウソクでした」とミスター・フォーサイスは付け加えた。

サンドリーヌが地下室の箱のなかからそれを取って

きてほしいと言ったのだ。似たような箱がいくつもあり、そのロウソクを見つけるのには時間がかかった。わたしがようやくそれを持って部屋に入っていくと、彼女はにっこり笑って、わたしの手からそれを受け取り、ランプの下でちょっと愛おしそうにまわした。それから、彼女はまたもや謎めいた言葉を発したのだった。あなたがなんでもそんなに簡単に取り戻せるといいんだけど。

取り戻す、とわたしはいま考えていた。サンドリーヌはおそらく意識的にその言葉を選んだにちがいないし、少なくとも彼女にとっては、意味のある言葉だったのだろう。しかし、彼女はどういうつもりだったのだろう？　その意味を取り戻すために、わたしは彼女が発した言葉をひとつひとつ解析してみなければならないのだろうか？

自分自身とのそういう議論に入りこむのはやめて、わたしは法廷に注意を戻した。

「そのロウソクには火がついていたんですか？」とミスター・シングルトンが訊いた。

「はい」とミスター・フォーサイスは答えた。

火がついていたのはサンドリーヌがそうしてほしいと言ったからだった。彼女はそれをベッドの左側のある特定の場所においてほしいと言った。その最後の夜、わたしがベッドルームに入っていくと、彼女はそのロウソクに火をつけてくれとわたしに頼み、そして、あたかもその炎によって点火されたかのように、わたしを攻撃しはじめた。非常に冷たく、硬い声で、彼女は言った。「そのロウソクが、サム、その小さなロウソクだけが残されたただひとつのアルビのものなのよ」

もちろん、シングルトンはそういうことはなにも知らなかった。だから、裁判とはなんの関係もないそのロウソクについて、なぜわざわざミスター・フォーサイスに質問したのか、わたしには想像もつかなかった。

わたしはモーティの顔を見て、物問いたげな表情を浮かべた。それに対して、彼はただ肩をすくめただけだった。あたかも証言はときには本筋を外れるものだ。心配には及ばない、サム、州当局はすぐに列車をもとのレールに引き戻すだろう、とでも言うかのように。

たしかにシングルトンはそのとおりにした。ロウソクに関する質問を切り上げて、ベッドルームの全体的な状態というテーマに戻った。彼はモーティからの反論に先手を打って、ベッドルームは乱雑ではあったが、争いの形跡はなかったことをあきらかにした。ひっくり返されたり、壊れたりしているものはひとつもなかった。ミスター・シングルトンの質問に答えて、サンドリーヌの体には打撲傷はなく、暴行を受けた形跡もなかった、とミスター・フォーサイスは陪審員に語った。サンドリーヌの顔立ちを説明するのに彼は〝天使みたいな〟という言葉を使ったが、そう言えばたしかにそうだった、とわたしは思った。それから、彼女は〝眠っているように〟見えたとも言ったが、それも間違いではなかった。その言葉がわたしをあの最後の夜の激怒の瞬間に引き戻した。彼女の声など二度と聞きたくないし、彼女の非難に対して自己弁護したりもしたくない、とわたしはどんなに深い嫌悪に駆られて思ったことか。激しくのたうちまわる傷ついた雄牛みたいに。

「さて、ミスター・フォーサイス」とミスター・シングルトンが言った。「その朝のクレセント・ロード237番地への訪問中のいずれかの時点で、あなたは奥さんの死についてマディソン教授と話す機会がありましたか？」

もちろん、その機会はあった。

「その会話の要点を説明していただけますか？」

「奥さんは自殺したのだと彼は言いました」とミスター・フォーサイスは答えた。

「どんなふうにかは言いましたか？」

「奥さんは何週間分か鎮痛剤を貯めていたにちがいな

いということでした」

「彼はその鎮痛剤の名前を言いましたか?」

「デメロールです」

「問題の夜、サンドリーヌ・マディソンがその薬をどんなふうに服用したのかについては、なにか言及しましたか?」

「ベッドの横にあったグラスを手に取ったとき、ウォッカの匂いがしたと言いました」とミスター・フォーサイスは陪審員に告げた。「奥さんはたぶんそのウォッカといっしょに錠剤を飲んだのだろうということでした」

「彼女が自殺したとき、彼は奥さんといっしょにいたと言いましたか?」

「いっしょにはいなかったと言いました」

ミスター・フォーサイスはその朝のわたしたちの会話についてさらにいくつかの事実をあきらかにしたが、とくに注目に値するものはなにもなかった。ただひとつだけ、家を出ていく間際に、玄関で立ち止まって振り返ると、彼は言った。「ガイドブックがありましたが」

「ガイドブック?」とわたしは訊いた。

「シーツのすぐ下に押しこまれていました」とミスター・フォーサイスは言った。「遺体を詳しく調べたときに気づいたんです」

わたしはサンドリーヌの遺体を詳しく調べてはおらず、その本のことはまったく気づかなかったので、彼にそう言った。

「どんなガイドブックですか?」とわたしは訊いた。

「旅行ガイドです」とフォーサイスは言った。『地中海めぐり』とかいうタイトルでした」

「地中海か」とわたしはそっと言った。「たぶんわたしたちが若いときにした地中海旅行のことを考えていたんでしょう。それはその旅行のときに使ったガイドブックです。二十年前でしたが、彼女はそれを捨てていなかったんだと思います」

「それじゃ、むかしを懐かしんでいたというわけですね？」とミスター・フォーサイスは訊いた。「奥さんがそれを読んでいたのは？」

「ええ、そうだと思います」とわたしは言った。「わたしたちにとっては、いい時代でした。あの旅行をしたころは」わたしは一瞬口をつぐみ、それから言うのをやめようと思うより先に、思わず口に出していた。

「あのころはわたしたちはもっと幸せだった」

フォーサイスの目のなかでなにかが暗さを増した。

「なるほど」と彼は言った。「それじゃ、旅行を計画していたわけではなかったんですね？」

「ええ」

わたしはそのときのやりとりの正確な言葉を思い出そうとしていたが、そのとき、ミスター・シングルトンがさっと振り向いて、自分のデスクに歩み寄り、あとでアラブランディが押収したその古いガイドブックを取り上げて、ミスター・フォーサイスに手渡した。

「それがクレセント・ロード237番地のベッドルームであなたが見た本ですか？」

「そうです」

「で、タイトルは？」

ミスター・フォーサイスはもっと光が当たるように本の位置をずらした。「『地中海諸国めぐり、旅行ガイド』です」と彼は読み上げた。

「わかりました。その後、あなたはこの旅行ガイドに目を通す機会がありましたか？」

彼にはその機会があった。

「ページにしるしが付いていることに気づきましたか？」

「ええ、あるページの角が折られていました」

「折られていたのはどんなページでしたか？」

「アルビという小さな町のページでした」

「ありがとうございました」とミスター・シングルト

ンは言った。「質問は以上です」

椅子から立ち上がったとき、モーティはわたしの肩を安心しろというようにギュッとにぎった。彼の手は大きく、肉厚で、わたしはちょっと少年に戻ったような気分になった。予期に反して形勢が着実に不利になっていくにもかかわらず、父親から試合に勝てるだろうと自信たっぷりの合図を受け取った少年に。

「申しわけありませんが、ミスター・フォーサイス、コバーン郡の検死官をどのくらいやっているのか、もう一度おっしゃっていただけますか？」

「三十二年です」

「それと、失礼ですが、あなたのお歳を法廷に教えていただけるでしょうか？」

「七十一歳になります」

「それから、記録のためにはっきりさせておきたいだけですが、あなたはミセス・マディソンの遺体の解剖を命じたんですね？」

「はい、そうです」

「それは完全に慣例どおりの措置なんですね？　つまり、ミスター・マディソンが死因の可能性として自殺をあげただけで充分なんですね？」

「ええ、それだけで充分です」

「実際には、ミセス・マディソンの年齢だけでもあなたが解剖を命ずる充分な理由になったかもしれないんですね？」

「そうです」とフォーサイスは答えた。「彼女の死が予期されていたのでないかぎりは」

モーティがこういう一連の質問で何をしようとしているのか、もちろん、わたしにはよくわかっていた。ヒル巡査が〝違和感〟を覚えて、それをアラブランディ刑事に報告しなかったら、司法の歯車がこんなに素早くまわりだす理由はなかったことを証明しようとしているのだ。この素速さをもたらしたのは、当初のほんのいくつかの非常に偏見に満ちた所見以外のなにものでもなく、とモーティは言っていた、しかもその後にも数多くの同様な所見がつづいた結果、サンドリーヌの愛情ゆたかな夫であり、アレクサンドリアの愛情深い父親であるサミュエル・ジョゼフ・マディソンは、この裁判におけるほんとうの意味での被害者になったのだと。

「しかし、この自殺への言及は、それだけでは翌日の朝、あなたがミスター・マディソンを訪ねる充分な理由にはならなかったはずですね。そうではありませんか、ミスター・フォーサイス？」

「たぶん、ならなかったでしょう」

「あなたにその緊急性を感じさせたのはアラブランディ刑事からの電話だったわけですね？」

「はい」

「それで、すでに言われたように、あなたはクレセント・ロード237番地に行き、そこから戻ってきたあと、ベンジャミン・モーティマー医師にサンドリーヌ・マディソンの遺体の解剖を行なうように命じた。それに間違いありませんね？」

「はい、そのとおりです」

こんどは、モーティはメモを演台に持っていっていた。彼はそれにちらりと目をやってから、顔を上げた。

「ところで、ミスター・フォーサイス、あなたは職務を遂行する過程で数多くの自殺を見てきたと言えるでしょうか？」

「残念ながら、そのとおりです」

「けっこう。その経験から、あなたは自殺がどんなふうに見えるかについてある程度のことを学んできた。そう言っても誤りではありませんね？」

「そう言えるでしょう」

「ミスター・フォーサイス、ミセス・マディソンのベッドルームには、彼女の死が彼女自身以外の何者かによって引き起こされたことを示すものがなにかありましたか？　つまり、あなたにそういう印象を与える物的なものをなにか見たかということですが？」

ミスター・フォーサイスはかすかに躊躇した。彼は当然ながら証言には熟達しており、したがって、これが重い意味をもつ質問であることを知っていた。一瞬、わたしは彼をじっと見つめた。単純にノーと答える代わりにうまくはぐらかす方法を見つけるのではないか、曖昧な返事をするのではないか、あるいは、それよりもっとわたしに不利な答え方をするのではないかと疑った。何といっても、彼は検察側の証人なのだから。

「いいえ」と彼は言った。

「殺人の痕跡を示すようなものはなにもなかったのですね？」

「ええ、なにひとつありませんでした」とミスター・フォーサイスはきっぱりと否定した。

完全に正直な、いかにも専門家らしい答えだったので、わたしはかなり驚かされた。

だから、わたしは彼に向かってかすかな笑みを、ほとんどそれとはわからないが、それでも彼の偽りのない正直さにわたしが感謝していることは伝わるのだろうと思える笑みを浮かべた。じつに微妙な笑みだったが、検死官はそれを認めたようだった。わたし以外のだれかに読み取れるような反応はまったく示さなかったけれど。

「ありがとうございました」とモーティは言った。

「質問は以上です」

ミスター・フォーサイスは証言台を離れるとき、わたしのほうを見ずに、まっすぐ前を見つめていた。数秒後には、彼の〝汚いサラダ〟のスーツは、わたしの視界の端のベージュの波跡にすぎなくなった。

わたしは裁判官席に注意を戻した。モーティとミスター・シングルトンがラトレッジ裁判官と話をしていた。それから、ふたりが振り向いて、それぞれの席に戻った。

「ちょっと遅れが出るようだ」とモーティが言った。

「シングルトンの次の証人はいま車を駐車しているところらしい」彼は笑みを浮かべた。「ところで、検死官はたいしてダメージを与えられなかったな」

わたしは黙ってうなずいた。たとえ検死官がわたしの裁判の決定的証拠になるような証言をしていたとしても、モーティはまず間違いなくおなじことを言っただろうとは思ったけれど。

彼はゆったりと椅子にもたれかかった。「で、あのロウソクはいったいどういうことなんだ?」

わたしは肩をすくめた。「アルビで、フランスの小さな町で買ったんだ。まだ若かったころ、初めて旅行をしたときに」

「あのガイドブックの奥さんが折っていたページのかね?」

「そうだ」

「その町がどうしてそんなに重要なんだ?」

「わからない」わたしは一瞬考えてから、つづけた。

「じつは、それが口論のきっかけだったんだけど。サンドリーヌがアルビのことを言いだして、そこから喧嘩がはじまったんだ」

「どんな喧嘩が?」

「最後の喧嘩」とわたしは答えた。「もうあんたには話したけど、あの最後の夜の喧嘩だ」

わたしはふたたびあの最後のやりとりの猛烈さを思い出した。それがどんなに剝きだしで、どんなに相手を傷つけるものだったか。サンドリーヌがどんなに激しくわたしを攻撃し、わたしがどんな恐ろしい最後通牒を発して反撃したか。

「シングルトンがなぜあのロウソクのことを訊いたのかは想像もつかない」とわたしはつづけた。「安物のお土産にすぎないのに。あの旅行のほかのすべてとおなじように、叔母が死んで手に入った小金で買ったんだけど」

モーティの頭のなかになにか引っかかるものがあっ

たことがわかった。「叔母さんはどんなふうに亡くなったのかね？」と彼は訊いた。

「長年の病気のあとだ」

「亡くなったとき、あんたはその場にいたのかね？」

「部屋のなかにという意味かね？」

「近くにという意味だが？」

わたしは愕然として彼の顔を見た。「何を言うんだ、モーティ、あんたはわたしが叔母も殺したとでも思っているのか？」

モーティは黙ってわたしの顔を見た。

「いや、近くにはいなかった」とわたしは憮然として言った。「叔母はミネアポリスで、わたしはニューヨークにいた」わたしは彼をにらみつけた。「わたしが叔母を殺していないという証拠がもっと必要なら、提供するように努力するつもりだが」

「その必要はないだろう」とモーティは言った。笑みを浮かべたが、冷たい無表情な笑みだった。「いちおうチェックしてみただけさ、サム。仄めかしほど破壊的なものはないし、予期せぬ不意打ちほど性質《たち》の悪いものはないからな」

「不意打ちはない」とわたしは言った。「あんたは知るべきことをすべて知っているはずだ」

そのころにはわたしにもよくわかっていたが、彼はすでにあまりにも多くを知っていた。この裁判の前にはそんなことがありうるとは思ってもいなかったほど、とてつもなく多くを知っていた。もっとも、ミスター・シングルトンの小さな鉤爪がまだもぞもぞ動いているのではないか、ともわたしは思っていたが。

モーティの顔に視線を戻すと、彼はいつになく妙に困惑した表情を浮かべていた。

「時間的経過だがね、サム。あんたはいつ奥さんのそばを離れたんだね？　奥さんが亡くなった日」

「その日、わたしは二度出かけた。一度は午後の授業のため、それから、もっとあとで、夜の授業のためなぜかはわからなかったが、あの日、ランチを準備していたアレクサンドリアの姿が目に浮かんだ。キッチンに立って、パンを切っていたのだが、わたしが午後の授業に出かけると声をかけても振り返ろうとせず、ただナイフを軽く振ってみせただけだった。

「それが起こったとき、娘は家にはいなかった」とわたしはモーティに言った。「町に出かけていたんだ」

「しかし、喧嘩のあと、家に帰ってきたんじゃないのかね？」とモーティが急所を突く質問をした。「あんたが家を出たあとに、という意味だが」

「そうだ」

「それなら、あとで出かけるとき、奥さんに挨拶したにちがいない」とモーティは言った。

「もちろんだ」とわたしは言った。「しかし、サンドリーヌがあの最後の恐ろしい喧嘩のことを娘に話したりするはずはない」

「わざわざ話す必要はなかったかもしれない」

に」

「二度目に出かけたのは、その喧嘩をしたあとだったんだな？　彼女があんたにカップを投げつけた？」

「そうだ」

「その時点では、アレクサンドリアはどこにいたのかね？」とモーティが訊いた。

「なぜそれが問題になるんだ？」

「シングルトンが破れかぶれになったら、彼女を証人として呼び出すかもしれないからだ」彼はわたしがどんなに驚いた顔をしたかを見て取った。「あんたは法律上、娘さんから保護されているわけじゃないんだぞ、サム」と彼は念を押した。

「アレクサンドリアはけっしてわたしに不利な証言はしないだろう」とわたしは言った。「それに、彼女には証言できることはなにもないはずだ」

モーティの視線はすこしもたじろがなかった。「あんたと奥さんの最後の喧嘩についてはどうなんだ？」

「どういう意味だ？」

「というのも、あのカップがあったからだ」

わたしは冷たい恐怖を感じた。「そう、カップがあった」

「奥さんはそれを片付けなかった」とモーティが指摘した。「あんたが片付けたんだ、覚えているだろう？奥さんが死んだあと、あんたが片付けたんだったな」

わたしはうなずいた。

「それなら、アレクサンドリアはそれを見たかもしれない」

「サンドリーヌがまだベッドルームにいたとすれば、そうかもしれない」

「その最後の夜、アレクサンドリアと奥さんがどんな話をしたか、彼女に訊いたことがあるのかね？」

「いや」

モーティはなにか付け加えようとしたが、ふいに法廷の入口を振り返った。「あ」と彼は穏やかに言った。

振り向くと、黒っぽいパンツスーツの女性が見えた。

「彼女とは二、三回しか話したことがないんだったな？」とモーティが訊いた。

わたしたちはすでにそういうすべてについて話し合っていたが、わたしの弁護士でさえわたしの記憶あるいは意図を疑っているのはあきらかだった。そのどちらもわたしに決定的に不利な証拠になるおそれがあったのだが。

「そうだ」とわたしは言った。「しかし、唯一の会話をしたのはサンドリーヌといっしょに彼女のオフィスに行ったときだった。そのときでさえ、話したのはほとんど彼女ばかりで、実際には、会話と言えるようなものではなかったが」

「で、彼女のオフィス以外では、一度も会ったことはないんだな？」

「ああ」

モーティはその女性が通路を歩いて、法廷の前のほうに出てくるのを見守っていた。いつもは時間に正確なのに今回は遅れたことを充分承知している人のように、きびきびした足取りだった。

「さて、彼女の言うことを拝聴させていただこうか」と彼はささやいた。

わたしは気を引き締めた。

「そうしよう」

アーナ・オーティンズ医師を証言台へ

オーティンズ医師は中背で、飾り気のない褐色のストレートの髪、肥りすぎに注意を促すことの多い医師としてはちょっとぽっちゃりしていたが、証言台に立った日にはとても健康的に見えた。コバーンの手入れの行きとどいた小さな貯水池の周囲をジョギングしている姿をときおり見かけることもあり、彼女があれこれのマラソン大会に出場したと地元のニュースメディアはよく報じた。数年前からは、医療関係者としてしばしば地元のテレビ局に出演する人気者になり、夏には、定期的に現れて、日焼け止めを忘れないように注意を促し、秋の終わりには、高齢者にインフルエンザの予防接種を勧めた。テレビでは、無地の服しか着なかったが、たぶんそのほうが痩せて見えるからだろう。目は大きく、わたしは個人的な経験から、その気になればかなり強い感情をこめられるにちがいないと思っていたが、事実、わたしがただ一度だけ面と向かって話をしたとき、彼女はそれをみごとに実証して見せた。

サンドリーヌが彼女を選ぶまでは、オーティンズ医師に会ったことはなかった。わたしはサンドリーヌと一度だけオフィスに行ったが、彼女はその居心地のいい診察室の机の背後に坐ったまま、サンドリーヌに指示を与えたり、処方箋を書いたりして、最後には、どう見ても暗鬱な病状の明るい側面に目を向けさせようとした。〈あなたにはこれからまだ何年も猶予があるんですからね、サンドリーヌ〉

何週間も経ったあとでも、わたしはそのオフィスをはっきりと思い出すことができた。ほかの医師とおなじように、オーティンズ医師も壁にお定まりの卒業証書や証明書を並べていたが、それにくわえて、大形の非常にカラフルな人体図が、内側のすべての臓器が生々しく描かれている人体図が掛けられていた。そんなふうに皮を剝がれた人体を見せつけられると、わたしはちょっと気味が悪く、そんなに厳粛な場合でなければ、〝ドクター・デクスター〟とか〝連続治療鬼〟とかなんとかいう軽口をたたいたかもしれなかった。しかし、わたしたちがそこを訪れた日には、そんなユーモアを口にする余地はなく、わたしはただ両手を膝にのせて待ち、その隣の椅子に黙って坐っていたサンドリーヌは、生まれて初めて、妙に打ちひしがれているように見えた。

オーティンズ医師は証言台のところまで来ると、ちらりとわたしのほうを見たが、事務官が近づいてくると目をそらした。

例によって、初めは通った大学や取得した学位、すてきなコバーンでの開業の長さなどの、眠くなるような経歴の列挙だった。ミスター・シングルトンの単調かつ長々とした質問に、オーティンズ医師は愛想よく、なんの敵愾心もなさそうに答えた。採用されるのはわかっているが、辞退することに決めている仕事の面接でも受けているかのようだった。彼女は自分の受けた教育や訓練を一通り説明し、神経科を専門にしているという事実をあきらかにしたが、サンドリーヌが彼女を選んだのはそのためにちがいなかった。

証言がはじまってから十五分ほど経ったとき、ようやくサンドリーヌがオーティンズ医師のオフィスに登場した。最初の診察のときには彼女はひとりだった、とこの医師は法廷に告げた。診療記録では、サンドリーヌは四月七日の午前十一時きっかりにやってきたという。のちにわたしはモーティのオフィスでその朝のことを詳しく話して聞かせたが、そのとき思い出したのは、オーティンズ医師のオフィスまでは車で五分しかかからないにもかかわらず、サンドリーヌが予約した時刻の一時間前に家を出て、診察後二時間ちかく経ってから帰ってきたことだった。妙に時間がかかったものだったが、彼女が死んだ数日後アラブランディ刑事がわが家の玄関に現れるまでは、わたしはそのことについてはなにも考えていなかった。手帳を片手に、なんだか遠くを見るような目をして、彼はなかなか印象的な言い方をしたものだった。「ちょっと奇妙な点がいくつか出てきたんですが」それに対して、「わたしのことでですか？」とわたしは訊いたが、彼の答えを聞くと、わたしは冷たい手で背筋を撫でられたような気がした。「いや、奥さんのことです」

オーティンズ医師のところに行った朝、この医師を選んだのが正しかったのかどうかまだ確信をもてずにいたにもかかわらず、サンドリーヌは比較的上機嫌だった。プライバシーの問題があったので、わたしは彼女にコバーン大学と関係のある医師は避けるように警告していた。

「彼らはカササギみたいにおしゃべりで、どこの教授はヘルペスだとかエイズだとか、だれがバイアグラを飲んでいるとか言いふらすに決まっている」と、ある朝朝食のテーブル越しにわたしは言ったものだった。「キルト縫いの集いの老婦人たちみたいに、秘密を瓶に入れておくこともできないんだから」

彼女のほうは、〝ホリスティック医学〟風のやり方をする医師は避けることをすでに決めていた。「菜食主義の医者から自然の恵みについてお説教されたり、腫瘍は成長しているかぎりだいじょうぶだとか言われたりするのは嫌だから」と彼女は言った。

それを聞いて、わたしは大声で笑ったが、サンドリーヌは笑みを浮かべただけだった。

そう、笑みを浮かべただけだった。しかも、かなりこわばった笑みだった。そのころには、自分になにか深刻な病気があるかもしれないとひどく怯えていたにちがいない。

最初の兆候は歳とともに起こるありふれた変化と大差なかった。サンドリーヌは四十六歳だったので、初めはあまり気にしなかった。そのことをわたしに告げたのも数週間も経ってからで、わたしはあとになって知ったのだが、じつは、なぜか筋肉に妙に力が入らないことを訝っていたのだという。

それから、いきなり降って湧いたかのように、ろれつがまわらなくなった。サンドリーヌは魂が震撼するような恐怖を感じたにちがいなかった。

生まれたとき、彼女の両親はすでに比較的高齢で、数年前にふたりとも七十代後半で亡くなっていたので、サンドリーヌは自分の若死を心配する理由はあまりなかった。とはいえ、たとえそうだったとしても、オーティンズ医師に会いにいった朝、わたしは彼女の目のなかにその不安を読み取って、成功はしなかったがそれをなだめようとした。

「だいじょうぶだよ、もちろん」とわたしは言った。

彼女は快活にうなずいた。そして「たぶんね」と元気よく言って、テーブルから立ち上がると、自分の持ち物を掻き集めた。「すぐ帰ってくるわ」と彼女は言った。

そのまままっすぐオーティンズ医師のオフィスへ向かったものと思っていたが、そうではなかったことがあとでわかった。それはアラブランディ刑事のきつく結ばれた唇からのちに語られた事実だった。

彼女は二時すぎに帰ってきた。彼女の物腰にはほんのわずかな変化しかなかったが、いま証言台で言われていることからすれば、それはかなり奇妙だった。

「ミセス・マディソンはひどく不安そうでした」とオーティンズ医師は法廷に語っていた。「かなり以前から気がかりな肉体的な変化を感じていたんです」

「どのくらい前からですか？」

「一年以上前からです」

一年以上も前からだったのか。にもかかわらず、とわたしはその瞬間に考えた、彼女はそういう変化についてはわたしにはなにも言わなかった。着実にふくらんでいたにちがいない不安を仄めかしもしなかった。

「どんな問題があったんですか？」とミスター・シングルトンが質問した。

わたしはあとで知ったのだが、それは深刻な問題だった。その恐ろしい本質を陪審員はいまや聞かされようとしていた。

「ミセス・マディソンはある種の——彼女の言葉によれば——〝症候群〟なるものに気づいていました」とオーティンズ医師は答えた。「彼女がそういう言葉を使ったとわかるのは、わたしがそれをメモしておいたからです」

「なぜメモしたんですか、オーティンズ先生？」

「なぜなら、それはミセス・マディソンが自分なりに医学的なリサーチをしていたことを示しているからです」とオーティンズ医師は答えた。「率直に言わせてもらえば、患者がそういうリサーチをしている場合、わたしは問題の扱い方にすこし余分に注意するようにしています。なぜなら、たいていはインターネットからですが、不正確な情報を集めている場合があるからです」

「しかし、ミセス・マディソンの場合はそうではなかったんですね？」とミスター・シングルトンが訊いた。

「ええ」とオーティンズ医師は答えた。「ミセス・マディソンはかなり正確なことを調べ上げていました」

「それで、そのリサーチの結果から、彼女はなんらかの結論を出していたんですか？」

「自己診断をしていたかという意味なら、イエスです。自分で診断していたことがあきらかになりました」とオーティンズ医師は答えた。「もちろん、リサーチの結果、彼女が出していた診断が正しいかどうかはわかりませんでした。それをはっきりさせるためにはいくつかの検査が必要でしたから」

「あなたはそういう検査をしましたか？」

「はい。筋電図検査や神経伝導速度検査を含む電気診断を実施しました。また、通常の血液および尿検査も行なって、高解像度血清タンパク電気泳動法や甲状腺および副甲状腺ホルモン・レベルの測定なども……」

彼女はふいに自分の答えが質問の範囲をはるかに逸脱していることを悟って、すばやく答えを切り上げた。

「そのほかのテストと同様に行ないました」

「わかりました。で、そういう検査の結果、どんな診断がくだされたんですか？」

「筋萎縮性側索硬化症です」

「その病気にはもっと一般的な名前があるんじゃありませんか、オーティンズ先生」

「はい」とオーティンズ医師は答えた。「もっと一般的にはALSまたはルー・ゲーリッグ病と呼ばれています」

あらためてその言葉を聞いても、オーティンズ医師に会う何週間も前から、サンドリーヌの頭のなかをその言葉がコウモリみたいにヒラヒラ舞っていたとは、わたしには想像もできなかった。たとえそうでも、そんな暗鬱な疑いを抱いているそぶりはこれっぽっちも見せず、初めてオーティンズ医師のところに行って帰ってきたあの午後にさえ、それは変わらなかったのだから。もちろん、この医師があきらかにしたように、それには理由があったのだが。

「けれども、わたしのオフィスに初めて来たとき、わたしはミセス・マディソンにALSである可能性はまずないだろうと請け合いました」とオーティンズ医師は陪審員に言った。「人が筋力の低下を感じるのにはさまざまな理由があるし、彼女が気づいていたろれつがまわらなくなるというのも、肉体疲労の結果であることがよくあるからです。ミセス・マディソンはそういう意味では疲れているようには見えませんでしたが、ちょっと……」

ここでオーティンズ医師は間を置いた。あきらかに適切な言葉を探しているようだったので、わたしは耳をそばだてた。

「悲しそうでした」と、彼女は見つけた言葉を口にした。

それでは、とても美しく、才気にあふれるわたしの妻が、まだ比較的若く、たぶん健康で、外見的には幸せそうな結婚をしていたわたしの妻が、オーティンズ医師には〝悲しそう〟に見えたのか。彼女がこの良医のオフィスに現れる前の何カ月も、何週も、何日ものあいだ、どうしてわたしはそれに気づかなかったのだろう?

そして、何がサンドリーヌを悲しませていたのだろう、とその瞬間にわたしは自問した。

ミスター・シングルトンはオーティンズ医師にそういう質問はしなかった。なぜなら、それは誘導尋問あるいは証人に推断を要求することになり、モーティが間違いなく異議を申し立て、その異議が認められるにちがいなかったからである。

つづく数分間に、オーティンズ医師は自分が命じた検査の結果を概説し、みずからその検査結果を分析し、最終的には恐ろしい結論に達して、それを四月十二日の昼過ぎにサンドリーヌに伝えたことを報告した。

「わたしは彼女に、残念ながら、彼女の最初の自己診断が正しかったことを伝えました」とオーティンズ医師は言った。「もちろん、彼女はすでにこの病気の予後を知っていました。それでも、どんな患者に対してもそうするんですが、わたしはこの病気の予想される進行過程を詳しく解説し、ミセス・マディソンがどんなふうにそれに備えられるかを説明しました」

「ミセス・マディソンはそれに備える方法に興味をもっているようでしたか？」

「はい」とオーティンズ医師は答えた。「ずいぶんたくさん質問をしました。そして、もちろん、あとどのくらい生きられるのか知りたがりました。あと十年生きられるかもしれないし、その間に医学研究に画期的な進歩があるかもしれない、とわたしは彼女に言いました。この研究について質問されたので、わたしは現在行なわれている研究の一部を説明しました」

「その時点で、ミセス・マディソンはほかになにか言いましたか、先生？」とミスター・シングルトンは訊いた。

「ひとつだけ言いました」とオーティンズ医師は答えた。

「それは何でしたか？」

「彼女は死にたくないと言ったんです」とオーティンズ医師は陪審員に言った。「そして、最後に息を引き取る瞬間までできるかぎりゆたかに生きたいと」

ミスター・シングルトンは依然として陪審員のほうに顔を向けたまま、いかにもわざとらしく次の質問をした。

「最後に息を引き取る瞬間まで。ミセス・マディソンはそういう言い方をしたんですね？」

　彼女が答えたときにも、彼は依然として陪審員から目を離そうとはしなかった。

「そうです。彼女はそう言いました」

　サンドリーヌがオーティンズ医師にそう言った日の夜、わたしがベッドルームに入っていくと、彼女は暗闇のなかにいた。〈またあとで来てちょうだい、サム〉

　わたしはそのとおりにしたが、そのころには彼女はベッドルームにはおらず、文書室でグラスの赤ワインをちびちび飲みながら、クレオパトラの伝記を読んでいた。

「何がひとりの女をナイルの真の女王にするのかしら、サム？」と、その本を閉じながら、彼女が訊いた。

「勇気、だと思うな」とわたしは言った。「ダーリン。何がひとりの女をナイルの真の女王にするときみは思うんだい？」

「真実を見据える能力よ」とサンドリーヌは答えた。「まだ変える時間があるものは変える努力をして、それができないものは受けいれること」

　わたしは笑った。「それは平安《ニーバー》の祈りからの引用じゃないか？」とわたしは聞き返した。「きみはAA（アルコホーリクス・アノニマス）の会に参加しているのかい？」

　彼女は黙ってわたしの顔をじっと見た。その表情がすべてを物語っていた。

「悪い知らせだったんだね、そうだろう？」とわたしは訊いた。「医者から言われたのは」

　彼女はうなずいた。

「何なんだい？」

「わたしはルー・ゲーリッグ病なの」と彼女はそっけなく言った。

　それを聞いたとき、わたしはあの有名な常套句を身をもって体験した。胃のあたりを思いきり殴られたように感じたのだ。しかし、その瞬間だったのだろうか、とオーティンズ医師が事実を述べる口調で証言をつづけるのを聞きながら、わたしは自問した。来たるべきもの、先に待ちかまえている深刻な変化、そういうすべての恐ろしいシナリオを頭に浮かべはじめたのは？

「確かなのかい？」とわたしは彼女に訊いた。「医者はその診断が確実だと考えているのかい？」

「そうよ」

わたしはそれにはなんとも答えなかった。それにつづく沈黙のなかで、サンドリーヌの目のなかのなにかが変わった。そして、その変化とともに、彼女は恐ろしい悲しみに襲われたようだった。あまりにも深い悲しみに、彼女の体が急にしぼんで、魂からすべての光と空気が一気に抜けてしまったかに見えた。

「よく考えてみる必要があるわ」と彼女は言ったが、急にとても遠くから聞こえるような声になり、独り言を、自分にしか意味のわからないことを言っているみたいに聞こえた。どこか深いところを一撃されて、診断結果よりひどい傷を、もっと死の匂いがする傷を負わされたかのようだった。

「何を考える必要があるんだい？」とわたしは訊いた。

それには答えずに、彼女は読んでいた本に視線を落とし、しばらくじっと見つめていたが、やがて顔を上げてわたしを見た。「あなたになにか残してあげたかったわ、サム」そして、刻々と暗くなっていく部屋のなかでかすかな明かりを見つけようとするかのように、わたしの顔を食い入るように見つめていたが、その明かりが見つからないことを悟ると、言った。「『ヴァージニア・ウルフなんかこわくない』のことを考えていたの。ジョージが無限の彼方を見つめて、『日曜日か。あしたは。一日中』と言うところ」

「どうしてそこを？」とわたしは訊いた。

「そう言うとき、彼はなにかが変わるかもしれないという希望を完全に失ったのよ」とサンドリーヌは答えた。「わたしはその希望を失いたくない」

わたしが彼女の手にふれようとして手を伸ばすと、彼女は反射的にさっと手を引っこめた。まるでスズメバチかクモから手を引っこめるかのように。

「きみが希望を失うことはない」とわたしは請け合った。

いま考えると、その瞬間、彼女の目にとても奇妙なものが浮かんだ。なかば怯え、なかば気づかうような、それまでは見たこともなかった表情が。それから、おなじくらい突然に、その目がたちまち険しくなり、断固たる決意がみなぎった。「そう」と彼女はしっかりした口調で言った。「わたしは希望を失わない」

オーティンズ医師の証言が終わりに近づいたころ、わたしはそういうことを思い出していたのだが、あとまで頭に残ったのは、あの時点では、サンドリーヌは自分の病気のことを言ったのだと自分が信じていたことだった。オーティンズ医師が言ったとおり、目下研究が進行中であり、実際に画期的な進歩があるかもしれなかった。だから、サンドリーヌは希望を失いたくないと言ったのだろうとわたしは思っていた。

だが、いまや、わたしは単純な疑問を抱いていた。彼女はほんとうにそういうつもりで言ったのか、それとも、なにかほかに、失うことを怖れている希望があったのか？　たとえば、自分自身への希望？　アレクサンドリアに対する希望？　それとも、口には出さなかったけれど、わたしに対して抱いていた希望？

わたしはふいにアルビで買ったロウソクのことを思い出した。サンドリーヌはそれを正確にある場所に置くようにわたしに頼んだ。あとでベッドの傍らのテーブルに自分で置いたガラスのジャーやボトルにじかにその光が反射する場所に。彼女はなぜそんなことをしたのだろう？

たくさんの奇妙な疑問が次々に湧き出してくる。わたしの裁判によって岸辺に打ち上げられた残骸。微妙な、底知れぬ、ある意味では、わたしが告発されている犯罪の有罪や無罪を超えた疑問。

だが、ミスター・シングルトンの頭にあったのはそれとはまったく別の問題だった。

「あなたが次にミセス・マディソンと会ったのはいつでしたか？」と彼はオーティンズ医師に質問した。

「彼女はご主人といっしょにオフィスに来ました」とオーティンズ医師は言った。「わたしは今後予想されること、こういうケースでの介護者の仕事について説明しました」

「それはかなり大変な仕事ですね？」

「そうです」

「なぜ大変な仕事なんですか、先生？」

「なぜならALSの患者は徐々に自分の面倒をみられなくなっていくからです」

「では、ミセス・マディソンはどんどん生活することがむずかしくなっていくんですね、先生？　一日ごとにますます、という意味ですが」

「そうです」とオーティンズ医師は答えた。「わたしはミスター・マディソンに奥さんはやがて自分の筋肉を使う能力を失いはじめることになると説明しました」

「最後には、彼女は全身の筋肉を使えなくなる、ということですね？」とミスター・シングルトンは訊いた。

「たとえば、まばたきとか、二、三の例外を除いて、そうなります」

陪審員にこの恐ろしいポイントを強調するために、ミスター・シングルトンはオーティンズ医師にサンドリーヌのぞっとするような衰弱の容赦ない進行を段階を追って説明させた。

「では、最後には、ミスター・マディソンは奥さんに食事までさせなければならなくなるんですね？」

「そうです」

「入浴も？」

「そうです」

「トイレにさえ連れていかなければならなくなるんですか？」

その質問と同時に、陪審員のなかの何人かがわたしのほうを見たのがわかった。すでに頭のなかでは陰鬱な推測をしているにちがいなかった。安楽死とは正反対の利己的な所業、まもなくやらなければならない胸の悪くなるような仕事からただ単純に逃れたいがために、わたしが殺人を画策して実行したという可能性を。

「そうです」とオーティンズ医師が答えた。

「では、要するに、このときの来診のあいだに、あなたはミスター・マディソンに、奥さんが最終的には生命維持に必要などんな身体機能もまったく果たせなくなることを説明したのですね？　それに間違いありませんか、オーティンズ先生？」

「はい、わたしはそう説明しました」とオーティンズ医師は答えた。「そして、彼が鬱状態になるかもしれないと警告しました。実際、ほとんど確実に、鬱状態になるだろうと」

ミスター・シングルトンはメモに目をやり、ちょっとなにかを確かめてから、顔を上げた。「あなたが次にミセス・マディソンに会ったのはいつでしたか？」

「彼女には二度と会いませんでした」

ミスター・シングルトンはいかにも驚いたという顔をした。

「どんな種類の治療や診察のためにも戻ってくることはなかったんですか？」と、彼はほとんどこどもっぽい驚きの表情を見せながら訊いた。

「はい」

ミスター・シングルトンは自分のデスクに歩み寄り、小さな四角い紙片を取ってくると、それをオーティンズ医師に手渡した。

「それに見覚えがありますか、先生？」

「はい。これは処方箋です。わたしがミセス・マディソンのために書きました」

「しかし、ミセス・マディソンとはその後接触がなかったとおっしゃったと思いますが」

「ありませんでした」とオーティンズ医師は答えた。

次に何が来るのかはわかった。なぜなら、ミスター・シングルトンはいまや陪審員のほうを向いて、オーティンズ医師の答えに彼らがどんな反応を示すか見ようとしていたからである。

「それでは、どうしてあなたがその処方箋を書くことになったのですか?」

「ミセス・マディソンのご主人から連絡があったんです」とオーティンズ医師は答えた。「彼が電話してきて、奥さんが背中の痛みで非常に苦しんでいる。とてもひどくて、衰弱するほどの痛みだということでした。転倒して、たぶん脊柱が圧迫されたか、どうかしたんではないか、と彼は言いました。そして、なにか強いものが必要だということでした」

「しかし、その〝転倒〟はミセス・マディソン本人に確認したわけではないんですね?」とミスター・シングルトンが訊いた。

「わたしはその後ミセス・マディソンとは法廷に向かって一度も話をしていません」とオーティンズ医師は言った。「ご主人と話しただけです。彼が電話をかけてきて、奥さんの転倒や痛みやなにか強いものを必要としていると言ってきたんです」

「ところで、オーティンズ先生、あなたはミセス・マディソンに関する病理専門医の報告書を読む機会がありましたか?」

「はい、ありました」

「では、モーティマー先生がミセス・マディソンを調べた結果、背中に傷があった痕跡はまったく見つからなかったことをご存じですね」

「彼の報告書を読みましたが、そう、背中に傷は見つからなかったとのことでした」

「ミスター・マディソンがこの背中の傷のことをあなたに話したとき、彼はほんとうのことを言っていなかったと言えるのではないでしょうか？」

モーティが立ち上がった。「異議あり、裁判長」

「異議を認めます」とラトレッジ裁判官が言った。「質問の仕方を変えてください、ミスター・シングルトン」

ミスター・シングルトンはうなずいた。「オーティンズ先生、ミスター・マディソンは奥さんの背中の傷にどんな種類の鎮痛剤が必要かについて、あなたになにか指示しましたか？」

「なにか強いものが必要だと言っただけです」

ミスター・シングルトンは陪審員のほうを向いたまま、「なにか強いもの？」と繰り返した。

「そうです」

「で、あなたはミセス・マディソンのために強い鎮痛剤を処方したのですか？」

「はい」とオーティンズ医師は答えた。「デメロールを処方しました」

ミスター・シングルトンは一瞬芝居がかった間を置いて、それから言った。「この証人に対する質問は以上です」

反対尋問のあいだ、ミスター・シングルトンのオーティンズ医師に対する最後のいくつかの質問の効果を最小限に抑えるために、モーティはできるだけのことをした。その質問の前までは、わたしに嫌疑を招くおそれのあるものはなにもなかった。しかし、彼女の証言の最後に暗いカーテンが引きあけられ、その背後に陪審員がなにか邪悪なものを、犯罪の最初のぼんやりとした仄めかしを見たのではないか。モーティがそれを怖れているのはあきらかだった。

モーティがこの良医に一連の質問を、どれにも単純な肯定形で答えるしかないような一連の質問を繰り出したのはそのためだった。

患者に会わずに処方箋を書くのは、あなたには日頃からよくあることですか？

患者の配偶者の求めに応じてそうすることは、あなたには日頃からよくあることですか？

激しい背中の痛みに対してデメロールを処方することは、あなたには日頃からよくあることですか？

はい。

はい。

はい。

それから、モーティは切り替えて、オーティンズ医師が一連の質問にこんどは否定形で答えるようにさせた。

ALSの初期段階の患者にとって転倒するのはめずらしいことですか？

その場合、そういう転倒が原因で負傷する、ときには背中をひどく痛める結果になるのはめずらしいことですか？

そういう理由から、ミセス・マディソンが転倒したと聞いても、あなたはすこしも驚かなかったのではないでしょうか、それとも驚かれましたか、オーティンズ先生？

彼女が背中を痛めたと聞いて、あなたは驚かれましたか？

そのことをあなたに伝えたのがご主人だったことに、あなたは驚かれましたか？

いいえ。

いいえ。

いいえ。

いいえ。

いいえ。

「では、ご主人の求めに応じてミセス・マディソンのための処方箋を書いたことに関しては、ふつうでないと思えるようなことはなにもなかったんですね。それとも、なにかあったんでしょうか、オーティンズ先生？」

「いいえ」

さらに、いくつか、最後の質問があった。

「オーティンズ先生、あなたはほかにも背中の痛みを訴える患者を診たことがありますか？」とモーティは訊いた。

オーティンズ医師は面倒なことになるリスクを察知して、用心深く答えた。「どんな医師でもそれはあると思います」

「おっしゃるとおりです」とモーティは言った。「背中の痛みを訴えた患者で、あなたが最善を尽くしたにもかかわらず、その痛みの原因を見つけられなかった場合がありますか？」

「はい、ときにはそういうこともありました」

「そういう患者にデメロールを処方したことがありますか？」

「はい」

その時点で、数分前にミスター・シングルトンがやったのとまったくおなじやり方で、モーティは陪審員のほうに向きなおった。

「医学では発見できない背中の病気や怪我のために患者が薬を必要とすることがありうるというのはほんとうですか？」

「はい、ほんとうです」

いまやモーティは、ミスター・シングルトンがちょっと前にそう言ったときの声のニュアンスをそっくりそのまま再現した口調でこう締めくくった。「この証人に対する質問は以上です」

じつに堂に入った、と同時に、すばらしく芝居じみたやり方だった。シェイクスピアは弁護士になったほうがもっとずっと稼げたのではないか、とわたしは思った。オーティンズ医師が証言台を離れるとき、あのエイヴォンの詩人なら陪審員に対してどんな驚くべき弁舌を振るっただろう、とわたしは想像せずにはいられなかった。

モーティの目つきの険しさが、わたしの唇にかすかな笑みがにじみ出ていたことを警告した。

「無表情だ」と、彼はこどもを諭す父親みたいにささやいた。「無表情を保つことだ」

わたしは、叱られるべくして叱られたみたいに、さっと顔を伏せ、それからゆっくりと顔を上げた。

「すまない」とわたしは彼に小声で言ったが、このちょっとした出来事にはわたしの心を震わせるものがあった。サンドリーヌならわたしの笑みを理解して、わたしに頬笑みかえしたにちがいないと思ったからだ。かつて、わたしは彼女のそういう笑みになんの疑問も抱かなかった。けれどもいまでは、彼女はいっしょに面白がっていたのか、それとも、それは古い悔恨が残した跡だったのかと考えずにはいられなかった。「あなたはなにもかもお見通しね、サム」と、彼女は言ったことがある。わたしはそれを、感傷的な甘ったるさに対するわたしの軽蔑、いわば、少女ネルの死に対するわたしの高笑いを肯定するものだと解釈していた。だが、サンドリーヌがそう言ったのはもっと別の意味だった。彼女はわたしの核にあるものが変化したことに気づいてそう言ったのだ。「でも、あのやさしさは」と彼女はそっと訊いたものだった。「いったいどこへ行ってしまったのかしら?」

その質問がはるかむかしに失われた日々にわたしを連れ戻した。ワシントン広場で出会ったすぐあとの日々。ゆっくりとした散歩、安上がりのディナー、安ワインと静かな会話、あのはるかむかしの日々。彼女の教育の目標は、どこかに小さな学校をつくって、自分が受けた教育を伝えたいという夢のなかにあった。もしかすると、そういう人生の理想をサンドリーヌは完全にはあきらめてはいなかったのかもしれない。

そんなことを考えていると、わたしはそのころアヴェニューAにもっていたむさ苦しいロフトを思い出した。サンドリーヌはよくそこでわたしと夜を過ごしたものだった。そういうある夜の明け方、勉学の目的を訊かれたとき、彼女は『恋の骨折り損』の台詞を引用して、ナヴァール国王ファーディナンドがそれにどう答えたかを説明したものだった。勉学の目的はただ、それがなければ失われてしまう心と頭の宝物を後世に伝えることなのだと。

心と頭か、とわたしは思ったが、その言葉と同時に、自分の足下で絞首台の床がきしる音が聞こえた。

「サム？」

モーティの顔を見ると、彼はそれでよしと言いたげにわたしを見つめていた。わたしの顔に浮かんでいた暗鬱な表情を見て喜んでいるのはあきらかだった。

「そのほうがずっとマシだ」と彼は言った。

昼の休憩

わたしは陪審員が昼食を摂るために法廷から出ていくのを見守った。そのころには、公判がひらかれているとき、彼らはまるで模範的な学生みたいに振る舞っていること、わたしがはるかむかしに死んだ小説に取り組んでいたときのような集中力と真剣さで、どんなに退屈な証言にも耳を傾けていることに気づいていた。彼らの判断しだいでわたしの生死が決定されるのだから、実際、その重責が彼らの負担になっているのはあきらかだった。人類の多くの悪の大部分は部屋のなかにじっと坐っていられないという単純な事実に由来すると喝破したパスカルの言葉を、サンドリーヌはよく引用したものだが、陪審員の最後のひとりが隣室に姿を消したとき、彼らはひとつの集団だからこそじっと坐って考え抜くことができるのだろう、とわたしは思った。

　彼らが行ってしまうと、わたしは公判中はそこで昼食を摂ることにしている小部屋に向かった。

　数週間前、ラトレッジ裁判官はわたしの保釈金をわずか五万ドルと決定した。わたしは四十六歳の終身在職権をもつ英文学の教授で、前科もなかったので、逃亡のリスクはまったくないと判断したのだろう。その結果、わたしはコバーンのどこでお昼を食べることもできたのだが、罪状認否手続きの日を除けば、わたしはあえてその自由を行使しなかった。その日、わたしはのんびりと近くのサンドイッチ・ショップまで歩いていったが、ふだんはそういうことを気に留めないわたしでも、かなりの数の住民の視線が肌に突き刺さるのを感じないわけにはいかず、それ以来、法廷から廊下づたいに行ける小さな会議室で昼食を摂ることにした。モーティもそこに来ることが多かった。数日前、裁判の予備尋問段階での陪審員の反応について検討し、最終的に——たったいま、ひとりとしてわたしには目を向けずに、法廷から出ていった——五人の男性と七人の女性を選んだのもその部屋でだった。

　数分後にドアから入ってきたモーティは、午前中の公判の進行状況にかなり満足しているようだった。彼は笑みを浮かべて腰をおろすと、ブリーフケースをあけた。

「もう一度だけ見なおしておくことにしよう」と彼は言った。「万が一にも不意打ちを食わないようにしておくために」

　不意打ちにあう可能性があるのはひとつの方面に限られていたから、わたしはまたもや不愉快な質問にさらされる覚悟を決めた。

「エイプリル・ブランケンシップだが」とモーティは言った。

百の砂漠の太陽に焼かれて乾ききった木ぎれ、マッチを感じたことのない一本の薪を想像してほしい。わたしが知り合ったときのエイプリル・ブランケンシップがそれだった。

「それについてはもう何度も検討したじゃないか、モーティ」とわたしはうんざりして指摘した。というのも、それは地雷が埋めこまれた地面であり、そんなところをもう一度横切りたくはなかったからだ。

「たしかにそうだ」とモーティは認めた。「しかし、わたしは確実にしておきたい。なぜなら、いずれかの時点で、シングルトンがこの女性を証言台に呼び出すことに疑問の余地はないからだ。彼女が陪審員に言う可能性のあることはすべて、どんなことでも知っておく必要がある」わたしの顔をまじまじと見て、「ひょっとすると、あんたが彼女に送ったあの物語、あんたが書いた短篇小説を読み上げるかもしれないぞ」彼はなんだか苦しそうに息を吸った。「わたしの考えでは、シングルトンがこの短篇を手にしたときが、あんたの有罪を立証する気になった分岐点だったんじゃないかと思う」彼は首を横に振った。「エイプリルがあの忌々しい代物を焼き捨てなかったのが残念だ。ええ、くそ、ただの短篇小説でしかないというのに」

わたしはたちまちエイプリルといっしょにベッドに入っていた雨のしとしと降る午後を、わたしがいつも本を読んでいると彼女が言ったときのことを思い出した。その言葉がわたしにかつて本を書こうとしていたころのことを語らせることになり、それを聞いた彼女が罪のない、愛らしい懇願をしたのだった。「わたしのために」なにか書いてくれないかと。

「あれは中篇小説だ」とわたしはにこりともせずに訂正した。

いまやわたしは大学の自分のオフィスで夜遅くまで、自分の逃亡物語を一連のEメールでエイプリルに書き送ったときのことを思い出していた。たったひとりではあったが、ようやくわたしの作品を熱心に待ち望む読者になった彼女に。『大地の引力』の壮大なイメージはいまや金めあての粗雑な作品のイミテーションに成り下がってはいたけれど。犯罪小説のパロディを書くというのは、わたしがかつてサンドリーヌにも話したことのあるアイディアだったが、彼女は即座にそれを斥けて、わたしが気づかずにいたもっと深い問題を指摘した。「幻滅というのはみすぼらしい贈り物よ、サム」と彼女はそっけなく言い放った。「そう言ったのはフィッツジェラルドじゃなかったかしら？」

しかしながら、エイプリルはそれがすばらしいアイディアだと考えた。だから、わたしは書いてみることにした。その奮闘の成果がいまではおそらくハロルド・シングルトンの机のどこかの引き出しにそっと収められているにちがいなかった。

「もちろん、問題はそれが女友だちと駆け落ちするために自分の妻を殺す男の物語だということだ」とモーティがわたしに指摘した。「だから、現在のような状況のなかでは、多少は有罪を示唆する証拠になりうることを認めなければならない」わたしのあきらかな動揺を鎮めるためにちがいなかったが、彼は肩をすくめた。「しかし、いいかね、サム、あんたがエイプリル・ブランケンシップと駆け落ちするつもりなどなかったことをわたしはよく知っている」と彼は付け加えた。

それはたしかに事実だったが、その瞬間、エイプリルといっしょにシーツにくるまっていた自分がふたたび目に浮かんだ。わたしは何年ものあいだ書こうと苦闘しながら、ついに書けなかった小説のことを話していた。彼女はどんなにうっとりとわたしを芸術的悲哀の感傷に耽らせてくれ、なんとやさしく自分だけのために物語を紡いでくれと懇願したことか。書いてもらえれば非常に光栄だと考えているらしく、わたしの虚栄心がそれを斥けることはできなかった。

というわけで、わたしは中篇小説を執筆したが、わたしたちの関係が終われば、彼女は当然それを処分するだろうと思っていた。ところが、なぜかはまったく理解できないが、じつに驚いたことに、彼女はそうはしなかった。

「さて、もう一度念のためだが」とモーティが言った。「あんたが奥さんの診断結果を聞く前に、この関係はすでに終わっていたんだね？」

「そのころには、すでに三カ月前からエイプリルには会っていなかった」とわたしは答えた。「そして、あの一度を除けば、二度とエイプリルとふたりきりになったことはなかった」

あの一度を除けば。

そう言ったとたんに、わたしの家の玄関に現れた彼女の姿が目に浮かんだ。ひどくやつれて、唇をギュッと結び、尾行を怖れているかのように肩越しにちらちら振り返りながら、近くにはだれもいないのに小声で言った。〈あなたはあのことをしゃべったりはしないわね、そうでしょう、サム？〉

「サンドリーヌが死んだあと、一度だけ彼女がやってきたときのことだな？」とモーティが訊いた。「そのときのことを言っているんだろう？」

「そうだ」

「その最後に会ったときを除けば、奥さんが死ぬ前の一年近く、彼女とはなにもなかったんだね？」

「なにもなかった」

モーティはいまや、遠からず容赦ない反対尋問をするはずのミスター・シングルトンになりきっていた。

「いいかね、サム、〝なにもなかった〟ということは、あんたはその女には会わなかったし、なにか書いたりも電話したりもしなかったということだね。それで間違いないんだな？」

「間違いない」とわたしは答えた。

「わかっているだろうが、州当局は本件には二重の動機があると主張するかもしれない」とモーティは言った。「あるいは、連動した複数の動機というか。ひとつの動機がもうひとつのそれをそそのかして、というようなことだが……言いたいことはわかっていると思うが」

わたしはすでに何度もそれについては検討してきたので、自信をもって「ああ、わかっている」と答えた。

「そのうちのひとつは、もちろん、彼にはけっして証明できない」とモーティは請け合った。「つまり、奥さんはだんだんあんたに頼るしかなくなるので、あんたは彼女を厄介払いしたいと思った、その重荷から逃れて、自分の好きなようにやりたいと思ったということだが」そこで間を置いて、さらにつづけた。「もうひとつの動機はエイプリルだ」

そういえば、エイプリルはいつも〝もうひとり〟だった。いつも見逃されるか、見捨てられるかで、その感情が考慮されることはなく、たとえ尊厳が損なわれても、妻を寝取られた哀れな夫、クレイトンを除けば、だれにとってもなんでもない人だった。

「結局、エイプリルが〝もうひとりの女〟なんだ」とモーティがつづけた。

〝もうひとりの女〟というレッテルほどこの幽霊みたいに影の薄い女に似つかわしくないものはなかったが、人生の蜘蛛の巣はだれにでも絡みつくもので、いまやエイプリルにもまつわりついていた。サンドリーヌが死んだころには、こんな破滅的なスキャンダルに巻きこまれることはありえないと信じていたにちがいないが。

たとえサンドリーヌの死に方についてどんな捜査が行なわれるにしても、彼女に目が向けられることはないだろう、とわたしでさえ思っていた。わたしたちの関係は生ぬるい、ほんの束の間のものにすぎず、興奮もなければこれっぽっちの愛もなく、安っぽくて品のないあのモーテルの部屋、あの物憂い午後にわたしたちが使った部屋とおなじくらい味気ないものでしかなかった。エイプリルの最後の言葉が、わたしたちの逢瀬の精彩のなさを完璧に要約していた。「わたしはけっして羽目を外せないのよ、サム」と、肩をすくめて車に乗りこみながら、彼女は言った。「羽目を外すことさえできないのに、いったい何ができるというの？」

彼女がわたしの家の玄関に現れたときを除けば、エイプリルの姿を最後に見たのはサンドリーヌの病気のことを知ってからひと月ほどあとだった。わたしが車で通りかかったとき、彼女はウェロンズ・ドラッグストアの外に立っていた。いつもとおなじ青いドレスで、わたしたちが初めて会ったとき恥ずかしそうにコンドームを取り出した、あのおなじ黒いパースに手を突っこんでなにか探していた。

わたしはとっさにアクセルを踏んで、ぐっと車のスピードを上げた。そうやって急いで通りすぎようとしながら、彼女がいまにも顔を上げるのではないかとびくびくしていたが、バックミラーを覗くと、あいかわらずパースのなかを探っていた。角まで来て、曲がりかけたとき、彼女はようやく顔を上げたが、まだそこからでも、彼女が探していたのは車のキーだったことがわかった。わたしたちが知り合ったとき、すでに三年乗っていた青いトヨタ。毎日の雑用のために作られた、エイプリルとそっくりな車だった。自分が夫の同僚と安っぽい浮気をするはめになったのは、彼女にはこのうえない驚きだったろう。自分より――どこから見ても――はるかに魅力的なサンドリーヌと寝ている男とベッドをともにすることに、不器量な女のプライドが束の間くすぐられたかもしれないが。あなたは彼女といっしょにいられるのに、なぜわたしなんかといるの、とひどくバツが悪そうな、自己卑下するような目で見ながら、エイプリルはわたしに訊いたものだった。

そのばかげた浮気の前にも後にも、その問いに対しては、わたしはサンドリーヌが自分の父親——彼女の父親は一連のますます魅力のない女子学生との浮気をやめられなかった——について言った答え以外にはなにも思いつけなかった。〈空っぽの男を満たすためにはたいしたものはいらないのよ〉

「なんでもなかったんだ、モーティ」とわたしはつい口から洩らした。「エイプリルとのことは。愛ではなかったし、なんでもなかった」

「それは問題じゃない」とモーティはわたしをさえぎって、現在の状況をもたらしたのはすこしもエイプリルのせいではないというわたしの言い分を斥けた。「問題は陪審員があんたをゲス野郎と見なすだろうということだ」

しかも、ミスター・シングルトンがその意見をさらに固め、激しい怒りに転化させるだろう、とわたしは思った。

「ルースがわたしたちにツナ・サンドを作ってくれた」と、ブリーフケースから紙袋を取り出しながら、モーティが何気ない口調で言った。「わたしのはマヨネーズなしだ」彼は笑った。「理由はあきらかだがね。しかし、あんたのには少し入っていると思う」彼はサンドイッチのひとつをわたしに渡した。とてもきちんとアルミホイルに包んであった。

「シングルトンはいまのところまだ病理医の報告書からの爆弾を爆発させていない」と彼はつづけた。「この厄介なディテールについて、彼はオーティンズ医師に証言させるだろうと思っていたが、背中の傷の問題を除けば、当面は議論を控えることにしたようだ」

「シングルトンは三流のミステリ作家みたいなものだ。そうだろう？」とわたしは訊いた。「だれでも好きな人物を選んで、自分の物語を語らせられるんだから」

モーティはサンドイッチを一口かじった。

「たぶん大仕事はアラブランディにやらせるつもりだろう」と彼は言った。「なんと言っても、彼は本件の主任刑事だし、そのうえ、警察官というのはいつでもいい選択だからな」

「どうしてだね？」

「なぜなら陪審員は警察官の話を聞いたことがある場合が多いからだ」とモーティは答えた。「彼らはいまあんたが言ったような本を読んでいるんだ。警察物、ミステリ、まあ何と呼んでもかまわないが。そういう本では、語り手はしばしば警察官だ、そうだろう？」

「わたしがそんなこと知るはずはないじゃないか」とわたしは言った。

モーティは笑ったが、険のある笑い方だった。「陪審員には彼らの読み物をあんたが軽蔑していることを知らせないようにしてくれよ、わかったかね、サム？」彼はサンドイッチに戻って、もっと大きくかじると、ゆっくりと咀嚼した。「ともかく、わたしの予想では、アラブランディがかなり長時間証言台に立つことになると思う。おそらく、奥さんについて病理医が言わなかったことはすべて彼が証言するだろう」

そのあと、わたしたちはほぼ無言で食べた。それから、わたしはベンチに歩み寄って、横になった。まだ公判が再開されるまでに何分か残っていた。過去二日間、わたしは抜けきらない疲労感に苛まれていた。かつてはわたしの内面生活の柱だった本や音楽にも妙に興味がもてなかった。むかしほど頭の回転は速くなかったが、もっと深く考えるようになり、なぜか、胸を刺すような記憶がしばしば浮かんできた。ひとつだけ確かなのは、かつては重要だった物事がそうではなくなり、そういうものが消え去ったことで、わたしの心のなかに空隙が生まれていることだった。奇妙なことではあるが、サンドリーヌの死とそれがもたらした惨憺たる結果は、わたしの人生をごく狭い範囲に限定したが、ある意味では、逆にそれについての思索を深めることになった。

「そうだ、いいぞ、昼寝をするがいい」とモーティが忠告した。「充分休養が取れている顔をする必要があるからな」

わたしは目を閉じて、いつものように、サンドリーヌのことを考えだした。

オーティンズ医師の運命的な診察を受けてから、二、三週間経ったころだった。彼女は教えつづけていたが、その恐ろしいニュースが、その病気の恐るべき事実が徐々に彼女のなかに染みこんでいた。わたしたちは文書室に坐っていた。空気には秋の最初の冷たさが感じられ、小さな火がパチパチはじけていた。サンドリーヌは大きな張りぐるみの椅子に収まって、チェックの毛布を脚に掛け、本を読んでいた。わたしもソファで、おなじことをしていた。

突然、彼女の手から本が滑り落ちたが、彼女は手を伸ばしてひろおうとはせず、しばらくじっとそれを見つめていて、それからわたしの顔を見た。「初めて掲載されたわたしの記事のことを考えていたの」

ソルボンヌを卒業してからまもなく書いたものだったが、彼女はその後それについては一度も話したことがなかった。

「ブランシュ・モニエについてのものだけど」と彼女は穏やかにつづけた。「覚えてる？」

「ああ」

一九〇一年五月二十二日の朝、フランス中西部の小さな町、ポワティエの警察署に匿名の手紙が届いた。ヴィジタシオン通り二十一番地に本人の意思に反して閉じこめられている女性がいる、と当局に知らせる手紙だった。それによれば、この女性は過去三十五年間、部屋に幽閉されており、なかば飢えた状態で、自分の汚物のなかで生きているというのだった。

翌日の午後、警察がその住所に到着し、立ち入りの許可をもとめた。若干の抵抗のあと、警察はその家に入って、捜索し、最上階にブランシュ・モニエを発見した。彼女は五十二歳だったが、十八歳のときから、その部屋に閉じこめられ、悪臭を放つマットレスで眠っていた。

この事件に関する記事のなかで、サンドリーヌがとくに焦点を当てたのはブランシュの母親だった。気位の高いモニエ夫人は、わがままな娘、ブランシュが恋に落ちた文無しの求婚者との結婚を阻止しようと決意したのだった。もちろん、サンドリーヌはそういうすべてをフェミニストの視点から見ており、モニエ夫人も幽閉されていた娘とほとんどおなじくらい家父長社会の犠牲者だと見なしていた。そういうアプローチを取っているだけに、その記事はいまではひどく古臭く思え、タイムカプセルに入れでもしないかぎり、のちのち思い起こされることはないだろうと思われた。

もちろん、わたしはそんなことは一言もサンドリーヌには言わなかったけれど。

「なぜブランシュ・モニエのことを考えていたんだい？」とわたしは訊いた。

「じつは、彼女のことを考えていたというより」とサンドリーヌは答えた。「あの事件についてアンドレ・ジイドが書いたことを思い出しただけなんだけど。ジイドがだれにだったか、人生の悲劇は彼を面白がらせるって言ったことを思い出したの」彼女は人の心を見抜くような目をしていた。「心を動かされるとか、苦しめられるとか、胸を痛ませるとかじゃなくて、ただ単に面白がらせるってね」

「そのどこが気になっているんだい？」とわたしは訊いた。

彼女の唇にかろうじて笑みが浮かびかけたが、すぐに消えた。「彼の冷酷さよ」

「それがどうしたと言うんだ？」

「彼がもとに戻る道はなかったのかと考えていたのよ」と彼女は答えた。

「戻るって、どこへ？」

「また人々になにか感じるようになること」とサンド

リーヌは言った。「とくに、困っている人々や、あまり頭がよくない人々に」

そう言うと、彼女は立ち上がり、ローブをもっとしっかりと体に巻きつけて、文書室を出てキッチンに入っていった。しばらくあとで、わたしがキッチンを覗くと、彼女は小さいテーブルにぽつんと坐って、裏庭を眺めていた。

「どうしたんだい？」とわたしは訊いた。

「怖いのよ、サム」

「もちろん、そうだろう」とわたしは言った。

彼女はわたしをじっと見つめていたが、やがてその目に恐怖の色が浮かんだ。自分ではそうは言わなかったが、彼女が怖れていたのはこのわたし、わたしのなかのなにかであることをわたしは悟った。

いったいそんな恐怖を抱くような何を彼女はわたしの目のなかに見たのだろう、といまわたしは考えていた。なにかがわたしの邪悪な考えを警告したのだろうか。あの恐ろしい瞬間に、いま検察側が第一の動機だとするものが他のなにより強力であることを彼女は知ったのだろうか？　あのとき、彼女が死ぬ何週間も前に、わたしが将来どんな陰鬱な事態になるかを考え、自宅がやがて病室と化し、すべてが片付けられて金属製のベッドや透明なプラスチック・バッグをぶらさげたアルミ製のスタンドが置かれ、トイレの便座は高く改造され、いたるところに薬やゴム手袋やティッシュや脱脂綿やプラスチックのストローを差したプラスチック製の水飲みボトルが置かれ、忌まわしい病人のありとあらゆる看護用品がそこらじゅうにはびこる様子を想像していたことを？　しかも、それは単なる病人のそれではなかった。それは恐ろしいほど長引くかもしれない死、いつ果てるとも知れぬ将来まで引き延ばされるかもしれない死だった。ひと月やふた月ではなく、三月でさえなく、いつまでも延々と引き延ばされ、しかも、何年も何年ものあいだ一日ごとに悪化していく死そのものだったのだ。

日曜日か。

あしたは。

一日中。

この心を凍りつかせるような回想のあと、静寂を破るひとつの声が降りそそいだ。それはモーティの声だった。

「目を覚ませ、相棒」

わたしは目をあけた。

「ああ、わかった」とわたしはつぶやいた。

モーティの顔は、彼があまり気にいらないものを目にしたことを物語っていた。「だいじょうぶかね?」

「だいじょうぶだ」とわたしは歯切れのいい口調で言った。

だが、じつはそうではなかった。なぜなら、わたしの心はふたたびさっきの場面に戻っていたからである。文書室に坐っていたサンドリーヌ。彼女はすでに病人みたいに見えた。両脚をウールの毛布でくるみ、目は自分の恐ろしい将来を、わたしが分かち合うことになる将来をじっと不安そうに見つめていた。そのときが初めてだったのだろうか? なにかを企むような、恐ろしい熱心さで自問したのは? ここから逃れる方法はないのかと。

モーティを見ると、自分が考えていたことはまったくあるいはほとんど顔に出ていなかったようなので、安心した。幸い、彼は自分の巨体を椅子から持ち上げるのに忙しかった。

「さあ、ショータイムだ」と、彼は立ち上がってしまうと言って、さらにつづけた。「くそ、ちょっと体重を減らす必要がある」

実際、たいしたことは知らなかった。彼が結婚していること。こどもがふたりいて、ふたりともすでに大学を卒業し、いまは遠い町で暮らしていることを知っていた。奥さんはボウリングのボールみたいに丸ぽちゃで愛らしく、大きな帽子をかぶり、巨大な胸をゆらゆらさせて、かつては子供服の店を経営していたことがあることも知っていた。ほんの何度かジェリーと交わした会話のなかで、彼は奥さんの商売がウォルマートに〝殺された〟ことを嘆いたことがあった。それが彼が口にしたことのある唯一の殺しだった。それだけに、ひょんな巡り合わせから、わたしがその嫌疑をかけられる前には想像したこともない犯罪について証言するために呼び出されるはめになったのは皮肉だった。

ジェリーが右手を挙げて、すべての真実を、真実だけを述べると宣誓しているとき、彼がどんなに神経質になっているかがわかった。こんな場所に来たくなかったのは皮肉だった。

ジェラルド・ウェイランドを証言台へ

わたしたちの処方箋の薬剤師としてでしかないが、わたしは二十年ちかく前からジェリー・ウェイランドを知っていた。応対の仕方は親切で、ありきたりの警告や助言は省いてくれた。これは食前に、こっちは食後にとること。この錠剤は眠気を催させ、そちらは興奮させることがある。あくまでも義務に忠実だからか、なにもかも文字どおりにやろうとするからか、ジェリーは重い器具類を動かすときには注意しろと言うことがあった。しかし、そういう滑稽なところを別にすれば、長年〝知っていた〟にもかかわらず、わたしはジェリー・ウェイランドについて何を知っていたのだろう？

ったのはあきらかだった。むかしからどこか内気な男であり、わたしの裁判で演じなければならなくなったあまりにも公的な役割にかすかな嫌悪感を抱いているような気配があった。だから、彼はポルノ映画のセットで俳優が立ち去った後シーツを整える男みたいに、つまり、なるべく離れた位置からさっさと片付けたいと思っているにちがいなかった。自分の証言はあまり重要ではないと考えていてもすこしも不思議ではなかったが、それでもわたしの犯罪というジグソーパズルにどんなピースを追加するために呼び出されたのかは、ミスター・シングルトンから聞いているはずだった。ともかく、彼はさっさと事務的に証言を済ませて、清潔で明るい薬局に、すべての内容物がもっとよく把握できており、副作用もわかっていて、きちんとコントロールできる場所に戻りたいと思っているにちがいなかった。

次の数分間、それまでのすべての証人とおなじように、ジェリーは自分の職業上の資格を立証した。彼は三十三年間薬剤師をやっていた。学位を取ったのはマーサー大学薬学部で、州委員会の認可を受け、もちろん、ジョージア州の主権がおよぶ範囲内で投薬を行なうためのちゃんとした資格をもっていた。

「それはアーナ・オーティンズ医師の処方箋です」とジェリーは法廷に説明した。

彼は小さな四角い紙片から目を離さなかったが、それはミスター・シングルトンが右手に持っている数枚のなかの一枚だった。

「では、ミスター・ウェイランド」とシングルトンが言った。「この処方箋の日付を言っていただけますか?」

ジェリーは言われたとおりにした。

「これは何の処方箋ですか?」

「デメロールです」

「この処方箋はだれのために書かれたものですか?」

もちろん、サンドリーヌだった。

「この処方箋をだれが持ってきたか覚えていますか？」

ここで、ジェリーはちらりとわたしのほうを見て、すぐに目をそらした。

「サム・マディソン」と彼は言った。「彼女のご主人です」

ミスター・シングルトンはこれが充分人々の頭に染みこむのを待ってから、次の質問を発した。

「ミスター・ウェイランド、あなたはファイルを調べなおして、あなたが調剤した、患者名としてサンドリーヌ・マディソンの名前が記されたデメロールの処方箋が何枚あったか確認する機会がありましたか？」

もちろん、ジェリーはそうしていた。

「それは何枚でしたか？」

「三枚で、それぞれについて二回ずつ再調剤《リフィル》がありました」

「さて、処方薬を受け取る人はサインをするのが通例ですね。それに間違いありませんか？」

「ええ、そのとおりです」

「この患者のためにあなたが調剤したデメロールの処方薬をだれが受け取ったかを確認するため、あなたは記録を調べる機会がありましたか？」

たしかに、彼はそうする機会があった。

「サインをしたのはだれでしたか、ミスター・ウェイランド？」

こんどは、ジェリーはミスター・シングルトンから目を離さなかった。

「サム・マディソンです」

「ミセス・マディソンが自分の処方薬を受け取ったことが一度でもありましたか？」

「いいえ」

ミスター・シングルトンは面白くもなさそうな笑みを浮かべて、モーティのほうに向きなおった。「反対尋問をどうぞ」

モーティは立ち上がったが、証言席には近づかなかった。この身ぶりには、彼がその巨体で圧力をかける必要があるほどジェリーの証言に重みがあるとは考えていないことを示していた。彼の一連の質問はこの意図的な軽視をさらに数段進めるものだった。それは先のオーティンズ医師に対する質問と非常によく似たものので、それに次々に答えることで、処方薬を受け取ってサインしたのがいつもわたしだったという事実はまったくめずらしいことではなく、取り立てて指摘するまでもないことをジェリーは確認した。

「実際のところ、ミスター・ウェイランド、こうした処方箋による調剤に関してすこしでも疑わしいことがあれば、あなたは——法律上——その疑惑を当局に知らせる義務があるのではありませんか？」

「はい、そのとおりです」とジェリーは答えた。

「で、ミセス・マディソンに関するなんらかの問題について、あなたは当局に連絡しましたか？」

「いいえ」

「それでは、実際のところ、ミスター・ウェイランド、ミセス・マディソンの死に関連してミスター・マディソンあるいはそのほかのだれかに不法な行為があったかもしれないと疑う理由はまったくなかった、とあなたははっきり断言できるということになりますね？」

「はい、そのとおりです」とジェリーは答えた。

そう答えなければならなかったのは、彼がそれに先立って、真実を、すべての真実を、真実のみを述べると宣誓した正直な男だったからである。だから、わたしがやったことはなにひとつ彼の心にほんのかすかな疑惑も呼び起こさなかった、と彼は陪審員に言わなければならなかった。彼は力強い声ではっきりそう断言したが、そうしながら、ふたたびわたしに視線を戻した。法律上、人が言わなければならないことと心の底で考えていることのあいだにはどんなに大きな距離があるかをわたしは見て取った。

しかし、わたしがそのことをモーティに話すことができたのは、その日の終わりになってからだった。ジェリーはとうに証言を終え、そのあとさらに何人かの〝的外れな事実証人〟の証言もすでに終わっていた。

きょうのところはすでに休廷になり、モーティとわたしはほとんど人気のなくなった法廷に立っていた。

「ジェリー・ウェイランドはわたしがサンドリーヌを殺したと思っているんだ」とわたしは言った。「だが、もちろん、町中の人たちがみんなそう思っているんだろうが」

「いま重要なのは、陪審員席の十二人が何を信じるかということだけなんだぞ、サム」とモーティは言った。そして、それ以上はなにも言わずに持ち物を集めて、法廷の外へ向かい、わたしは彼と並んで歩いていった。建物を出たところで、彼は立ち止まって言った。「それじゃ、おやすみ、サム」

わたしたちは裁判所の石段の上に立ち、足下にはこぎれいなコバーンの賑やかな通りが伸びていた。立ち並ぶ商店、野外音楽堂のある公園、すべり台や回転遊具。まさに絵葉書のなかのアメリカだった。

「わたしは罠にかかったような気がしていた」とわたしは穏やかに言った。それは細い隙間から洩れる灯油みたいににじみ出た言葉だった。

モーティの目がさっとわたしに向けられた。「罠にかかった？」

「わたしの人生のことさ」とわたしは説明した。「それが結局どうなったかということだ。コバーン大学で教えながら、ここに住んでいるということだよ。万力で締めつけられているようなものだった。それが毎日どんどんきつくなっていった。だからあんなことをしたんだろうと思う、モーティ」

わたしの弁護士は目を細めた。彼の全身が、いちばん大きな筋肉からいちばん細い毛細血管まで、ぐっと緊張したようだった。「何をやったというんだね、サム？」

「エイプリル・ブランケンシップとのことさ」とわたしは答えた。「わたしはこの小さな町に閉じこめられていると感じていたんだ。だから――」

「そういうことは陪審員には悟らせないようにすることだな」とモーティがさえぎった。すこしもきびしい口調ではなく、わたしが〝やったこと〟がサンドリーヌ殺しでなくて心からほっとしているようだった。

「彼らはこの町で暮らしているんだし、彼らの大部分は、サム、あんたみたいにこの町を軽蔑しているわけじゃないんだから」

軽蔑というのは乱暴すぎるような気がしたが、そういえば、この小さな町とその地味なリベラル・アーツ・カレッジに対して、実際、わたしは軽蔑心を抱いていたのかもしれない。

周囲の空気がささやいたかのように、サンドリーヌの声が聞こえた。その声があの最後の夜に彼女が言ったたくさんの恐ろしいことのなかのひとつを繰り返した。〈挫折というのはベッドをともにするには冷たすぎる相手ね、サム？〉

罠にかかったんだ、とモーティが裁判所の石段の上のわたしの隣でぐずぐずしながら、ブリーフケースのなかを探っているあいだに、わたしは心のなかで繰り返した。けれども、こんどは、その言葉の翼に乗せられて、ふいにクレセント・ロード237番地のベッドルームに舞い戻っていた。サンドリーヌはベッドのなかで本を読んでおり、部屋はほぼのちにヒル巡査が見たとおりの状態だった。知識の破片がそこらじゅうに散らばり、本や書類の山がベッドのわきを占領し、机や椅子の下から顔を出し、あらゆる空いたスペースからギザギザの塔みたいに延びていた。わたしたちがあまりにも学問する放浪者みたいに暮らしていたので、アレクサンドリアは十代の反抗の意思表示として自分の部屋をピカピカの、整理整頓された状態に保っていたものだった。その学者らしい混沌がわたしの栄誉勲章であり、それは学部のほかの教師たちとは違うことを示す誇り高い無秩序だった。わたしは自分の同僚たちを――選挙で民主党以外に投票したことのある者はごくわずかだったにもかかわらず――〝共和党員〟と呼んだりさえしていた。

その文学的なごみ溜めからサンドリーヌが顔を上げた。首をかすかに傾けていたので、背後に流れていたパヴァロッティのアリアの歌詞になにか感じるところがあったのかと思った。だが、彼女が考えていたのは彼の唄のことではなく、パヴァロッティ本人に関することだった。

「パヴァロッティは自分の先生に、偉大な歌手になるには何が必要かと質問したことがあるんですって」とサンドリーヌは言った。「すると、その九〇パーセントはすぐれた歌唱力だが、残りの一〇パーセントは、優秀な歌手を偉大な歌手にまでしている部分はそれとは別のものだ、とその先生は答えたそうよ」

「ほんとうかい？」とわたしは言った。「で、その別のものというのは何なんだい？」

「知らないわ」と彼女は言った。「でも、それは、たとえ彼がうたわなくても、依然としてそこにあるものだと思う」

この会話の主題はわたしの考え方からするとあまりにも抽象的、魔術的、非現実的だったので、多かれ少なかれ話を締めくくるつもりで、わたしは言った。

「それじゃ、それは決してなくならないんだろうね、たぶん」

「いいえ、なくなることがあるの」とサンドリーヌは言った。そして、前にかがんで、音楽を止めた。「問題はそれを取り戻せるかどうかということなのよ」

わたしはすばやく暦を遡ってみた。あきらかに、サンドリーヌとわたしのこのやりとりは、オーティンズ医師の診断を受けたわずか数日後だった。彼女が非常にむずかしい時期を通過しているとき、いつか彼女が言った〝よく考え〟ようとしている最中だった。

モーティのブリーフケースのパチリという音がわたしを現在に引き戻した。

「アレクサンドリアが待っているぞ」と彼が言った。

夕食

わたしは石段を下りて、車に乗りこんだが、このときはアレクサンドリアを会話に引きこむ努力はしなかったので、わたしたちは家までほぼずっと無言だった。

「なかに入って、ゆっくりしていて」ドライブウェイに車を入れると、彼女は言った。「買い物はわたしがなかに運ぶから」

わたしは言われたとおりにして、リラックスする助けにワインのボトルをあけ、キッチンに入っていくと、数分のあいだ、漠然としたまとまりのない思いにふけった。頭のなかで嵐のなかの紙片みたいに記憶の破片が渦巻いていた。

「もう飲んでいるの？」と、わたしの息に酒の匂いを嗅ぎとると、アレクサンドリアが訊いた。「まだ食事をしてもいないのに、父さん」

「ストレスの多い一日だったからね」とわたしは言いわけをした。

「これからまだきょうよりずっとストレスの多い日がつづくのよ」とアレクサンドリアが答えた。

彼女は遠くに見えたサメのひれを見るような目つきでわたしを見た。なにか恐ろしいものが容赦なく近づいてくるのを見つけたかのように。ひょっとすると、いまならまだ水中から逃げ出せると考えているのかもしれなかった。

そんなふうに決定的に見捨てられる可能性を直視したくはなかったので、わたしは彼女が車から運んだ食料品の袋の中身を取り出しはじめた。果物と野菜とサーモンの切り身が何枚か。すべてとても賢明な選択だった。このところわたしが衰えてきていることを、まるで頬や顎や眉から目に見えない重りがぶらさがっているみたいに、すべてが垂れてきていることに気づいているにちがいなかった。

しかし、彼女はそれについてはなんとも言わずに、単純かつ几帳面に食料品をしまいはじめた。

「ズッキーニを切ってくれない?」と彼女は言った。

わたしは引き出しからキッチン・ナイフを取り出して、作業に取りかかった。一瞬、彼女はその刃に警戒するような目を向けた。それが第一幕で登場したピストルで、したがって幕が下りるまでにかならず再登場するはずだと思っているかのように。

「あまり分厚くならないように」と彼女は指示をした。

わたしの、いまや片親を亡くした娘は、非常に几帳面だった。野菜は野菜入れ《ベジタブル・ビン》に、パンはブレッドボックスに。わが家の混沌が娘には計画性の価値を教えたようだった。彼女は無秩序から引き起こされるつむじ風を見てきており、自分の人生には、ボタンひとつパン一切れに至るまで、そういうものは受けいれないいつもりなのだろう。

　彼女の考えは正しかったが、ひとつだけわたしに言えるのは、たとえ乱雑さのなかでも節度を知ることはできるということだ。かつてジャン・コクトーが指摘したように——この博識な引用もやはりサンドリーヌから盗用したものだが——人はどこまで行けば行き過ぎか知ることができるのだから。しかし、時間という有名な連続体のどこで、絶えずわたしを苦しめていた小さな身を切るような怒りや欲求不満を抑えればよかったのだろう。サンドリーヌは知っていたのだろうか？　外見的には穏やかに見えても、内側ではわたしはピラニアがのたうつ淀みのようなものだったことを。

　裁判所の石段にモーティといっしょに立っていたときみたいに、いまや時間が猛スピードで巻き戻されて、ニューヨーク大学の図書館で、こともあろうに——たぶんサンドリーヌを感心させるためだったのだろう——ポール・ヴェルレーヌを読んでいる自分が目に浮かんだ。

　わたしに近づいてくると、彼女はその本にちらりと目をやった。「ポール・ヴェルレーヌは三歳の息子を壁に投げつけたのよ」と彼女は言った。「奥さんと喧嘩しているときに」

　わたしは本を閉じた。「それは知らなかった」

　サンドリーヌの暗い瞳はじっと動かなかった。「あなたがわたしにそこまで腹を立てることはないでしょう、サム？」

「そうだね」とわたしは言った。「そんな残酷なことをするのは、人間としてなにか欠けているところがあるにちがいない」

「そうね、なにかしら欠けているところが」

　わたしにはその欠けているところがあると彼女は感じたのだろうか、とわたしは思った。でなければ、もっと悪いことを？　それから長い年月のあと、文書室で顔を合わせたとき、頭上に吊されたダモクレスの剣が日ごと彼女に近づいているというのに、わたしがパヴァロッティの人生の逸話をあっさり無視したとき、彼女は呆然とするほどはっきりとそれを見たのだろうか？

「父さん？」

アレクサンドリアが奇妙な顔をしてわたしを見ていた。わたしの手のなかのナイフが動きを止めていたからである。

「切るのをやめてしまっているわよ」とアレクサンドリアが言った。

「ああ、ごめん」とわたしは言った。「考えごとをしていたんだ」

「どんなことを？」

「おまえの母さんの頭のことさ」わたしはとても弱々しい笑みを浮かべた。「彼女がどんなに博識だったか」

アレクサンドリアは嫌な顔をしてわたしを見た。いま、そんな話は苛立たしいだけだったし、しかも、彼女の目には、最後にはどういうことになったのかをわたしがまるで忘れているかのように見えたのだろう。

「ズッキーニを切ってしまって」と彼女は言った。

わたしはその日のモーティとの会話を思い出した。サンドリーヌが死んだ日、アレクサンドリアはどうしていたのか、もしサンドリーヌと話をしたのだとすれば、どんなことを話したのか、と彼は訊いた。わたしはその会話のことを単刀直入に訊いてみようかとも思ったが、思いなおした。なぜなら、サンドリーヌは自分がどんなに憎悪にみちた言葉をわたしに投げつけたかをいちいち話したかもしれず、いまはあらためてそれを聞かされたくはなかったからだ。

数分後、わたしたちは裁判所から戻ってくる車のなかとおなじように、ほとんど口をきかずに食事をして、そのあと、わたしはワインのグラスを持って文書室に退却した。

十時ごろ、キッチンに戻って、銅製のシンクのなかにグラスを置いた。それは打ち出しの古いシンクで、手作りの、ゴツゴツした手ざわりのものだった。わたしはあの日の午後まで、そんなことにはほとんど気づいていなかった。あのとき――オーティンズ医師の診察からすでに二週間経っていたが――わたしが入っていくと、サンドリーヌがその前に立って、使い古したシンクを覗きこんでいた。窓を背景に、黒髪が背中に流れ落ち、彼女はとてもきれいだった。しかし、わたしは彼女の美しさにはむかしから慣れきっており、ふと足を止めたのはそのせいではなかった。そうではなくて、彼女が手を伸ばして、指先で穴や溝を撫でている様子が目についたのだ。あたかもなにか貴重なものを、ごく小さな宝石みたいなものを、砂金かなにかを探しているかのように。

彼女は自分の病気のことを考えているのだろう、とわたしは思った。その忌まわしい進行の仕方、まさにその瞬間にも衰えつつあり、どんどん衰えて、いずれは完全に消えてしまうすべての力。そこには言葉では表せない悲痛さがあり、その銅製シンクのなかに手を伸ばしてサンドリーヌがさわっているのはその深い場所なのだろう、とわたしは思った。

わたしがいることに気づくと、彼女は振り向いて、わたしの顔を見た。「わたしは決心したわ」と彼女は言った。

彼女が何を決心したのか、わたしにははっきりわかっていると思った。そして、神よお許しあれ、彼女がその決心をしたことで、心から重荷がいっきに取り除かれたような気がした。彼女はこれから延々と何年ものあいだ、自分に――あるいはわたしに――暗澹たる衰弱の道をたどらせることはするまいと決心したにちがいなかった。

しかし、いま、サンドリーヌの手が顔にふれた感触を思い出し、そう言ったときの彼女の目の暗い輝きを目に浮かべて、その場面をあらためて考えなおしてみると、彼女の運命的な決心が何だったのか、いや、それどころか、そもそもそれが彼女自身のことだったのかどうかさえよくわからなくなってきた。

彼女がいなくなってから、夜がどんなに長くなってしまったことか、とわたしはふと思った。自分の記憶のなかでしか、あるいは幽霊としての彼女としか、いっしょにいられなくなってからというものは。もしも彼女がここにいたら、とわたしはじつに悲痛な皮肉を感じながら考えていた。わたしは彼女といっしょに裁判を検討して、そこに至るまでのすべてを、その結果あきらかになるすべてを、そして、最後にはそれがどんな結末に至るかを論じただろう。のろのろとしか動かない時間のなかで、この数日の公判のあいだにわたしを揺り動かした小さな地震について説明し、その結果、わたしが殺人の嫌疑をかけられている彼女についてどんなことがあきらかになったか、その容易ならぬ内容がどんなふうにわたしを彼女との最初の年月に引き戻したかについて語っただろう。

そんなことを考えていると、ふいにアンティーブでのある朝のことが脳裏に浮かんだ。その前日、わたしたちはシラクーサのネアポリス考古学公園に行って、有名なディオニュシオスの耳の音響効果を試した。露出した岩に反射する声を聞いてディオニュシオスが奴隷たちの陰謀を知ったという話は現実にはありそうにない、とサンドリーヌは考えていたが、たしかにそのとおりだった。わたしはその僭主の耳に届く完璧な場所だと言われるところに立って「おまえを殺すぞ」とささやいたが、僭主が耳を傾けたはずの場所にいたサンドリーヌにはそれはまったく聞こえなかった。

思い起こされた喜びは、とりわけ長期的な展望に将来の悲劇が含まれている場合には、わたしたちの心を疼かせる。しかし、このときは、わたしはかつてのサンドリーヌを思い出して、あの初めのころのわたしたたちの楽しい生活を思い出して喜んでいた。

そういう遠い時代のことを考えていると、わたしはふと音楽のことを思い出し、一瞬、CDをかけて、サンドリーヌのお気にいりだった『G線上のアリア』を流そうかと思った。別の意味にも取れるこの曲名を、彼女はむかしから面白がっていた。だが、素朴な作品ではあるが、バッハのこの小品は決定的にクラシックであり、わたしはモーティの警告を思い出して、陪審員のだれかがたまたまわたしの家の物音が聞こえる場所を通りかかったら、どんな印象をもつかを考えた。そのやさしい、瞑想的な旋律はわたしの公判に不利になるのか。もうひとつの証拠になるのだろうか。わたしのエリート主義の、紳士気取りの、わたしの人生が沈みこんだ倫理的な泥沼の、そういうすべてが合わさって、倫理的な境界線をすこしも知らず、容易に殺人に滑りこんでいくような人間をつくりだした諸々の。わたしの同僚のだれかが口から洩らすにちがいない教訓話が聞こえるような気がした。人生は山あり谷ありではなく、山頂から谷底に向かう滑りやすい斜面でしかないのだという声が。そんなふうに言いながら、人生がどんなひどい結果になるかという例として、わたしを引き合いに出すにちがいなかった。

ドアベルが鳴った。

ドアをあけると、彼は笑みを浮かべていた。

「どうだったね?」と彼は訊いた。

隣人のカール・サントーリだった。この男を一目見れば、いろんな病気を患ってきたことがわかる。彼はすでに片方の腎臓がなかったし、バイパス手術も受けていた。だから、わたしは彼よりは長生きをするにちがいないと思っていた。ところが、いまではもうそうは言えなくなっていた。ミスター・シングルトンの言葉を借りれば、「この策略はあまりにも冷酷に計画され、じつに長期にわたって実行されたものであり、当然ながら極刑に値する」からである。

「正直なところ、カール、どうだったのかわたしにはよくわからないんだ」とわたしは答えた。

カールは穏やかにうなずいた。サンドリーヌが死んでから、彼は毎週一度訪ねてきた。いつも、いまもそうだったが、自分のレストランから温かい料理を、スパゲッティやマニコッティや茄子のローラティーニを持ってきてくれるのだった。わたしたちは十一年前からの隣人だったが、彼の人生はいろんな不幸で彩られていた。本人の健康が思わしくなかったうえ、奥さんを亡くし、十四になる息子もいつもどこかが悪かった。わたしたちは工具の貸し借りをしたり、ときおりあとからはなにも思い出せない短い会話を交わしたりしていたが、ある夜、まったくの偶然から、わたしが彼の息子の命を救うことになり、それ以来、少なくともカールにとっては、わたしは知人から友人になっていた。

その日にかぎって、彼はふいにレストランのオーヴンのひとつを付けっぱなしにしてきた気がして、あわてて車に飛び乗った。そして、猛スピードで通りに出ようとしたとき、わたしは彼の息子のアンソニーがドライブウェイにうつぶせに倒れていることに気づいた。例の発作を起こしていたのである。その瞬間、わたしには少年がちょうどカールの車の行く手に横たわっているのがはっきりとわかった。だれでもそうしただろうが、わたしはアンソニーに飛びついて、彼を抱き上げ、少年を腕に抱えたまま、カールのサターンのリア・バンパーの右隅をかすめて、すぐ隣の庭に転がりこんだ。わたしたちがまだ地面に倒れているうちに、カールが走ってきた。彼はギヤを入れずに車から飛び出したので、車はドライブウェイを走りつづけて、その端のレンガ製の郵便受けに衝突した。けれども、カールはそんなことには気づかずに、アンソニーに全神経を集中していた。わたしたちはすぐさまわたしの車に走り、彼を地元の病院に運んだが、息子はすぐに回復した。

だれだってわたしとおなじことをしたにちがいないが、カールはわたしが英雄的なことをしたと見なして、そのときから、永久にわたしの友だちになると誓った。サンドリーヌが死んでからも、温かいイタリア料理を持って訪ねてくることで、彼はたしかにそうであることを証明していた。

「ガーリック・ブレッドを入れておいた」と彼は言った。

「ありがとう、カール」

「どうぞ」と行って、彼は袋をわたしに押しつけた。

彼はむかしからもごもごロごもるしゃべり方だったが、わたしがトラブルに巻きこまれてからは、それがさらにひどくなっていた。ふつうのときでさえ、彼はたいして言うことがなかったが、いまでは一言を発するのにも非常に苦労していた。

カールは、時限爆弾がチクタクいう音が聞こえたかのように、わたしからすっと遠ざかった。

「それじゃ、おやすみ、サム」

「おやすみ、カール」

彼はほとんど即座に姿を消し、わたしはひとり取り残されて、彼が持ってきた料理の袋を見つめていた。

ふだんなら、少なくともガーリック・ブレッドの味見くらいはするのだが、このときはまったくなにも食べる気になれなかった。実際、こんな侘しい状況に閉じこめられているかぎり、すこしでも食欲が湧くことがあるのだろうか、とわたしは思った。どんな料理もわたしにサンドリーヌを思い出させた。それが中東の料理なら、イスタンブールでいっしょに過ごした数日を思い出し、フランス料理なら、パリでの彼女の姿が目に浮かび、イタリアンなら、ローマの通りをいっしょに散歩したことやカプリ島で泳いだことを思い出した。あるいは、ヴェネツィアで、ため息の橋の下を漂い流れながら交わした、わたしたちの伝説になったキスを。何年かあと、地中海旅行のなかで彼女がいちばんよく覚えているのは、もしかしてその瞬間ではないか、とごく真面目に訊いたことがある。それに対して、彼女は即座にはっきりと答えたものだった。いいえ、と彼女はとてもやさしい愛情に満ちたまなざしで言った。それはアルビよ。

アルビ、とわたしはいま考えていた、あのロウソクを買った町。アルビ、アルビ、あの最後の夜、彼女は旅行ガイドをベッドに持ちこんで、その町のページを折っていた。

「ほんとうにすこしは眠ろうとしなくちゃ、父さん」

振り向くと、アレクサンドリアが数フィートのところに立っていた。逆光を浴びてじっとしている。ふいにになんだか不吉な姿に見えた。家のなかにサンドリーヌではない女がいる。たしかに、それはわたしの娘であり、そう思うとやるせなかったが、よく知らない女であることに変わりはなかった。

「あしたは長い一日になるわ、わかってるでしょう?」と彼女はつづけた。

「わかってる」とわたしは静かに言った。「よし。すぐに寝ることにするよ。おまえも眠っておいたほうがいい」

彼女はうなずいて、後ろを向き、すこし前にカールが姿を消したのとおなじように、幽霊みたいに姿を消した。

わたしはカールが持ってきてくれた料理を冷蔵庫に入れ、顔を洗って、歯を磨き、トイレに行って、それから、とうとうほかにすることがなくなったので、ベッドに入った。

時刻は遅かったが、眠れなかった。アレクサンドリアの言うとおり、あしたは長い一日になるにちがいなかった。証人リストを見ていたので、あしたからはわたしに不利な証言が着実に積み上げられ、どんどん不利になっていくことはわかっていた。

わたしはリモコンをつかんで、テレビをつけた。

画面では、若くて美しい女優が中年の深夜番組のホストに自分の新しい映画について話していた。その映画のなかで、彼女は人間ではなく、漫画の登場人物の役を演じていた。

「人間になるより漫画の登場人物になるほうが簡単ですか？」と、深夜番組のホストのちょっぴり不良少年ぽい口調で、その男が訊いた。

驚いたことに、若い女優はその質問にちょっと困惑しているようだった。自分を殺そうとする力がぬっと現れて近づいてくるのを見たかのように、目に真剣な色が浮かんだ。

「より安全です」と彼女は言った。

まあ、それはそうだろう、とわたしは思った。それから、サンドリーヌが家のなかでよく着けていたスカーフやブラウスを、色褪せたジーンズやくたくたのスウェットシャツといっしょに、しまっていた衣装ダンスに目をやった。ウィラ・キャザーが言っていたように、美しい女はぞんざいな恰好をしていてもむしろかえって美しくなる。これはサンドリーヌについてもたしかに言えることで、そのタンスの上に置かれた小さなクロムメッキのフレームのなかの写真、コバーン大学図書館の石段に坐っている彼女の写真からも、それはあきらかだった。

わたしがその初めのころの美しさを思い出してまどろんでいるとき、アレクサンドリアがドアをたたいた。

「一時三十分よ、父さん」と彼女は言った。「ほんとうに眠らなくちゃ」

「睡眠は頭の鈍い人間のすることだ」とわたしは言った。きょうはほとんど眠れないだろうと覚悟していたのである。

「まあ、どうでもいいけど」とアレクサンドリアはつぶやいた。

ベッドルームのドアは閉まっていたが、彼女がそこを離れて、廊下を自分の部屋のほうへ歩いていく足音が聞こえた。もちろん、彼女の顔の表情は見えなかったが、苦々しい顔をしているのはわかっていた。以前から彼女は、わたしはなににでも答えをもっている人間だと言っていた。たしかに、これまでの人生の大半、そうだったことはわたしも認めざるをえない。しかし、裁判がはじまってからというもの、わたしには答えの見つからない疑問ばかりがあった。とはいっても、そういう疑問に対する答えはどこかしらでわたしを待っていて、そのうち見つけられるだろうとは思っていたけれど。未発表のエッセイのなかのひとつで、サンドリーヌは頭の問題と心の問題のあいだにはなんの区別もないはずだ、と書いていた。なぜなら、その両方にふれることなしに片方に説得力のある答えを出すことはできないのだから。

〈社会病質者〉

その瞬間、彼女の声があまりにもはっきり頭のなかに響いたので、わたしは実際に振り向いた。あの夜みたいに、彼女がすぐそばに立ち、目をらんらんと光らせて、あの白いカップに手を伸ばそうとしているような気がしたのだ。

社会病質者。

もとの方向に向きなおって、明かりを消しながら、もしかすると彼女の言うとおりなのかもしれないと思った。わたしはいまでさえ自分の人生のもっとも重大な出来事から妙に切り離されており、その結果、わたしに浴びせられる多くの非難に対して自分を弁護しようとしてますます追いつめられている。カトリックでただひとつ意味があるのは告解だとサンドリーヌは言っていたが、たしかにそのとおりかもしれない。わたしたちは愛し愛される相手を必要とする以上に、自分についてのありのままの真実を話せる相手を必要としている。それこそ、わたしが暗闇を見つめていたその瞬間、わたしにいちばん欠けているものだった。いまわたしにいちばん足りないのは、これからも永久に足りないのは、まさにサンドリーヌその人であり、それ以上でも以下でもなかった。胸を切り裂くような彼女の言葉、暗闇に矢を射るように、彼女が投げかけた最後の言葉。

〈あなたは何者でもないのよ、サム。何者でもない、何者でもない、何者でもない〉

それが彼女のわたしへの最後の言葉だった。

第三部

コバーン郡のハロルド・シングルトン地方検事によれば、サミュエル・マディソン教授による妻のサンドリーヌ・マディソン教授殺害事件の公判はいまやもっとも重要な局面に差しかかっている。この双方はともにコバーン大学の教授であり、この裁判は全国および現地メディアの注目を集めており、コバーン郡で行なわれた裁判としては、かつてなかったほど広く知られるようになっていると言えるだろう。

――『コバーン・センティネル』二〇一一年一月十五日付

第五日

朝

わたしが驚いたのは、公判第五日に、キッチンに入っていくと、アレクサンドリアといっしょにジェンナが坐っていたことだった。けれども、ふたりはそこにいた。サンドリーヌの姉とサンドリーヌの娘が、肉屋の肉切り台みたいに分厚いテーブルを挟んで坐っていた。眠れない夜のせいでそんな妄想が浮かんだのだろうが、彼女たちは『マクベス』のふたりの魔女を、鍋を搔きまわして労苦と災難を呼び起こそうとしている魔女を思わせた。

「おはよう、サム」とジェンナが言った。

「やあ」と、わたしはちょっとそっけなく答えた。サンドリーヌがわたしを選んだのは間違いだったというのがジェンナのむかしからの持論だったからである。

「たまたまアトランタまで来たから」とジェンナは言った。「アレクサンドリアが持ちこたえているかどうか見に来たのよ」

わたしのことなどこれっぽっちも気にかけていないという意味だった。サンドリーヌが死んでからほぼ完全に距離をあけることで、彼女はかなり徹底してそういう態度を示していた。アレクサンドリアとは連絡を保っていたが、わたしは墜落した飛行機みたいに彼女のレーダーから消えていた。それでも、わたしがサンドリーヌを殺したとまで考えているのかどうかはわからなかった。その点については、まだこれから調べてみなければなんとも言えないというところなのだろう。

「アレクサンドリアはだいじょうぶだ」とわたしは請け合った。「わがマディソン家の人間は強靭な精神力をもっているからね」

ジェンナの笑みはダイヤモンドでも切り裂けそうだった。「それをこの目で確かめたかったのよ」笑みがひろがったが、その硬さは変わらなかった。「残念ながら、ほんの数分しかいられないんだけど」

「このあと、どこへ行くんだい？」とわたしが訊いた。

「あしたのお昼にシカゴで会議があるの」

「それじゃ、うちに泊まっていかないの？」とアレクサンドリアが訊いた。

ジェンナは首を横に振った。「そうしたいけど、アトランタに戻らなきゃならないから」

ほんとうにそうなのだろうか、とわたしは思った。それとも、この家がなんとなく怖いのか？　殺人者とおなじ屋根の下にいるのが？

「そうか。泊まっていけないのは残念だ」とわたしは言ったが、ジェンナがその言葉を信じたかどうかは疑わしかった。

彼女はサンドリーヌの姉であり、むかしからいつも保護者の役割を果たしていた。その意味では、自分の才気あふれる美しい妹が貧弱な大学院生と関係をもち、その薄汚れたアパートに同棲して、それから不可解にもその男と結婚し、そのぱっとしない男の赤ん坊を産んだという事実を彼女はひどく残念がっていた。

それでも、アレクサンドリアの不運に同情しているのはほぼ間違いないだろう、とわたしは思った。なにしろ、彼女は生き残っているただひとりのわたしの肉親になり、いまや――こともあろうに、殺人事件の裁判まで含む――諸々の不名誉な品行の相続人になってしまったのだから。

「アレクサンドリアによれば、きょうはかなりきびしい公判になりそうなんですってね」とジェンナが言った。

「そう、そうなるかもしれない」わたしはアレクサンドリアの顔を見た。「しかし、苦しい展開には慣れてきているんじゃないかな？」

アレクサンドリアはコーヒーを一口飲んだ。「いつまでつづくのか見当もつかないのよ」と彼女はジェンナに言った。「公判のことだけど」

わたしは乾いた笑い声をあげた。「それとも、上訴あるいは上訴の上訴がね」

「それじゃ、うまくいっていないの？」とジェンナが訊いた。

裁判がうまくいかないことをジェンナは心の底から祈っているのではないか、とわたしは疑っていた。彼女のなによりの望みは、わたしが薄汚い監房の床にひざまずいて、メキシコ人の麻薬王にフェラチオしながら残りの一生を過ごすようになることにちがいなかった。何と言っても、わたしは彼女の妹を裏切ったのだし、ひょっとすると、わたしが妹を殺したのかもしれないのだから。にもかかわらず、たとえアレクサンドリアのためだけにでも、彼女はわたしに親しげに接しなければならなかった。それこそ親類縁者の義務であり、悲しく哀れなところだった。

わたしは肩をすくめた。「うまくいっているのかどうか、わたしには見当もつかないんだよ、ジェンナ」とわたしは言った。

「きのうは一日中ずっと病理医の証言だったわ」とアレクサンドリアが言った。「モーティマー先生という人だけど」

「まさにぴったりの名前だね」とわたしが茶々を入れた。「モールはフランス語では死という意味だから」

ジェンナの唇が冷たい笑みで震えた。「もちろん、わたしだってそのくらいは知っているわ、サム」と彼女は冷やかな口調で言った。「モントリオールで育ったんだから」

わたしは冷蔵庫に歩み寄って、牛乳を取り出し、いつもの癖を抑えられずに匂いを嗅いで、それからすこしだけカップに注いで、そこにコーヒーを足した。それだけで、ほかにはなにも食べる気になれなかった。たとえなにか食べたかったとしても、ジェンナの前ではやめておいただろう。彼女の妹は美しくて、華があり、もっとずっとマシな男に値する女だった。その妹を殺した疑いで裁判にかけられている男が、卵、ベーコン、トースト、バター、ジャム、その他諸々のたっぷりした南部式朝食をとるのはひどく不相応なことに見えるにちがいなかったからである。それがわたしの裁判の——どんな裁判でもおなじだろうが——奇妙なところだった。ごくふつうの楽しみも、少なくとも人前でそれを楽しんだりすることは、わたしが有罪であるばかりか、まったく良心の呵責を感じていないことの有力な証拠になるのだった。こどもが行方不明になっているとき、笑みを浮かべたり、あろうことか、声を立てて笑ったりすれば、あなたがその遺体のありかを知っていることを疑う者はいないだろう。

だから、わたしはコーヒーとすこしの牛乳だけにして、砂糖はまったく入れなかった。

「驚くほど退屈ね、裁判というのは」とアレクサンドリアは人を狼狽させるほど事務的な口調で言った。あたかも、わたしの試練が進行するうちに、彼女はそれを見せ物として採点するようになったが、わたしの裁判の場合には、せいぜい二つ星くらいしか付けられないと判定したかのように。

「じゃ、そのモーティマー先生の証言にはなにひとつ——」と言いかけて、ジェンナは言いよどんだが、どうつづけていいか困惑しているにちがいなかった。

「わたしの有罪の証拠になるようなものはなかった？」とわたしは聞き返して、乾いた笑い声を洩らした。「そう、ほとんどなかった。彼が確認したのは、サンドリーヌがデメロールの過剰摂取と、抗ヒスタミン剤を——彼の言い方によれば——〝添加した〟タンブラー一杯のウオッカで死んだということだけだった」

さらに、遺体には打撲痕や切り傷や裂傷はなく、したがって、もちろん、争った形跡はないことを彼は証言していた。サンドリーヌが自分の意志で毒を飲んだか、だれかが彼女に毒を飲ませたかのどちらかだ、というのがモーティマー医師の結論だった。

「問題は抗ヒスタミン剤なのよ」とアレクサンドリアが言った。

「そして、それがつぶされていたことだ」とわたしが付け加えた。「つぶせば、飲んでもはっきりとはわからないから、サンドリーヌはなにも知らずに飲んだかもしれない。つまり、なんの味もしないはずだから、理論的には、わたしがそれを使って……」

「なるほどね」とジェンナがさえぎった。「でも、なぜ彼女は抗ヒスタミン剤を入れたのかしら？」と彼女は訊いた。

「デメロールを吐いてしまうのを防ぐため」とアレクサンドリアが答えた。「というのが検事の言い分よ。だから、それをウオッカに入れて、父さんは母さんがデメロールを吐かないようにしたというわけ」

「なるほどね」とジェンナはそっと繰り返した。

一瞬、彼女は自分の手を見つめ、それから顔を上げると、さっとわたしに目を向けた。「あなたのコンピュータでだれかが制吐薬を探していたというのはほんとうなの？」と彼女は言った。「アトランタの新聞で読んだんだけど」

「ああ」とわたしは言った。「ほんとうだ」

ジェンナが知っているのはそれだけではないだろう、といまやわたしは考えていた。わたしのコンピュータには〝強力な〟制吐薬を探そうとしただけでなく、ほかにもいくつかの不吉な検索をした記録が残っていた。〝苦痛のない自殺〟やそれを可能にするさまざまな薬——そのなかのひとつがデメロールだった——の検索。これはすでにだいぶ前に公表されている事実だったが、それと同時に、サンドリーヌのコンピュータには問題があったので、彼女はわたしのコンピュータを使っていたのだという、あまり説得力のないわたしの説明も紹介されていた。

「あきらかに、サンドリーヌは死にたがっていた」とわたしは言った。「そして、当然ながら、苦しまないでそうしたいと思っていたんだ」

ジェンナが疑わしげにわたしの顔を見ると、わたしはつづけた。「抗ヒスタミン剤については、デメロールが確実に効くようにするために摂ったという見方には、わたしは賛成できない」

「ほかにどんな理由から摂った可能性があるというの？」とジェンナが訊いた。

わたしは筋が通っていると思えるただひとつの答えを口にした。「サンドリーヌは……思いやりがあったからだ。ベッドを汚物で汚したくなかったんだ」

「汚物で汚せば、あなたがそれを片付けなければならないことを知っていたから？ そういうこと？」

「そうだ」

「なんと思いやりのある人だったことかしら、サム」とジェンナは言った。彼女の目がこわばった。「そして、なんと忠実だったことかしら」

「そう、忠実だった」とわたしは言ったが、それからすぐに、もっと安全な、有罪証拠という話題に移った。

「ともかく、苦痛のない自殺の検索に関するかぎり、わたしは彼女がそんなことをしていたとは知らなかった」とわたしは言った。

ジェンナの頭にひとつの質問が浮かんだのはあきらかだった。彼女はちょっとためらったが、やがてどうしても訊かずにはいられなくなった。

「でも、もし知っていたとしたら？」

「それは、すでにアレクサンドリアにも言ったことだが、サンドリーヌにはそうする権利があったと思う。なぜなら、ギリシャ人は——」

「ギリシャ人はそうでしょうよ」ジェンナは鋭い口調

でさえぎって、ただちに持ち物をまとめだした。「学者ぶった引用は必要ないわ」

ジェンナにはむかしからきついところがあった。どこか無感情で情け容赦がなく、ちょっぴり欲得ずくみたいなところさえあって、サンドリーヌとはほぼ正反対だった。だから、とわたしはいま考えていた、どこかの小さな大学で教えたいとか、地球のどこか遠い片隅に小さい学校をひらきたいなどという衝動には駆られたことがないにちがいないと。

そう考えると、人生の最後の数ヵ月に、サンドリーヌがジェンナを何度も呼び寄せたのは奇妙だった。ジェンナは妹の呼びかけにはかならず応えて、たいてい二、三日わが家に滞在し、午後にはあの小さな東屋に坐っておしゃべりをしているのをよく見かけたものだった。サンドリーヌが裏庭に欲しがったその東屋は、一日で組み立てられるような安っぽいプレハブで、いまにもくずれ落ちそうに見えたけれど。

それでも、一シーズンはなんとか持ちこたえたので、彼女はよくそこに引きこもり、読書したりナノで音楽を聴いたり、ときには白ワインのグラス越しにジェンナとおしゃべりしたりした。わたしの姿が見えると、ふたりともちらりとこちらを見て、即座に会話がやむのが常だったが。

「ちょっと訊きたいんだが、ジェンナ」とわたしはつい口に出した。そんなふうにいきなり呼びかけられると、彼女はひどく面食らったようだった。「いったいどんな話をしていたんだい？」とわたしは彼女に訊いた。

「どんな話って？」とジェンナはためらいがちに聞き返した。

「サンドリーヌといっしょに坐っていたときだがね」とわたしは言った。「あの東屋に」

ジェンナはわたしが敵意をこめて問い詰めているかのような顔をした。

「べつになにも」と彼女は冷淡に答えた。

「べつになにも?」とわたしは訊いた。「しかし、最後の何週間、あんたはよくここに来たじゃないか。サンドリーヌがわたしから完全に離れてしまっていたときに。あのころ、彼女はわたしとはほとんど話をしようとしなかった。それなのに、あんたとはずいぶんよく話していた。だから、何の話をしていたんだろうと思っただけだが。なにか……内密な話でもしていたのかと」

「内密な?」とジェンナはちょっと鋭い口調で言った。「どうして彼女がわたしと内密な話をしちゃいけないの?」

そもそも、とジェンナは言っていた、あの尻軽女と〝内密な〟関係をもっていたのはあなたなんじゃないの?

わたしは彼女の鋭いまなざしにしゅんとなった。

「悪かった」とわたしはそっと言った。「もちろん、そういう話もしただろう。ただ、わたしが言いたかったのは、あの最後の数週間、サンドリーヌはわたしにはあまり口をきいてくれなかったというだけだ。彼女はわたしを切り捨てていた。だから、わたしは——」

「彼女はあなたと話すことにうんざりしていたんじゃないかしら、サム」とジェンナが言い返した。

「そう言ったのかい?」

「でも、あきらかだったんじゃない?」とジェンナは言った。「あなたがたったいま言ったように、実際あなたと話すのをやめたんだから」

「でも、どうしてだろう?」

「知らないわ」とジェンナは答えた。「理由は聞いてないから」

わたしたちはしばらく口をつぐんでいた。それから、ジェンナがつづけた。「わたしたちは人生について話していたのよ、サム」彼女の目がふいにキラリと光った。「サンドリーヌはわたしの妹だったんだから」彼女は深く息を吸った。そうやって平静を取り戻そうとしているのがわかった。「わたしのたったひとりの妹だったんだから」

「そして、姉妹はおしゃべりをするものだから」とアレクサンドリアがきっぱりとした口調で引き取った。ふたりのボクサーのあいだに割りこむレフリーみたいに。

「もちろん」とわたしはそっとつぶやいて、自分の顔にやさしい笑みを張りつけた。ただひたすらジェンナのために。そのときわたしがそうしたのはあきらかに……親切になろうとしていたからだった。「もちろん、そうだろう」

ジェンナはふたたび持ち物を集めはじめた。「気をつけてね」と彼女はアレクサンドリアに言った。なにかを示し合わせるような、陰険な秘密会議をしているあのシェイクスピアのふたりの魔女みたいな言い方だった。

「もっといてもいいんだよ」とわたしは言った。「わたしは……悪い人間じゃないんだから、ジェンナ。わたしは……べつに……」

実際のところ、わたしは自分が何なのかよくわからなかった。

「ともかく」とわたしはつぶやいた。「ありがとう……アレクサンドリアの様子を見に来てくれて」

ジェンナはすでにコートを着ていたが、奇妙なくらい急いで身支度をするあいだ、ずっとわたしを見つめていた。そのまま出ていくのかと思ったが、彼女はふいに立ち止まって、わたしを正面から見つめた。「サンドリーヌはあなたを愛していたのよ、サム」生徒に重要なことを説明する中学校の教師みたいに、わたしの目をじっと見つめた。「もしも、なにかしらの理由から、あなたがそれを疑っているとすればだけど」

そう言うと、彼女は出ていった。

「あれはいったいどういう意味だったの？」と、ジェンナに聞かれるおそれがなくなると、アレクサンドリアが訊いた。

「あれって?」とわたしは聞き返した。

「母さんとジェンナが何を話していたか訊いたりして」彼女は聞き返されたことにあきらかに苛立っていて、きびしい目つきでわたしをにらんだ。「ジェンナは裁判にかけられているわけじゃないのよ、父さん」

これはちょっと言い過ぎだった。

「裁判にかけられているのはわたしだと言いたいのかね?」

アレクサンドリアはちょっとひるんだが、動じなかった。「わたしの言いたいことはわかっているでしょう」と彼女は言った。

「いや、完全にはわかっていない」とわたしは言った。「わたしのことでおまえを辛い目に遭わせているのはわかっているが、それについて自分に何ができるのかはわからない。なにかできることを思いついたら、教えてくれ」

彼女はちょっと困惑しながらも人の心を見透かすようなあの目つきでわたしを見ると、おそらく長いあいだ頭から離れなかったにちがいない質問をした。

「母さんはあの女のことを知っていたの?」

というわけで、とうとうわたしたちはエイプリルに到達した。

「わたしが知っているかぎりは、知らなかったはずだ」

「結局、母さんには話さなかったの?」

「わたしは告白があまり得意じゃないからな、どうも」

彼女は口をつぐんだ。そのあいだに、わたしは彼女から恐ろしい熱気が漂い流れているのを感じた。

「マルコムのことはどうだったの?」と彼女は訊いた。

「彼のことは知っていたの?」

わたしはかぶりを振った。「いや、全部は知らなかった」

わが娘は両親の底の知れない結婚生活にそれ以上深入りするのは気が進まないようだった。わたしもそんなことに立ち入りたくはなかったが、その瞬間、マルコム・エスターマンの姿がまざまざと目に浮かんだ。秋のコバーン大学の黄金と黄色の枯れ葉のなかをぶらぶらやってくる男。禿頭に眼鏡をかけて、本をわきに抱え、いつも薄いチョークの粉がまぶされている上着を着ていた。まさにチップス先生そのものだった。マルコム・エスターマン。

よりによって。

彼の名前はかつてはいまとは別の感情を呼び起こしたものだった。というより、サンドリーヌが死んで、アラブランディ刑事の調査がはじまる以前は、どんな感情も呼び起こさなかった。しかし、いまでは、どうしても頭から振り払えないいくつかのイメージがある。どれも多かれ少なかれポルノじみたものだった。シーツとおなじくらいねじくれた、汗まみれのふたつの裸体。サウンドトラックには激しい息づかい。サンドリーヌのそれがどんどん速く、浅くなり、やがて、もちろん、長い、疲れきった、とてつもなく満足した、最後の一息を発する。

「わたしは彼をほんとうには知らなかった」とわたしはアレクサンドリアに説明した。「もちろん、彼を知ってはいた。三十年もコバーンで教えているんだからな。当然ながら、姿を見かけることはあった。教授会や、卒業式や、そういうときに。しかし、実際のところ、彼は――」

「わかったわ」とアレクサンドリアがさえぎった。

彼女がその話題を打ち切ったので、わたしもそうした。いずれにせよ、きょうかあしたかあさっての公判で詳細に語られることになるだろう。何と言っても、マルコムの名前が証人リストに載っているのだから。

アレクサンドリアが電子レンジの時計を見た。「そろそろ支度したほうがいいわ。もう遅いから」

　それを合図に、わたしたちは別れて、彼女は彼女の部屋へ、わたしはわたしの部屋へ行った。次に顔を合わせたのは、わたしが居間に入っていったときで、彼女はすでにわたしを待っていた。

「なんてことなの、父さん」と、わたしが部屋に入っていくと、彼女が言った。「ネクタイが滅茶苦茶じゃないの」

「指先がちょっと震えるんでね」とわたしは弁解した。

　わたしは反射的に結び目をいじりだしたが、彼女が前に進み出て、結びなおしはじめた。

　彼女は何度か男と関係をもったが、相手を家に連れてきてサンドリーヌとわたしに引き合わせるほどは長続きしなかったか、深い関係にならなかった。ひょっとすると、だれを家に連れてきても、わたしが認めないだろうと思っていたのかもしれない。たしかにそうだったかもしれないが、わたしはそれは口には出さずに、相手の男に愛想よくしただろう。ただ、アレクサンドリアがその男と帰ってしまったあと、首を横に振って、いったいなぜそんな男に本気になったのか訝ったにちがいない。しかも、そんなふうにしながらも、わたしは自分をかなり寛大な人間だと見なし、その若い男を高度な知的基準からではなく、もっと単純にその人柄から判断したのだと考えただろう。なぜなら、かつてサンドリーヌが言ったように、わたしは心やさしい男なのだから。

　だが、最近になって、じつは寛大なのはむしろアレクサンドリアのほうなのかもしれないと思うようになった。何と言っても、わたしがサンドリーヌに、彼女がわたしに、わたしたちふたりが娘には明かさなかった数多くの秘密を一度として質そうとすることなく、調査によってあきらかになったショッキングな事実に耐えてきたのだから。「父さんと母さんはわたしが幸せな家庭で暮らしているという幻想を与えてくれたのよ」と、最初のスキャンダラスな事実があらわになったとき、彼女はわたしに言った。「それについてはふたりに感謝すべきだと思っているわ」

「すっかり解いてやりなおさなければだめだわ」と、わたしがひどい状態にしてしまったネクタイを解きながら、アレクサンドリアが言った。

じつはたくさんのことがそうなのだという苦労して学んだ真実に、わたしは潔く兜を脱いだ。

「上を向いていて、父さん」と言いながら、アレクサンドリアは最後の結び目を解いて、もう一度初めからやりなおしはじめた。

そうしているとき、彼女の顔はわたしの顔のすぐそばにあった。彼女の息が感じられ、彼女が息をしているという、わたしの娘が生きているというただそれだけの事実に、わたしは思いがけない幸せを感じた。同時に、そういうこの上なく大きな奥深い幸運をわたしたちは容易に忘れたり、当たり前に思ったりしているという、苦々しい思いを抱かずにはいられなかった。

「はい」と彼女は言って、一歩下がった。「できたわ。これできょうの一日に立ち向かう用意ができたわね？」

「準備完了」とわたしはいかにも自信ありげに答えた。きょう、あるいはそれ以降の公判で聞くことになるなにひとつ、わたしの人生の土台を揺るがすことはないという自信をこれ見よがしに示して見せた。「完全に準備完了だ」とわたしは付け加えた。

しかし、じつはそんなことはなかった。

「いいわ。それじゃ、行きましょう」とアレクサンドリアは言った。「裁判官は被告が遅刻するのをよく思わないでしょうからね」

そう、わたしは被告だった。かつてなかったほど、自分自身に対してさえ、わたしはまさに被告なのだと感じていた。

レイモンド・アラブランディ刑事を証言台へ

殺人の物語のような物語はほかにはない。ミスター・シングルトンはそれをよく心得ており、いずれはこの裁判中の出来事を安っぽい探偵小説みたいに提示しようとするだろうと——べつに待ちかまえていたわけではないが——わたしは考えていた。

アラブランディ刑事が証人として呼び出されたとき、いよいよはじまるぞ、とわたしは思った。

レイ・アラブランディ刑事はその役柄にぴったりで、背が高く、痩せぎすで、こめかみには適度に白いものが交じっていた。彼は戦場の兵士みたいに証言台に進み出て、宣誓し、それから、ミスター・シングルトンの質問に答えて、澄んだ力強い声で、十七年間警察官をやっていると陪審員に言った。それ以前は、彼は兵士だったが、陸軍の犯罪捜査司令部（CID）に配属され、警察官の役割を果たしていた。アラブランディ刑事もそうだったが、これはじつに畏れ多い役職で、完全に冷笑的ではないが、嘘をつかれることには慣れている、冷徹なプロフェッショナルであり、陪審員が毎晩テレビで見たり、探偵小説で読んだりしている——のだろうとわたしは想像していたが——殺人課の刑事とおなじようなものだった。

十一月二十一日、金曜日の午後三時五十七分に、彼はクレセント・ロード237番地に到着した、と法廷に語った。その午後は雨が降っていたとは言わなかったが、実際には降っていた。彼がミスター・シングルトンの質問に慎重に答えるのを聞きながら、わたしがドアをあけたとき、彼のダークブルーのオーバーコートに一筋、雨の筋が付いていたことをわたしは思い出した。

「サミュエル・マディソンさん？」と彼は訊いた。

わたしはうなずいた。

彼はわたしにバッジを見せた。「お邪魔してもかまいませんか？　はっきりさせたいことがいくつかあるんです」

わたしはドアをあけて、本棚が並んでいる居間に通した。棚には偉大な作品がぎっしり詰まっていたが、アラブランディが抱いた感想はただひとつ、たぶんわたしは彼より自分のほうがずっと頭がいいと思っているのだろうということだけらしかった。その後、それには自信をもって異議をとなえるようになったにちがいないが。

わたしのこの回想はミスター・シングルトンの威圧的な声で中断された。

「では、サンドリーヌ・マディソンの死に関して困惑させられるような疑問が生じたというわけですね。それに間違いありませんか、アラブランディ刑事？」

「そのとおりです。初期捜査の過程で」とアラブランディ刑事は答えた。「それから、もちろん、検死解剖でも」

「それはどんな疑問でしたか？」

それはあの雨の午後、アラブランディ刑事と初めて対座するまで、わたしが考えもしなかった疑問だった。わたしたちは居間に、その乱雑さがヒル巡査を悩ませたが、その後わたしが多少は整理した居間に坐っていた。しかし、その重要かつ人を困惑させる疑問に立ち入る前に、ミスター・シングルトンは陪審員にいくつかの儀礼的な手続きを知らせておきたいと考えていた。

「さて、その午後、あなたがマディソン教授に会ったとき、彼は奥さんについてなにか質問しましたか？」

「はい、しました」とアラブランディは答えた。「ミセス・マディソンの遺体の処理についての質問でした」彼は茶色い手帳を取り出して、ページをめくった。

「『サンドリーヌはどこなんですか？』と彼はわたし

に訊いたんです」

「ミスター・マディソンが奥さんの遺体の所在について尋ねたのはいつでしたか？」

「会ったときすぐにです」とアラブランディは陪審員に言った。「わたしはまだ玄関の小さなポーチに立っていました」

わたしはすぐにそう訊いたのは、その日の午後、昼寝をしているときに、奇妙な、恐ろしい夢を見たからだった。サンドリーヌは排水溝付きの金属製のテーブルに寝かされていた。彼女の白い、依然として美しい体が、蛍光灯の光でいちだんと白っぽく見え、メスを持った男がその上にかがみ込んでいた。しかし、最悪なのはそれではなかった。この恐ろしい悪夢では、だれが彼女の命を奪ったのかとマスクをした病理医が訊くと、彼女が目をかっと見ひらいて、食いしばった歯の隙間からいかにも憎々しげに言ったのだ。サムよ！

「ミスター・マディソンは正確にはどんなふうに言ったのですか？」とミスター・シングルトンが訊いた。

「彼は解剖は済んだのかと訊きました」とアラブランディは答えた。「それはまだだが、あしたの朝、行なわれる予定だとわたしは答えました」

その瞬間、わたしはひどく怖がっている顔をせずにはいられなかった。なぜなら、あのとき、わたしは頭が混乱していて、サンドリーヌが火葬されないかぎりその恐ろしい悪夢がつづくにちがいないという奇妙な考えを抱いていたからである。しかも、その悪夢のせいで分別を失い、それから必死に逃れようとするあまり、予期せぬ無防備な瞬間に、自分の有罪の証拠となるようなことを口走ったら、どうなるのかとも思った。わたしはいまや監視されており、それは自分でもよくわかっていた。あとで自分の公判が不利になるようなものはなるべく取り除いておくのは当然ではなかっただろうか？

「マディソン教授はそれに対してどんな反応を示しま

したか？」とミスター・シングルトンが訊いた。

その悪夢とサンドリーヌの遺体があるかぎり悪夢がつづくというばかげた考えから、わたしは奇妙な文学的な引用でそれに応じたが、アラブランディ刑事はいまそれを陪審員に暴露しようとしていた。

「彼女の遺体は彼に告げ口心臓のようなことをしようとしている、と言いました」

「告げ口心臓？」とミスター・シングルトンが訊いた。

アラブランディ刑事はうなずいた。「エドガー・アラン・ポーの物語からの引用です。マディソン教授がそう教えてくれました」

「では、あなたはあとでその物語を探して、読みましたか？」

実際そうしてみた、とアラブランディは法廷に言い、その物語の詳細を説明した。彼が説明をはじめると、ふたりの陪審員が身を乗り出したことにわたしは気づいた。それこそすぐれた物語の力であり、すぐれた物語にはすくなくともそのくらいの効果があるのだ、とわたしは思った。それはごくふつうの人々を感覚の鋭い観察者に変えるのである。

『大地の引力』を苦しみながら何度も書きなおしているとき、わたしはそういう単純な事実を心に留めておくべきだった、といまさらながらわたしは思った。それは書きなおすたびにしだいに学者臭くなり、才気走った博識なものになっていったが、同時に嫌みたっぷりになり、最後の草稿をサンドリーヌに読ませたころには、「冷たくて、愛情がない」と彼女が断言するようなものになっていた。わたしはその本から「やさしい心をすっかり剝ぎ取ってしまった」と彼女は言ったものだった。

自分が彼女を憎らしいと思っていることに気づいたのは、そのときが初めてだったのだろうか？　わたしがサンドリーヌを憎んだのは、彼女の批判が間違っていたからではなく、それがショッキングなほど的を射ていたからだった。「あなたの本には偉大な本にならなければならないすべてがあるわ、サム、魂を別にすれば」と彼女はあの独特な悲しそうな口調で言ったのだった。そんな救いのない、しかも真実を言い当てた判決のあとで、どうすれば彼女の死を願わずにいられただろう?

「その物語では、告げ口心臓が語り手の犯罪を暴露するんですね?」とアラブランディがポーの物語の粗筋を説明しおえると、ミスター・シングルトンが訊いた。

「彼の有罪への鍵をにぎっているのが告げ口心臓なんですね?」

「はい、そうです」

「ふうむ」ミスター・シングルトンはそっと息を吐いただけで、なんとも言わなかった。陪審員に対して、文学的な引用を根拠にして人を殺人罪で有罪にすべきだと仄めかしたりはしないように注意していたのである。一瞬間を置いてから、「けっこうです。では、先に進めましょう」と彼は言って、ちらりとメモに目をやった。「さて、アラブランディ刑事、解剖のあと、サンドリーヌ・マディソンの遺体はすぐには火葬されないことになったことをその後あなたはミスター・マディソンに伝えましたか?」

「はい、伝えました」

「彼はどんな反応を示しましたか?」

「なんの反応もありませんでした」

「反応がなかった?」

「肩をすくめた、と思いますが、なにも言いませんでした」

たしかにそのとおりだった。わたしがそういう無感情な反応をしたのには理由があった。当局がサンドリーヌの遺体を保存する意向だと告げたとき、アラブランディの目のなかにもうひとつの、もっと深い疑惑がひそんでいるのをわたしは認めたからである。当局が遺体を一種の証拠物件と見なしているのはあきらかだった。

「さて、そのとき、アラブランディ刑事、あなたはマディソン教授にいくつか質問をしましたか？」

「はい、しました」

実際、かなりたくさんの質問をした。アラブランディ刑事がそれを列挙しはじめると、あのとき自宅の居間に坐っていた自分の姿が目に浮かんだ。彼は当初〝気になること〟がいくつかあると言って説明をはじめたが、わたしはそれに注意深く、たぶん警戒心を抱きながら、耳を傾けた。

「おそらくご存じだと思いますが、ミスター・マディソン、こういう場合には、わたしたちは調査をしなければならないんです」と彼は言った。

「こういう場合？」

「自殺だと推定される場合です」

「推定される？」

「自殺であることが証明されるまでは」

わたしはかすかに深く坐りなおした。「なるほど」

「奥さんは若かったし、当初から自殺が取り沙汰されていたので、実際、わたしたちは調査をしなければならないわけです」

「サンドリーヌについて調べているんですか？」

「彼女の死についてです。だから、当然、彼女と関係のあるほとんどすべてが含まれます」とアラブランディは答えた。「職場での状況とか、家族とか。どんな生活をしていたかとか」

していたか、とわたしは思った。そう繰り返しながら、わたしはサンドリーヌの人生がいまや過去形で語らなければならないものになっていることをあらためて悟った。

いま、公判第五日に、ミスター・シングルトンがアラブランディ刑事を一歩ずつ動かして、わたしと初めて会ったときの様子を再現しているときになっても、サンドリーヌがもういないと考えるのはむずかしかった。もっと正確に言えば、彼女の人生がもはや取り戻せないこと、たとえ何をしても、それをもっといいものにすることはできないという厳然たる事実を受けいれるのはむずかしかった。それはわたしがどうしても認めたくない恐ろしい事実だった。彼女の物語はもはやひとつの単語も取り消せず、たとえ一部でも編集したりひねりを加えたりできず、最後のページが書かれて閉じられてしまっているのだという事実。サンドリーヌはわたしよりずっと以前からそれを受けいれていた。彼女が死んだベッドルームの薄闇の底で、ほのかな明かりに照らし出された彼女の顔、ささやくような声で、きっぱりと発音された悲しい事実を思い出す。

大部分の人には、サム、と彼女は言った、騎兵隊は来ないのよ。

いま、それは彼女にも来なかったのだと思いながら、わたしはその正しさにかぶりを振った。

モーティがいきなりわたしの腕にパンチをくらわせた。

「おい」と彼は鋭い口調でささやいた。「首を横に振っているぞ」

「すまない」とわたしは言った。「ちょっと思い出したことがあって」

「それなら、それを身ぶりには出さないようにすることだ」と彼はわたしにきびしく諭した。「陪審員はあんたが何を考えているか知らないんだぞ。だから、彼らがあきらかに真実だと思っている証言にあんたがかぶりを振ったりすれば、あんたへの信頼度がそれだけ低下することになるんだ、わかったな?」

「ああ」とわたしは言った。「すまなかった」

「いいかね、サム、思い出に耽るのはいい加減にして、法廷で言われていることに注意を払ってくれ」

「そうだな。わかった。そうするよ」

法廷で言われていたのはこういうことだった。

「さて、アラブランディ刑事、このとき、マディソン教授が奥さんの死に関連して容疑者になっているとあなたは伝えましたか？」

「いいえ」とアラブランディは答えた。「その時点では、彼は実際には容疑者ではなかったからです」

「しかし、重要参考人ではあった」

「死因に疑わしいところのある死の場合には、だれでも参考人になることがあります」

「そう、疑わしいところがあった」とミスター・シングルトンは言った。「で、あなたはマディソン教授に奥さんの死因に疑わしいところがあることを知らせましたか？」

「はい、知らせました」

「彼はどんな反応をしましたか？」

わたしの反応は恐怖だった。アラブランディがそれを見て取ったのはあきらかだった。わたしがどう感じたかを知っているのはあきらかだったので、わたしは即座にそれを認めることで弁解しようとした。


「ミスター・マディソンは『なんて奇妙なんだ』と言いました」とアラブランディは法廷に語った。

「奥さんの死因に疑わしいところがあるのはなんと奇妙なことかということですか？」ミスター・シングルトンは、そうではないのを知っていながら、あえて尋ねた。

「いいえ。ミスター・マディソンが言ったのは、彼はとつぜん〝恐怖の発作〟を感じたが、それが奇妙だということでした」

「恐怖の発作？」と、そんなことは初めて聞いたとでも言いたげに、ミスター・シングルトンは繰り返した。

「マディソン教授は何を怖がっているのか言いましたか？」

「はい、言いました」

「それは何だったんですか？」

「本の登場人物になってしまうのが怖いのだということでした」とアラブランディは答えて、あらためて茶色い手帳に取ったメモに目をやった。『本の登場人物』というのが彼の言葉でした」

「どんな登場人物ですか？」

「人生のツケがまわってきたことを主人公がふいに悟るような本だということでした」とアラブランディは答えた。「彼はそういうロシアの本の名前を挙げました。たしか、だれかの死というタイトルで、ロシア人の名前でしたが」彼は手帳のページをめくった。

「『イワン・イリッチの死』です」

ミスター・シングルトンは陪審員のほうにちらりと目をやってから、アラブランディ刑事に視線を戻した。

「さて、ある時点で、あなたは奥さんの死に関する疑問点についてマディソン教授に説明しはじめましたか？」

「はい、そうしました」

実際、彼はそうした。最初の儀礼的なやりとりのあと、アラブランディ刑事は時間を無駄にせずに要点に入った。ふたたび彼と相対しているかのように、こちらに身を乗り出す刑事の姿が目に浮かんだ。非常に鋭い目つきで、わたしを見つめるその目にはどこか猛禽類のようなところがあった。

「ミスター・マディソン、あなたは奥さんの死が自殺だと決めてかかりましたが、遺体を調べることなしにそう考えたんですね？」とアラブランディは訊いた。

「彼女にはまったく手をふれませんでした」とわたしは答えた。

わたしの答えがナイフの刃先でチクリと刺したかのように、アラブランディはかすかに顔をしかめた。

「では、なぜ奥さんが自殺したと考えたんですか？」と彼は訊いた。

「わかりません」とわたしは言った。「病気だったし、だから――」

「しかし、ベッドのそばで見つかった紙片をあなたは自殺の遺書だと説明しましたね」とアラブランディが口を挟んだ。

わたしはうなずいた。

「なぜです？」

「なぜなら、あの日の何時ごろだったか、あの黄色いパッドになにか書いていることにわたしが気づいたとき、それが自分の〝最後の言葉〟だと彼女が言ったからです」わたしは肩をすくめた。「それを聞いたときには遺書だとは思わなかったんですが、あとで、彼女が死んだあとで、じつはそうだったのだ、その〝最後の言葉〟というのは遺書という意味だったのだと思ったんです」

「ふうむ」とアラブランディはおだやかに言いながら、それをメモした。それから、手帳から目を上げて、「奥さんは火葬にしてほしいとはだれにも言っていなかったようですな」と彼は言った。

「わたしにはそう言っていました」とわたしは言った。

「しかし、ほかのだれにも言わなかった」とアラブランディは言った。「ヒル巡査によれば、あなたは奥さんの遺体をすぐに火葬したがっていたそうですが」

「なぜ待たなければならないんです？」

それは冷たく聞こえたのだろうか？　アラブランディ刑事がおなじやりとりを陪審員のために再現するのを訊きながら、わたしは自問した。もしそうだったとすれば、わたしの説明もそれに劣らず冷やかに聞こえたにちがいない。

「古代には、火葬は死後すぐに行なわれました」とわたしは彼に説明した。「サンドリーヌは自分もおなじようにしてほしかったろうと思うんです。ご存じのように、彼女は歴史学者だったし、専門は古代史で、彼女は――」

「そう、たしかに古代史ですな」とアラブランディはふたたびわたしをさえぎった。「書き残した文章のなかで、彼女はクレオパトラにふれている」

サンドリーヌが書き残した文章と彼が言ったことに

わたしは気づいた。ということは、アラブランディ刑事はすでに、わたしが物事を混同させたり隠したりするために言葉を使う男だと見なしている証拠だろうと思われた。

しかし、いまはヒル巡査がサンドリーヌのベッドのそばで見つけた黄色い紙片をどう呼ぶか議論すべきときではないだろうと思ったので、わたしはそれ以上なんとも言わなかった。

「クレオパトラほどサンドリーヌが熱烈な知的興味のようなものを抱いたことはほかにはありませんでした」とわたしはアラブランディ刑事に説明した。

「それで、クレオパトラの遺体が死後扱われたのとおなじように、彼女も自分の遺体を処理してほしがるだろうと考えたんですか？」

考えることもせずに、わたしは答えた。「ええ、まあ、そういうことです」

「じつは、調べてみたんですが、クレオパトラは埋葬されていて、火葬されてはいないんです」とアラブランディは言った。それから、ちょっと間を置いて、「実際には、彼女は死後数日経ってから、ようやく埋葬されたんです」彼は冷ややかな笑いを浮かべた。「奥さんは、もちろん、それを知っていたはずです」

アラブランディがそんなことまで調べたのはじつに驚きだったが、わたしは自分がどんなに驚いているか悟られないように注意した。そのころには、彼がわたしに容疑者の役を割り当てていることはわかっており、それに応えて、わたしもすでにその役を演じていた。

「そのとおりです」とわたしは言って、薄笑いを浮かべたが、そうしながらも嫌みな笑い方だと思われるのではないかと気にしていた。「どうやらあなたはいわゆる名刑事のようですな」

アラブランディは両目をかすかに細めると、「わたしは自分の仕事をしているだけです」と言った。

そういうやりとりのすべてがいまや正規に記録され、

わたしが引き合いに出した、尊大な学者ぶった古代世界の秘教的な儀式に関するあれこれが陪審員の前に並べ立てられ、最後にシングルトンは、わたしがそのあとで口にしたさらにもっと救いようのないコメントで締めくくった。

「アラブランディ刑事、クレオパトラが火葬されなかったことをあなたが指摘したとき、なぜ奥さんを火葬したいと思っているかについて、ミスター・マディソンは別の理由を考え出しましたか？」

モーティが手を挙げた。「〝考え出した〟という言い方に異議あり、裁判長。偏見を抱かせる言い方です」

「異議を認めます」とラトレッジ裁判官は言った。そして、これ見よがしの笑みを浮かべて、「もっといい言い方を考え出しなさい、ミスター・シングルトン」とつづけたので、傍聴人のあいだに笑い声のさざ波が起こった。

「はい、裁判長」と、シングルトンは叱られた少年みたいにしゃちこばって答えた。「では、刑事、教授は奥さんの火葬を望むもっと別の理由を示しましたか？」

「はい、示しました」とアラブランディは答えた。「彼らはふたりとも無神論者で、どちらも儀式は無用だと考えているからだと言いました。葬式とか、その種の儀式は、大人のためのサンタクロースにすぎないと」

ミスター・シングルトンは笑みを抑えた。「彼はそのとおりに言ったんですか？『大人のためのサンタクロース』にすぎないと？」

もちろん、これは完全に偏見を抱かせる言い方だと思ったので、わたしは異議の申し立てを期待して、さっとモーティの顔を見た。しかし、彼はかぶりを振って、つぶやいただけだった。「手遅れだよ、相棒。わたしが異議を申し立てれば、ただもう一度繰り返されるだけだ」彼はわたしの手首をそっとにぎった。「鳴ってしまったベルを鳴らなかったことにすることはできないからな」

というわけで、引き止められることもなく、アラブランディ刑事はほぐれた糸を引っ張りつづけた。そうして、彼はわたしの家の玄関に現れたときにはすでに計画的殺人だと考えていたにちがいないものを解きほぐそうとした。

「奥さんをできるだけ速く火葬することを望む理由がほかにもあるのかどうか、わたしはミスター・マディソンに訊きました」と彼は法廷に語った。

「ミスター・マディソンはほかの理由を挙げましたか？」

「奥さんが冷蔵室に横たえられているところを想像したくないからだと言いました」とアラブランディは答えた。「彼は想像力が非常に豊かなので、頭のなかでそういう光景を思い浮かべたくないのだということでした」

あの時点で、ほかにどう言うことができただろう、と彼の証言を聞きながら、わたしは思った。わたしが証拠を湮滅するためにサンドリーヌを火葬したがっている、と彼はすでに信じていたのだから。

「では、あなたの記憶では、アラブランディ刑事」とミスター・シングルトンはつづけた。「あなたの記憶では、マディソン教授は奥さんをできるだけ早く火葬したいと考えている、いくつもの、かなり異なる理由を挙げたわけですね」

「ええ、次々にいくつも」

ミスター・シングルトンは右手の人差し指を宙に突き出した。「それがどういうわけか……そう……クレオパトラと一致することになるから」

「そうです」

二本目の指が立てられた。「彼は想像力が豊かだから、奥さんが冷蔵室に横たわっているイメージを思い浮かべたくないから」

「そうも言いました」

三本目の指。

「そして、最後に、葬式のような儀式はさまざまな信条を表しているが、彼はそういうものを……ええと、どう見なしていると言ったんでしたかね、刑事？」

「大人のためのサンタクロースです」とアラブランディは控えめな、本物の刑事の声で答えた。

こんどはモーティが手を挙げた。「裁判長、ミスター・マディソンは理由を説明し、アラブランディ刑事はすでにそれを述べました。どうしてもう一度繰り返す必要があるんですか？」

ミスター・シングルトンは裁判官席に目を向けた。

「裁判長、わたしは……」

ラトレッジ裁判官は、いまや立ち上がっているモーティのほうを見た。「ミスター・ソルバーグ、なにか言いたいことがあるんですか？」

ほっとしたことに、彼には言いたいことがあった。

短時間の休廷を要求

モーティは短時間の休廷を要求した。彼はそうとは言わなかったが、わたしがかなり混乱しているのを見て取ったからにちがいなかった。彼はアラブランディ刑事の証言の容赦ない太鼓の音を止め、自分自身の言葉によってわたしがキリスト、ヤハウェ、アラー、その他の神の敵に染め上げられるのを止めようとしたのである。裁判の傍聴人たちは毎日そういう神の耳に祈りを捧げているのだから。

「わたしは無神論者のプロのようなものだと思われたにちがいない」要求が認められて、モーティとわたしが裁判官室から数ヤードの私室に落ち着くと、わたしは言った。「コバーン版のクリストファー・ヒッチンズみたいに」

モーティはにやりと笑った。「クリストファー・ヒッチンズが何者か知っている陪審員がそんなにいるとは思えないね」彼はその巨体を待ちかまえている椅子に収めた。「しかし、アラブランディやほかのだれかと話をする前に、わたしに連絡してほしかった。そうすれば、わたしは一言言って、その最小クソ公分母をあんたが忘れないように祈っただろう。つまり、人間が偏見に揺さぶられる能力をもつことをけっして過小評価してはいけないということだが」

わたしは椅子にドサリと腰をおろした。「O・J・シンプソン裁判じゃないが、手袋がぴったり合わなければ、無罪にしなければならない」

「ま、そういうことだ」

わたしは心から共感して彼の顔を見た。「あんたは最高に頭がいいよ、モーティ。こういうばかげたゲームにはさぞ飽き飽きしているにちがいない」

彼は意外にも真剣な口調で答えた。「人の命を救おうとしているときには、そんなことはない、サム」彼は大きな身ぶりでジャケットのボタンを外した。ベルトの上にどのくらい大きくお腹がはみ出しているか見せるのがうれしくてたまらないかのように。「あまり動揺しすぎないようにすることだな。あんたがあまりにもがっくりしているようだから、わたしはこの五分間の休廷を要求したんだ」

「がっくりしている?」わたしは漠然とした軽蔑をこめて鼻を鳴らした。「わたしは『異邦人』のムルソーみたいな気分なんだ」

モーティは笑った。「それを報道陣に言うことだな、サム、いや、陪審員に言ったほうがもっといい。彼らはみんな戦後の実存主義フランス文学の大ファンだからな」彼は前かがみになって、巨大な両手を組むと、それをテーブルの上に置いた。「なぜあんたはサンドリーヌの火葬をそんなに急いだんだ、いや、そもそもなぜ火葬することを望んだんだね？　いずれ陪審員の前で、わたしはあんたにそう質問することになるが、いいかね、あの古代史がどうしたとかいう話は通用しないぞ。だいいち、あの答えはほんとうだったのかね？」

「いや」とわたしは認めた。「その場で思いついたんだ」

「ほんとうの理由は何だったんだ？」

わたしはふいにひどく重苦しい気分になった。サンドリーヌの迅速な火葬を望んだ理由はあまりにも冷酷で、利己的で、じつに不謹慎だったので、たぶん、その瞬間まで自分でも認められなかったのだろう。

「サンドリーヌは美しかった」とわたしはモーティに言った。「わたしは彼女がそのままでいるか、でなければ、完全に消えてほしかったんだ」

「だから、あんたはあとで彼女の顔に覆いをかけたのかね？」とモーティが訊いた。「わたしが言っているのは、検死官が立ち去ったあと、ベッドのなかの彼女の顔にという意味だが」

「どうしてそれを知っているんだ？」

「死体安置所への報告書のなかにあった」とモーティは答えた。「彼らが到着したとき、彼女の顔は覆われていたとされていた。ほかのだれもが彼女の顔を見ている。ヒルも、検死官も。だから、死んだときには、顔は覆われていなかったはずなのに」

「そう、そのとおりだ」

「それなら、なぜ覆いをかけたんだ？」

わたしはかぶりを振って、疲れたような息を吐いた。

「わたしが顔を覆ったのは、見ていられなかったからだ。彼女はどんなに美しかったか……それを知りながら、もう二度と……彼女を抱くことはできない……彼女は死んでしまったのだと思うと」わたしは一瞬うなだれて、それからまた顔を上げた。「陪審員はそんなことを信じるだろうか？」

モーティは深く坐りなおして、片手を振った。「わかるものか？　どんなものがどんな方向に向かうことだってありうるからな。陪審員のなかにはとても絵にはならない女性が何人かいる。彼女たちは美しい女を恨むかもしれない。そして、男たちは？　サンドリーヌのような女が家で待っている男がいるかどうかは疑わしいから、そうだった男をよく思わないかもしれない」彼はちょっとそれについて考えて、それからつづけた。「しかし、自分は十人並みでも美しい女を恨んだりしない女性はいくらでもいる。そして、醜い妻をもつ男がだれでも美人の妻をもつ男を恨むわけではない」彼は窓に目をやったが、その目に映ったのは物事は計り知れないということだけみたいだった。「サイコロ博奕みたいなものなんだよ、人間の心は」彼は時計をちらりと見た。「よし、リングに戻ろう」と彼は言った。

裁判官が念を押す

「アラブランディ刑事」とラトレッジ裁判官が言った。「裁判官から念のために申し上げるが、あなたは依然として宣誓証言中です」

「はい、裁判長」

本物の刑事は完全にリラックスして、わたしの絞首台にもう一枚厚板を釘で打ちつける準備をしていた。彼はすでにほかの悪党にもおなじことをしたことがあり、わたしもそういうひとりだと考えているにちがいなかった。よどみなく証言する彼の顔にはまったくなんの表情もなく、ただ仕事をしているだけで、わたしに対してはどんな個人的感情も抱いていないかのように見えたが、じつはそんなことはすこしもないことをわたしは知っていた。

どうして知っていたのか？

わたしがそれを知ったのは、雨の日に最初に会ってから一週間ほどしてから、彼がふたたびクレセント・ロード237番地にやってきたからだった。彼が居間のソファにもう一度腰をおろし、茶色い手帳を取り出して、遠慮会釈もなくすぐさま質問を繰り出したとき、その目のなかにかすかな敵意が揺らめいているのをわたしは見て取った。

「マルコム・エスターマンをご存じですか？」と彼は訊いた。

「ええ」とわたしは言った。「彼はギリシャの歴史と神話を教えています。サンドリーヌとおなじ学部でした。ふたりは同僚だったんです」

「同僚」とアラブランディは繰り返した。

「そうです」とわたしはきっぱりと言った。「同僚でした」

彼の顔の表情を見て、わたしはかすかに身を乗り出した。

「どういうことなんです？」とわたしは訊いた。「マルコム・エスターマンにどんな関係があるというんです？」

「奥さんは亡くなった日に彼に電話をかけています」とアラブランディは言った。「じつは、何回も」

「なるほど」

「奥さんがなぜ電話したのか、心当たりがおありですか？」

「それはマルコムに訊くしかないでしょう」

「わたしたちはそうしました」

「彼は何と言ったんですか？」

「ふたりは親密だったそうです」

「親密？」とわたしは静かに聞き返した。「サンドリーヌとマルコムは親密じゃなかった」わたしは椅子に深く坐りなおした。「そもそもどういう意味なんです？　親密というのは？」

アラブランディは肩をすくめた。「わたしの仕事はただざまざまな可能性を検討することなんです、ミスター・マディソン」と彼は言った。「あなたの奥さんのような年齢の女性が、まだ四十六歳なのに、突然……命を奪われたということになれば、わたしたちとしては――」

「命を奪われた？」とわたしは口を挟んだ。「それはどういう意味です？」

アラブランディの目つきが険しくなった。「どういう意味だと思いますか？」

わたしは椅子に坐りなおした。「ご存じのように、妻はすでに死にかけていた」とわたしは言った。「恐ろしい死になるはずでした」

「しかも長くかかる死に」とアラブランディは言い、それから、芝居でついうっかり台詞を飛ばした俳優みたいに、こうつづけた。「奥さんの死はあなたにとって長く、非常にむずかしいものになるはずでした」

「彼女にとってだ」とわたしはどなり返した。「サンドリーヌにとってむずかしいものになるはずだったんだ」

「彼女にはむずかしすぎて耐えられなかったと言うんですか？」とアラブランディが訊いた。「だから、デメロールを貯めはじめたと？」

それでは、彼はそれも知っているのか、とわたしは思った。

「そうだ」とわたしは答えた。

驚いたことに、アラブランディ刑事はのちに公判第四日に登場する問題を追及しようとはしなかった。つまり、オーティンズ医師にデメロールを頼んだのが、サンドリーヌではなく、わたしであり、ジェラルド・ウェイランドの薬局で何度か再調剤された薬を受け取ったのも、サンドリーヌではなく、わたしだったという事実を。

そのときわたしが気づいたのは、公判の証言でも、彼がまだこの事実を持ち出していないことだった。そうはせずに、彼はミスター・シングルトンの慎重なリードにずっと従っていた。

「さて、アラブランディ刑事、休廷の前に、わたしたちはミスター・マディソンの最初の尋問のことを話していましたね」とミスター・シングルトンは言った。

「尋問ではありません」とアラブランディは応じた。

「あの時点では、ミスター・マディソンは逮捕されていませんでしたから」

「ちくしょう」とモーティがささやいた。「わたしが休廷を要求したのは、あんたが言ったことをある程度陪審員に忘れてもらうためだったのを知っていて、あいつはもう一度それを蒸し返すつもりなんだ」

たしかにそのとおりのことが起こった。

「で、アラブランディ刑事」とミスター・シングルトンは言った。「あなたを困惑させるさまざまな疑問があった。そういうことでしたね？」

「はい、そうです」

「それがどんな疑問だったのかもう一度説明していただけますか？」

アラブランディ刑事がその疑問を次々に事細かく列挙するのを聞きながら、わたしたちの二度目の会話では、彼がそのうちのごくわずかしか持ち出さなかったことにわたしは驚いた。彼はマルコム・エスターマンの名前を出したが、詳細に立ち入ろうとはせず、ただ皮肉っぽく仄めかしただけだった。その面会（というのも、わたしはまさに尋問そのものだと感じたが、どうやらそうではなかったようなので）のあいだ、彼はずっと礼儀正しかった。いや、礼儀正しいだけではなかった。どこか警戒している気配があり、道徳が蔑ろにされていることに驚くと同時に困惑している、いかがわしい場所を調査せざるをえない男みたいに見えた。そのため、サンドリーヌの死に関わる問題については、ほんとうは客のコンピュータの中身を知りたくないコンピュータ技術者みたいに、かなり慎重に対処しようとしているようだった。

証言台の彼は依然としてその技術者みたいに見えた。ただし、いまや、彼はまずそのハードディスクを調べ、次いでそこで見つけた悪辣な事実を結局は暴露せざるをえないかのように。

「さて、まずミセス・マディソンが残したメモについてですが」と彼は言った。「ヒル巡査の報告によれば、ミスター・マディソンはそれを遺書だと言ったということでしたが、読んでみると、自殺への言及はありませんでした。あとで、ミスター・マディソンになぜそれを遺書だと言ったのかを聞くと、彼はただそうだと思ったからだと答えました」

それがつまずきの石だった、とわたしはとっさに思った。ばかなことを言ったものだ。というのも、サンドリーヌのメモがわざわざ何だったのかを言う必要はなかったのだから。

「その発言から、奥さんが自殺するつもりだったことにミスター・マディソンは気づいていた、とあなたは判断したのですか？」

モーティが立ち上がって、ミスター・シングルトンの質問は証人に推断を要求していると異議をとなえた。ラトレッジ裁判官は異議を認め、映画のなかでのように、ミスター・シングルトンは質問を言い換えた。

「ミスター・マディソンは奥さんのベッドのそばで見つかった文章をなぜ自殺の遺書だと考えたのか、あなたに言いましたか？」

「はい、言いました」とアラブランディ刑事は答えた。「奥さんがそれを自分の〝最後の言葉〟だと言ったからということでした。だから、奥さんが死んでいるのを発見したとき、その最後の文章は遺書なのだろうと思った、と彼は言いました」

だが、そうではなくて、それはクレオパトラに関する〝最後の言葉〟だった。とはいえ、彼女はそれについて二度と書くつもりはないと締めくくっているわけではなく、むしろまだ探求をはじめたばかりだと言っていた。つまり、すこしも最後だとは思えない最後の言葉だった。奇妙であり不吉かもしれないこの事実を、いま、アラブランディ刑事は陪審員に向かってあきらかにしていた。

「メモは自殺とはなんの関係もありませんでした」と彼は言った。「それはクレオパトラに関するものでした」

ミスター・シングルトンは証人席に歩み寄って、サンドリーヌのメモを証人に渡した。

「それがあなたがミセス・マディソンのベッドのそばで発見したメモですか?」

「はい」

「陪審員のために読み上げていただけますか?」

アラブランディが読みはじめると、サンドリーヌが書いたものの完全な奇妙さにわたしはまたもや絡みつかれた。なぜ彼女はとらえどころのないクレオパトラを追究する時間がいくらでもあるかのように書いたのだろう? なぜ将来の研究がどんなものになるか示したのだろう? なぜ彼女はエジプトに旅して、砂漠の砂の上を歩き、ナイル川を船で遡りたいなどと言ったのだろう? アラブランディが妻の〝最後の言葉〟を読み上げているあいだ、そういう疑問が次々に頭に浮かんだ。

「『ほかのなによりも、おそらく、クレオパトラの生涯は時とともに失われた女の典型だと言えるだろう。彼女の年代記作者の作品は火災や水害で失われ、みずからは回想録を残すこともなく、古代のコインに刻まれた似顔絵——単なる想像上の似顔絵かもしれない——を別とすれば、すべてが掻き消されてしまった女なのだから』」

一本の槍のようにわたしに突きつけられたのは、最後の一行によって呼び起こされた問いだった。アラブランディはそれをゆっくりと、一語ずつ注意深く発音して、サンドリーヌが書いたことの意味がこれ以上になくはっきり浮かび上がるようにした。

「『わたしの希望は、いずれ、このとらえどころのない女を、彼女が苦労して手に入れて残した叡智とともに、多くの人々に伝えることである。すでに彼女を忘れ去り、男の悪辣なゲームの駒にすぎなかったとして彼女を切り捨てた学者たちよりもっと多くの人々に』」

ミスター・シングルトンはこの最後の言葉が陪審員の胸に刻みこまれるのを待った。それから、聞きそびれた人があるといけないので、自分でもそれを繰り返した。「男の悪辣なゲームの駒」彼はわたしの顔を見て、それから陪審員に視線を戻した。「なるほどね」

アラブランディが黄色い紙片をたたんでいるとき、わたしは陪審員たちの顔を見た。彼らがサンドリーヌの文章から聞き取ったのは、すべての希望を失って自殺しようとする人間の遺書ではなく、むしろ自分の人生の使命について考え、そうする力があるかぎりそれを追求しようとする情熱的で知的な女の高らかな進軍ラッパだったにちがいない。サンドリーヌの最後の言葉が示唆しているように、その人生の使命は〝男の悪辣なゲーム〟によって冷酷にも断ち切られてしまったのだが。

これでもう終わりだ、とわたしは思ったが、それでも法廷で言われていることに興味をもっているようなふりをして、本心を陪審員に悟られまいと苦労していた。

「あなたの調査であきらかになったかぎりでは、いまあなたが法廷で読み上げたものが、サンドリーヌ・アレグラ・マディソンが残した最後の文章だったということですね、アラブランディ刑事？」とミスター・シングルトンが訊いた。

「はい、そうです」

シングルトンはアラブランディの手から紙片を取り戻すと、ほとんど愛おしげにそれを見つめ、それからもう一度繰り返した。「わたしの希望は、いずれ……」彼はアラブランディ刑事の顔を見た。「ミスター・マディソンは奥さんがいつこれを書いたと言ったんですか？」

「それが書かれたのは十一月十四日の午後だった、と彼は言いました」とアラブランディは答えた。

「で、ミセス・マディソンはいつ亡くなったんですか？」

「解剖所見によれば、十一月十四日の午後六時から十二時のあいだに死亡したとされています」

「そのおなじ日にこの……これを何と呼んでいいのかよくわかりませんが……この……メモが書かれたんですね？」

「はい、そうです」

モーティは体を前に傾けた。それだけがわずかに、こういうすべてがどんなに不利な証拠になると思っているかを示していた。

「ミスター・マディソンは実際にそのメモを読んだかどうか言いましたか？」とミスター・シングルトンが訊いた。

「読んでいないと言いました」

「メモの内容について彼はあなたに尋ねましたか？」

「はい。それはむしろ大学のエッセイかそういう性質のものみたいだ、とわたしは彼に言いました」

「それに対して、彼はどんな反応を示しましたか？」

「笑みを浮かべました」

「笑みを浮かべた。メモについてはなにか言いましたか？」

「はい。〝彼女らしい〟と言いました」

「アラブランディ刑事、サンドリーヌ・マディソンの最後の文章のなかの何が〝彼女らしい〟のか、ミスター・マディソンはあなたに説明しましたか？」

「いいえ」とアラブランディは答えた。訊かれれば、答えるのはたしかにそのとおりだった。ただ、彼女らしい優雅な文章で、心の底から出た言葉だということだったが。

「さて、そのメモを読んだとき、あなたはミセス・マディソンが自殺にはまったくふれていないことに気づきましたね。それに間違いありませんか、アラブランディ刑事？」とミスター・シングルトンが訊いた。

「はい」

「実際のところ、彼女が自分自身にふれているのは二箇所だけですね？」

「そうです」

シングルトンはふたたびメモをアラブランディに渡した。

「彼女はまず一行目で自分にふれています」と彼は言った。「そこをもう一度読んでいただけますか？」

アラブランディ刑事は紙片に目を落として、読み上げた。「『わたしはよくクレオパトラのことを考える』」

「その『わたしは』だけで、そのあとは最後の行まで、ミセス・マディソンは自分についてはふれていません。そうではありませんか、刑事？」

「はい、そのとおりです」

「あなたはそれをミスター・マディソンに指摘する機会がありましたか？」

「はい、最初に面会したとき、わたしはそう指摘しました」とアラブランディは答えた。「その〝遺書〟は最初から最後までエジプト女王クレオパトラのことばかりだと言いました」

「ミスター・マディソンはどんなふうに反応しましたか？」

「クレオパトラはエジプト人ではないと言われました」

モーティにちらりと目をやると、彼は非常に小さなため息を洩らして、それから小声で「くそ」と言った。「ギリシャ人だということでした」とアラブランディはつづけた。「マケドニアの人なのだ、とミスター・マディソンが教えてくれました。クレオパトラがエジプト人でないのはエリザベス・テイラーとおなじだと」

エリザベス・テイラー。

その名前を聞いて、わたしがすぐにサンドリーヌを思い出したのはすこしも不思議ではなかった。ソルボンヌでの勉強を終えたばかりの、二十一歳のはっとするほど美しい若い女。激しやすく、情熱的で、赤々と燃えさかる炎のような女だった。あるとき、結婚してからだいぶ経ってからだったが、テレビでアンティゴネを演じるジュヌヴィエーヴ・ビュジョルドを見ていたとき、わたしは彼女のほうに身をかがめて、「あれはきみだ、サンドリーヌ」とささやいた。わたしは彼女が喜ぶと思っていた。そんなふうに比較されて、うれしく思わない女がいるだろうか？　けれども、彼女は瞳をかげらせて、「そう思っているのはあなただけよ。あなたはわたしがあんなふうになってほしいと思っているのよ」と言った。

わたしをぎくりとさせて、この不穏な記憶から呼び覚ましたのはあの黄色い紙片だった。ミスター・シングルトンはいまやそれをふたたびアラブランディの手から取り戻して、宙に掲げた。それを追う陪審員たちの目つきや険しい表情は、まるでそれが血の染みのついたパンティででもあるかのようだった。

「これがミスター・マディソンが自殺の遺書だと説明した紙片ですね？」と彼は訊いた。「自殺についてはー言もふれていないこの紙が。それに間違いありませんか、刑事？」

アラブランディはうなずいた。「間違いありません」

その答えが宙に漂っているうちに、シングルトンは裁判官席に歩み寄り、しんと静まりかえったなかでつづけた。「このメモを証拠品として提出したいと思います、裁判長」それから、そっと音を立てずに、その場から離れた。

証拠物件A

ミスター・シングルトンが〝サンドリーヌの最後のメッセージ〟と呼んだそのメモは、映画なら証拠物件Aと呼ばれたのだろうが、法廷がどんな名称を付けたのかはうっかり聞き洩らした。その種の名前が付けられるものがすでにたくさん提出されていたから、メロドラマ的な効果をねらうのでもないかぎり、実際に〝A〟というレッテルが貼られることはありえなかった。そのころにはすでに気づいていたが、公判でわたしが不利な状況に追いこまれていたのは、法廷ドラマの〝証拠物件A〟のためではなく、小さな情況証拠の積み重ねの結果だった。やるべきことをやらなかったり、やるべきでないことをやったりしたささいな罪。

冷やかな受け答えをしたり、言うべきときになにも言わなかったり、訊くべきことを訊かなかったりしているうちに、ロープの繊維がもつれて、そのうちわたしは首を吊られることになるのかもしれなかった。

その一枚の紙片が机から机へと移され、ゆっくり巡回されて、最後に事務官のひとりによって持ち去られるのを、わたしは無表情に見守っていた。ヒル巡査は黄色い紙だと言ったが、実際の色はベージュだった。それは黄褐色の、繊維の見える、パピルスに似た用紙で、サンドリーヌの四十歳の誕生日にわたしがプレゼントしたものだったが、彼女はあの最後の……文章を書き残す前には一枚も使っていなかった。

そう、ヒル巡査がそれを指して、持ち去っていいかどうか礼儀正しく訊く前には、わたしはそれを読んでいなかった。だが、そのあとには、何度か目を通していたので、ミスター・シングルトンが法廷で論じはじめたその内容は、わたしには目新しいものではなかった。

「では、アラブランディ刑事、クレオパトラがエジプト人ではないと指摘されたあと、あなたはミセス・マディソンの死に関するそのほかの問題を取り上げましたか？」

「はい、そうしました」

「それはどんな問題でしたか？」

その問題は、二回目の〝会見〟の過程でアラブランディが使った言葉を借りれば、〝さまざまな情報〟なるものだった。その話題を持ち出す前に、彼がかすかに深く坐りなおしたのをわたしは覚えている。たぶん、わたしをリラックスさせようとしたのだろう。わたしはあきらかに文人タイプの人間であり、したがって軟弱な男なのだから、彼を粗暴だと感じ、ちょっと怖がっているにちがいないと思っているようだった。

「わたしたちの調査によれば、ミセス・マディソンがオーティンズ医師から診断結果を聞いたのは四月十二日の正午過ぎでした」と彼はわたしに言った。「奥さんが帰ってきたのが何時だったか覚えていますか？」

「六時ちょっと過ぎだったと思います、彼女がドアを入ってきたのは」

「では、そんな恐ろしい知らせを受け取ってから六時間も、彼女は……不在だったということになりますね？」

「家に帰ってこなかったという意味では、そのとおりです」

アラブランディはメモをちらりと見た。「その日、正午から午後五時までは、あなたは授業がなかったんですね？」

ああ、とわたしは思った、それじゃ、彼らはわたしの行動を追跡して、毎日のスケジュールまで調べ上げているのか。

「そうです」

「そのあいだ、あなたはどこにいたのですか？」

「ここです。読書していました」

「奥さんはあなたが自宅にいることを知っていたんですね？」

「だと思います。わたしは習慣を守る性質《たち》だし、彼女はわたしの習慣を知っていましたから」

「では、彼女はあなたがここにいることを知っていながら、オーティンズ医師に言われたことを知らせるために家に戻ってはこなかったわけですね？」

「そのとおりです」

「なぜ家のあなたのところに戻ってこなかったか、考えませんでしたか？」

そんなにショッキングな知らせを受け取りながら、サンドリーヌがなぜわたしのところに戻ってこなかったのか、それまで考えてもみなかったことを悟って、わたしは愕然とした。

「いいえ」とわたしは静かに言った。「しかし、サンドリーヌにはある種の孤独癖のようなものがありました。だから、どこか静かなところへ行って、ひとりでじっくり考えていたのかもしれないと思ったような気がします」

「たとえばどんな場所に?」

「ああ、それは、たとえば川の近くとか、貯水池とか」とわたしは言った。「彼女は貯水池のほとりに坐るのが好きでしたから」

その瞬間、わたしはサンドリーヌがどんなによく貯水池に行ったかを思い出した。ときにはとても寒い日に、両手をコートのポケットに深く突っこんで、ひとりで池のまわりを歩きまわっていた。そんなふうにひとり寂しく歩いているとき、彼女はいったい何と闘っていたのだろう、とわたしはふいに考えた。

「結婚している人間はとても孤独なことがあるんです」やめようとするより先に、わたしは口を滑らせていた。

アラブランディは一瞬黙ってわたしの顔を見ていたが、うなずいて、なにごとか手帳に書きつけた。

「でも、サンドリーヌは電話してきました」と、自分が愛情ある夫であることを証明する必要に駆られている男みたいに、わたしはすぐに付け加えた。「あの日に。オーティンズ医師と話をした日です。午後三時ごろに電話をかけてきたんです」

アラブランディは依然として手帳にメモをとりつづけていた。「ええ、知っています」どの日のどんな時刻にサンドリーヌがわたしに電話したか知っているのは当然であるかのように、彼は言った。

「どうして知っているんです?」とわたしは訊いた。

アラブランディは顔を上げたが、なんだか妙に同情しているような顔だった。だれに同情しているのかは、彼が口をひらくまでわからなかったけれど。「わたしたちはミセス・マディソンについていろんなことを調べたんです」と彼は言った。それから、その同情しているような気配が、浮かんだときとおなじくらい急に消えた。「それから、あなたについても」

「わたし？」

そのやりとりから何週間も経って、いま証言台のアラブランディ刑事を見ると、「わたし？」とわたしが言ったとき、彼はいまとまったくおなじ目つきをしていたことを思い出した。それは絶対に見つからないと思っていた悪事を見つけたときのわたしの父の目つきとおなじで、こう言っているようだった。〈いったいどういう了見なんだね、サミー？　わたしをだれだと思っているんだ？〉

わたしの父は工場労働者で、ビールを飲み、野球を見て、そうしない男は軽蔑していた。彼の目には、わたしは完全な腰抜けだった。わたしの教育には、父はこれっぽっちの関心も示さなかった。わたしが学校で賞を取ったり名誉ある奨学金を獲得したりしても、そんなことにはさらさら関心がなく、わたしが名門大学に入学して、多くの人が羨む博士号を取ったときにも、まったく興味を示さなかった。要するに、たとえわたしが何をしようと、わたしがやることに感心したことは一度もなかったが、わたしが輝くばかりのサンドリーヌと腕を組んで現れたときだけは別だった。それだけは父の注意を惹いた。

いまふいに思い出したのだが、何年も疎遠にしていたあと、サンドリーヌと結婚して数日後に、わたしは父に電話して、彼女を連れていってもいいかと訊いたのだ。そのときは、ごく当たり前のことだと思っていたが、いまでは、その背後に依然として父から認められたいという痛いほどの要求があり、それに後押しされたのだろうと思う。その夜、父に聞こえることを意識しながら、ベッドルームでわざとよけいに音を立てたのも、やはりおなじ悲しい要求のせいだったのだろうか？

モーティの手がわたしの腕にふれるのを感じた。「夢想するのはやめて」と彼はささやいた。「注意するんだ」

　ぼんやりしているところを注意された生徒みたいに、わたしはふたたびアラブランディ刑事に注意を戻した。彼は前もって効果を計算し、投げ入れる時機をうかがっていた爆弾にじりじり近づいているところだった。

「では、アラブランディ刑事、その調査の過程で、あなたは四月十二日のミセス・マディソンの携帯電話の通話記録を調べる機会がありましたか？　わたしが尋ねているのは、彼女がオーティンズ医師の診察を受けた日、つまり、初めて診断結果を知らされた日のことですが」

「はい、ありました」

「それで、何がわかりましたか？」

「ミスター・マディソンは奥さんが午後三時に電話してきたと言いました。その発言を確かめるために、わたしたちはミセス・マディソンの携帯電話を調べたんです」

「彼女はその時刻に実際に彼に電話をかけていましたか？」

「はい」

「ミスター・マディソンの言ったとおりですね」

「いや、完全にではありません。ミスター・マディソンは奥さんが大学図書館から電話してきたと言いましたが、そうではありませんでした」

　シングルトンは、わたしのアラブランディ刑事との二回目の長い面談のあいだ、わたしの話にはなんの矛盾もなかったはずだがと言いたげな顔をした。

「その電話がどこからかけられたのか、わかったのですか？」

「はい、わかりました。彼女は携帯電話の中継塔のすぐ近くから電話していたので、どこにいたのかはかなりはっきりとわかりました。つまり、一定の範囲に限定できたということですが」

「しかし、あなたはそれをさらに絞りこんだのではありませんか、アラブランディ刑事?」とシングルトンが訊いた。

「はい」とアラブランディが答えた。「わたしたちはその塔でカバーされている範囲とミセス・マディソンの同僚の住所を照らし合わせてみました」

「それで、あなたはその中継塔のカバー範囲内に住所がある同僚を見つけたんですね?」

「はい」

「その住所はどこでしたか、刑事?」

「デヴォル・コモン4432番地でした。コバーン市内の」

「それは住宅でしたか?」

「はい、そうです」

「だれの家でしたか?」

「マルコム・エスターマンの家でした」

わたしはモーティの指示に従って、現に行なわれている証言に注意を集中するように努力してはいたが、マルコムと初めて会ったときのことを思い出さずにはいられなかった。それは学長が主催する毎年恒例の新任教授レセプションでのことだった。大学の同僚たちが初めてわたしたちを見たのもそのときだったが、当然ながら、彼らはサンドリーヌに目を奪われた。黒いカクテルドレスに一連のパールのネックレスというういでたちで、彼女がかなり広い、込みあった会場に入っていくと、その場にいた全員の目を惹きつけた。とりわけ、クリオ・ビリングズの目を。それはコバーン大学でサンドリーヌが気を惹かれてもおかしくない唯一の男だった。あの日の午後三時、彼女はその男の河岸のバンガローから電話してきたのかもしれない、とわたしは思った。事実、アラブランディ刑事が電話の件を初めて持ち出したとき、わたしはそのお馴染みの裏切りの不安に胃を締めつけられ、あの背の高い、日焼けしたクリオとサンドリーヌが絡み合っているシーンが目に浮かんだ。けれども、ミスター・シングルトンがあきらかにそう思っているように、通話記録は嘘をつかない。事実は、それを述べたアラブランディ刑事の物腰とおなじくらい、単純かつ明白だった。

「したがって、わたしたちはだれかが嘘をついていると思いました」とアラブランディは言った。「その電話をかけたときの自分の居場所について、ミセス・マディソンが自分の夫を騙したのか、あるいは、この問題の午後、ミセス・マディソンがミスター・エスターマンといっしょにいたことを知りながら、ミスター・マディソンがなんらかの理由からわたしたちにそれを知らせたくないと考えたのか」

いっしょにいた。

それこそまさに婉曲語法という名にぴったりの言い方だ、とわたしは思った。

陪審員のほうに目をやると、あの午後、本来なら、わたしといっしょにいて、わたしに診断結果を打ち明け、愛と慰めを求めて然るべきときに、サンドリーヌがマルコム・エスターマンと〝いっしょにいた〟と知らされたとき、自宅の居間に坐っていたわたしの頭のなかで上映されたブルー・フィルムとおなじものが彼らの脳裏に浮かんでいるのはあきらかだった。

「四月十二日の午後三時三十分のミセス・マディソンの居場所を知らされたとき、ミスター・マディソンはどんな反応を示しましたか?」

アラブランディは答える前にかなり長い間を置いた。そのころにはわたしはそれに慣れていたが、記憶の正確さを期するためにちがいなかった。

「信じられない様子でした」とアラブランディは言った。「なぜ彼女がミスター・エスターマンといっしょにいたのか知っているのか、と彼はわたしに質問しました。理由は知らないとわたしは答え、ミセス・マディソンはその日の午後ミスター・エスターマンの家に行くと言わなかったのかと尋ねました。奥さんはそうは言わなかったということでした」

そう、そのときだった。大学での悪戯についておしゃべりする男子学生社交クラブ《フラット》の仲間みたいに、アラブランディはわが家の居間にじつにゆったりと腰をおろしていたのだが……。そう、たしかに、そのときだった。いまやすべてが恐ろしく間違った方向に進もうとしているのではないか、警察の捜査で思わぬ深みがほじくり返され、想像もしなかった可能性があらわになるのではないか、とわたしが本気で心配しはじめたのは。

　サンドリーヌがかつて言ったことが真実だったと気づいたのも、やはりそのときだった。それは、とくになんの計画もなしに、コバーンからニューヨークに出てきたときだった。わたしたちは、結局、グリニッチ・ヴィレッジに点在する地下劇場のひとつに、壁が黒く塗られた、窓のないコンクリートの箱のなかに並べられた金属製の椅子に行き着いた。どんな芝居だったかは覚えていないが、ブルジョワのうぬぼれを標的にした——標的があったのだとすれば、それは巨大な標的だったが——こねくりまわしすぎた作品のひとつだった。いつ果てるとも知れぬ二時間のあいだ、その脚本家が吐き出すこどもじみた台詞の一斉射撃を、それが果てしなく繰り返されるのを見せられ聞かされて、ようやく幕が下りたときには、わたしたちは何日もドラム缶に閉じこめられ、ばかなガキどもにあらゆる方向から鉄の棒でガンガンたたかれていたような気分だった。

　一息つくために、わたしたちは近くの軽食堂に寄って、濃いコーヒーを注文し、そのばかげた騒々しさがまだ頭のなかに反響している状態のまま、しばらくそれぞれの物思いにふけった——少なくとも、ふけろうとした。

「問題はもはやなにひとつ繊細に行なわれることがないことだ」とわたしは苛立たしげに言った。「なにもかも大きくて騒々しくなければすまないことだ」

サンドリーヌはうなずいて、コーヒーを一口飲み、窓の外に目をやった。ヴィレッジのナイトライフのさまざまな住人たちが、いつものやり方でたがいに相手を苛立たせあっていた。

「俳優のひとりがやりすぎるのなら、まだいいが」とわたしはつづけた。「芝居全体がやりすぎるのはかなわない」

サンドリーヌは肩をすくめた。「それは小さい問題だわ、サム」

「小さい問題？」とわたしは聞き返した。

彼女はふたたび視線を外に向け、そうしながら、疲れたような息を洩らした。

それがわたしから距離を置く彼女のやり方のひとつになっていた。わたしの大仰な意見、わたしの研ぎ澄まされた感性、幼稚だと見なすすべてに対するわたしの憤懣から。

「小さい問題じゃないよ、サンドリーヌ」と、彼女の注意を引き戻そうとして、わたしは言った。

サンドリーヌは窓の外を眺めつづけた。

「きみがなにかを書くつもりなら、なにかについて書かなければならないんだから」とわたしは苛立たしげに言った。

ふいに、彼女はさっとわたしの顔に視線を戻した。

「いま、あなたは何について書くつもり？　もしもまだ本を書いているのだとしたら、それは何についての本になるの、サム？」

この質問は挑戦状のようなものだったので、わたしは答える前によく考えた。

「卓越性が凡庸さを克服するのがいかにむずかしいかについて書くことになるだろう」とわたしは言った。

彼女の目はまたもや所在なげに窓に向けられた。

「で、きみは？」とわたしは訊いた。

躊躇なしに、彼女は言った。「怖れについて、でしょうね」

「怖れ？」と言って、わたしは軽く笑った。「それはずいぶん漠然としているけど、どんな怖れなんだい？」

「わたしのよ」

「きみは何を怖れているんだい？」

彼女はわたしの顔をまともに見つめた。その目のなかを仄暗いきらめきがよぎった。「わたしが何を怖れているのか、あなたには見当もつかないのね？　そうでしょう、サム？」

「もちろん、わからないよ。だから、教えてくれないか？」

いまや彼女の目はキラキラ光っていた。「人生が終わったとき、すべてがすっかり終わってしまったとき、すべてが厖大な時間の浪費だったとしか思えなくなることよ」

ラトレッジ裁判官が小槌を打つ激しい音で、わたしははるかむかしのその夜から現実に引き戻された。あの夜、サンドリーヌの目に浮かんでいたのは動物的な恐怖心だった。それを見たとき、だれもが心の奥底でいちばん怖れていることを彼女も怖れていたことをわたしは悟るべきだったのだ。

驚いたことに、全員が立ち上がり、陪審員は一列になって出ていった。

「どうしたんだい？」とわたしはモーティに訊いた。

彼は困惑した顔をしてわたしを見た。「わからないのか、サム？」

わたしは首を横に振った。「また考えごとをしていたんだと思う」

わたしを叱責する代わりに、モーティはただ笑っただけだった。「食事の時間になっただけさ」

昼食のため休廷

昼の休廷のあいだにも、グリニッチ・ヴィレッジの軽食堂でのサンドリーヌとのシーンが頭に浮かぶのを止められなかった。だが、頭に浮かんだのはそのシーンだけではなかった。いまや、サンドリーヌの最後の数週間だけでなく、それ以前の長い歳月が、あらゆる授業、学生会議、教授会、修養会、お茶の会、毎年の卒業式、わたしたちが長年いっしょに過ごしてきた日々のことが次々によみがってきた。サンドリーヌが死んだとき、彼女もやはりこういう場面を思い出し、自分の人生が厖大な時間の浪費とどんなに紙一重のところにあったかを考えていたのだろうか。

モーティは同僚と昼食をとることになっていたので、アレクサンドリアがわたしたちのためにサンドイッチを買いに行き、わたしはひとり部屋に残って、そういうことを考えていた。サンドリーヌは、結局、わたしと結婚したことで重大な誤りを、いや、それどころか、人生最大の誤りを犯し、その後のすべての誤りはそこに端を発していたと考えるようになっていたのだろうか？　そして、年月が経つにつれて、それとは意識せずに、わたしはサンドリーヌに対してしだいに自己弁護的になっていき、自分自身の失望が鬱積して、彼女の人生最後の夜にとうとう爆発したのだろうか？

それは心を凍りつかせるような不穏な考えだった。わたしは頭のなかの声から逃れようとする男みたいに、窓に歩み寄って外を見た。裁判所の前庭には、低くて太い戦没者記念碑がある。芝生のあちこちから突き出している大理石の柱で、当地の戦没者の名前が刻まれていた。この地方では有名な南北戦争の司令官の像もあった。たしかゲティスバーグの戦いで戦功を挙げた人物だったと思う。それとも、スポットシルヴェニアの戦いだったか？　コバーンの記念碑はコバーンの町に似て、すこしも抜きん出たところがなかった。

　わたしは視線を前庭のそこここに漂わせた。芝生には、詩人や三流の作家なら「まだら模様」と形容するにちがいない日が射していた。車の流れはいつものように気怠そうだった。はるかむかしにわたしはそれに〝亜サハラ的〟というレッテルを貼ったが、本気になってやるべきことをなにも見つけられないコバーンの平均的な住人にはぴったりだと思った。

　このノーマン・ロックウェル風の牧歌的風景のなかには、わたしの目を惹くようなものはなにもなかった。が、そのとき、前庭の広場のコンクリートの舗道を歩いていくミスター・シングルトンとアラブランディ刑事の姿が見えた。ふたりは肩を並べて歩いていた。あそこにわたしの双子のネメシス（思い上がりを罰する女神）がいる、とわたしは思った。わたしの企みを見抜いたと心底から確信し、わたしの命でその代償を支払わせてみせると決意しているふたりが。

　わたしは目をそらそうとしたが、彼らがちょうど通りにたどり着いたとき、茶色いフォードのステーションワゴンが数フィート離れた駐車スペースに入ってきた。それがだれの車かをわたしは知っていた。というのも、マルコム・エスターマンのような独身男が、どこから見ても家族向きのそんな車を買うのは奇妙だ、と思っていたからである。こどもたちを学校や野球の試合や習い事に送っていったり、国内の遠い、エキゾチックな場所、たとえばチャールストンの長期休暇に連れていったりするための車なのだから。

　それにもかかわらず、それはたしかに彼の車で、マルコムはそこから出てくると、ミスター・シングルトンとアラブランディ刑事に歩み寄り、親しげに握手を交わした。こんな安全無害な男からすべてがほころびはじめるなどと、どうしてわたしにわかっただろう？

三か月前、この男が穏やかに確認し、それが優秀な刑事を焚きつけて、その錐のような目がわたしにそそぎつづけられることになるなんて。三人がぶらぶら歩いていってベンチに腰をおろすのを見守っていると、マルコムのかび臭い小さなタウンハウスに腰をおろしたアラブランディが、サンドリーヌの死にいかがわしいところがあることを仄めかし、それをマルコムに明かして彼の反応を待ち、相手の答えにおおいに満足するところが想像できるような気がした。実際には、それはサンドリーヌとわたしのあいだではすべてが完璧だったわけではないことを示しているにすぎないのだが。

問題のある結婚生活。だが、問題のない結婚生活などあるだろうか？　にもかかわらず、いまわたしにわかっているのは、マルコムがそれを仄めかすだけで、アラブランディの耳が狼みたいに尖ったにちがいないということだった。

部屋のドアがあいた。サンドイッチとソーダを抱えたアレクサンドリアだった。

「わたしはなにも要らない」とわたしは言った。

「なにか食べなければだめよ、父さん」

彼女はテーブルの前に坐って、サンドイッチの包みをあけはじめた。

わたしは依然として窓の外を眺めていた。「何ができなくなったのがいちばん残念だと思っているかわかるかい、アレクサンドリア？　それはごく単純なことなんだ。たとえば町のなかを歩きまわるとか、市場に行くとか」

「でも、父さんはここの市場が嫌いだったじゃない」とアレクサンドリアが指摘した。「ここの市場にはバルサミック・ビネガーさえないとか、いつも文句を言っていたわ」

たしかにそのとおりだった。それでも、ほんの二、三カ月前には、ときおりひょっこりやってくるコバーン大学の教授やその夫人を除けば、だれにも気づかれる心配なしにそこに行けた。しかし、サンドリーヌが死んでからは、わたしは地元の有名人になってしまっていた。新聞に写真が掲載され、かぞえきれないほどの地元のテレビ・レポートで取り上げられて、ラジオでは、名前こそ出されなかったが、ジェシー・ブルームのトーク番組のテーマにさえなっていた。ある日の〝もしもそうだったら〟のコーナーの問題は、〈もしもあなたの配偶者があなたを殺そうと企んでいたら、あなたはその兆候に気づくでしょうか？〉というのだった。その番組では、ブルームに電話してくる聴取者のあいだで活発な議論が行なわれた。結婚相手が自分を殺そうとしていたら、かならずわかるにちがいないという人たちもいたが、それほど確信をもてないことを——ちょっと悲しげに、とわたしは思ったが——認める人たちもいた。ある女性は、なんだか打ちひしがれた、自分を責めるような口調で、夫にはこれまで何度もいろんなかたちで騙されてきたので、わたしはそれと気づく前に殺されているにちがいないと断言した。わたしはどうなのかと言えば、仮にサンドリーヌにそんな殺意があったとすれば、わたしはかならず気づくだろうと確信していた。彼女はなんらかのかたちで、ちょっとした目つきとか言葉とかで、本心を洩らしてしまうにちがいないからである。

にもかかわらず、長年のあいだに、彼女のわたしに対する気持ちがすっかり変わってしまったことにまったく気づかず、彼女が実際にわたしの死を望んでいるとは夢にも思わなかったなんてことがありうるのだろうか？

「父さん」とアレクサンドリアが言った。こんどはもっと鋭い口調で、頭でさっとサンドイッチを示した。「あまり時間はないのよ」

わたしはテーブルの彼女に加わって、サンドイッチをすこしだけかじった。「悪い材料が出てきそうだ」とわたしは言った。「アラブランディのことだけど」「わたしがすでに知らないことはなにもないわ」とアレクサンドリアが言った。

ああ、しかし、わたしの娘が知らないことはたくさんあるのだ、とわたしは思った。と同時に、エイプリル・ブランケンシップの、クレイトンのなおざりにされた妻の、淡いブルーのドレスを着た姿が目に浮かんだ。彼女は自分の悪名がひろまるとは、ましてや、殺人事件の裁判に巻きこまれるとは夢にも思っていなかったにちがいない。

エイプリルとのあの運命的な出逢いがあったのは、わたしがいまではもう行くことができないタウン・パークでだった。もちろん、それ以前にも、ショッピングをしているときやコバーン大学のさまざまな催しで、彼女には会っていた。食料品の買い出しをしているときや農産物市場でも会っていたので、彼女は果物を念入りに指で押してみるタイプなのを知っていた。彼女の笑みはほとんどそれとはわからないくらいかすかで、わたしは即座に映画や本で戯画化される貧しい教員の妻、憧れを抱いてはいるが、ひどく臆病な女というレッテルを貼ったものだった。のちにあきらかになったのは、残念ながら、たしかにすべてわたしが想像したとおりだったということだった。

そんなことを考えていると、わたしはいつの間にか不愉快な記憶の小道に迷いこみ、タウン・パークでのある夏の日のことを思い出していた。わたしは最新の文学賞を受賞した小説を手にして感嘆し、それを書いたのが自分だったらと思いながら、ゆっくりとページをめくっていた。天才は主として労を惜しまずにやろうとするかどうかの問題だ、とレスリー・スティーヴンは言っているが、『大地の引力』を何度も何度も書きなおしたことで、かならずしもそうは言いきれないことをわたしは知っていた。わたしの最後のその種の努力、サンドリーヌがじつに正当にも酷評したあの草稿から、すでに長い年月が経っていた。自分でも内心では認めていたが、それは鬱屈が降り積もっていく年月であり、あの夏の日、タウン・パークにエイプリルが現れたころには、わたしは自分の過去の努力を……いわば、厖大な時間の浪費だったと嘲笑したい心境になっていた。

〈何を考えているの?〉

それが、その午後、わたしの前に立ち止まったエイプリルの質問だった。かすかにソバカスのある細い腕に、胸を覆う盾みたいに、縞模様の折りたたみ式の椅子を抱えていた。

「べつにたいしたことを考えていたわけじゃない」とわたしは言った。「ただ本を読んでいただけさ」わたしは顎でその本を指して見せた。「今年のNBA(全米図書賞)受賞作だけど」

「あら」とエイプリルは言った。あきらかにNBAが何のイニシャルか見当もつかないようだった。

「面白い?」

「悪くないね」とわたしは答えた。「少なくとも出版されているし」

「すてきね」とエイプリルは言った。「出版されるのは重要なことだって、クレイトンは言ってたわ」

きらめきを放つ女もいるが、母乳の滴《しずく》をにじませる女もいる。この後者は古いタイプの修道女や看護婦たちで、心の傷や戦傷を負った男たちを慰める。永遠に変わらないこのタイプの女は、ほとんどかならず完璧な男を惹きつけ、利用されては捨てられる。彼女たちの恋はかならず徒労に終わるのだが、わたしはそういう女をひとりならず知っていた。あの日、公園でわたしの前に立ったエイプリルも、小さな折りたたみ椅子を——ずっと欲しがっていたが授かることのなかった赤ちゃんみたいに——抱きかかえていたエイプリルもそういうひとりだった。

過去には、わたしはそういう女に屈したことはなかった。だが、あの日、本を読んでいたわたしは、最後の創造的エネルギーが枯渇して久しい四十代半ばの男で、ふと危険なゲームをやりたいという欲求に突き動かされた。そういう愚行のスリルを味わってみたい、いわば、すぐ目の前にある唯一の——青白い、寒々としたエイプリルという——薄い氷の上を滑ってみたくなったのだ。

「あなたはいつも本を読んでいるんでしょう」と、彼女は感心したように言った。

「クレイトンもおなじだろう」とわたしは答えた。

彼女はそっとうなずいた。「でも、目がよく見えなくなってきたから」束の間、かすかな笑みがちらついて、消えた。「よくあることだけど」と恥ずかしそうにつづけた。「歳をとると」

老けこんだクレイトンと比べれば、わたしはエイプリルにはヘラクレスみたいに見えるにちがいなかった。まだ背筋もぴんとしていたし、細かい活字も読める中年の男だったのだから。

「そう、それも人生の一部だからね。そうだろう？」と穏やかに言いながら、わたしは立ち上がって、彼女の顔をまともに見た。

彼女はふたたびうなずいたが、なんとも言わなかった。

「しかし、それは辛い部分でもある」とわたしは静かにつづけた。「違うかい？」

彼女はまたもや黙ってうなずいた。わたしは大衆小説の色男がうぶな娘の胴着のボタンを引っ張るみたいに、派手な縞模様のローンチェアをエイプリルの腕から奪い取った。

「非常に辛い部分だね」とわたしは言った。「きみにとって」

彼女はわたしを見上げたが、その目には涙がたまっていた。そのとき、そこで、彼女がわたしの胸に顔を押しつけてすすり泣きだしたとき、この女はもうわたしのものだと思った。そして、かつて経験したことがないほど冷酷な、虚栄心とパワーの大波がどっと湧き上がるのを感じた。

もちろん、アレクサンドリアはそういうことはなにも知らなかった。だから、わたしはただ黙って、彼女がサンドイッチを食べるのを見守った。母親が死んでからずっとそうだったが、すこしも美味しくなさそうに食べていた。わたしもそうだったが、彼女は体重が落ちただけでなく、すっかり生気を失っていた。

「毎日法廷に来る必要はないんだよ、わかっているだろうけど」とわたしは言った。

彼女はサンドイッチをちょっぴりかじった。「わたしが来なかったら、悪い印象をもたれるわ。わたしが父さんがやったと思っているみたいに見えるから」笑みを浮かべたが、温かい笑みではなかった。「心配しないで、父さん。わたしは忠実でいるつもりだから」

そんなふうに忠実を誓うことで、アレクサンドリアはわたしに対する倫理的優越性を仄めかしているのだろうか、と思わずにはいられなかった。彼女には当然その権利があるのだが。結局のところ、サンドリーヌを裏切ったことで、わたしは彼女も裏切ったことになるのだから。自分が実践してもいない価値観を擁護して、偽善的に振る舞わざるをえないというのが、むかしから親の問題のひとつだった。なぜなら、そうしなければ、こどもを倫理的な曖昧さという人の心を萎えさせる風にさらすことになり、そんな風に抵抗できる人間はいないのだから。

もちろん、わたしはそういうことには一言もふれなかった。そんなことをすれば、娘のなかの治癒していない、おそらくけっして治癒することのない、深い傷口をあえてひろげるだけだからである。その代わり、わたしはいつもどおりの質問をした。「きょうはいままでのところどうだったと思う？」

「問題なしよ」とアレクサンドリアは答えた。「父さんを弁護する番になれば、モーティが対処できない問題はなにもないでしょう」

「わたしがあれを遺書と呼んだという部分だが、あれはまずかったとは思わないかい?」とわたしは訊いた。

彼女は肩をすくめた。「どうかしら。父さんは大きなストレスにさらされていた。そして、母さんは死んでいて、それは自殺だった。だとすれば、母さんが最後に書いたものが遺書だったと考えておかしい理由はないでしょう?」

「ところが、彼らは自殺ではなかったと主張している」とわたしは彼女に指摘した。「そもそも裁判が行なわれているのはそのせいなんだからな。彼らは殺人だったと思っているんだ」

彼女はたじろぎもせずにじっとわたしを見つめた。

「でも、そうじゃなかったのよ」と彼女は言った。いかにもそのことについてはそれ以上話したくないという口調だった。

それで、わたしたちは話題を替えた。その日のモーティとのやりとりのなかで、わたしが『異邦人』の語り手を引き合いに出すと、そういう学者ぶった文学的な引用は避けるように警告されたことを話した。それから、しばらく沈黙が流れ、そのあと、彼女が仕事のことをすこし話した。まず文芸エージェントでの仕事について、それから、収入を補うためにやっている第二の仕事、有名人の災難や不正行為をあげつらうオンライン・マガジンのいわゆる〝コンテンツ〟を粗製濫造する仕事について話した。彼女が最近追跡しているのは年老いた女性ロックシンガーの転落で、この元フラワー・チャイルドは、かつてはヘイト=アシュベリーでの奇行やガール・ウィズ・ザ・バンドのベッドカバーやなにかが『ローリング・ストーン』誌に載ったりしたものだったが、彼女の現在のトラブルに興味をもっているのは、スリープレスアイ・ドットコムの匿名のオンライン読者くらいのもので、整形手術の失敗か、なんらかの麻薬の後遺症で、鼻が溶けてしまったという噂があるということだった。

「そういうぞっとするような話なのよ」とアレクサンドリアは言った。「読者の大半は不眠症の人たちで、偉大な文学じゃないわ」

「そう言いきるのは早計かもしれないぞ」とわたしは言った。「『孤独な娘』には鼻のない少女からの手紙が出てくるが、あれは偉大な文学だからな」

彼女は黙ってわたしの顔を見た。

「ナサニエル・ウェストの小説だけど」

彼女は擦りきれた紐みたいな笑みを洩らした。「モーティに言われたとおりにすることね、父さん」と彼女は警告した。「そして、証言台に立つときには、そういうエリート的なことは持ち出さないようにしなくちゃ」

「ナサニエル・ウェストを読むのがエリート的かね?」とわたしは軽く笑いながら聞き返した。「まったく、いまや文化的なレベルも地に落ちたものだ」

「わたしはそういうものを仕事にしている、と父さんは言いたいのかしら?」

「わたしはなにもそんなことを言った覚えはない」

「スリープレスアイのことでしょう?」とアレクサンドリアは言った。「文化的程度が低いというのは」

「そう言ったのはおまえで、わたしじゃない」

「いいえ、父さんが実際そう言ったのよ」

「そうかもしれないが――」

「べつにいいのよ、父さん」と彼女は鋭い口調でさえぎった。「わたしは終身在職権のある教授じゃないのはわかってるわ。でも、わたしは自分を見つけたいと思っているの、わかる? 自分がほんとうにやりたいことを見つけたいと思っているんだけど、見つからないのよ、父さん。いままでは見つからなかった。だから、わたしはふらふらしているの、わかるでしょ?

そのくらいはわかってくれるでしょう？」

「アレクサンドリア……」

彼女は刃物みたいに手を振って、その話題を断ち切った。「ほんとうに、父さん」と、いまやとても穏やかな声で、彼女は言った。「べつにいいのよ」彼女はテーブルの表面を指でなぞった。いつだったか、サンドリーヌが銅製シンクの小さな凹凸を指でなぞっていたように。そっとやさしく探るように。「だから、もうその話はやめましょう、いい？」

わたしはうなずいて、「わかった」と言った。そのあとはふたたび、こんどはもっと長い沈黙が流れた。

その沈黙のあいだに、わたしはまたサンドリーヌの人生最後の日のことを思い出していた。わたしたちの最後の激しい争いとアレクサンドリアが帰ってきて、母親と最後の会話を交わしたあいだのことを。それまでは、ふたりがどんな話をしたのかにふれるのは避けていたが、いまや、好奇心が頭をもたげて、知りたくなった。

「おまえが母さんといっしょにいたあの夜——あの最後の夜——、彼女が死んだ日の夜だが、彼女はわたしたちのことを話したのかい？」

「わたしたちって……どういう意味？」

「おまえの母親とわたしのことさ」

「とくに話さなかったわ」とアレクサンドリアは答えた。「結婚生活のことは話したけれど」

「何と言っていたんだい？」

「ボクシングの試合みたいなものだと言っていたわ」とアレクサンドリアは言った。「一ラウンドから十ラウンドまで、さかんに打ち合いながら、それでもいつかゴングが鳴るだろうと期待している。そうすれば平和が訪れ、それまでの争いがそれなりにやった価値があることになるだろうと。だから、リングから下りようとしないんだって。十ラウンドのゴングまでたどり着きたいから、リングから下りようとしないんだって」

そんな人を狼狽させるような結婚観は聞いたことがなかったし、サンドリーヌがわたしたちの結婚生活をそんなに悲しいかたちで考えていたとは想像しにくかったが、にもかかわらず、わたしの裁判のすべての証拠とおなじように、それは彼女がわたしたちの生活をそんな寒々とした、侘しいかたちでとらえていたことを示す——情況証拠にすぎないかもしれないが——否定できない証拠だった。

「嫌なことを言ったのならごめんなさい」と、わたしが萎れた顔をしたのを見ると、彼女は言った。「でも、父さんが訊いたのよ」

「ああ、わたしが訊いたんだ」とわたしは穏やかに答えた。

そのあとにはまた沈黙がつづいた。前の二回よりさらに長い沈黙だったが、そのあいだじゅう、わたしはアレクサンドリアの目が二本の熱線みたいに自分にそそがれているのを感じていた。

「最後までたどり着けたと思う、父さんと母さんは？」と彼女は訊いた。「十ラウンドまでという意味だけど。もしも母さんが死ななかったら？」

考えてみると、サンドリーヌはなんと頻繁にベッドで寝返りを打ったことか、そして、ときには夜中に起きだして、忍び足で文書室に行って本を読んでいたりした。わたしがその入口まで行くと、彼女は顔を上げて、なんと暗い、問いかけるようなまなざしを向けたことか。一度、どんなことを考えているのかと訊いたことがあった。読んでいた本のことを話すのではないかと思っていたが、「わたしたちの学校のことよ」と彼女はポツリと言った。それはわたしたちがまだニューヨークにいたころの彼女の夢だった。コバーンで仕事をすることに決めてからは、ほとんど口にしたことがなかったけれど。わたしが黙って肩をすくめると、彼女は静かに自分の読書に戻ったが、その夜はとくに落ち着けなかったようで、そのあとも家のなかを歩きまわったり、本を読んだり、かと思うと、音楽を聴いたり、また読書に戻ったりしていた。

彼女が死んでからというもの、わたしもそれと似た落ち着かない気分に悩まされていた。サンドリーヌが夜中に何を探し求めていたのかという疑問が脳裏を離れなかった。わたしはわたしたちの初めのころのことを考えた。古代の世界をめぐり歩いたこと、国外追放者のふりをした、パリでの驚くような数週間、それから、懐かしき古きコバーンに落ち着いたころのこと。そのあいだじゅう、サンドリーヌはすこしも変わらなかった。それから、やや突然に、彼女はもはやかつての彼女ではなくなっていた。

「おまえの母親は病気になってから変わった」とわたしはアレクサンドリアに言った。

「どんなふうに?」

「よそよそしくなったんだ」

「よそよそしく?」とアレクサンドリアは言った。

「ほんとう? わたしにはすこしもそうは見えなかったけど。正直なところ、よそよそしくなったのは父さんよ」

「わたしが?」

「そう、何て言ったらいいのかしら?」とアレクサンドリアは言った。「東屋に母さんといっしょに腰をおろすことはほとんどなかったし、母さんが本を読みに行く部屋も避けているようだった」

「文書室だ」

アレクサンドリアはかぶりを振った。「そう言えば、母さんはその名前が大嫌いだったわ」と彼女はわたしに告げた。「初めてここに引っ越したとき、父さんがあの部屋をそう名づけたのは、ふたりともそこで偉大な本を書くだろうと思っていたからなんだって」

「そう、そのとおりだ」とわたしは認めた。

「でも、母さんは本を書きたいとは思っていなかったのよ、父さん」とアレクサンドリアは言った。「それは父さんの考えで、母さんのではなかったんだから」

それもたしかにそのとおりだった、とわたしはいまや率直に認めた。サンドリーヌは偉大な本を、いや、それを言うなら、どんな本も書こうとはしなかった。彼女が書けないのはコバーン大学に不可解なほど献身的に尽くしているせいだ、とわたしは考えようとした。凡庸な学生たちとの際限のない個人授業、しばしば読み書きの初歩を教えるだけの、なんの重みもない授業に。それこそごくレベルの低い、落ちこぼれのための補習にすぎず、わたしは〝主語と動詞の一致の高邁なる高み〟などとからかったが、それに対して、断固たる決意と情熱をもつわたしの妻は「わたしは彼らが必要としているものになるつもりよ、サム。あなたが必要としているものにではなくて」と反撃したものだった。

彼らが必要としているのは教師であり、作家ではないことをサンドリーヌはよく知っていた。


「おまえの言うとおりかもしれないな、アレクサンドリア」とわたしは静かに言った。「母さんはそういう野心を抱いたことは一度もなかったのかもしれない」

アレクサンドリアは肩をすくめた。「ともかく、母さんがどこにいても、どの部屋にいても、父さんはそこへ行こうとしなかった」

「そうだった」とわたしは認めた。「しかし、それには理由があったんだ。彼女はだんだん気むずかしくなって、何を考えているのか読めなくなっていたし、人を近寄らせない空気を放っていた」

その先をつづけることを躊躇して、わたしはそこで口をつぐんだが、モーティが口にした危惧の切っ先が突きつけられるのを感じた。アレクサンドリアはわたしたちのあの最後の言い争いのことを知っているのかもしれない。そう思うと、わたしは先まわりして弁解せずにはいられなかった。

「だから、あの最後の夜、彼女が完全におかしくなっても、わたしはそんなに驚かなかった」

アレクサンドリアの目がふいにギラギラと光りだし、積もり積もったなにかがいまにも爆発しそうに見えた。

「母さんに責任を押しつけようとしないでほしいわ」彼女は険しい表情でわたしをにらんだ。「母さんを屋根裏の狂女みたいに言わないでちょうだい、父さん。そうじゃなかったんだから」

「わたしはなにも彼女が――」

「わかっているでしょう、父さん」と、彼女は断固たる口調でさえぎった。「父さんとモーティが母さんに責任を押しつけるようなやり方をするなら、ふたりともくたばればいいのよ」

「何を言っているんだ？」とわたしは言った。「わたしはべつに――」

「もう充分じゃないの？」とアレクサンドリアが鋭い口調で言った。「もう充分母さんを傷つけたでしょう？」唇がブルブル震えていた。「母さんは死んだのよ、そうでしょう？ それで充分じゃないの？」

「充分だから、どうだと言うんだい？」とわたしは訊いた。

「母さんをそっとしておいてほしいのよ」とアレクサンドリアは大声でどなった。それから、わたしがぎょっとしたことに、間欠泉みたいに蒸気を噴き上げた。「母さんは死にかけていたけど、生きたがっていた」と彼女は叫んだ。「もっと生きたいと思っていたのよ。それなのに、突然……突然……死んでしまうなんて」

彼女は首を横に振った。「わけがわからないわ」いまやなんとか自分を抑えようとはしていたが、憤激した声でつづけた。「わたしは初めからわけがわからなかった」

そういうことだったのか、といまやわたしははっきりと悟った。わたしの娘は、もしも彼女が陪審員のひとりなら、間違いなく有罪の評決をくだすだろう。

わたしは困惑して彼女の顔を見た。「何と言えばいいのかわからない」とわたしは言った。「わたしはおまえに何と言えばいいのかわからない」

アレクサンドリアは喉を震わせて息を吸った。「あの最後の日、わたしが部屋を出るとき、母さんは両腕をわたしにまわして、言ったのよ。『あなたを愛しているわ……アリ』って」

「アリ?」とわたしは繰り返した。「アリなんて呼んだことはなかったのに」

「知っているわ」とアレクサンドリアは言った。「でも、母さんは言ったのよ。わたしはむかしからむしろ〝アリ〟だったし、彼女にとっては、いつまでもアリだと思っているって」彼女は穏やかな笑みを浮かべた。「それが母さんが最後にわたしにもっと近づこうとしたやり方だったのよ」

わたしにもっと近づこうとしたやり方。

ふいにそのシーンが目に浮かんだ。サンドリーヌがやさしくアレクサンドリアを見つめながら、彼女をアリと呼んでいる。その瞬間、わたしの頭のなかでカチリという音が聞こえた。鋭い、身の毛のよだつような音。それがわたしの裁判を逆立ちさせ、そのさまざまな要素にまったく新しい角度から光を当てた。

アレクサンドリアにもっと近づこうとしたサンドリーヌのやり方?

それがまったくそんなものではなかったとしたら、どうだろう? あまりにもやさしく、愛情のこもったそのシーンが、サンドリーヌがアレクサンドリアに近づくためのものなどではなかったとしたら?

頭のなかでじつに暗い推測が形を取りはじめたことにぞっとしながら、わたしは考えつづけた。サンドリーヌがやさしく〝アリ〟と呼びかけたのは、あの人生最後の夜に、娘に近づくためではなく、アレクサンドリアをわたしから切り離すための悪魔のように狡猾なやり方だったのだとしたら?

いまや、わたしの耳にはモーティの声が聞こえてい

た。〈あんたは法律上、娘さんから保護されているわけじゃないんだぞ、サム〉

「ああ、なんてこった」とわたしはつぶやいた。「もしも……」

アレクサンドリアは、ガラスの下の細菌を覗きこむかのように、わたしの顔をじっと見ていた。「どうしたの？」

その瞬間、わたしの頭のなかで徐々にすこしずつ繰り広げられていた恐ろしいシナリオのどんな一部も娘に教えることはできなかった。わたしはすばらしい魔術師の最高に巧妙なトリックを、観客が注意をそらされるあらゆる角度、あらゆる見せかけの壁や跳ね上げ戸、あらゆる煙幕や鏡をあばいているような気になっていた。

わたしはいまや自分に絡みついている情況証拠の致命的な輪のことを考えた。シングルトンの主張のどのひとつを取っても、それだけではわたしを有罪とするには足りないが、それらをひとつずつつないでいけば、全体としてはわたしの有罪を示唆する恐ろしく説得力のある論拠になる。

アレクサンドリアはじっとわたしを見つめていた。

「何を考えているの、父さん？」

つい先ほどの推測が冬の霜みたいにわたしに降りかかってきた。ああ、そんなことが事実でありうるのだろうか、とわたしは自問した。アレクサンドリアはあの最後の夜のひどい言い争いのことをサンドリーヌから聞かされなかったのか、本人に直接確かめてみようか、とわたしは思った。粉々になったカップの破片がまだベッドルームの床に散らばっていたのだから、彼女はそれを見たかもしれない。もしも彼女がそれを見て、サンドリーヌにそのわけを尋ね、もしもサンドリーヌがあの夜のすべてを語り、みごとな物語をでっちあげて、そのすべてを退却するわたしに投げつけた最後の言葉、〈社会病質者〉で締めくくっていたのだとしたら？

しかし、いまその話題を持ち出すのは危険すぎる、とわたしは考えた。アレクサンドリアは有罪の証拠になるあの破片を見たかもしれないが、それを口に出してはいないし、いままでのところ、サンドリーヌとの最後の会話についてもなにも言っていなかった。彼女が母親との最後の時間についてなにも洩らしていない以上、そのまま口を閉じているようにしておくのが最良の策だろう。実際のところ、わたしが知らないことがわたしの不利になったことはこれまでのところないのだから。

「べつに」とわたしは答えた。「なにも考えていないよ」

それにつづく冷たい沈黙のなかで、わたしは自分に対する不利な証拠として持ち出され、確実に積み上げられてきたすべての事実について考えていた。じつはそうではないことがあきらかになった〝遺書〟、モーティマー医師の解剖で証拠が見つからなかった背中の痛み、そのあとわたしがオーティンズ医師へ電話したこと、サンドリーヌが授業やミーティングやそのほかの用事でウェイランドの薬局に行けないという理由で、いつもわたしがデメロールを受け取ってサインしていたこと、彼女の血液から検出されたとどめの一撃としての抗ヒスタミン剤、自分のコンピュータが故障しているからという理由で——じつはその後の調査で、まったく問題なく動いていたことがわかっていた——彼女がわたしのコンピュータを使って有罪の証拠になるような検索をしていたこと。

そんな疑問を抱く余地があること自体に重苦しい驚きを感じながら、そんなことがありうるのだろうか、とわたしは自問した。いまやわたしの頭上にぶら下がっている絞首刑の輪縄の繊維を一本ずつ巧みに編み上げたのは、じつはサンドリーヌだったなどということが。

容赦なくあるべきところに収まった。相手が自分の性格的欠陥によって自滅していくような罠を仕掛けるなんて、なんと古代ギリシャ的なやり方だろう。

一瞬、わたしは裁判でわたしに不利な証言をしてきた証人たちのすべてを思い浮かべた。それまでは、すべてはミスター・シングルトンの手並みによるものであり、彼の熱烈な正義感の賜物だろうと思っていた。しかし、ひょっとすると、彼自身もみごとに操られていたのかもしれない。彼の疑念は注意深く配置された一片の証拠によって引き起こされ、次々にあらわになる証拠によって巧妙に深まっていくように仕組まれていたのかもしれない。本人は自分が裁判の舵を取っていると信じていたが、じつは初めから、いまやサンドリーヌの裁判でしかなく、当初からそうでしかなかった裁判で、彼は主役を割り当てられた人形にすぎなかったのかもしれない。

そういう心の凍りつくような疑問を抱くと同時に、そんなに繊細で、奇妙なくらい完璧な、数学者ならエレガントと形容するような企みを練り上げたかもしれないことに、わたしは冷たい畏怖の念を抱かずにはいられなかった。それこそかつてバートランド・ラッセルが〝厳粛な冷たい〟美しさと呼んだものであり、巧みな人形遣いだったのかもしれないわたしの妻はよくその言葉を引用したものだった。人形遣いはけっして自分の手を見せず、それぞれの要素が、あからさまにではなく、ちらりと垣間見えるように配置したのだろう。血まみれのナイフや硝煙の上がる拳銃はなく、そういう小道具の代わりに残されたのはクレオパトラに関する短文だった。彼女はそれをわたしには〝最後の言葉〟だと言い、わたしはそれを〝遺書〟と呼んだが、じつはまったくそんなものではなかった。そして、そのあとは、何もかもが――わたしの学者ぶった知識のひけらかし、あのポーの物語への言及でさえもが――

第四部

妻のサンドリーヌ・マディソンの殺害容疑によるコバーン大学教授、サミュエル・マディソン博士の裁判では、きょうも証人調べがつづく予定である。捜査ならびに公判を通じて、マディソン博士は無罪を主張している。彼がみずからを弁護するために証言するかどうかは不明である。

――『コバーン・センティネル』二〇一一年一月二十日付

第六日

午前の審理

その日の夜、ベッドルームの暗がりに仰向けに寝ているうちに、自分はサンドリーヌが巧妙に紡いだ蜘蛛の巣に引っかかっているのではないかという疑いがどんどん強くなっていった。結局のところ、わたしの暗い欲望を鋭い直感で見抜き、わたしがそういう挙に出たときのために罠を仕掛けておく動機をもつ人間は、彼女以外には考えられないのだから。魂のない本のなかの魂のない著者を見て、そういう男は日ごと重荷になっていく女を厄介払いしようとしかねない社会病質者だと考えたのだろうか？　サンドリーヌはわたしが彼女の死を願っているのではないかと疑い、その疑いに苦しめられて、自分の滅亡がわたしの滅亡にもなる企みをめぐらせたのだろうか？

もちろん、そんな恐ろしい考えはアレクサンドリアには打ち明けられなかったし、モーティにも話せなかった。そんなことをすれば、気が動転して、誇大妄想に駆られた、そう、まさに社会病質者が、殺人の有罪判決を逃れるために、死んだ妻に殺人の罪をなすりつけようとしていると思われるだけだろう。ということは、実際、サンドリーヌが自分の死の復讐を企てたのだとすれば、その企みがけっして露見しないばかりか、裁判で取り上げることはもちろん、口に出すことさえはばかられるようにしていったことになる。

午前中の審理のあいだ、わたしは依然としてそういう考えから逃れられなかった。それから、午後になり、引きつづき証言台にいたアラブランディ刑事が、サンドリーヌの死に関する捜査中に何度もわたしやほかの人たちの話を聞きにきたときのことを詳細に再現しているあいだにも、それはつづいてきた。それまでの証言のあいだ、ときとして、わたしはいつの間にか自分が測りがたい状況の暗い瘴気のなかに漂っていることに気づいたが、いま、アラブランディが最終的に入手した証拠を順番に分析しはじめると、わたしはもはや霧中をさまよってはいなかった。そこには、ヘンリー・ジェームズの言い方を借りれば、〝絨毯の模様〟が――たぶん初めから――あったからだろう。

「さて、アラブランディ刑事、あなたは十二月十七日にまたクレセント・ロード237番地に行きましたか？」

「はい、行きました」

「そのころには、ミセス・マディソンの死に関連するほかのいくつかの問題点にも、あなたは注目していたわけですね？」

「はい、そうです」

「そこで、あなたはあらためて……たしか、それで五回目だったと思いますが……被告人の話を聞きに行ったわけですね？」

「そうです」

このときは、彼は午前中にやってきた。わたしは朝の一杯のコーヒーを持ってサンルームに坐り、いつもサンドリーヌが坐っていた籐椅子を見つめながら、最後にわが家にやってきたあと、アラブランディはさらにどのくらいほじくり返し、何を見つけているのだろうと考えていた。それがひどく気になったが、気にしても当然だったことが彼の最初の一言であきらかになった。その朝、彼はまだ家に入る前にそれを口にした。

「差し支えなければ、ミセス・マディソンのコンピュータを拝見したいんですが」とアラブランディは言った。

「べつにかまいませんが」とわたしは言った。「動きませんよ」

「動かない?」

「そうです」とわたしは言った。「最後の数週間、サンドリーヌはわたしのコンピュータを使っていたんです」

「修理しようとは思わなかったんですか?」とアラブランディが尋ねた。

「むしろ買い換えたほうがいいと言っていたんですよ」とわたしは答えた。「結局、そうはできませんでしたが」

アラブランディの目がひどく険悪な光を放った。わたしを非常に嫌なやつだと思っているみたいだった。

「あなたのコンピュータも拝見したいんですがね」彼は笑みを洩らしたが、それは切り札を持っていて、それを自分でも知っている男の笑みだった。「もちろん、捜索令状を取ることもできるんですが、あなたの許可をもらったほうが簡単ですから」

「両方とも持っていってください」とわたしは言った。無実に絶対の自信をもっているように振る舞ったほうが、弁護士を呼ぶよりずっとよく受け取られるのではないかと思っていたからだ。あとで、なんとばかなことをしたものか、とモーティから言われたが。

「わたしたちがいっしょに使っていた部屋は狭かったから、ラップトップが二台あるだけですが」とわたしは付け加えた。

「ありがとうございます」とアラブランディは言った。「では、帰るときに、拝借することにします」

わたしはうなずいた。「わかりました」

彼は手帳を取り出した。「亡くなるまで数週間、ミセス・マディソンの全般的な態度はどんな感じでしたか?」

彼は〝自殺した〟とは言わずに〝亡くなった〟と言ったが、そういう言葉づかいの上での陰険な駆け引きにはもう慣れていたので、わたしはそれほど気にしなかった。何と言っても、わたしは終身在職権をもつ英文学の教授であり、言葉の使い方はよく知っているつもりだった。

「態度？」とわたしは聞き返した。「非常に漠然とした言い方ですが」

アラブランディの目つきが心なしか険しくなった。

「どんなふうに見えたか、ということです」と彼は言った。「どんなことを考えたり、感じたりしていたかという」

「漠然としているという意味では、あまり変わりがないけれど」

アラブランディはちょっと身じろぎをした。「漠然とでいいんです」とかすかに苛立った口調で言った。

「漠然とですこしもかまわないんですよ、教授。率直なところ、どう言えば、もっと具体的になるのかわかりませんが。ところで、よく言うように、話を先に進めてかまいませんか？」

「うむ、それでは、これは漠然とした印象ですが、彼女は引きこもるようになっていました」とわたしは言った。

「病気のせいで？」

「そうです」

「最後の夜はどうでしたか？」

こいつは知っているんだ、とわたしは思った。

アラブランディ刑事がちょうどこのやりとりを証言しているとき、わたしはふと思った。そういえば、あのとき、アレクサンドリアがすでにわたしに不利な証言をしているかもしれないとは思わなかった。捜査のあの初期段階で、完全に打ちのめされているこの家族のなかに警察への密告者が送りこまれているのかもしれないとは考えなかった。いまでさえ、そう確信しているわけではなかったけれど。背後の娘を振り返って、彼女と目が合ったとき、わたしは生まれて初めて、自分には確信できることはなにひとつなく、いまや完全に寄る辺ない人間になってしまったと感じた。これもサンドリーヌの計画の一部だったのだろうか？　わたしを完全に混乱させて、これから先のわたしの人生を根のない、不確かな、言いようもないほど孤独な、常にサラサラ流れる砂のなかを重い足を引きずって歩きつづける独歩行にしてしまおうというのは。

アレクサンドリアが法廷の前方を顎で示して、わたしに注意を促した。

振り返ると、アラブランディ刑事による五回目の事情聴取の説明は数分先に進んでいた。

「わたしはミスター・マディソンに奥さんの人生最後の夜に関する質問をはじめました」と彼は法廷に言った。

それを聞くと、わたしは即座に自宅の居間に戻って、できるかぎりなにも怖がっていないような顔をして彼と向き合っていた。

「最後の夜？」とわたしはためらいがちに聞き返した。

「奥さんは依然として引きこもった感じでしたか？」

「そうでもなかった」

「では、その夜の奥さんの振る舞いはどんな感じだったと言えますか？」

こいつは知っているんだ、とわたしは、確信はもてなかったが、胸のうちで繰り返した。もしも知っているのだとすれば、そして、あの夜サンドリーヌとのあいだで起こったことについてわたしが嘘をついたり、話を小さくしたりすれば、なにか隠していると思われるだろうし……実際そういうことになるだろう。

「彼女は怒っていた」とわたしは言った。

実際、あの夜、サンドリーヌは凄まじい勢いでわたしを傷つける言葉を投げかけ、あまりにも容赦なくわたしをなじったので、いままさにそのやりとりをアラブランディが陪審員に説明しはじめるのを聞いていると――そして、彼女が抱いていたかもしれない企みのことを考えると――、あの夜の彼女の言動のすべてがわたしをけしかけるためだったのではないか、わたしが企んでいると彼女が信じるようになっていたことをそれ以上ためらわずに実行させるためだったのではないかという気がしてきた。彼女を殺すという企みを。

「とても怒っていた」と、彼女が投げつけた非難の言葉を次々と思い出しながら、わたしはつづけた。彼女が初めは讃嘆していたわたしのなかのすべて――親切さ、飾り気のなさ、他人への思いやり――、そして、その後彼女が蔑むようになったすべて――わたしの陰険さ、優越感、果てしない不満、乏しい才能、そして、機会あるごとに彼女が何度も指摘したことだが、自分自身への幻滅。

「彼女は完全に激怒していた」と、口にふたをする暇もないうちに、わたしは冷たく言い放っていた。突然自制心を失ったわけだが、たぶんこういうことも彼女は予想していたのだろう。だとすれば、そして魂が不滅だとすれば、彼女は空の高みからにやりとしたにちがいなかった。

「激怒？」とアラブランディが繰り返した。もはや後に退くことはできなかった。「そう、激怒です」とわたしは言った。

その答えを聞くと、アラブランディは手帳を取り出し、それをひらいて、なにごとか書きつけると、顔を上げて、わたしの顔をじっと見た。「奥さんとのあいだで肉体的な衝突があったことがありますか？」

わたしは首を横に振った。

「一度もありません」とわたしは答えたが、そのとき、彼女がわたしに投げつけたカップが目に浮かんだ。白い磁器製のカップで、わたしが出てきたドアに当たって砕けたが、わたしはおびただしい尖った破片を911に電話する前にすっかり掃除しておいた。

モーティがそっとわたしを小突いた。「どうしたんだ、サム？　ひどい顔をしているぞ」

「だいじょうぶだ」とわたしは快活に言った。

「それなら、それらしくすることだな」とモーティが指示した。「そんな、列車に撥ねられたばかりみたいな顔をしていないで」

実際、数ヵ月前のその瞬間、アラブランディのナイフの刃のような視線を浴びているとき、いきなり驀進する機関車に負けないほど強烈かつ破壊的な考えが浮かんだのだった。ひょっとすると、アラブランディはあのカップのことを嗅ぎつけたのかもしれない。その五回目の聴取のとき、彼はそれを仄めかしたが、公判第五日のいま、ミスター・シングルトンはその問題に迫ろうとしていた。

「さて、アラブランディ刑事、その際、ミスター・マディソンと奥さんの関係についてあなたは自分がもっていたなんらかの情報をマディソン教授に知らせようとしましたか？」

「いいえ」とアラブランディは答えた。「そのときはそうはせずに、ただ彼に話させただけでした」

そう、たしかに、彼はわたしに話させたし、わたしは話した。サンドリーヌがしだいに引きこもりがちになり、サンルームや文書室にずっと閉じこもって、何時間も音楽を聴いたりしていたことをわたしは話した。アラブランディは黙ってそれを聞いていたが、わたしがそういうすべてを列挙しおえたあとになって、ようやく槍を突き出した。

「ミスター・マディソン、その夜、あなたの言葉では、奥さんは激怒していたと言われましたが、なにかしら言い争いがあったということですね？」

「そう、口論になりました」とわたしは答えた。

アラブランディは、べつにたいしたことではないようなそぶりで、メモを取った。毎日の決まりきった小事を記録する男みたいに。「もうすこし具体的に説明していただけますか？」

「六時ごろでした」とわたしはつづけた。「コバーンの学生の多くは働かなくてはならないので、夜のクラスが多いんです。その夜、わたしは二クラス受け持っていて、家に戻ったのは十時をまわってからでした」

「何についての口論だったか覚えていますか?」とアラブランディが訊いた。

「いろんなことについてでした、実際」とわたしは言った。

「いろんなこと?」とアラブランディが聞き返した。

「わたしがよそよそしいとか、冷たいとか」

「そのほかには?」

「ほかのこともあったかもしれないが」とわたしは認めた。「どんなことかは覚えていません」

「結局、どういうことになったんですか、その口論は?」

「最後にはサンドリーヌがアレクサンドリアのことを持ち出しました」とわたしは言った。「わたしが娘にとってあまりいい父親ではなかった、と彼女は思っていたんです」

「どんな点でいい父親ではなかったということですか?」

「わたしはしばしば失望をあらわにしたからです。わたしたちの娘はこうあるべきだという期待に本人が添おうとしなかったから。たとえば作家とか、学者とか、そういうものになろうとしなかったからです」わたしは肩をすくめた。「もちろん、わたしはむきになって反論しました。すると、それもじつにわたしらしい、と彼女は言ったんです。彼女やほかのだれかがなにを言ってもなにをやっても、わたしの〝殻〟を突き破ることはできないのだというんです。わたしが部屋を出ていこうとすると、彼女はわたしに大声で叫びました」

「何と叫んだんですか?」とアラブランディは訊いた。

まるであの明かりを消した部屋に舞い戻ったかのように、サンドリーヌの声が空気を引き裂くのが聞こえた。

「『あなたは社会病質者よ』と彼女は叫んだんです」

とわたしは言った。「そして、彼女にとってわたしは何者でもないんだと。何者でもない、何者でもない、何者でもない」自分がブルッと震えたのがわかった。「わたしが知っているかぎり、それが彼女の最後の言葉でした」

「たしかに、あなたにとってはね」とアラブランディが言った。

「え？」とわたしは聞き返した。

「いや、ベッドの横に電話がありましたから」とアラブランディが言った。

わたしはうなずいて、「ええ、たしかに電話がありましたが」と言った。いまそのことを考えながら、アラブランディは意図的にわたしの頭にある考えを植えつけようとしたのだろうかと自問した。サンドリーヌがその電話を使ってだれかに助けを求め——彼女にそんなことができた可能性があるのだろうか？——、薬が効きはじめたとき、自分は殺されたのだと告発したかもしれないという考えを？

「ともかく」とアラブランディは言った。「社会病質者だと言われたとき、あなたは大学の授業に出かけようとしていたんですね？」と彼は訊いた。

「そうです」

「社会病質者」とアラブランディは繰り返して、その言葉を手帳に書きつけた。それから、顔を上げて、暗い食い入るような目をわたしに向けた。わたしは強力なライフルの照準器の十字線上にとらえられた小動物みたいな気分だった。

「あなたは口論のことを知っていたんでしょう、違いますか？」とわたしは訊いた。

アラブランディはなんとも答えなかった。あの初めのころ、わたしはまだアレクサンドリアを疑ってはいなかったので、おそらくイーディス・ホイッティアから聞いたのではないかと思っていた。すぐとなりの隣人、ずいぶんむかしに離婚して、それから長年経っているので、まるでオールドミスみたいに思える女だった。カールではありえなかった。その週、彼は息子をキャンプ旅行に連れていっていたからである。近所のほかの家は、クレセント・ロード237番地の家内からの声が聞こえるほど近くはなかった。アラブランディがなにかほかのことをメモするのを見守りながら、イーディスにちがいない、とわたしは考えていた。そう考えても、のちに検察側の証人リストに彼女の名前を見るまでは、確信はできなかったのだが。それでも、そのときには、もしもイーディスが声を聞いたのなら、白い磁器のカップが砕ける音も聞こえただろう、とわたしは推測した。

「サンドリーヌはわたしにカップを投げつけました」と、なにも隠すつもりはないことを強調しようとして、わたしはアラブランディに言った。

アラブランディの滑らかなペンの動きがふいに止まって、彼は手帳から顔を上げた。

「わたしが部屋を出てくるときに」とわたしはつづけた。「出てくるときに、わたしのほうに投げつけたんです。ドアに当たって、粉々に砕けました」

「警察官はだれも砕けたカップを見たとは報告していませんが」とアラブランディは指摘した。

「わたしが掃除したんです」とわたしは説明した。

「いつ?」

「まだだれも来ないうちに」

アラブランディはそれをメモした。「そのかけらはどこにあるんですか?」と彼は訊いた。

「ごみ箱に捨てました。数日前、ごみの収集車が来て持っていったから、たぶん町のごみ処理場のどこかにあるんでしょう」

アラブランディ刑事はそういうことにはすこしも困惑した顔をしなかった。

「その口論をしたとき、家にはだれもいなかったんですね?」と彼は訊いた。「あなたの奥さんを除けば、という意味ですが」

「そうです」とわたしは答えた。「娘はなにかの理由で外出していました。なにか買い物があるとかで。何だったのかは覚えていませんが。彼女はわたしが出かける数分前に帰ってきました。その夜アトランタに帰ることになっていたので、荷造りをしている最中でした」

「授業のために出かけたのは何時でしたか？」

「アレクサンドリアが用事から帰ってきた数分後です」とわたしは答えた。「わたしは文書室《スクリプトリウム》に行って——」

「スクリプトリウム？」

ラテン語の名前を付けるなんて、なんともったいぶっていることか、とアラブランディは思ったにちがいなかった。そう思うと、わたしは思わず身震いしたが、すでに言ってしまったことであり、モーティがのちに指摘したように、鳴ってしまったベルを元に戻すことはできなかった。「本やラップトップ・コンピュータを置いている小部屋のことです」

アラブランディはなんとも言わなかった。

「ともかく、わたしはそこに行って、しばらく本を読みました」とわたしは説明した。「たぶん、神経を鎮めようとしたんだと思います。それから、アレクサンドリアが戻ってきて、ちょっと話をしてから、わたしは授業に出かけました」

それもアラブランディの手帳のなかにメモされた。いま、ミスター・シングルトンの質問に答えるとき、彼が参照している手帳である。

「さて、アラブランディ刑事、その時点では、あなたはミセス・マディソンに関する解剖報告書をすでにもっていましたね？　それに間違いありませんか？」

「ええ、もっていました」

アラブランディが証言をつづけたが、わたしはまたもや自宅の居間に舞い戻り、その雑多な椅子のひとつにぐったりと腰をおろして、その優秀な刑事が上着のポケットからきれいに折りたたまれた数ページの書類を取り出すのを見守っていた。

「解剖報告書です」と彼は言って、それをわたしに差し出した。

わたしは受け取ろうとしなかった。「それについてわたしになにかおっしゃりたいことがあるようですね」とわたしはほとんど苛立たしげに言った。そんなわざとらしいやり方はばかげていると思っているかのように。小さな町の刑事が映画で見た大物スターの刑事の真似をするなんて。

わたしがそういう態度を取るだろうことをサンドリーヌは予想していたにちがいない、といまわたしは思っていた。いまやミスター・シングルトンがアラブランディ刑事にそのときと同じ書類を渡しており、それはまもなく証拠物件なんとかとして採用されるはずだった。わたしの口調がアラブランディには傲慢に見え、それ以前からでないとすれば、その瞬間から彼がわたしを毛嫌いするようになることを、彼女は見通していたにちがいなかった。いま、ミスター・シングルトンから渡されたモーティマー医師による解剖報告書にアラブランディがまじめくさった目を向けているのを見て、彼女はどんなによく、深くわたしを知り尽くしていたことかと思った。

「そのとき、あなたはミスター・マディソンに解剖の結果を知らせましたか？」とミスター・シングルトンが訊いた。

「はい、そうしました」とアラブランディは答えた。

「まず死因についてですが、ミセス・マディソンはアルコールと混ざったデメロールの過剰摂取で亡くなったという事実を知らせました」

それは、もちろん、わたしの予想どおりだった。驚いたのは、その混合物にさらに抗ヒスタミン剤が加えられていたことだった。

「あなたには奥さんが抗ヒスタミン剤を使っていたという記憶がありますか？」

「いいえ」

「ある場合には、それは嘔吐を防ぐために使われるんですが」とアラブランディはつづけた。「この場合にもそうだったかもしれません」

「それじゃ、サンドリーヌはたぶん確実にやり遂げたいと思ったのでしょう」とわたしは言った。

「だれかがそう思ったのは確かです」とアラブランディは何気なくつづけた。ラベルに記された成分を読み上げるみたいに、なんの思い入れもなさそうな口調だった。

それから、アラブランディはゆっくりと身を乗り出したが、それは計算された動きのように見えた。というのも、わたしは暗い水底にいる潜水夫が突然サメの存在を直感したような気分になったからだ。

「ミスター・マディソン、この前ここにお邪魔したとき、マルコム・エスターマンという人を知っているかお訊きしましたね。あなたはご存じだと答え、コバーン大学の同僚だと言われました」

わたしはうなずいた。

長い間を置いてから、アラブランディが言った。

「奥さんが生前最後に会ったのがミスター・エスターマンだったことをご存じですか？」

「マルコムだって？」とわたしは口走り、そのあまりのばかばかしさに笑いださずにはいられなかった。

「マルコム・エスターマンだって？　どうして……」と言いかけて、わたしは口をつぐんだ。アラブランディの目つきが石の壁に見えたからである。

「しかし、マルコム・エスターマンはただの……」と言いかけて、わたしはふたたび言いよどんだ。

「ただの……？」とアラブランディが訊いた。

ほかにはなにも思い浮かばなかったので、わたしは言った。「ただの准教授にすぎないのに。ただの…

……」わたしは三度目に口をつぐみ、しばらく気を落ち着けてから、つづけた。「どうしてそれを知っているんです？」

「ミスター・エスターマンは、十一月十四日の夜、つまり奥さんが亡くなった夜の六時過ぎに、ミセス・マディソンが彼の家に来たことを正式に認めています」

無神論者の妻、サンドリーヌが教会区牧師のところへ行ったと言われたほうがまだ信じやすかったろう。いったい何だって、人生の最後の夜に、彼女はマルコム・エスターマンのじつに泥臭いコンドミニアムまで車を走らせたのか？

わたしは言葉が喉につかえだした。「しかし、何を……なぜ……彼女はいったい何を……」

アラブランディは解剖報告書を頭で示した。「四ページ目です」と彼は言った。

そのページをひらくと、目に飛びこんできたひとつの事実がわたしの心臓を凍らせた。

「左手の薬指の付け根近くに、白っぽい円形の帯状の跡が認められる」とわたしは読み上げた。

「ミセス・マディソンは結婚指輪をしていましたか？」

「ええ」とわたしは言った。

「それを最後に見たのはいつでしたか？」

「覚えていません」とわたしは言った。「しかし、それがマルコム・エスターマンとどんな関係があるんです？」

アラブランディはわたしから解剖報告書を取り戻した。「ミスター・エスターマンは奥さんが亡くなった三日後に自主的に本署にやってきました。彼女の死の状況を考えれば、捜査が行なわれるにちがいないという結論に達し、彼がミセス・マディソンと関係をもっていたことをわたしたちが知る必要があるだろうと考えたからです」

「関係をもっていた？」とわたしはつぶやき、太陽と月とすべての星が頭上に落ちてきたような感覚に襲われた。「サンドリーヌと？」

その瞬間、居間に坐って、アラブランディと向き合っていたわたしが感じたのは、そのあまりにも意外な事実がどんなに現実離れしているかということだけだった。サンドリーヌがあんなカエル顔の小男と、拾い集めたクズで建てたようなコンドミニアムに住む男と付き合っていた？　コバーンの大半が能なしの学生たちの、主に一年生のクラスを受け持っているマルコム・エスターマン准教授と？　わたしはこの最新の爆弾をわたしたちの結婚生活という織り地の、いや、サンドリーヌについてわたしのすべての考えのどこに位置づければいいのかわからなかった。しかし、そのとき、ふと思いついたのは、サンドリーヌがどうやってかエイプリル・ブランケンシップのことを探り当てたにちがいないということだった。そして、わたしたちの口論のあと、ひどく動揺している状態で、哀れなチョークまみれのマルコムのところへ行き、そこで、憎悪の発作に襲われて、可能なただひとつの復讐をしてやろうと決心し、目をつぶり、鼻をつまみ、歯を食いしばって、嫌悪感を抑え、不快感に耐えながら、彼と〝関係〟をもったのだろうということだった。

やがて、自分の口をふさごうとするよりも早く、傷ついた霊長類が胸をたたきながら大声をあげるかのように、わたしは口走った。「そうだろう、もちろん。わたしに仕返しをしようとしたんだ」

アラブランディは体をこわばらせたが、声は冷静で、落ち着いていた。「何のことであなたに仕返しをしようとしたんですか、ミスター・マディソン？」

ちくしょう、こいつはあのことも知っているのか、とわたしは思った。そして、地獄の縁に追いつめられた男みたいに、一瞬ためらったが、次の瞬間には足を踏み出していた。「わたしがやったこと、わたしの浮気に対してです」

「あなたは浮気をしたんですか？」とアラブランディが訊いた。

「そうです」

「ミセス・マディソンはそれを知っていたんですか？」

「知っていたにちがいない」

「なぜそうと言えるんです？」

「マルコム・エスターマンがあんたに言ったことからです」とわたしは言った。「わたしに仕返しするためでもなければ、なぜサンドリーヌが彼と関係をもったりするんです？」

「わたしはミスター・エスターマンと奥さんとの関係が性的なものだったとは言いませんでしたよ」とアラブランディは言った。

それは、もちろん、そのとおりだった。

腰を砕かれた口調で、わたしは訊いた。「そうじゃなかったんですか？」

「違います」とアラブランディは答えた。「ミスター・エスターマンによれば、親密な友人だったそうです。だから、亡くなった夜に、彼を訪ねていったんです。彼女はひどく動揺していた、と彼は言っています」

「わたしのせいで？」とわたしは訊いた。「だから、彼女は結婚指輪を抜いて、それをマルコム・エスターマンのところに置いてきたと言うんですか？　彼はそう言ったんですか？」

アラブランディはうなずいた。「返すつもりだったが、結局、その機会がなかった、とミスター・エスターマンは言っています」

「なるほど」わたしは深く、あえぐように息を吸いこんで、なんとか冷静さを取り戻そうとした。「そうですか、では、その話はそこまでにしましょう」

アラブランディが顔をこわばらせた。「そうはいかないと思いますよ、ミスター・マディソン」彼はさっとペンをかまえた。「その女性はだれなんですか？」

「女性って?」自分が口を滑らせたことをすっかり忘れたかのように、わたしは聞き返した。

「申しわけありませんが」とアラブランディは静かに言った。「名前だけでも教えてください」

「教えたくありません」とわたしは言った。

アラブランディの目にどこか狂気じみた光がやどった。礼儀正しい態度の背後に恐るべき陸軍犯罪捜査司令部の男が透けて見えた。「これは殺人事件の捜査なんですよ、ミスター・マディソン」

「殺人事件?」とわたしはささやくように言った。

「サンドリーヌは殺されたわけじゃない。サンドリーヌは……」わたしはぴたりと口をつぐんだ。「で、もちろん、わたしが第一容疑者というわけなんだな」

「その女性はだれだったんです、ミスター・マディソン?」とアラブランディが断固たる口調で繰り返した。

わたしは足下の床がくずれて、空間を落下していくような感覚に襲われた。「しかし、彼女はなんの関係も――」

「だれなんです?」と、アラブランディが銃撃みたいに硬い声で問い詰めた。

わたしはエイプリルにひとつだけ約束していた。たとえどんなことがあっても、わたしたちの関係はだれにも一言も洩らさないと。わたしは何度となくこの秘密を守ることを誓っていたが、あのとき、アラブランディが黙ったまま、ただじっと見つめて、待っているのを見ると、彼はすでにその名前を知っているにちがいない、と自分勝手に信じこんだのだった。

「エイプリル・ブランケンシップです」とわたしは言った。

肉体離脱体験

アラブランディ刑事がわたしたちの五回目の事情聴取の細部について語りつづけているあいだに、わたしは肉体離脱体験とでもいうべきものを経験した。アラブランディはエイプリルのフルネームを、バーニスというミドルネームまで付け加えて、公開の法廷で口にした。あたりを見まわすと、まず法廷の速記者が、次いでわたしの右手にいた数人の地元紙、三人の地方紙、二人の全国紙の記者たちがそれを手帳にメモしており、さらに、さまざまな録音装置がそれを録音し、おまけに法定内の四台の監視カメラまでがそれぞれ忠実にそれを記録していた。まるで彼女の名前——エイプリル・バーニス・ブランケンシップ——が国中の丘や谷間に反響し、ショッピング・モールやエレベーターや、ダンス・クラブや医者の待合室やスポーツ・スタジアムで響きわたって、その震える音波が病院の廊下やかぞえきれない国際空港の広大な空間にまで伝わっていくようだった。〈エイプリル・バーニス・ブランケンシップ〉

あの哀れなあばずれ女。

「わたしはそう呼ばれることになるわ、サム」と、わたしたちの最後の侘しい密会の別れ際に、彼女は言ったものだった。「もしもだれかに見つかったら」

「だれもそうは呼ばないよ」とわたしは言って、そのみすぼらしい小部屋の窓にかかっていた死人みたいな灰色のカーテンに目を向けた。そして、いったいどうしてこんな悪趣味な場所に来ることになったのだろう、と考えていた。

「想像もできないことだわ、サム、けっして」彼女の目には小犬が哀願するような光があふれていた。「こんなことを知ったら、クレイトンは死んでしまう。わたしにはずっとよくしてくれたのに。ずっとやさしかったのに。こんなことをすべきではなかったのよ。どうしてこんなことをしたのかわからない。でも、サム、もしも彼が……、そんなことになったら、わたしは生きていられない」

彼女はさらに数分間そんなふうに延々とつづけた。わたしがまずズボンを穿き、それからシャツを着て、それから靴を履くあいだに、その声はますます絶望的に、救いがたいものになっていった。その最後の日、わたしはネクタイまでしていたが、それを結びおえたときになって、彼女の声は、低い絶え間のない嘆願の声はようやく、ありがたいことに、止まった。

わたしは彼女を両腕のなかに引き寄せた。棒を入れた袋みたいな感触だった。「だれにもけっして知られることはないんだよ、エイプリル」とわたしは請け合った。「だれにもけっして知られないようにすると約束する」わたしは笑みを浮かべた。「わたしだって失うものが大きいんだから」

彼女はうなずいた。「それなら、たぶんだいじょうぶね」と彼女は弱々しく言った。

わたしは彼女の口にキスをしかけたが、悪い考えだと思いなおし、さっと右を向いて、頰への軽い挨拶のキスとほとんど変わらないキスをした。「信じてくれ。絶対だいじょうぶだから」

ふたりとも、その午後で関係を終わらせることを決めていた。わたしたちの情事はいつもその場しのぎで、わざとらしかった。夜のなかですれ違ったはずのふたりが、なぜか引っかかってしまったかのようだった。夏の風のなかをヒラヒラ舞っていた二本の糸くずが、ふとした偶然で絡み合ってしまったのだ。いつもの決まり切った日常がふと途切れたとき、わたしたちは結びついたのだろう、とわたしはのちに分析した。そういう意味では、バラバラの紙片が渦巻く下水のなかで重なるくらい偶然に、まったくの成り行きからベッドのなかに行き着いたのだ。

しかし、少なくとも初めのころは、共謀して事を行なうこと自体が楽しみではあった。破廉恥にも、ひそかに隣町まで車を走らせ、実際にピンクのネオンサインがついている、安っぽいモーテルの部屋でエイプリルを待つのが、わたしには楽しみだった。実際、この密会でわたしがいちばん楽しんだのは、そのいかがわしさ、犯罪小説風の影だったのかもしれない。しかも、エイプリルとなら、わたしはリードする男の役を演じられた。それはサンドリーヌとの場合には不可能なことで、わたしの人生の小さな太陽系のなかでは、美しく、才気あふれるサンドリーヌはいつもわたしの隣の軌道をまわる惑星だった。ところが、哀れで、冴えないうえに、ひどく貧しいエイプリルは、たとえ束の間ではあるとしても、わたしのまわりをまわる衛星という一段低い立場にぴったり収まってくれた。

だが、エイプリルはけっしてゆったりと打ち解けた気分には浸れなかった。彼女はクレイトンを欺いたことは一度もなく、そういうことがうまくできる性質《たち》でもなかった。灰色の目をした恐怖心がいつもぼろ服みたいに垂れさがり、ほとんどいつも、だれかに見つかるのではないかという不安でコチコチになっていた。わたしは生まれてからずっと〝いい娘《こ》〟だった、と彼女は言い、自分がクレイトン以外の男とベッドにいることにふと気づいて、ヘッドライトのなかにとらえられた鹿みたいに驚いた顔をした。クレイトンは二十歳も年上で、早くから精力が衰えていたが、彼女が切望していたのはセックスではなく、むかしからお馴染みの黒魔術的な恋だった。

「わたしはあなたを愛したかった。そうすれば、あなたも愛してくれるかもしれないと思ったの」日陰の腕あるいはいかがわしい腕を意味する〈シェイディ・アームズ〉というじつにぴったりの名前のモーテルで、わたしたちが最後に会ったのは小雨の降る午後だったが、別れ際の侘しい数分間に、彼女は言った。「でも、夢にすぎないこともあるのね。いくら現実にしようとしても、うまくいかないことが。映画のなかではいつもうまくいくから、その気になってしまうけど、うまくはいかないのよ」

知的でない人間には傷つきやすいところがあり、エイプリルは、ほかのなによりも、自分の言葉をもたない者のむきだしの困惑をにじませていた。女として彼女が与えられるのはせいぜい忠実さくらいでしかなかったが、わたしと関係をもつことで、それを与えることにさえ失敗した。結局、わたしたちの無残な情事以上に、それよりずっと深く、彼女を傷つけたのはこの失敗だった。クレイトンを裏切ることで、彼女は自分自身を裏切ってしまったのだ。彼女がそれをはっきりとさせたのは、わたしに秘密を口外しないように嘆願しにきた夜だった。玄関のポーチで、そんなことはそのときただ一度だけだったが、彼女はじつに気の利いた台詞を口にした。〈わたしは自分のなかの小さな天使を殺してしまったのよ、サム〉

そのころには、彼女はサンドリーヌが死んだことを聞いており、彼女の心のなかで恐怖をあおる性質《たち》の悪い小鬼どもが、ありとあらゆる恐ろしい警告を発していた。おそらく警察の捜査があるだろうが、こういう場合には夫が第一に疑われるのが常識で、当局はもちろんわたしにサンドリーヌを殺す動機がなかったかどうか調べるだろうし、そうなれば、彼女との関係がいちばんわかりやすい動機だということになる。

依然としてほとんど肉体離脱した状態で、わたしはこんどは裏通りの黄色い明かりを浴びたエイプリルの顔を思い出していた。そこで会いたい、と彼女が言ってきたのである。わたしたちの二台の車は遠くの街角の、車道からは見えない巨大なごみ収集容器のかげに停めてあった。わたしの車に近づいてきた彼女は、痩せこけて、なんの特徴もなく、なにもかもが少女みたいに小さかった。目も、鼻も、口も、まるで人形みたいだった。いまやひどく怯えている人形だったけれど。

「あなたはどうするつもり？」と彼女は訊いた。

「なにもしない」とわたしは言った。

「わたしたちのことだけど？」

「〝わたしたち〟なんてものはないんだ、エイプリル」とわたしは指摘した。「ある意味では、初めからなかったんだが」

「でも、訊かれるかもしれないでしょう」と彼女は食い下がった。「訊かれたら、どうするの、サム？」

「何を訊かれるというんだい？」

「わたしたちのことを？」

わたしは彼女の小さな丸い肩に手をかけようとしかけたが、途中でやめた。

「なぜ彼らがそんなことを訊くと思うんだ？」とわたしは言った。「いいかい、エイプリル、事実はこういうことだ。サンドリーヌは死にかけていた。何週間も前にそう診断されていたんだ。そして、彼女はそういう種類の死と向き合うことを望まなかった」わたしは肩をすくめた。「これは単純明快な自殺だ。だれもわたしになにを訊くこともないだろう」

「でも、新聞は捜査が行なわれていると言っているし、それに――」

「ここ、コバーンのオマワリたちが新聞の見出しを引っ掻きまわしているだけだ」とわたしはさえぎった。「新聞に自分たちの名前が出るのがうれしいんだ。それだけのことさ。捜査を大げさにふれまわっているだけで、そのうちあきらめるだろう。それはそれとしても、自殺の場合にはこれはごくふつうのやり方にすぎないんだ」

彼女は嘆願するようにわたしを見ていた。「わたしたちのことは知らなかったんでしょう？　サンドリーヌは？」

「もちろん、知らなかった」

「そのう、彼女は……べつにあれは……」

「それはきみとはなんの関係もないことだ、エイプリル」

暗闇のなかからうかがう目を探すかのように、彼女はあたりを見まわした。「あなたに電話したり、こんなとこに来たりするつもりはなかったんだけど、怖かったのよ、サム。まるで計画の一部だったような気がして、わかる？　神様の計画の。天罰の、という意味だけど」

「エイプリル、おねがいだ、家に帰って、こういうことを考えるのはやめるんだ」

「でも、怖くて仕方ないのよ」

「それはわかっているが、怖がる必要はない」

「あなたはほんとうに訊かれることがないと思っているの？　わたしたち……」わたしがすでに〝わたしたち〟などというものは存在しないと断言していたので、彼女は言いよどんだ。

「心配することはない」とわたしは言った。「わたしは彼らを追い払うために必要なあらゆる答えを用意しているんだから」

彼女はまたもや左右を見まわした。だれかに見られていると確信しているかのように。

「わたしはただお悔やみを言いたかっただけなのよ」と彼女は言った。「わたしたちがここにいるのをだれかに見られたら、そう言えばいいわ」

「だれにも見られることはないよ」

「でも、もしも見られたら、そう言えばいいでしょう？」

「わかった。そうしよう。しかし、なにも言う必要はないと思う、エイプリル」とわたしは請け合った。

「きみは今回のことにはどんな役割も果たしていないし、これに引きずり込まれるどんな理由もない」わたしは自信たっぷりな笑みを浮かべた。「このことを考えて眠れない夜を過ごしたりはしないことだ。信じてくれ、きみの名前が浮上することはけっしてないんだから」わたしは片手を自分の胸に当てた。「誓うよ。どんなことがあってもきみの名前は出さないことを」

しかし、わたしはエイプリルの名前を洩らしてしまった。そして、わたしが自分の体のなかに戻ったときにも、それはまだ法廷に鳴り響いていた。

「では、マディソン教授は、奥さんを裏切ってエイプリル・ブランケンシップと関係をもったことを認めたんですね？」とミスター・シングルトンが訊いた。

「はい」とアラブランディ刑事は答えた。「彼はミセス・ブランケンシップと関係をもったと言いました。それはほんの数週間のことで、奥さんの病気のことを知らされる三カ月前に終わっていたということでしたが」

「奥さんがエイプリル・ブランケンシップとの不倫関係に気づいていたかどうか、あなたはマディソン教授に尋ねましたか？」

「気づいていなかったと彼は言いました」

もしも気づいていたとしたら、といまわたしは考えていた。アラブランディ刑事の証言がつづいていたが、わたしはその内容をすでによく知っていたので、半分しか聞いていなかった。ある時点で、サンドリーヌがエイプリルとわたしのことを知ったという可能性はあるのだろうか？　クレイトンがなんらかのかたちでそれを嗅ぎつけ、怒りか苦悩の発作に襲われて、エイプリルの裏切りをコバーン大学の親友に、ツイードを着た田舎教師のマルコム・エスターマンに打ち明けたというようなことが？

わたしは法廷の後方に目をやった。マルコムは後列に、そう、たしかにツイードの上着を着て坐り、角縁の眼鏡の瓶底のようなレンズの奥から見つめていた。彼はいつもとても控えめで謙虚な男に見えた。有名な話だが、チャーチルがかつて政敵をからかって言ったように、謙虚になる理由は充分にあったのだが。それこそ控えめで、人を妬むようなことはなさそうに見える、まさにぴったりの男で、そういう裏切りのあと、男が何を求めるにせよ、クレイトン・ブランケンシップが駆けつけてもおかしくなかった。だが、まず第一に、だれがクレイトンに教えるだろう？　エイプリルでないのは確かだろう。エイプリルがクレイトンに教えなければ、彼がマルコムに教えることはなく、マルコムがそれをサンドリーヌに言うことはなかったはずである。

それならば、もしサンドリーヌが実際にエイプリルとわたしのことを知っていたとすれば、どうやって知ったのか？　あるいは、だれもサンドリーヌには教えなかったのか？　なにしろ、これはサンドリーヌなのだから、とわたしは自分に言い聞かせた。壁を見通すことさえできる女なのだから。

わたしはまたもや自分の体から抜け出して、ふわふわと思わぬ方向に漂っていき、サンドリーヌが自分の病気のことを知ったあとほどなくひらかれた学部の集まりの会場にいた。それは学年末のパーティのひとつで、学長宅の芝生でひらかれ、人々は白か赤のワインを選んで、ソーセージをパイ皮で包んだカナペなどをつまんでいた。カナペをのせた銀鍍金《めっき》のトレイを運んでくるのは大半が黒人の、どこから見てもプランテーション時代の家事奴隷そっくりの、給仕人たちだった。

学長が今年もすばらしい一年だったことを感謝し、わたしたちの優秀さと〝精神生活〟への貢献を称讃したあと、わたしたちは解放されて、芝生をぶらつきながら、会話の輪をつくっていた。サンドリーヌとわたしは、こういう集まりではずっといっしょにいることが多かったが、この日は、彼女はわたしから離れていった。わたしはひとり取り残され、庭のオークの巨木に寄りかかって、ワインをすこしずつ飲みながら、ミニチュアのクラブ・ケーキをかじっていたが、それ以外はなにもしていなかった。

エイプリルの姿が目に入ったのはそのときだった。淡いブルーのドレスを着た彼女はほとんど透きとおっているように見えた。哀れにも弱々しく折れ曲がったクレイトンの腕にその人形みたいに小さな手を差しこんでいるところは、妻というよりはむしろ看護婦みたいだった。しばらくのあいだ、ふたりは教授たちのあいだをのろのろと歩いていたが、ふと見ると、彼女といっしょになっていた。すらりとした、エレガントな、白磁のように白い肌と漆黒の髪をしたわたしのサンドリーヌと。

一瞬、自分は近づかないほうがいいと思ったが、見ていると、エイプリルがだんだん落ち着きを失っていくようだったので、壺にきちんとふたをしておくに越したことはないと思いなおし、わたしはぶらぶら近づいていった。

「諸君、このささやかな夕べを楽しんでいるかい?」とわたしは訊いた。

クレイトンはうなずいた。「あんたのすてきな奥さんと話ができるのはいつも楽しいよ、サム、まさに伝統的な南部美人そのものだからね」と彼は言った。

「もちろん、エイプリルは知っているだろう?」

「ああ、どうも」とわたしは彼女に言った。「なにも飲んでいないんですね。飲みものを取ってきましょうか?」

彼女は首を横に振っただけで、なにも言わなかった。しかし、それは内気な小鳥みたいなエイプリルにはめずらしいことではなかったので、わたしはクレイトンのほうに向きなおった。「ところで、今年はなかなかいい学年度だったようだね」

クレイトンは笑みを浮かべた。長年のパイプ喫煙のせいで、歯がすっかり黄色くなっていた。突然、エイプリルの小さなピンクの舌がその気持ち悪い口のなかに差しこまれたことがあるはずだという考えが浮かかんで、わたしは嫌悪感にとらわれた。あまりにも突然で、まったく心の準備ができていなかったので、わたしは一瞬ただ無防備に、嫌悪感に弄ばれているだけだった。やがて、彼女とクレイトンは離れていったが、そのインコのような愛人をわたしはなんとも言えない憐憫と嫌悪の入り交じった気分で見送った。

わたしはすぐにそういう表情を抑えたつもりだったが、わたしの目つきにはそのいくぶんかが表れていたにちがいなく、エイプリルもそれを見て、似たような顔をした。

「エイプリルはおかしな人ね」と、クレイトンとエイプリルがわたしたちの声の聞こえないところに行ってしまうと、サンドリーヌが言った。

わたしはさっとグラスから一口ワインを飲んだ。

「彼女はエリオットの詩の一行を思い出させる」

「どんな一行？」

「他人と顔を合わせるために自分の顔を準備しなければならない人たちについての一行さ」

サンドリーヌは明るい笑みを浮かべたが、その裏に陰鬱な影がにじんでいるような気がした。「わたしもそうなのよ」と彼女は言った。

そのときは、彼女の言葉の暗い影は病気の診断のせいだろう、彼女に近づいてくる死、近づくとともに彼女のあらゆる力を奪っていく死のせいだろう、とわたしは思っていた。そのニュースを知ったとたんに憐れみはじめる人々の顔に対して、彼女はひとつの顔を準備しなければならないのだから。しかし、いまでは、エリオットの引用に対する彼女の反応が病気のせいだったのかどうか確信がもてなくなっていた。もしかすると、エイプリルとわたしがほんの一瞬目を合わせたとき、彼女はそこになにかを、わたしを主役とする悪党物語みたいなものを読み取って、いちだんと深い幻滅に苛まれていたのではないか。

パーティにはそのあともうすこしいたが、それからわたしたちは家路をたどった。サンドリーヌは物思いに沈んで坐ったまま、幼いこどもみたいに、まるで初めて見るかのような顔をして、流れていく町の景色を眺めていた。

「何を考えているんだい？」とわたしは訊いた。

「なんてきれいなのかしらと思っているの」と彼女は答えた。「ちょっと停めて」

わたしは言われたとおりにした。わたしたちは町の反対の端近くまで来ていた。小さな公園があって、ブランコやジャングルジムや回転遊具があったが、サンドリーヌが見ていたのは、ティーンエイジャーのグループが集まっている、公園の手前の端の暗がりだった。

「パレルモを覚えてる？」と彼女は訊いた。

「パレルモの何をだい？」

「いくつもの通りが合流しているあの場所よ」

「クアトロ・カンティ」

「あの日、彼らは踊っていた」と彼女は静かにつづけた。「あの若い人たちは。女の子は長いプリーツ・スカートで、踊りながら脚をとても高く蹴り上げていた。スカートが扇みたいに脚から垂れさがっていたわ」

何と言えばいいのかわからなかったので、わたしは黙っていた。サンドリーヌも黙りこみ、わたしたちはしばらく沈黙のなかに坐っていた。それから、彼女が言った。「これから先、ずっとこんなふうになるのかしら、サム。わたしのすべての記憶が――たとえどんなに気持ちがよくて、きれいでも――すべての記憶がわたしに胸が張り裂けるような思いをさせるのかしら？」

「わからない」とわたしは答えた。「そうはならないでほしいけど」

それは、もちろん、不適切な答えだったが、それよりマシなどんな言葉も思いつけなかったので、わたしは若者のグループをじっと見つめているサンドリーヌをただ見守るだけだった。わたしの目にはなんの面白味もないこどもたち。そのうちわたしの新入生英語クラスにやってきて、わたしが何度も繰り返して――もちろん、無駄骨折りだが――「ユニークには修飾語は付けられない」と指摘しなければならなくなるだろう地元のこどもたち。

「あのね、サム、死の影のなかで生きていない人の問題は」と、しばらくしてから、サンドリーヌが言った。「物事がどんなに美しいかに気づかないことね」

わたしがなんとも答えずにいると、彼女は深く息を吸って、それからゆっくりと吐いた。「わたしは月並みな人間になってしまったわね、そうでしょう？　陳腐なことしか口にしない死にかけた女」

またもや、わたしはなにも言わなかった。というのも、わたしにとっては、彼女が言ったことはたしかに陳腐だとしか思えなかったからである。というわけで、わたしたちはまたしばらく沈黙したまま坐っていたが、やがてサンドリーヌがふたたび口をひらいた。

「あなたは別の女の人を見つけるべきだわ、サム」と彼女は言った。「わたしがいなくなったら。わたしみたいではない人を。あなたに自分が重要だと感じさせてくれるような人を」彼女はずっと視線を滑らせて、わたしに向けた。「たとえば……エイプリル・ブランケンシップみたいな人を」

わたしは声をあげて笑った。なぜなら、そのときは、サンドリーヌの目に扇情的な火花のかけらも見えなかったからである。しかし、それはわたしが見ようとしなかったからにすぎないのではないか？　一時間前にエイプリルとわたしが不用意に交わした視線を彼女は見たのかもしれない、見て、その意味を正確に読み取ったのかもしれない、とは考えてみようともしなかったからではないか？　あのとき、わたしは気づくべきだったのではないか？　サンドリーヌがおとなしく墓場に行くことはなく、そのときから、わたしをいっしょに墓場に引きずり込むための手の込んだ企みを練りはじめるだろうということに。

そのあと、わたしたちは沈黙したまま家路をたどった。サンドリーヌは陰鬱な気分に包まれていた。彼女は深い物思いに、わたしがそれまで見たこともないほど深い物思いに沈んでいた。車を降りると、彼女はまっすぐに文書室に向かい、そこにあったナノを取って、サンルームに行き、イヤホンを耳に付けて、椅子に寄りかかって目を閉じた。

しばらくはそのままにしておいたほうがいいだろう、とわたしは思った。しかし、何時間も経って、夜になっても、いまや日当たりとは無縁なサンルームの暗がりに坐ったままだったので、わたしはとうとう様子を見にいった。わたしが入っていくと、彼女はちょっと身じろぎをしたので、わたしには気づいているはずだった。それでも、目を閉じたまま、イヤホンも外そうとせず、おそらくそのとき聴いていた曲が終わるのを待って、そのあとようやくわたしが部屋にいるのを知っていることを認めた。

「サム」と彼女は静かに言った。

「うん？」

彼女は目を閉じたままだったが、耳からイヤホンを外し、束の間、長くて白い指からぶらさげてから、膝の上に落とした。

「わたし、決心したわ」と彼女は言った。

「何を？」

「じっと待っていたくはないの」と彼女は言った。「死ぬのを。あの恐ろしい段階を一歩ずつたどっていきたくはない」彼女はゆっくりと目をあけた。「わかる？　わたしは自分でコントロールしたいのよ」

そのときは、それはまさに彼女の性格にふさわしいことに聞こえた。だから、彼女がどんな決心をしたとしても、あるいは、しようとしているとしても、わたしは異議をとなえようとはしなかった。

「デメロール」と、買い物のリストに最後にちょっと付け加えるだけみたいに、彼女はごく何でもない口調で言った。「オーティンズ先生に、わたしが転んで背中を痛めたと言えばいいわ。そうすれば、必要なだけ処方してくれるから」

わたしはうなずいて、「わかった」と穏やかに言った。

そのとき彼女がむりに唇に浮かべた微笑は、わたしがかつて見たこともないほど悲しげだった。「それまでは」と彼女はつづけた。「あなたはいままでやっていたことをそのままつづければいい」

「やっていたこと？」とわたしは警戒して聞き返した。

彼女の笑みは、綱渡りをする人みたいに、あやうく平衡を保っているように見えた。「あなたが人生を変える時間はまだたくさんあるんだから」

ラトレッジ裁判官の木槌がわたしを現在に引き戻した。わたしは時計に目をやった。ああ、なんと、もうこんなに時間が経っていたのか？　証言台では、アラブランディ刑事が書類を掻き集め、ミスター・シングルトンは後ろを向いて、自分の椅子に向かっていた。モーティを見ると、彼は書類をブリーフケースに戻しているところだった。最後の一枚を入れてしまうと、彼はわたしの顔をちらりと見て、「ようし、これで重要な証言のひとつが片付いた」と言って、笑みを浮かべた。「サム、それじゃ、よい週末を」

週末の休廷

土曜日の朝、目を覚ましたとき、いまやだいぶ慣れてきてはいたが、家はがらんとしていた。金曜日の公判が終わってわたしを家まで送ったあと、アレクサンドリアはなかなかそつのない言い方で、わたしたちがしばらく離れていることを提案した。それに、アトランタでやらなければならないことがいくつかあるのだという。ただし、月曜日の朝、わたしを裁判所に送っていく時刻までにはコバーンに戻ってくると請け合った。公判は午前九時から再開されることになっていた。

朝のコーヒーをいれるためキッチンに行く途中、わたしは非常に奇妙な感覚に襲われて、ひどく不安になった。アレクサンドリアがいなくなると、サンドリーヌがそれまでよりもっとありありとよみがえったのだ。わたしは絶えず彼女を証言台に呼び出して、証言を要求した。あたかも彼女の非難を渇望しているかのように。彼女が実際わたしをどう思っていたのかをほんとうに心の底から知りたくてたまらないかのように。

そういう心理状態であれば、どこを見ても彼女の姿が見えるとしても不思議はなかった。いろいろな姿で現れる幽霊。椅子に坐っていたり、本棚に寄りかかっていたり、わたしが通りすぎるとき、文書室にいたり。わたしはそのドアを閉めなかったのだろうか？　たぶん、閉めなかったのだろう。しかし、わたしは確信のもてない精神状態になっていた。人生の信頼できる確実さに無数の小穴があき、真実がひび割れて、なにひとつ可能性の域を出るものはなくなる状態に。たしかに、シェイクスピアの言うとおり、かつて肉体的に存在していたときよりもっと本物だと思える幽霊がいる。

わたしはコーヒーをいれたが、それ以外にはなにも胃が受けつけなかった。わたしは自分が一時間ごとに痩せていくような、ペンキが剝がれるように自分が剝がれていくような気がした。

わたしは自分が寂しがるとは思っていなかったし、コバーン大学の同僚を懐かしがったりするなどとは考えもしなかった。それにもかかわらず、その朝、わたしは彼らに会えないのが寂しかった。自分が絶えず同僚教授をあざ笑っていたことを考えれば、なんと奇妙な、予期に反したことだろう。彼らは凡庸な大学人の群れで、大学というコースの外れの取るに足りない終着駅で待っているにすぎない、とずっと思っていたのだから。あの最後の激しい口論のなかで、サンドリーヌはそれを持ち出した。あなたはむかしから自分にはコバーン大学よりマシなものが与えられる価値があると考えていたのよ、サム、と彼女は言った。

果てしなく高貴なコバーンよりすぐれた気高い教育機関がどこにありうるのか、とわたしがふざけて聞き返すと、彼女はもういいと言うように手を振って、ちょっと謎めいた言葉をつづけた。そのうち、あなたにもわかるわ。

そのうち、わたしにもわかる。

朝のコーヒーをすこしずつ口に運びながら、わたしはその言葉について考えた。それを解剖して、どこかに脅しの影がないか、とサンドリーヌの声の抑揚までいちいち細かく考えなおしてみた。そんなことがありうるだろうか？　あの容赦ない言い争いをしたころには、彼女はすでにわたしの絞首台への階段を入念に築き上げていて、あの最後の爆発は彼女が何週間いや何カ月も前から企んでいた筋書きの最後の一ページにすぎなかったなどということが？

ひょっとするとほんとうにそうだったのかもしれないと思うと、そのあまりの恐ろしさに、わたしは首を横に振った。もしも彼女がそんなことをしたのだとすれば、その理由はひとつしか考えられなかった。わたしを見くだし、忌み嫌い、完全に軽蔑するようになっていたからだ。最後にあの磁器のカップを投げつける前に、彼女は想像できるありとあらゆる罪でわたしを断罪した。ただ、ただひとつ、そのなかでも最大であるはずの、あのエイプリルとのばかげた密会にだけはふれなかったが。

しかし、それがサンドリーヌがわたしたちの情事を知らなかった証拠になるのだろうか、それとも、それにふれなかったのも彼女の計画の一部だったのか？　わたしはその疑問を頭から振り払えなかった。脳に一本の針が突き刺さり、どんどん深く差しこまれていくばかりだった。やがて、わたしはとうとう受話器をつかんで、モーティの番号をダイヤルした。

「モーティ、ちょっと知りたいことがあるんだが」とわたしは張りつめた声で言った。

「だれだね？」

モーティの声がひどく眠たそうだったので、わたしはキッチンの時計に目をやった。なんてことだ、まだ六時にもなっていなかった。

「いや、申しわけなかった、モーティ」とわたしは弁解するように言った。「もっと遅い時刻だと思っていたんだ。わたしはずっと前から――」

「何だね、サム？」

「いや、いまも言ったように、ちょっと知りたいことがあったんだ」とわたしは説明した。「サンドリーヌのことだけど。彼女がエイプリルのことを知っていたふしがまったくなかったのかどうか知りたいんだが」

「彼女には話さなかったとあんたは言ったじゃないか」とモーティは指摘した。

「わたしは話さなかった」とわたしは言った。「しかし、もしかすると、だれかほかの人間が話したかもしれない」

モーティは重々しく息を吐いた。彼はおそらくまだベッドのなかで、レイチェルが不審そうに彼を見て、いったいどういうことなのかと思っているにちがいなかった。わたしはもはや無害なインテリではなく、頭のおかしい変人で、自分の夫を温かいベッドから呼び起こし、穏やかな週末に侵入して、彼らのプライベートな時間を掻き乱していたのだから。彼女が首を横に振り、〈何てことなの！〉とささやいて、自分の枕のほうを向く様子が目に浮かんだ。

「悪かった、モーティ」と、そのイメージのあとを追うようにして、わたしは言った。「ちょっと気になることがあったものでね。それだけなんだ。だから——

——」

「いいかね、サム」とモーティがさえぎった。弁護士であるだけに、ひどく波のある精神状態のクライアントには慣れているにちがいなかった。「あんたはリラックスする必要がある。ウィークエンドがあるのはそのためなんだからな。夜明けに家のなかをさまよい歩いたりする必要はないんだ、わかったかね？」

「わかった」とわたしはつぶやいて、窓の外に目をやると、たしかに一日の最初の光が洩れはじめたばかりだった。「ほんとうにすまなかった、モーティ」

「こちらの陳述に追加すべきなにか新しいことを思いついたのなら」とモーティは言った。「意味のあることなら、という意味だが、それについては月曜日に相談しよう」

「わかった」とわたしは言った。「わかったよ、モーティ。起こして悪かった。わたしはただ……ともかく……レイチェルによろしく言ってくれ」

「いいとも、サム。もちろんだ」

もう一度深いため息が聞こえ、電話を切るカチリという音がした。

それは単なるカチリという音にすぎなかったが、そこには最終的な響きがあり、裁判がはじまってから初めて、わたしは完全に、もはや取り戻せないかたちで、断ち切られたような気がした。

わたしの視線は空っぽのキッチンへ、空っぽの裏庭へ、空っぽの廊下を通って空っぽの文書室へ、さらにそこから空っぽのベッドへと移っていった。だが、それよりもっと大きな空虚感は、サンドリーヌがエイプリルのことを嗅ぎつけていたという恐ろしい可能性を考えると感じないではいられない、とてつもない恐怖にまつわるものだった。それが彼女に最後の攻撃を仕掛けるように仕向け、同時に、わたしを破滅させる陰険な企みを吹きこんだのかもしれなかった。実際にそんな企みがあったことを示す証拠が乏しいのは確かだったが、それでも、それを頭からすっかり振り払うことはできなかった。

しかし、もしもサンドリーヌが〈シェイディ・アームズ〉でのわたしたちの寒々としたじゃれ合いを知っていたとすれば、どうやって知ったのだろう? エイプリルがだれにも一言も洩らさなかったのは確かだった。もしかすると、わたしがすでに推測したように、サンドリーヌはひとりでそれを見抜いたのかもしれない。しかし、たとえそうだとしても、それでは現実的な証拠がないことになり、推測だけに基づいてわたしの破滅をそんなに綿密に計画したりするだろうか。そうは思えなかった。サンドリーヌは、サンドリーヌであるからには、なんらかの証拠を、つまり、証人を探したにちがいない。

自分の陰鬱な疑惑を確かめたいと思ったとき、彼女はだれのところへ行っただろう? もちろんエイプリルではありえなかった。しかし、エイプリルでなければ、だれだろう?

ああ、そうか、妻を寝取られたエイプリルの夫、クレイトンだ、と考えられるただひとつの答えを導き出しながら、わたしは思った。

決心するまでに数時間かかったが、最後には、やはりどうしても知る必要があると思った。エイプリルがもはやクレイトンといっしょに住んでいないことは、モーティからすでに聞かされていた。彼が彼女を追い出したのか、それとも、深く恥じ入ったエイプリルが荷物を詰めて、あの優雅なプランテーション時代の家から、みずからの意志で出ていったのかは見当もつかなかったが、いずれにせよ、わたしが向き合う必要があるのはクレイトンひとりだった。それは、その絶望的な時期に、わたしの人生に次々と降りかかってきた一連の災厄のなかで、最初の小さな天恵だった。

クレイトンの家に行くには、町を通り抜けなければならなかった。それは清々しく晴れ上がった土曜日の朝で、通りはかなり賑やかで、メイン・ストリートの風情のある商店に家族連れが出たり入ったりしていた。わたしは週末にはめったにダウンタウンには足を踏み入れなかった。大学の知り合いのだれかに出くわして、長々と引き止められ、学生のだれそれがその後どうしたとか、ジョージア州版のバーナード・メイドフ（史上最大の証券詐欺師）のせいで教員の年金が危ないとか、無意味な長話に付き合わせられたくなかったからである。

しかし、いまのように孤立してみると、わたしはコバーンの住人たちが羨ましくなっていた。彼らは平等な市民のゆったりとした身ごなしで歩きまわっていた。実際、かなり気分がいいにちがいなかった。自分の妻を裏切ったうえに殺害した男と見なされることもなく、ただ単なる教師で、人の助けになる友人であり、同僚で、ほかの何よりも穏やかで、なんといっても……親切な男だと見なされていることは。

その言葉をわたしにささやいたのはサンドリーヌの声だった。だから、それは非難の言葉に聞こえ、わたしは思わずアクセルを踏みこんで、車はいきなりスピードを上げた。数秒後、わたしはコバーンの町を抜け出して、緑の谷間を危険なスピードで飛ばし、クレイトン・ブランケンシップの絵葉書のような南北戦争前の邸宅に向かっていた。

玄関に現れたわたしを見ると、クレイトンはそれ以上はありえないほど驚いた顔をしたが、いきなり怒りを爆発させはしなかった。彼の目はむしろうんざりしたような光をたたえていた。エイプリルとわたしの仕打ちにというよりは、むしろ人生そのものの汚さ、残酷さ、下劣さにうんざりしているかのような、いわば超越的な落胆とでもいうべき表情だった。困難にもかかわらず、ずっと維持してきた希望に満ちた物の見方が打撃を受け、もはや何についてもそういう見方はできなくなっているかのようだった。彼の足下の絨毯がふいにずれて、その下に落とし戸が口をあけ、そこに立って黙ってわたしを見つめているあいだにも、その真っ暗な、なんの明かりもない空間のなかを落下しつづけているかのようだった。

彼に面と向かうと、わたしは自分がもたらした破壊にはすこしもそぐわない言葉を口ごもることしかできなかった。

「ほんとうにすまないと思ってるんだ、クレイトン」

彼はうなずいた。「たぶんそうなんだろうな、サム」と彼は言った。

「こんなことを言っても仕方ないのはわかっているが――」

彼は片手を上げてわたしを黙らせた。「寒気がするんだ。なかに入ってくれ」

そう言うと、クレイトンは玄関に引っこんで、わたしを招き入れた。

わたしはクレイトンの家に入ったことはなかったが、なかに入ったとたんに、まるで時間の秘密のドアをくぐり抜けたような気がした。それは名高い歴史をもつ家であり、かつてはクレイトン少年が笑ったりはしゃぎまわったりした家であり、彼自身たぶん深南部《ディープ・サウス》の『風とともに去りぬ』版アンディ・ハーディだったのかもしれない。その家はいくら空気を入れ換えてもけっして消せないかび臭さのようなものを放っていたが、それは空気そのもののなかに何世代にもわたる死んだ皮の顕微鏡的な累積が振り撒かれているからだろう。ほかの何よりも、いくつも部屋のある棺みたいに見える家だった。分厚いカーテンのひだが垂れさがり、床はおなじくらい分厚い絨毯で覆われ、椅子には分厚い詰め物がされて、テーブルは、小さいものでさえ、脚が太く、ずっしりと重かった。この先祖伝来の家の持ち主にとって、エイプリルはどんなに軽やかに見えたことだろう。部屋のあいだを流れる底流にどんなにふわりと浮かんで漂っているように見えただろう。そして、彼女が出ていってしまったあと、そういう部屋の何もかもが、いまやどんなに重みを増したように見えることだろう。

「これはあんたには非常に奇妙に思えるのはわかっているんだがね、クレイトン」と、かつては――大真面目に――パーラーと呼ばれていたにちがいない部屋に腰をおろすと、わたしは切りだした。

クレイトンは椅子の肘に掛けてあったドイリーをいじくっていた。「あんたにはそれなりの理由があるんだろう」と彼は言った。その声があまりにも穏やかで、すこしの刺々しさもなかったので、いったいどういうわけで、クレイトンみたいな男との生活を危険にさらしてまで、束の間でもわたしと無益な時間を過ごす気になったのだろう、と思わずにはいられなかった。

「利己的な理由なんだ、申しわけないが」とわたしは認めた。「こんな情況に置かれていることを考えれば、ひどく利己的な理由なんだ」わたしはあたりを見まわした。至るところに鉢植えの植物があり、遠くの片隅には大きな鳥籠があって、黄色いインコが二羽、あわいブルーのが一羽飼われていた。植物の葉は艶やかで元気そうだったし、小鳥たちは楽しそうに跳びまわっていた。こんな惨憺たる情況のなかでも、クレイトンは植物には水をやり、小鳥には餌をやって、ほかにも――きちんと生きていけるかどうかが彼にかかっている――いくつかの生き物の世話をきちんとやっているようだった。

「わたしはここにいること自体に困惑している」とわたしは言った。「実際、屈辱的なことだと思っているんだ。だが、知る必要があることがあって、あんたにそれについて質問をしなければならない」

クレイトンは前かがみになって、骨張った膝の痛みを揉みほぐした。

「じつは……例の」とわたしは用心深くつづけた。「エイプリルとわたしのあいだであったことについてなんだが」

クレイトンは椅子の背にもたれかかった。椅子がその古色蒼然たる肘掛けを彼に巻きつけて、守ろうとしているみたいに見えた。長年のあいだ彼がその椅子のことを気にかけ、古びて擦りきれて魅力がなくなったことを理由に捨ててしまいたくなるたびに、その衝動に抗ってくれたので、いま、彼が助けを必要とするときになって、彼の長年の忠実さに報いようとしているかのようだった。

「わたしが知る必要があるのは、クレイトン」とわたしは言った。「サンドリーヌがあの……」とそこまで言って、わたしは口をつぐんだ。思いついたどんな言葉にも耐えられなかったのである。先をつづける代わりに、わたしはもう一度初めから言いなおした。「エイプリルがけっしてなにも言わなかったことはわかっているが、もしかして、あんたがなにかほかの手段で、ほかのだれかから聞いて、そのことを知り、それを——信じてほしいが、わたしにはそれはよく理解できるつもりだが——サンドリーヌに教えたのかもしれないと思ったんだが」

クレイトンはかぶりを振った。「そんなことをするはずがない」と彼は言った。「わたしはサンドリーヌが非常に好きだった。そして、彼女を尊敬していた。すばらしい教師だったからね」彼は肩をすくめた。片手がもう一方の手まで伸びて、慰めるような仕草をした。「しかし、この……もうひとつの問題についてはわたしはあとになるまで知らなかった」

「あとになるまで？」

「あとになって、すべてがあきらかにされるまで」彼の祖父なら南北戦争を〝最近の不愉快な出来事〟と呼んだかもしれないが、それとおなじくらいやさしい婉曲的な言い方だった。「新聞で」彼は肩をすくめた。「たとえそうでも、エイプリルは出ていかないでほしかった」と彼はつづけた。「しかし、彼女は残ることを聞き入れなかったし、一ペニーの金も受け取ろうとしなかった」

「彼女はどこにいるんだね？」

「そんなに遠くではないと思う」とクレイトンは答えた。「実際、まだ法廷に出席しなければならないから」

そのごく実際的な言葉を聞いて、わたしは彼女の名前をアラブランディ刑事に洩らした瞬間のことを、さらに、その後ミスター・シングルトンの証人リストに名前が載っているのを見たときのことを思い出した。

「わたしは彼女に残ってもらいたかった」とクレイトンは言った。「孤独よりも恥辱のほうがまだ耐えやすかっただろう」

彼を見ていると、わたしはその苦悩の深さを、エイプリルとわたしが無責任にもそのなかに彼の人生を突き落とした苦悩の深さを測り知ることはできないと思った。じつはこの事実だけをほかのすべての計算に先行させるべきなのではないか。わたしたちが物事をするかしないか決めるとき、基準にすべきなのはこの厳粛な物差しだけなのではないか。

彼は深々と息を吸った。「で、あんたの質問についてだが、はっきり言っておくが、わたしはあんたの奥さんにはなにも教えたことはない。なぜなら、あんたとエイプリルのことはまったく知らなかったからだ」

彼は身を乗り出して、非常に真剣かつ誠実な目でわたしを見つめた。「しかし、たとえ知っていたとしても、わたしはだれにも言わなかっただろう、サム」彼は挫折した社会運動の旗みたいに擦りきれた笑みを浮かべた。「エイプリルにさえなにも言わなかっただろう」

「あんたを信じるよ」とわたしは静かに言った。わたしがそこへ行ったのはただその質問をするためであり、いまや答えが与えられたので、深い疲労がふいに和らいだかのように、わたしはゆっくりと立ち上がった。そして、高貴な王の前に立つ恥辱にまみれた騎士みたいに、彼の前に棒立ちになった。「お邪魔して申しわけなかった」わたしは長々と息を吸った。「何もかも申しわけなかった、クレイトン」

クレイトンは苦労して立ち上がった。あまりにも大変そうだったので、手を伸ばして彼を助けようとする衝動を抑えなければならなかった。エイプリルなら、そのじつに人間的な手助けをしたにちがいないが、いまや彼女は立ち去り、いずれは代わりの人を雇わなければならなくなるのだろう。金で雇われた男か女が、彼を椅子から立ち上がらせたり、しだいにむずかしく不快なものになる世話をすることになるのだろう。彼らはそれをきちんと忠実に実行し、人生の終わりに彼が必要とするすべてを――愛を除くすべてを――提供することになるにちがいない。

彼はわたしを玄関まで送って、ドアをあけた。

冷たい風が吹きこんで、わたしは急にクレイトン・ブランケンシップの健康が心配になった。もちろん、じつに皮肉なことに、ほんの数年前、エイプリルとわたしが〈シェイディ・アームズ〉で初めて会ったときには、わたしは彼の気持ちのことなどこれっぽっちも気にかけなかったのだが。

「もう一度言うけど、クレイトン」とわたしは言った。「お邪魔して申しわけなかった」

クレイトンはうなずいたが、なんとも言わなかった。

わたしはドアを出ていきかけたが、途中で立ち止まって、彼のほうに振り向いた。「言っておかなければならないのは、わたしはあんたの親切に感謝しているということだ。事情が事情だっただけに」

クレイトンは最後の力を振り絞ってようやく笑みを浮かべたように見えた。「祖父《じい》さんなら、わたしがまだもっている決闘用のピストルであんたを撃ち殺しただろう」と彼は言った。それから、たったいま言ったことを正当化するためにはもうひとつ証拠が必要だと思ったみたいに、彼は付け加えた。「しかし、わたしには自分の名誉を守るのに必要な勇気がないようだ」

わたしはふたたび謝罪しかけたが、それを見て取ると、なにかを抑えこもうとするかのように、彼は静かにドアを閉めた。

日曜日か。あしたは。一日中。

クレイトンとの会見から戻ってくる途中、わたしはガーディアン・レインを通った。コバーンではただ単にコモンズとして知られている地区である。それは申し分のない地区だとは言えなかったが、サンドリーヌはそこの簡素な住宅や庭や通りが気にいっていた。けれどもわたしは、あまりにもきちんと整いすぎている、住宅もあまりにも均一に区画されすぎていると感じていた。わたしはまだ若く、規制どおりの、クッキーの抜き型で抜いたようなコモンズの見かけに、そのあまりにも几帳面な配置に強く反撥していた。しかし、いまでは、そんなに魅力がないとは思えなかった。ここにはバランス感覚が、秩序の感覚が、実際に機能しているルールの感覚があり、それがうまくいっているような気がした。もちろん、完璧ではなかったが、それでもある程度は、みんなが認めたルールがあり、たとえ別の部分ではどんな欠陥があるにしても、それがわたし自身の人生が落ちこんでしまったような無秩序な拡大に対して、不確かではあるが抵抗する力になっていた。わたしの人生はソローの禁欲的なコンコード地域とは絶望的な隔たりがあり、結局は、非常に騒々しいものになってしまった。

クレセント・ロード237番地に着いたころには、クレイトン・ブランケンシップの家に行ったのはじつにばかな考えであり、まさにサンドリーヌの死後わたしが陥っている愚かさの典型だと感じていた。捜査がはじまったころ、わたしはばかなことを言った。ヒル巡査に対しても、その後もずっと、わたしは冷たい、尊大とさえ言える態度をとり、ある意味では、わざわざみんなが反感をもつように仕向けたようなものだった。わたしはそれを改めるべきだったが、賢明な助言をして改めさせてくれたかもしれないただひとりの人間がサンドリーヌであり、アレクサンドリアがすでに胸を突く単純さで表現したように、彼女は死んでしまっていた。

たとえそうでも、家に戻って、キッチン・テーブルの前に腰をおろし、またもや目の前のコーヒーが冷めていくのを眺めながら、わたしはサンドリーヌが、もしもまだ生きていたら、現在の情況のなかでわたしに何と言ったかを想像しようとした。ただ残酷に「だから言ったじゃないの」と言うだけか、それとも、寛大な気持ちになって、わたしを憐れみ、役に立つ助言をしてくれて、単なる妻以上の、親友のようなものになってくれただろうか？　彼女は身を乗り出して、わたしの手を取り、「いい、サム、よく聞いてちょうだい。わたしにはこの地獄から脱出する方法がわかっているわ」と言っただろうか？

しかし、いまさら、どんな脱出の道があるのだろう？

翌日の夕方、アレクサンドリアがアトランタから戻ってきたときにも、わたしはまだそのことを考えていた。裁判所での不愉快なやりとりからはすでに二、三日経っており、彼女がアトランタでやったこと、原稿を郵送したり、スリープレスアイ・ドットコムのためになにかを一気に書きあげたりしたことについて、何食わぬ顔でしゃべるのを聞いていると、彼女はモーティとわたしが——ふたりの男が——自分の死んだ母親を陥れる企みをめぐらせているのではないかという、恐ろしい疑惑の暗い縦穴に舞い戻るつもりはないことがわかった。

彼女は花を持ってきていた。それを花瓶に活けるのを見ていると、彼女の指が繊細にこの葉やあの花びらをちょうどいい位置に動かすのを見ていると、まだ幼い少女だったころ、花屋になりたいと言っていたことを思い出した。なかなか悪くない仕事だが、当時、わたしはそれを励ますようなことはこれっぽっちも言わなかった。

どうしてそうしなかったのだろう、といまになってわたしは考えた。わたしは偉大な作家たち、世界の偉人たちの作品を読み、研究し、教えてきたが、その結果、人間の手の仕事への敬意を失ってしまったのだろうか？　手がつくりだしたものの美しさや有用性にもかかわらず？　若いとき、サンドリーヌと旅行したとき、そういう手が石や鉄やステンドグラスでつくりあげたものの前に、わたしは感謝に満ちた畏怖の念を抱いて立ち止まったものだった。だが、その後長年のあいだに、そういうすべてが徐々に剝がれ落ち、はるかに非情で狭量な男が残されただけだったのか？　本を読んでばかりいるうちに、重要なのはそれを書くことだけになり、その結果、わたしはアレクサンドリアにぴったりの生涯の仕事になったかもしれないものをまったく支持しようとしなかった。サンドリーヌが彼女を〝アリ〟と呼んだのは、娘にむかしのもっと心やさしい野心を取り戻させるためだったのだろうか？

ふいにわたしの耳にサンドリーヌの声が響いた。ほとんど唇がふれそうなほど間近から聞こえる声だった。わたしが永久に忘れないのはアルビで過ごした時間よ、と彼女は言った。いっしょに川面を漂いながらため息の橋をくぐったヴェネツィアでもなく、パリやアテネでやったことでもなく、わたしたちの一度きりの大旅行のほかのどんな場所でもない。そうではなくて、それはアルビなのだ、と彼女は言った。わたしのほうを振り向いて、やさしい驚きのこもった声で、彼女が「あなたなのよ」と言った場所だった。

そのおなじ女がのちにはあんなに激烈にわたしを憎み、蔑むようになり、最後の日々には、わたしの破滅を画策したりするようになったのだろうか？

アレクサンドリアが花を完璧に活けおえるまでのあいだ、わたしはなにも言わずに、そういうことをあらためて考えていた。生きようが死のうが勝手だけど、お願いだから、何もかも毒することはやめて、と詩人のアン・セクストンは言ったものだった。そう断固たる口調で宣言すると、彼女は母親の毛皮のコートを着て、身につけていた宝石類をすべて外し、ウオッカを一杯注いで、ガレージに歩いていくと、自分の車のエンジンをかけたのだ。あるいは、わたしもおなじことをすべきなのかもしれない。あるいは、いまや陪審員がかならず下すにちがいない評決を受けいれて、その判決をみずから実行し、コバーンの善良な住人たちが、かつてわたしを喜んで受けいれたという罪に対して、これ以上罰を受けつづけることがないようにしてやるべきなのかもしれない。

「できたわ」とアレクサンドリアが言って、自分が活けた花からちょっと後ろへさがった。「どう、父さん？」

「完璧だ」とわたしは穏やかに言った。

彼女は嫌な顔をして、「ええ、そうね」と言った。

わたしは非難されたかのように顔をそむけて、窓の外に目をやった。イーディス・ホイッティアが自分の車のところに歩いていくのが見えた。

「イーディスはたぶんあしたは早々と裁判所に行くだろう」とわたしは冷やかな声で言った。「早くわたしにもう一本釘を打ちこみたくて」

アレクサンドリアは肩をすくめた。「彼女にはあまり言うべきことはないはずよ」と彼女は言った。「父さんや母さんをほとんど知らなかったんだから」

彼女はすでに十五年近くも隣に住んでいた。離婚した女で、こどもはなく、たぶん、友だちもいないのだろう。何年か前に公立学校を退職して、そのあとは家を飾りつけることで時間を過ごしていた。クリスマスには、クレセント・ロード235番地の外側は光のカーニバルだった。いつも息子といっしょにその飾りつけを見にくるカールによれば、家のなかも似たようなもので、巨大なツリーがピカピカした飾りの重みで垂れさがっているという。いろんなサイズの橇があり、そのすべてに鮮やかな包み紙で包装されたプレゼントが満載されていて、それを大勢の陽気な小妖精《エルフ》やにこやかなサンタが見守っている。やはりカールの話だが、ドアノブにはひとつ残らず毛編みのトナカイの頭が被せてあって、このこどものいない孤独な女はそこらじゅうにキャンディやクッキーやほかのお菓子を入れたボウルを用意しているのだという。

アレクサンドリアの言うとおりだった。彼女はサンドリーヌやわたしをほとんど知らなかった。だから、あの小さなカップが割れる音を聞き、サンドリーヌが非難する叫び声を聞きつけたのが、よりによって、イーディス・ホイッティアだったというのは、わたしにはじつに奇妙なことに思えた。あの夜の激しい諍いを耳にしたのが彼女ひとりで、あしたの一人目の証人として、自分が聞いたことをそのまま世間に公表しようとしているなんて。

不思議なことに、クレイトンと話をしたあと、わたしは法廷で自分について何を言われても、証言がどんなに歪められていても、もうどうでもいいという気分になっていた。論理的な重圧がわたしの上にハンマーのように打ち下ろされ、わたしはいまや甲羅の割れた亀になり、湿ったピンクの内臓が強烈な光や焼けつくような熱気のなかにさらされていた。

「喧嘩があったんだ、アレクサンドリア」とわたしはいきなり言った。「おまえの母さんとわたしのあいだで」

「いつ？」

「おまえが町へ出かけたあと」とわたしは言った。

「じゃ、あの最後の夜？」

「そうだ」とわたしは答えた。「大声を出したから、イーディスにも聞こえたかもしれない」

「それじゃ、父さんはどなったの？」

「母さんのほうだよ……大声で叫んだのは」とわたしは言った。「そして、わたしにカップを投げつけた」

アレクサンドリアは信じられないという顔でわたしを見つめた。

どうしても知りたかったので、わたしは訊いた。「母さんはこのことについてはなにも言わなかったのかね？」

アレクサンドリアはかぶりを振った。「エイプリルのことだったの？」と彼女は訊いた。

「いや」

「それじゃ、何が原因だったの？」

「わたしだ」とわたしは答えた。不充分な答えではあったが、事実だった。

サンドリーヌの最後の猛烈な攻撃が実際にはどんなものだったか、それがどんなに先例のないものだったかについては、わたしはなにも言わなかった。それはあまりにも猛然たる攻撃であり、わたしを傷つけようとする恐ろしい意志を込めた非難だったので、最後には、わたしは口にできるもっとも陰険で残酷な言葉で反撃せずにはいられなかった。

「まったく突然のことだった」とわたしはつづけた。「というのも、それまで何週間も、彼女は多かれ少なかれわたしを無視していたからだ。わたしに話をしようともしなければ、読書や〝ストリーミング〟を邪魔されるのも嫌がっていた。わたしはそれに慣れてきていて、あの夜、彼女があんなふうになるとは予想もしなかった」

サンドリーヌはスパルタ王の言葉をよく引き合いに出したものだった。ペルシャの軍団は厖大な矢をもっており、それが放たれれば太陽も覆い隠されるだろうと言われると、彼は微塵も揺るがずに、「ならば、その影のなかで戦うまでだ」と言ったという。その夜、わたしは彼にならって、禁欲的に、勇気をもって、気高くさえある態度で、次々と繰り出される打撃にじっと黙って耐えたいと思ったのだが、わたしにはそれすらできなかった。

「あのカップのせいだ」とわたしは言った。「彼女があんなふうにカップを投げつけて、わたしを社会病質者と呼んだからだ」

その言葉がアレクサンドリアの頭に染みこんでいくのがわかった。その言葉のとおりだと思っているのかどうかはわからなかったが、彼女はわたしについて、死んだ夜の母親の考えとおなじくらい暗鬱で容赦ない考えを抱いているにちがいなかった。

しかし、ひとつだけはっきりしていることがあった。サンドリーヌはあの喧嘩のことは娘には話さなかったのだ。そう思うと、わたしは妙に告白したい衝動に駆られた。

「わたしが部屋を出ようとしたとき、彼女はわたしをそう呼んだ」とわたしはつづけた。「それでも、わたしは振り向かなかった。すると、彼女がカップを投げたんだ」

アレクサンドリアの目に暗い影が差した。「それで、どうしたの、父さんは？」

「わたしは立ち止まって、後ろを振り返った」とわたしは答えた。「彼女はベッドのなかにいた。ほとんど真っ暗で、あのロウソクが点いているだけだった」

アレクサンドリアはわたしが答えをはぐらかそうとしているのを見て取って、もう一度あらためて訊いた。

「父さんは何をしたの？」

「なにも」とわたしは答えた。「なにも言わなかったし、なにもしなかった。ただ頭のなかで考えて、そう願っただけだった」

「何を？」

「部屋を出てくるとき」わたしは時間稼ぎをした。「そう思ったんだ」

「どんなことを、父さん？」

わたしは暗鬱な目で娘の目をじっと見つめた。「自分が戻ってくるときには、彼女が死んでいればいいと思った」

一瞬、アレクサンドリアは呆然としてわたしを見つめた。それから、ごくゆっくり、よく考えて、ひとつの結論をくだした。

「母さんの言ったとおり」と彼女は言った。「父さんは社会病質者だわ」

わたしはうなずいた。「そう」とわたしは認めた。「そうだと思う」

その重大な事実を認めると同時に、あの小さな白いカップが粉々に砕けるところが目に浮かび、わたしのあらゆる罪のなかでも最大の罪名をサンドリーヌが絶叫する声が聞こえた。

アレクサンドリアの目つきはその質問とおなじくらい容赦なかった。「これからどうするつもりなの、父さんは、自分自身を救うために？」

わたしはただ肩をすくめただけだった。なぜなら、そのとき、わたしにはほんとうにわからなかったからである。

第七日

イーディス・ホイッティアを証言台へ

「なにも心配することはないぞ、サム」と、イーディスが証言台に向かったとき、モーティがささやいた。

わたしはそれほど確信がもてなかった。というのも、人生最後のあの夜、サンドリーヌの声がどんなに大きかったか、明かりを消したベッドルームのなかで、彼女の言葉がどんなに大砲みたいに炸裂したかを知っていたからである。彼女がありとあらゆる重火器を放ったのは確かだった。それから、砲弾を使い果たした兵士みたいに、石の代わりになるものに手を伸ばして、退却するわたしの背中に投げつけた。あの磁器製のカップと社会病質者という最後の一言を。

「誓います」とイーディスは言って、手を下ろすと、席に坐って、わたしの顔をまっすぐに見た。〈さあ、罰を受けてもらうわよ〉とでも言うかのように。

濃いグリーンのセーターに膝下までの黒いスカート、わたしに言わせれば、まさに寮母みたいないでたちだった。まるで退職した乳母みたいに、すべてが適切な長さで、すこしも派手なところはなかった。イーディスにはむかしから、消費期限を何年も過ぎたパウダーやローションを使っているかのような、どことなくかび臭いところがあったが、この日にも、あきらかに、彼女はとくにこぎれいにする必要は感じなかったようだ。

「記録のために、住所を言っていただけますか、ミズ・ホイッティア」とミスター・シングルトンが言った。

「コバーン、クレセント・ロード235番地です」

「クレセント・ロード237番地の被告の家のすぐ隣

になるわけですね？」

「そうです」

「この住所にお住まいになってどのくらいになりますか？」

「三十七年です」

それから、彼女の暮らしぶりがざっと説明された。ミスター・シングルトンはクレセント・ロード235番地でのイーディス・ホイッティアの生活が孤独で、無味乾燥で、なんの面白みもないわけではなかったような印象を与えようとしたが、それには成功しなかった。それでもなんとか時間をたどって、やがてある一日にたどり着いたが、驚いたことに、それはあの荒れ狂った夜――彼女はその夜のことを質問されるにちがいないとわたしは思っていた――の何週間も前の一日だった。

「それで、八月十七日に、あなたはトマトの手入れをしていたんですね？」

「はい」

「で、あなたの家の庭は被告の家の裏庭とは小さな白い柵で隔てられているだけなんですね、間違いありませんか？」

「はい」

「被告の家の裏庭がかなりよく見えるんですね？」

「はい。彼らは最近その裏庭に東屋を建てました。ホームセンターで買うことのできるプレハブタイプのものですが。ミセス・マディソンはときどきそこに出てきて、本を読んだり、音楽を聴いたりしていました。音楽だと思いますけど。耳まで届くコードの付いている、あのトランジスター・ラジオみたいなものを持っていたので」

「で、その問題の日ですが、あなたはミセス・マディソンと話をしましたか？」とシングルトンが訊いた。

「はい、しました。わたしが庭にいるのを見て、彼女は東屋から出て、裏庭を隔てている小さな白い柵のそばまで歩いてきました」

「その会話の内容を陪審員に教えていただけますか?」とシングルトンが訊いた。

「そうですね。初めは、隣人同士が柵越しに話すごくありふれたことでした。わたしのトマトがふるいつきたくなるほどみごとだとか。ふるいつきたくなる、って彼女は言ったんです。だから、わたしはいくつか摘んで、あげましたが、サラダに入れると言っていました」

「さて、そういういつものやりとりのあと、ミセス・マディソンはもっと深刻な問題に話題を移したんですね?」

「はい、そうです」とイーディスは答えた。「彼女は最近悪い知らせがあったと言いました。ルー・ゲーリッグ病になったというんです。で、これから何カ月も何年も徐々に体力がなくなっていく彼女を見ることになるだろうということでした」

「何カ月も、何年も?」

「そうです」とイーディスは言った。「できれば、ときどき、彼女の家に来てもらいたい。今後は、あまり外には出かけられなくなるだろうから、と彼女は言いました。たぶん寂しくなるだろうし、たいした受け答えはできなくなるかもしれないけど、わたしの話を聞きたいということでした」

「あなたの話?」

「どんな話でもいい」とイーディスは説明した。「という意味だったと思います」

「で、その後、ミセス・マディソンのお宅に行く機会はありましたか?」とシングルトンが尋ねた。

「はい、ありました。それから二、三週間経ちましたが、そのあいだは、ミセス・マディソンが外に出てくる姿をあまり見かけませんでした。で、彼女はまた鬱の状態なのかもしれないと思ったんです。だから、わたしの得意料理を持参して、ちょっと様子を見にいこうかと思ったんです」

「で、どんな得意料理をお持ちになったんですか?」

と、ミスター・シングルトンは愛想のいい笑みを浮かべながら訊いた。

「マッシュルーム・キャセロールを作りました」とイーディスは答えた。「ブロッコリーとチーズとクリーム入りのマッシュルーム・スープが入っていて、ミセス・マディソンは好きなんじゃないかと思ったんです」

「それで、そのマッシュルーム・キャセロールを作って、ミセス・マディソンのお宅に持参したというわけですね?」

「はい。あとで返さなくてもいいように、アルミフォイルのキャセロール皿に作りました」

「その折に、あなたはミセス・マディソンに会いましたか?」

「いいえ、会いませんでした」

「留守だったんですか?」

「いいえ、いらっしゃいました」とイーディスは陪審員に言った。「でも、玄関に出てきたのはご主人だったんです」

わたしはイーディスの訪問のことはすっかり忘れていた。当時はあまりにもどうでもいいことであり、サンドリーヌを保護してやればいいだけだと思っていた。あのころのほかの多くの日同様に、彼女はわたしを相手にするより自分の本や音楽に浸っているほうがあきらかにいいようで、文書室に閉じこもっていたので、そういう午後のプライバシーをイーディス・ホイッティアに侵害されないようにしてやればいいのだろう、とわたしは思っていた。

「それで、そのとき、あなたが話をしたのは被告人だったのですね?」とミスター・シングルトンが訊いた。

「そうです」

「そのときの会話の要点を陪審員に教えていただけま

すか？」

　彼女はまるで降って湧いたように玄関に現れた。湯気の立つキャセロールに白い布をかぶせて、ちょっぴりこわばってはいたが、ごく愛想のいい笑みを浮かべていた。午後の三時半ごろで、わたしは午後の授業に出かけるところだった。わたしはかなり複雑な気分だった。いつまでも降りやまない雨、季節外れの寒さにくわえて、サンドリーヌがわたしたちのあいだに築いた隔離壁のひとつ、文書室のドアが閉じられたままだったからである。

　そのため、ドアをあけてイーディス・ホイッティアと対面したとき、わたしはおそらくかなり険しい顔をしていたのだろう。いま、彼女はそれを陪審員に話していた。

「ミスター・マディソンはあまり愛想がよくありませんでした」とイーディスは言った。「ドアを完全にはあけようとせず、ただそこに立ったまま、聞いているだけでした。奥さんは気分が悪いというほかにはなんとも言いませんでした。言葉どおりそう言ったんです。彼女は『気分が悪い』んだって。だから、わたしは彼にキャセロールを渡しました。彼はそれを受け取ると、お礼を言ってドアを閉めました」

　たしかにそのとおりではあったが、それはこの裁判にはなんの関係もないとしか思えなかった。だから、わたしはモーティに物問いたげな視線を投げかけたが、彼も同じ視線を返してきた。どうしてこんな証言をさせたのか、わたしたちはどちらも理解できなかった。

　しかし、そのあと、かなり唐突に、イーディスの話は暗鬱な方向に向かった。

「ところで、あなたは別のときに、ミセス・マディソンと会う機会があったんでしたね？」

「はい」

「それはいつでしたか？」

「三週間くらいあとでした」

「そのときの様子を陪審員に説明していただけますか?」

夏の盛りはとうに過ぎて、風には初秋の冷たさが感じられるようになっていたが、彼女はこのときも庭に出ていた。最後に会ったとき以来、ちらりと姿を見かけたことはあったが、サンドリーヌとまともに顔を合わせたことはなかった。しかし、その日は、イーディスが秋の庭仕事から顔を上げると、寒さから身を守るように両腕で胸を抱えて、サンドリーヌが黙って柵のそばに立っていた。

「古いバスローブを着ていて、とても悲しそうでした」とイーディスは陪審員に言った。「髪に櫛も入れずに、ひどくだらしない感じでした……縫いぐるみの人形みたいに」

わたしはそんなサンドリーヌの姿を見たことはなかったし、彼女がバスローブで髪が乱れたまま庭に出ていくとは想像もできなかった。

「彼女がこんにちはと言ったので」とイーディスはつづけた。「わたしもこんにちはと返しました。ほかにはなんと言っていいかわからなかったので、わたしのキャセロールが気にいったかどうか訊きました」そこで、一度口をつぐんで、さっと息を呑みこんでからつづけた。「すると、『何のキャセロールのこと?』とミセス・マディソンは言ったんです」もう一度すっと息を吸ってから、「二、三週間前にお宅にうかがったとき持参したキャセロールのことだとわたしは説明しました」イーディスの表情がふいに険しくなった。「ところが、わたしがなにか持っていったなんて、彼女はまったく知らなかったというんです」

自分がやったことの重大さにふいに気づいて、わたしは思わず口があいたままになるのを感じた。あの日、わたしは苛立たしげにイーディスのキャセロールをキッチンのごみ箱に投げこんでしまったのだった。

「ご主人はキャセロールのことはなにも言っていなか

った、と彼女は言いました」とイーディスはつづけた。「たぶんそのままごみ箱に捨ててしまったんだろうということでした」

サンドリーヌの考えは正しかった。わたしはまさにそのとおりのことをしたのだから。ごみ箱のなかのキャセロール、とわたしは陪審員のほうを見ないようにしながら、考えていた。サンドリーヌの楽しみ、彼女の喜び、彼女に与えられたかもしれないささやかなものに対するわたしの無関心を伝えるのに、なんと効果的なイメージだろう。

しかし、事態はさらに悪化していった。

「そのときは、わたしは何と言ったらいいかわかりませんでした」とイーディスは陪審員に語った。「その、ご主人が……あのキャセロールを……どうかしてしまったなんて。ともかく、ご主人は彼女には渡さなかったということなので、わたしはどう言っていいかわかりませんでした。だから、ただ肩をすくめただけでした。それから、話題を換えて、体の具合はどうか訊いたんです」

「あなたの質問に対してミセス・マディソンは何と答えましたか？」とミスター・シングルトンが訊いた。

「彼女はあの悲しそうな笑みを浮かべて、『わたしは死にかけているの』と言いました」

「そう言っただけですか？」

「いいえ」とイーディスは答えた。

ああ、そうだったのか、とわたしは思った。イーディスが証言台に立ったのは、彼女の証言の目的はそれを言うためだったのか。

「いいえ」とイーディスは繰り返した。「彼女は家のほうを振り返りながら、もう一度『わたしは死にかけている』と言いました。それから、わたしのほうに向きなおって、『サムにとっては、充分早くないみたいだけど』と言ったんです」

もしも足下に絞首台の落とし戸があったとすれば、

わたしはそれがひらいて、自分が落下するのを感じたにちがいなかった。

「ありがとうございました、ミセス・ホイッティア」とミスター・シングルトンは言って、モーティのほうを振り返ったが、にんまりしたいのをこらえているにちがいなかった。「では、どうぞ、ミスター・ソルバーグ」と彼は言った。

モーティが立ち上がって、証言台に歩み寄った。

「おはようございます、ミセス・ホイッティア」と彼は言った。

「おはようございます」と、イーディスはややこわばった口調で答えた。

「では、あなたはマッシュルーム・キャセロールを作ったんですね」とモーティが言った。

「はい」

モーティの笑みがさらに満面にひろがった。「とても美味しいものなんでしょうね」

「たいていの方には気にいっていただいているようです」と、相変わらずこわばった口調で、イーディスは答えた。

「ところで、ミセス・ホイッティア、その基本的な材料を教えていただけますか？　あなたの、ええと、マッシュルーム・キャセロールでしたっけ？」

イーディスは疑わしげにちょっと目を細めた。「そうです」

「けっこう。で、それは秘密ですか？　それとも、あなたがマッシュルーム・キャセロールを作るのに使う基本的な材料を法廷に教えていただけますか？」

「ええと、主な材料はブロッコリー、チーズ、クリーム入りのマッシュルーム・スープです」とイーディスは言った。「それにバターとパン粉が入っています」

「とても美味しそうですね」とモーティは明るい声で言った。イーディスの答えには皮肉のかけらも含まれていないと思っているかのように。「ところで、クリーム入りのマッシュルーム・スープが材料のひとつだとおっしゃいましたね？」

「はい」とイーディスは答えた。

「そのスープの主な材料はキノコだと言うことができますか？」

「ええ、そう、そうだと思います」

モーティはクスクス笑った。「料理がマッシュルーム・キャセロールと呼ばれているからには、当然そのはずですが？」

「ええ、そうだと思います」

モーティはメモにちらりと目をやってから、顔を上げた。「ところで、キノコにアレルギーのある人がいるという話をお聞きになったことがありますか、ミセス・ホイッティア？」

イーディスはうなずいた。

「けっこう。で、あなたはミセス・マディソンがキノコ・アレルギーだったかどうかご存じでしたか？」

イーディスの顔が凍りついた。「いいえ、知りませんでした」

「それで、キノコに対するアレルギー反応は生命の危険がある場合があることをご存じですか？」

「生命の危険があるとは知りませんでした」イーディスはもじもじ体を動かした。

「ところで、もしもあなたがそのアレルギーをもつ人と結婚していたとすれば、あなたはたぶんそれに生命の危険があるかどうか知っていたと思いますか？」

「知っていただろうと思います」とイーディスは認めた。

「で、だれかがあなたの夫――または妻――にキノコの入っているキャセロールを持ってきて、そのキャセロールが生命に危険があることを知っていたとすれば、あなたはそのキャセロールを奥さんに見せたくないと考えるかもしれないとは思いませんか？」

「そう考えるかもしれません」とイーディスはいかに

も不承不承それを認めた。

「それを処分してしまうかもしれないと思いますか？」とモーティが訊いた。「なぜなら、食べることができないのに、美味しそうなマッシュルーム・キャセロールを奥さんに見せても意味がないからですが」

「そうするかもしれません」とイーディスは答えた。

「そのキャセロールをごみ箱に捨ててしまったかもしれませんね。違いますか？」

イーディスはためらったが、それから「そうしたかもしれません」と答えた。

モーティはうなずいた。「ありがとうございました」と彼は言った。「質問は以上です」

イーディスは証言台を下りた。モーティの反対尋問はほとんど信じがたいものだったが、たとえそうは思っても、わたしはなにも言わなかった。そうすることで、わたしの弁護士もあきらかにそうしているように、わたしもイーディスの証言をなんとも思っていないような顔を保とうとした。

そのとき、悪童の歪んだ笑みを浮かべて、モーティが言った。「これで証人をひとり無力化したぞ」

「しかし、サンドリーヌはキノコ・アレルギーじゃなかったし、それを言うなら、そもそもなんのアレルギーでもなかったのに」とわたしは言った。

「わたしは彼女がアレルギーだったとは言わなかった」とモーティは言った。

彼はいまや暇そうに書類に目を通しはじめていた。

「いや、たしかにそう言った」とわたしは言い張った。

「いや、そうは言わなかった」とモーティはきっぱりと否定した。「速記録を見せてやってもいいが、わたしはサンドリーヌがなにかのアレルギーだったとは一言も言っていない」彼は肩をすくめた。「いいかね、シングルトンがちょっとほじくり返して、奥さんに実際なにかのアレルギーがあったかどうか調べようとするかもしれない。しかし、それには時間がかかるし、なんの結果も得られないかもしれない。たとえアレルギーがあっても、それを医者には言わない人もいるからね、そうだろう？　人はキノコを食べて、気分が悪くなれば、キノコは食べないようにする。ただそれだけのことだ。だから、奥さんがアレルギーだったかどうか、あんたを除けば、だれにわかるというんだ、サム？　しかも、シングルトンは証言台のあんたにけっしてその質問はしないだろう。あんたが嘘をつくだろうと考えるからだ」彼はクスクス笑いを洩らした。「人生というのは相手の弱みを押さえられるかどうかという問題さ」と彼はつづけた。「そのくらい単純な問題なんだ」

ああ、なんてこった、とわたしは思った。モーティまで社会病質者だったのか。わたしたちはみんな社会病質者なのだろうか、人間というものは？　行動に対して恐ろしい結果が課される可能性のある、法と慣習の重々しい体系がなければ、良心をもたない手を押さえつけておくことはできないのか？　そういう恐るべき結果に対する危惧がなければ、平然とやってしまうにちがいないことからわたしたちを遠ざけておくためには、それが必要なのだろうか？

わたしは長々と、うんざりしたため息を洩らした。「このあと、わたしたちはどうするんだね？」とわたしは訊いた。

「祝杯をあげるんだ。銃弾を一発、うまく避けたんだからな」とモーティが満足げに言った。「あの婆さんが何を言いだすかは見当もつかなかったんだから」

「わたしは祝杯をあげる気にはなれないな、モーティ」とわたしは言った。「それに、実際、ミセス・ホイッティアはかなり感じのいい人なのに」

モーティはジロリとわたしをにらんだ。「感じがいい？　彼女はあんたの玉を銀の皿に載せて差し出したかもしれないんだぞ」

わたしはその点については議論する気にはなれなか

った。「で、さっきの質問に戻るが、この先はどういうことになるんだね？」

「わかった。そう、公判ということでは、わたしたちはいままでやってきたとおりのことをつづけるだけだ」とモーティは答えた。「もっと扱いやすい証人があと二、三人。それから、シングルトンが止めの一撃を繰り出すだろう」彼はふたたび笑みを浮かべたが、笑みを浮かべながらも心配しているのがわかった。

「そのときには、あんたはシートベルトを締める必要がある。かなり揺すぶられることになるだろうからな」

リディア・ウィルソンを証人席へ

リディア・ウィルソンという名前が証人リストに載っていることはもちろん承知していたが、何者なのかとモーティに訊かれたとき、わたしは知らないと正直に答えるしかなかった。やがてあきらかになったのだが、彼女は旅行案内業者で、インターネット時代に生き残っているこの町ただひとつの旅行代理店の経営者だった。その後、〈アームチェア・トラベル〉のウィンドウを覗いてみたところ、どうやら裕福な年配の旅行者向けのツアーが専門らしく、水道がない国や最後の選挙で落選した候補者の首が広場にさらされている国に行くからといって、コバーンの旅行者が慣れ親しんでいる生活の快適さが少しでも損なわれることのないようにするのが得意らしかった。

それこそサンドリーヌがけっしてしようとはしない種類の旅だった。彼女がいつも言っていたように、なにひとつ見ることなく、感じることもなく、知ることもない旅なのだから。にもかかわらず、モーティがミスター・シングルトンから聞いたところによれば、死ぬわずか二週間前に、わが妻は旅をしたいと考えて、メイン・ストリートの〈アームチェア・トラベル〉の店に立ち寄ったのだという。

サンドリーヌの陰謀という焼けつくような可能性に思い当たる二、三日前までのわたしなら、彼女がそんな気を起こしたのは、一時的に夢のような非現実性のなかに落ちこんだせいだろうと考えたにちがいなかった。そういう軽い妄想状態にあったなら、たぶん明るいギリシャの浜辺の写真――思い出せるかぎりむかしからこの店のウィンドウに、ほとんどずっと変わることなしに掲げられていて、長年のあいだに、わたしたちは何度となく目にしていた――に惹かれて、〈アームチェア・トラベル〉にぶらりと入っていったとしても理解できないことではなかった。その慎ましい店内に入っても、依然としてノスタルジックな靄のなかにふわふわしている状態で、そこにいただれかに、ずっとむかしのまだ若いころ、地中海をめぐる旅をしたことを話したかもしれないし、もう一度そういう旅をしたいとずっと思っているとさえ言ったかもしれない。

しかし、どんなに絶望して、どんな妄想を抱いていたとしても、いまミセス・リディア・ウィルソンが宣誓の上で証言しているような会話をしたとは思えなかった。

「ミセス・マディソンは、ずっと以前に、地中海の多くの国を訪れたことがあると言いました」とミセス・ウィルソンは法廷に語った。「その当時はまだ結婚していなかったということでした」

それに先立つ前置き的な質疑応答で陪審員の注意力

が散漫になっている場合に鑑みて、ミスター・シングルトンは芝居じみた足取りで何歩か陪審員席に歩み寄り、くるりと背を向けて、証人のほうに向きなおった。

「会話のその時点で、ミセス・マディソンは自分の夫のことを話しはじめましたか？」

「はい、そうしました」

「どんなことを話したんですか？」

「そのむかしの旅のことです」とミセス・ウィルソンは答えた。「地中海めぐりの旅のことですが」

「のちに結婚することになる男」と言いながら、ミスター・シングルトンは陪審員のほうにちらりと目をやった。「被告、サミュエル・マディソンといっしょにした旅ですね？」

「そうです」とミセス・ウィルソンは言った。「たとえば、アレクサンドリアに行ったと言いました」

「なぜとくにその町のことを？」とミスター・シングルトンが訊いた。

「その町に因んで娘さんの名前を付けたということで、それからしばらく娘さんのことを話しました」

「どんなことを話したんですか？」

「娘さんはとてもやさしくて」とミセス・ウィルソンは答えた。「そういう娘さんに恵まれて幸せだし、彼女は非常に才能があるとも言っていました」

「どんな才能ですか？」

「人間であることの才能です」

後ろを振り返ると、アレクサンドリアはこれに強く心を動かされたようだった。それを見て、わたしは共感の笑みを送ったが、彼女はこくりとうなずいただけで、すぐに法廷に注意を戻した。

「ミセス・マディソンはその旅行に関連してほかの場所についてもふれましたか？」とミスター・シングルトンが訊いた。

「フランスのある町のことを話しました」とミセス・ウィルソンは言った。「アルビという、どうやらトゥールーズの近くらしい町でした。そこの寺院のことを話してくれました。その町で彼女とご主人は旅を締めくくったそうです。そのころはふたりはとても幸せだったと言っていました」

「そのころは幸せだった？」とミスター・シングルトンはこれ見よがしに聞き返した。「いまとは反対に？」

モーティが手を挙げた。「異議あり、裁判長、推断を要求しています」

「異議を認めます」とラトレッジ判事が言った。

「わかりました」とミスター・シングルトンは言った。「さて、ある時点で、ミセス・マディソンは自分の人生について感じていることを話しましたか？」

「はい」とミセス・ウィルソンはつづけた。「彼女はある劇作家のことを話しました。ローマ時代の劇作家で、テレンティウスという名前の人です。二十五歳で死んだけれど、すべての作品が、戯曲が残っているそうです。自分がテレンティウスより長生きできたのは幸運だった、自分の仕事もすこしはあとに残るといいけれど、とミセス・マディソンは言っていました」

「彼女の仕事？」

「教師として、母親としての仕事です」

「妻としての仕事は？」

「妻としては、彼女は落第だったと思っていました」

「落第？」とミスター・シングルトンは強調するように繰り返した。「どういう意味でですか？」

「そこまでは説明しませんでした」とミセス・ウィルソンは答えた。「でも、とても動揺しているのがわかりました。実際に泣いたわけじゃありませんが、いまにも泣きだしそうでした。だから、話題を変えて、またむかしの旅の話に戻ったんです」

「で、そのむかしの旅に関連してですが、ミセス・マディソンはとくにひとつの場所の話をしましたか？」

「いくつかの場所について話しました」

「しかし、そのうちのひとつについての話に、あなたは不穏なものを感じたのではありませんか、ミセス・ウィルソン？」

「はい」

「それはどこについての話でしたか？」

「シラクーサです」とミセス・ウィルソンは答えた。

「シチリア島の」

「なぜその場所の話に不穏なものを感じたんですか？」

証人はさっとわたしに目を向けたが、おなじくらいすばやく目をそらした。

「なぜなら、シラクーサはご主人が初めて彼女を殺すと脅した場所だったからです」

「彼女を殺すと脅した……初めて」ミスター・シングルトンは、芝居がかった身振りでまたもや一歩、陪審員席に近づいた。

「そう……そのときが初めてということでした」

「ミセス・マディソンはその脅しについて詳しいことを話しましたか？」

「いいえ、話しませんでした」とミセス・ウィルソンは答えた。

これだったのか、とわたしは思った。これがミセス・ウィルソンの証言が初めからずっと向かっていた瞬間だったのか。サミュエル・マディソンはおそらく何度も妻を殺すと脅したことのある夫であり、シラクーサはその〝初めて〟のケースにすぎなかった。とすれば、わたしが最終的にはその脅しを実行する決意をしたのではないかと、どうして陪審員が考えずにいられるだろう？

「質問は以上です、裁判長」と彼は言った。

モーティが立ち上がり、演台に歩み寄って、ミセス・ウィルソンに愛想よく笑いかけ、それから言った。

「その会話のなかで、ミセス・マディソンはご主人と別れるつもりだという意味のことを言いましたか？」

「いいえ」

「結婚生活になにか問題があるようなことを言いましたか?」

「いいえ」

「自分の家庭が不幸だという意味のことを言ったりしましたか?」

「いいえ」

「では、あなたにはミセス・マディソンの安全について危惧を抱く理由はまったくなかったんですね、違いますか?」

「はい。そういう理由はありませんでした」

「ミセス・ウィルソン、あなたは結婚されていますか?」

「はい、しています」

「わたしもそうです」と、注意深く磨き上げられた家庭的な笑みを浮かべながら、モーティは言った。「しかし、ときには妻と完璧にはうまくいかない日もあります。あなたとご主人の場合もそうではありませんか?」

「ええ、もちろん、そうです」

「これまでにご主人に本気で腹を立てたことがありますか、ミセス・ウィルソン?」

モーティは陪審員席に近づいて、彼らの顔を探るように見た。「大半の夫婦はときにはたがいに腹を立てるものだというのが、ミセス・ウィルソン、あなたの経験上の知識ではありませんか?」

「はい、そうです」

「そして、夫婦はときには心にもないことを口走ることがある。そうではありませんか?」

「そういうこともあると思います」

モーティはおもむろに証人のほうに向きなおった。

「ミセス・ウィルソン、あなたはこれまでに、ご主人に本気で腹を立てたとき、『ああ、この男を殺してやりたい』と思ったことはありませんか?」

一瞬、ミセス・ウィルソンはためらったが、結局はほんとうのことを言った。「あります」

モーティは笑みを浮かべた。「ありがとうございました、ミセス・ウィルソン」と彼は言った。「質問は以上です」

モーティが席に戻ってくるとき、わたしはアレクサンドリアを振り返ったが、彼女の席は空っぽだった。わたしはさらに後方の、法廷の奥に目をやって、彼女の姿を探したが、彼女は姿を消していた。

敗色濃厚

わたしたちはいつもの会議室に戻った。アレクサンドリアはそこで待っているものと思っていたが、そこにも姿が見えなかった。そのため、すぐに窓際に歩み寄って、駐車場を見まわすと、彼女はわたしたちの車のそばに立っていた。背筋をまっすぐに伸ばして、胸の前で腕を組み、かなりこわばった姿勢で車に寄りかかっていた。

「敗色濃厚だ」とわたしはそっとつぶやいた。

「何を言ってるんだ？」とモーティはあざ笑った。

「シングルトンに勝ち目はないし、それは彼にもわかっているはずだ」

「いや、アレクサンドリアのことさ」とわたしは言った。

モーティが近づいてきて、窓の外に目をやった。

「彼女はこれを乗り越えるよ」と彼は請け合った。

そして、そっとわたしを小突いて、窓際から離れさせ、テーブルへと促した。わたしたちは、まだたがいの手の内を読み切れないふたりのポーカー・プレイヤーみたいに、向かい合って腰をおろした。

「奥さんがミセス・ウィルソンにした打ち明け話は、それほど不利になるようなものじゃなかったが」と彼は言った。「あんな旅行代理店に入っていくなんて、奥さんはいったい何を考えていたんだろう？」

「サンドリーヌは旅行したいと言っていた」とわたしは言った。

「ほんとうかね？」とモーティが訊いた。「いつ？」

「診断結果が出てから間もないころだ」

「わたしに教えておいてくれるべきだったな」とモーティが言った。

「忘れていたんだ、と思う」とわたしは言った。「若いときにまわったのとおなじコースをもう一度まわってみたいと言っていた」

「それは単なる思いつきだったのかね？」

「そうだ。しかも、すぐにあきらめたと思っていた。それっきりその話は一度もしなかったから」わたしはどうしようもないと言うようにかすかに肩をすくめた。

「ずっと考えていたとは夢にも思わなかった」

「あんたがその話を持ち出すことを期待していたのかもしれない」とモーティが言った。

「そうだったのかもしれない」とわたしは静かに言った。「わたしはたぶんそうすべきだったんだ」

モーティはうなずいた。「問題は、もちろん、あの別の場所であんたが奥さんを脅したことだが、それに対しては、だれでも口喧嘩をするものだし、悪い考えを抱いたりもするが、実際には実行するわけではないことを陪審員に悟らせるくらいしか、わたしには反論の手立てがない」彼は依然としてもっと有効な手を探しているようだった。「認めなければならないのは、脅したという事実が陪審員にいい心証を与えなかったということだ」と彼はつづけた。「目を見ればわかる。正確には、それは証拠ではないが、証拠とおなじような働きをする。奥さんがまるで助けてくれと叫んでいたかのように見えるからな、わたしの言いたいことがわかるだろう？」

わたしはかぶりを振った。「サンドリーヌがどうしようとしていたのか、わたしにはわからない」

「その場所にふたりでいたとき、あんたは彼女を殺すと脅さなかったのかね？」とモーティが訊いた。

「脅したが、あれはジョークだった」とわたしは説明した。「ディオニュシオスの耳という場所にいたとき、『これからきみを殺すぞ』とささやいたんだ」

「なんてこった」とモーティがうめいた。

「ただそれだけのことだった」

「しかし、そうは聞こえないぞ、サム」とモーティが陰鬱に言った。「奥さんの言い方では、そうは聞こえないという意味だが」

わたしは窓の外に視線を戻した。アレクサンドリアは相変わらず同じ場所で、精根尽きたかのように、ぐったりと車に寄りかかっていた。

モーティはわたしの注意を引き戻そうとはせずに、じっと見守っているだけだったが、やがて、言った。

「サム、何を考えているんだね？」

わたしは首を横に振った。「わたしにはできない」

彼はわたしのほうに身を乗り出した。「何ができないんだ？」

「何を考えているかをあんたに教えることさ」

「教えたほうがいいだろう」とモーティは断固たる口調で言った。「重要なことらしいからな」

「できないんだ」

モーティはわたしに彼のほうを向かせた。「わたしにはなにも隠すべきじゃないぞ、サム、たとえどんなことだろうと」

わたしは一瞬考えてから、言った。「絶対にここだけの話にしてもらわなきゃならないんだが」

「わかった」

「いや、わたしは本気なんだ、モーティ。これから話すことは、法廷でもけっして使わないでもらいたいんだ。絶対に」

モーティの顔が真剣な表情になった。「約束する」

それから何分かのあいだに、わたしは裁判というパズルを構成するすべてのピースを並べ立てた。じつはそうではなかった〝遺書〟、解剖で兆候が見つからなかったサンドリーヌの背中の怪我、その後のわたしからオーティンズ医師への電話、サンドリーヌがいつもなにかしらの理由で医師が処方したデメロールを取りにいけなかったこと、抗ヒスタミン剤、インターネットでの不吉な検索、シラクーサでの陰険な言及、そして最後に、マルコム・エスターマンへの最後の訪問。そういうすべてが組み合わされ、一本ずつ繊維を巧みに綯《な》うようにして、わたしの〝絞首刑の輪縄〟ができあがっている、とわたしはモーティに説明した。

わたしの説明を聞いたあと、モーティは長いこと黙っていた。彼の頭脳がゆっくりと、だが確実に回転して、気の進まない結論に向かっているのがわかった。

「もしもあんたの言うことがほんとうなら、その場合には、事態がまったく変わってしまう」と彼は重々しく言った。

そして、わたしの語ったすべてについてさらに少しだけ考えてから、言った。「それじゃ、要するに、サンドリーヌが必死になってあんたを苦しめようとしていたということになるのかね？」

わたしはうなずいた。

「なぜそんなことをしようとするんだ？」

「わたしがエイプリルとやったことへの仕返しだ」

「蔑《さげす》まれた女ほど怖いものはない、ということか」とモーティが言った。

わたしは首を横に振った。「いや、裏切られた女だが」

「それほど怖いものはないということは変わらない」とモーティは言った。そして、わたしがたったいま言ったことをちょっと考えてから、つづけた。「では、そういうすべてをまとめてみると、あんたとエイプリルのことを、どうやってかはともかく、奥さんが嗅ぎつけ、あんたに仕返しをせずには死にたくないと考えて、ひとつの計略を、ある自殺のやり方を考え出した。奥さんは自分の行く先を考えて自殺するつもりでいたが、あんたを道連れにする方法を考え出した」そこで口をつぐんで、わたしの顔を探るように見てから、つづけた。「あんたはそう言っているんだな、ええ、サム?」

「そうだ」とわたしは答えた。「まるでB級映画みたいなのはわかっているが、モーティ、だが、そう、そういうことだ」

わたしは勢いよく立ち上がって、窓に歩み寄った。アレクサンドリアは依然として車のそばでわたしを待っていた。きょうの証言が彼女にとって何だったのか、生きている父親と死んだ母親のあいだに板挟みになり、そのどちらかを選ばなければならず、しかも、その選択が正しいかどうかは永久にわからないし、知る方法もないということがどんなに恐ろしいことか、わたしはただ想像するしかなかった。

「もちろん、なにひとつ確かな証拠があるわけではない」とわたしは穏やかに言った。「だから、すべてはわたしの妄想の産物にすぎないかもしれない」わたしは肩をすくめた。「だから、どうだというわけでもないが」

見ていると、アレクサンドリアがそろそろと両手の指を組み合わせた。

「いまわたしが心配なのはアレクサンドリアだ」

モーティがわたしの横に来て、片手をわたしの肩に置いた。「たとえあんたが裁判でそれを使いたいと思っているとしても、うまくいくかどうかは疑わしい」と彼は静かに言った。「あまりにも仮定が多すぎる。奥さんを真犯人にするような弁護の仕方は、死人を相手に形勢を逆転するのはむずかしいからな。もちろん、奥さんはそれも計算済みだったということになるんだろうが」

「そうだ」

モーティは重々しくため息をついた。「ジェーン・フォーブズという名前の女を知っているかね？」

即座に彼女の姿が目に浮かんだ。赤いコートを着て、法廷の片隅からじっとわたしを見守っていた。「政治学科で教えている人だが」とわたしは言った。「審理中に一度姿を見かけた」

「この法廷で？」

「そうだ」

「あんたが知っているのはそれだけかね？」

「そうだが、どうして？」

「シングルトンが彼女を証人リストに追加した」とモーティが言った。「どんなことを言おうとしているか、見当がつくかね？」

「いや」

モーティは片目をつぶった。「奥さんが仕掛けた小爆弾のひとつかもしれない」

わたしは陰鬱な目で彼の顔を見た。「どういうことか、わたしには見当もつかないな、モーティ」

モーティは陰気なクスクス笑いを洩らした。「もしもこれがあんたの奥さんの企みだとしたら、まったく、じつに頭の切れる女性だったと言わなければならない」

「彼女は頭がよかった」とわたしは穏やかに言った。「何人かの学生に囲まれて大学の中庭に坐り、ほとんど見込みがない学生を相手にベストを尽くしている彼女の姿が目に浮かんだ。「しかも、とてもやさしかった」とわたしは付け加えた。

サンドリーヌについてそれ以上言うべきことは何もないと思えたので、わたしはそれっきりなにも言わなかった。

「それじゃ」と、しばらくしてから、モーティが言った。「これ以上隠し球がないことを祈るしかないだろう」

「そうだな」とわたしは言った。「そう祈るしかないだろう」

しかし、そうは思えなかったし、わたしにはそれはわかっていた。自分が彼女の死から立ちなおれるかもしれないなどという希望。そんな希望はいまや完全になくなっていた。わたしは仕事を失い、この小さな町を歩きまわる自由を、そこの住人の敬意を失い、もうすぐ――いまアレクサンドリアが顔を上げ、わたしから目をそらして宙を見つめたことからもわかるように――娘も失うことになるだろう。もしもこういうすべてがサンドリーヌの策略だったとすれば、彼女はこの陰鬱なゲームに完璧な勝利を収めたことになるだろう。

というわけで、すべてをあきらめた暗澹たる気分で、わたしは公判の最後の数日に立ち向かうことになった。

第五部

サミュエル・マディソン教授に対する州当局の裁判は、今週、コバーン郡裁判所で結審する予定である。ハロルド・シングルトン検事によれば、残された証人は三人で、そのあと、二〇一〇年十一月十四日に妻のサンドリーヌを殺害した容疑で起訴されているコバーン大学教授、ミスター・マディソンの弁護士、モーディカイ・ソルバーグによる最終弁論が行なわれる。ミスター・マディソンが弁護側証人として証言するかどうかはいまのところ不明である。

――『コバーン・センティネル』二〇一一年一月二十二日付

証拠

「きょう、法廷で恐ろしい考えが浮かんだのよ、父さん」夕食後、一日の最後の一杯のワインのために居間に入っていったとき、アレクサンドリアが言った。「旅行代理業者が証言しているときだったんだけど」

どんな考えだったのか言いたくないが、言わずにいられないようだった。「ただ坐っていたら、ふいにある考えが浮かんだの。たぶんそのうちそれが当たり前になるんでしょうけど」

深刻な、告白するような口調で、なにか陰鬱なことを打ち明けようとしているのはあきらかだった。

「ふと思ったのよ。このあと、わたしはもうだれにも恋をすることはできなくなるんだろうって」

わたしはグラスから一口飲んだ。「それはとても残念だな」どんなに大きなショックを受けているかはすこしも匂わせずに、わたしは言った。これこそわたしが予期もしなかったもうひとつの結果だった。「その思いがずっとつづくのでなければいいが」

それ以上なにも言うべきことが見つからなかったので、長い沈黙がつづいた。わたしたちふたりはワインを少しずつ飲みながら、目を合わせるのを避けていた。あたかもサンドリーヌがとうとうわたしを沈黙させたかのようだった。

「ジェーン・フォーブズという女性がシングルトンの証人リストに追加された」と、しばらくして、わたしは言った。

「だれ?」

「教授のひとりだ。政治学科の」

「その人とも浮気をしていたの？」と、ごく当たり前な質問みたいな口調で、アレクサンドリアが訊いた。

「いや」とわたしは言った。

アレクサンドリアはうなずいた。いまや彼女はどんなことでも受けいれられる気分なのだろう、とわたしはふと思った。母親の診断結果のショッキングな知らせ、母親の死、わたしが殺害したのかもしれないという可能性、さらにわたしのエイプリルとの浮気、それを次々と眼前に突きつけられてきたのだから。このあと、どんな新事実が出てくるとしても、たいしたことだと思えないだろう。

「なぜ彼女が証人になるの？」と彼女は訊いた。

「さっぱりわからない」とわたしは言った。「貯水池のまわりをジョギングしていたとき、サンドリーヌはときどき彼女と会っていたようだ。いっしょに走っているのを見たことがある。しかし、わたしが知っているのはそのくらいだ」

「それじゃ、父さんはその人を知らないの？」

「まったく知らないわけでもない」わたしは肩をすくめた。「サンドリーヌがなぜ彼女に話したのかはわからないが、どうやらなにか話したらしい」

「母さんは死にかけていたのよ、父さん」とアレクサンドリアは言った。「死にかけているとき、人はだれかがいっしょにいてほしいものよ」彼女はなにごとかじっと考えていたが、それからつづけた。「もしかすると、夫婦があんなに懸命に結婚生活を維持しようとするのはそのせいかもしれない。夫婦は死ぬまでずっと毎日おなじように愛し合っているわけじゃないでしょう？　ただ、愛がなくなっても最後までいっしょにいられるくらいには愛しているのね」そこで一息入れて、「それで最後までいっしょにいるのよ。母さんがよく言っていたように、それが〝ボトムライン〟なのね」と言って頬笑んだ。

彼女はわたしがそれに対してなにか言うのを待っている。

いたが、それはあまりにも赤裸々な事実であり、なにも付け加えるべきことはなく、どんな文学的引用も衒学的な注釈も不要だった。

「いずれにしても、母さんはその女性とかなり親しくなったにちがいないわ」とアレクサンドリアは言った。「さもなければ、どんな証拠ももっているはずがないんだから」

「そのとおりだと思う」とわたしはそっけなく言って、ふたたび肩をすくめた。「どうやらこれは、ジェーン・フォーブズのことは、急に浮上したようだ。モーティはきょうの審理が終わったとき初めて聞いたらしい」

この話が出てくるまでは、わたしの公判で証言する予定の証人はあとふたり、エイプリル・ブランケンシップとマルコム・エスターマンだけのはずだった。このふたりが証人になっている理由はわたしにもわかっていたが、ジェーン・フォーブズは謎だった。


「彼女についてどんなことを知っているの?」とアレクサンドリアが尋ねた。

「実際のところ、なにも知らない」とわたしは答えた。「法廷に来ていたかもしれない。初めのころ、一度姿を見かけたことがあったから」

もちろん、サンドリーヌがときどきジェーンといっしょにいるのは、ふたりで貯水池のほとりを走っているのは見たことがあった。のちには、サンドリーヌはもはやランニングの服装ではなく、ふたりして近くのコンクリート製のベンチに坐っていることのほうが多かったけれど。

「母さんは彼女について話したことはなかったの?」とアレクサンドリアが訊いた。

「いいや」とわたしは答えた。「わたしが知っているのは、ふたりがときどき貯水池のそばで話しているのを見かけたということだけだ」

いまや、わたしはその会話がひどく暴露的なもので、そういう会話のひとつに、裁判の最後に爆発するように慎重に仕掛けられた爆弾をサンドリーヌが埋め込んだのだろうと想像するしかなかった。

その爆発を見越して、わたしは自分のグラスを置き、身を前に乗り出したが、その瞬間に口まで出かかっていた言葉をぐっと呑みこんだ。

わたしは何を言おうとしていたのか？

もちろん、すでにモーティに語ったすべて、あの計略を洗いざらいぶちまけようとしていたのである。

わたしはすべてを吐き出してしまいたかったが、寸前で思い止まった。それがアレクサンドリアの耳にどう聞こえるかはっきりしていたからである。わたしには娘がわたしを見つめるよそよそしい眼差しまで想像できた。何を言っているの、父さん？　母さんが罠を仕掛けたんだなんて？　すべての背後にひそむ悪の天才だったなんて？　この陰鬱な事件全体を通じて、初めから社会病質者だったのは母さんだったなんて？

彼女の問いかけに抗弁する手立てがないのはわかっていたが、それを認めると同時に、わたしたちはじつに厄介な、退《の》っ引きならないところに追い込まれているという単純な事実が残った。なぜなら、わたしたちは最大の不安をそれをもっとも聞かせたい相手に明かすことができないのだから。

「何なの、父さん？」とアレクサンドリアが訊いていた。「なにか考えが浮かんだみたいだったけど」

「いや、なんでもない」とわたしは言って、ふたたび椅子の背にもたれかかった。

そのあと、しばらくはなんでもないおしゃべりをした。アレクサンドリアに話したいが、そうはできない決定的なことの代わりに何をしゃべっても、それはことさら空虚で、いやが上にも無意味に響いた。そう思うと、わたしは自分が容赦ない、まったく動かしがたい立場に置かれていることを悟った。なぜなら、自分自身を救うためには、娘の目から見たサンドリーヌを破壊し、彼女を――本人の非難の言葉を突き返して――社会病質者にしてしまわなければならないからだ。わたしばかりか、わたしと結びつきのあるすべてを、哀れなエイプリルや賞賛に値する彼女の夫、さらにはコバーン大学の評判までも危険にさらすことを厭わない容赦ない女に。しかも、彼女がそういうすべてをやったのは、多少でも価値のあるすべてをわたしから取り上げるため、わたしの仕事や、わたしの娘、わたしの自由、さらにはわたしの命までも奪い取るためだったということになるのだから。

「何を考えていたの？」とアレクサンドリアが訊いた。

わたしはあわてて答えをひねくりだした。「アルビのことさ。とてもすてきな町だった。母さんとわたしがただ一度の大旅行をしたときに行ったんだ。そこで彼女がプロポーズしたんだよ」

「母さんが父さんにプロポーズしたの？」

わたしはうなずいた。「とてもロマンチックな瞬間だった。わたしたちは寺院から出てきたところで、日が暮れかかっていた。美しい夕焼けで、信じられないような赤と紫と金色だった。日が沈むのを見ていると、突然、彼女がわたしのほうに向きなおって、あの柔らかい、熱のこもった声で言ったんだ。『あなたなのよ』ってね」

いったいどういうわけで、あの瞬間からこんなところにたどり着いてしまったのだろう、とわたしは侘びしく自問した。

すると、自分でも驚いたことに、いきなり激しい感情の大波が襲いかかってくるのを感じた。それに耐えて、なんとか抑えつけておくためには、急いで話を先に進めるしかなかった。「彼女は『だから、正式なものにしましょうよ』と言ったんだ。つまり〝結婚しよう〟という意味だった。それで、アメリカに帰国すると、わたしたちは結婚したんだよ」わたしは笑みをうかべた。「その後の物語は、よく言うように、ご存じのとおりだが」

しかも、実際、それはひどく味気ない物語だった、とわたしは思った。まったく間違っていたことがあきらかになるいくつかの選択の物語。コバーン、エイプリル、それから、最後に、サンドリーヌが死ぬことになるなんて。

アレクサンドリアはしばらく黙ってわたしを見つめていた。その沈黙のあいだ、彼女の頭のなかの歯車がさかんに回転し、人生のあらゆる要素をあるべき場所に収めようとしているのが手に取るようにわかった。わたしが試みたこともないほど必死に人生を理解しようとしているのだ。根本的なところでは、ほんとうに大切な物事に関しては、アレクサンドリアのほうがわたしよりはるかに深く、純粋に考え抜いているのかもしれない、とわたしはふと思った。

わたしは笑みを浮かべた。「おまえはだいじょうぶだ」とわたしは彼女に請け合った。「いまはよくない
考えばかり浮かぶかもしれないが、そのうちよくなるよ、アレクサンドリア」

彼女がそれを信じたのかどうか、いや、自分の言葉に重みがあるのかどうかさえ、わたしにはわからなかった。結局のところ、わたしはあまりにも愚かな人生を送ってきた。人生についてのどんな偽りのない考えからも自分を切り離してきた。そんなわたしの言うことなどこの世でもっとも気にかけるに値しない。そう見なされても少しもおかしくはないのだから。

彼女はいつものようにうなずいて、それに同意した。「そうね、父さん」その答えが、わたしが父親の座から滑り落ちたのではないかという不安を裏書きした。

それから、彼女は立ち上がって、キッチンに入っていった。たぶんお代わりを注ぐためだろうと思ったが、なかなか戻ってこなかったので、わたしも立ち上がって、あとからキッチンに行った。

彼女は裏庭が見える小さい朝食用テーブルに坐って

いた。庭はとうに夜のとばりに包まれていたが、彼女の目はじっと東屋に向けられていた。サンドリーヌの避難所。最後の日々に、彼女は考えるためにそこに行き、話をしたいと思った数少ない人をそこに呼んだが、そのひとりがアレクサンドリアだった。

近づいていったとき、娘に手を振って追い払われることを半ば予期していたが、わたしがテーブルにいっしょに坐るまで、彼女はなにも言わなかった。それから、わたしのほうを向いて、穏やかな笑みを浮かべた。

「まだ小さかったとき、母さんはよくお話を読んでくれたわ。あの、よくあるおとぎ話だけど。いつも輝ける鎧の騎士が、白馬にまたがったいい男が出てくるの。わたしがその男の絵を指さして、『これはだれ?』と母さんに訊くと、いつも、いつも、それは父さんだって答えたものよ」

アルビでの彼女がふたたび目に浮かんだ。赤く燃える空の下で輝いていた彼女。彼女の目がどんなふうにわたしを愛撫したことか。それ以上価値のある女にそれ以上愛された男はいなかっただろう。

「あなたなのよ」と、そこでサンドリーヌが言ったことを思い出しながら、わたしは低くつぶやいた。

しかし、あのころ、何がわたしの剣と鎧だったのだろう、とわたしは思った。アルビで、あるいはそれ以前に、サンドリーヌは何を見たのだろう? あの黄金の午後、ほかにも選べたはずの大勢の男たちを差しおいて、もっとずっとハンサムで、はるかに教養があり、ずっと裕福で、きわめて将来性の豊かな大勢の男たちを差しおいて、何がサンドリーヌにわたしを選ばせたのだろう?

「なぜわたしだったのか、不思議な気がする」とわたしは言った。「何が彼女をわたしに惹きつけたのか?わたしは頭はよかったが、そんな男はいくらでもいた。わたしはまだ学位を取ったばかりで、ほとんど文無し同然で、知的障害のあるこどもたちの学校で教えていのことを考えた。「しかし、彼女は必要としていたんだ」

ただけなのに」

「知的障害のあるこどもたちに教えていたの？」とアレクサンドリアが訊いた。「そんなこと、聞いたこともなかったけれど」

「ほんの数ヵ月だったけど」とわたしは言った。「そこで母さんとよく会ったものだった。いっしょにこどもたちを小さな公園に連れていったこともあった。わたしがこどもたちの世話をしているあいだ、彼女はそれを見守っていた」

アレクサンドリアは東屋に目をやった。サンドリーヌがいないと、そこはあまりにもがらんとしていた。

「母さんが見たのはそれだったのかもしれない」と、わたしのほうに向きなおって、彼女は言った。「父さんは母さんと話をすべきだったのよ。そうすれば、貯水池の女性は必要なかったはずだわ」

「わかっている」とわたしは言った。そして、またもや次の証人のことを、わたしがほとんど知らない女性

第八日

ジェーン・フォーブズを証人席へ

肩までの髪、ネイビーブルーのパンツスーツを優雅に着こなし、足下はロウヒール、紺碧のガラス製ビーズの長いネックレスを着けて、彼女は行進する兵士みたいな足取りで証言台に向かった。毅然とした、なにものをも恐れない女性戦士。その物腰にはどこか、仮に二十年孤島に島流しになったとしても、この人は自分が何者かを見失うことはないだろうと思わせるところがあった。

　たしかに、とわたしは思った。じつに苦々しくかつ不愉快な考えではあったが、こういう人物ならサンドリーヌも話しやすかっただろう。

「ジェーン・ワイリー・フォーブズです」と、名乗るように言われると、彼女は言った。

　つづく数分間、ミスター・シングルトンはいつものようにこの証人に自分の経歴に関する資料を確認させた。年齢は四十七歳、マサチューセッツ州ニュートン生まれで、サラ・ローレンス大学で学び、政治学の博士号を取得していた。コバーン大学に来る前にも、何箇所かで教えていたが、慎ましいところばかりで、ボストンのジュニア・カレッジ、アトランタの女子校などだった。コバーンでは、主として一、二年生を担当していた。しかし、そういうあまりぱっとしない経歴にもかかわらず、ジェーン・フォーブズには侮りがたいところがあり、彼女が何を暴露するためにここに来たにせよ、わたしはそれを信じると同時に恐れずにはいられなかった。

「さて、フォーブズ博士」とミスター・シングルトンが言った。「あなたはいつからサンドリーヌ・マディソンをご存じでしたか？」

「知り合ったのは九年前です」とジェーンは答えた。「コバーン大学に初めて赴任すると、ささやかなティー・パーティがありますが、サンドリーヌがわたしのところに来て、自己紹介したんです」

だれかがサンドリーヌをファーストネームで呼ぶのを聞いたのは久しぶりだった。モーティにとっては彼女は〝あんたの奥さん〟であり、ミスター・シングルトンにとっては〝ミセス・マディソン〟、ジェンナにとっては〝わたしの妹〟、アレクサンドリアにとっては〝母さん〟だった。しかし、ジェーン・フォーブズにとってはずっと〝サンドリーヌ〟であり、その名前がそんなにも柔らかく、失われた悲しさをかすかに漂わせて口にされるのを聞くと、わたしはなぜか胸を刺されたかのように感じ、思わずかすかに身を乗り出したが、陪審員のひとりがそれに目を留めたことに気づいて、動きを止めた。わたしがにわかに関心を示したことに、その陪審員が何を読み取ったのか？　それはわたしには答えられない問いだったが、わたしはふたたび背筋を伸ばして、まるで名優みたいに、陪審員たちに向ける顔を整えた。

「フォーブズ博士」とミスター・シングルトンは言った。「ミセス・マディソンの死に先立つ数週間に、あなたには何度か彼女と会話をする機会がありましたか？」

たしかにそういう機会があり、彼女はさらに説明した。

「わたしはサンドリーヌをそれほどよく知っていたわけではなかったんですが、今年の四月、月の終わりころ、たまたま貯水池で顔を合わせました。サンドリーヌはとても疲れているようでした。彼女は教授会ではいつもとても目立つ存在で、生き生きとしてエネルギーにあふれていたので、そんなふうに疲れ果てた顔を

「ミセス・マディソンはそのときご主人のことに少しでもふれましたか？」とミスター・シングルトンが訊いた。

「〝そのとき〟というのがその日の会話という意味なら、いいえ、ご主人のことにはふれませんでした」とジェーンは答えた。

「その後の会話ではどうでしたか？」とミスター・シングルトンが尋ねた。

「その後の会話では、そう、彼にふれたこともありました」

「どんな性質のやりとりがあったか教えていただけますか？」

ジェーンの証言を聞いていると、そのやりとりはかなりありふれたもののようだった。貯水池のまわりをジョギングしながら、そばのベンチにいっしょに坐って、サンドリーヌはわたしたちの初めのころの話をした。わたしといっしょにした旅行、彼女がどんなに旅していたのはふつうではありませんでした」

「そんなふうに見えたことをあなたはミセス・マディソンに言いましたか？」とミスター・シングルトンが訊いた。

「いいえ、彼女が自分でそう言ったんです」とジェーンは言った。「すっかり消耗してしまったと彼女は言いました。そういう言い方をしたんです。消耗してしまったと。それから、自分の病気のことを話してくれました。話しはじめてからまだ数分のうちにです。彼女は学生に打ち明けるべきかどうか迷っていました。学生たちに憐れまれたくはないし、できるだけ長く教えつづけたいと思っている。それについてはマルコム・エスターマンとも話をしたけど、わたしの意見も聞きたいということでした」

では、このきわめてむずかしい意志決定についてサンドリーヌはふたりの人間に相談したが、わたしはそのどちらでもなかったのか。

が好きかということ、その後わたしたちがほとんど旅行していないこと。わたしたちが初めて会ったときのことについて、彼女はわたしがとくに魅力的だとは思わなかったが、〝興味深い〟人だったという言い方をしていた。わたしは背が高すぎたし、痩せすぎていたとも言っていた。けれども、その後、彼女が気づいたのは、わたしがいつも本を読んでいることではなく、どんなふうに読んでいるかということで、彼女の言い方によれば、わたしは〝心をこめて〟読んでいたのだという。感傷的な、ほとんどメロドラマチックな言い方ではあるが、当時は、たしかにそうだったかもしれない。

「あるとき、彼が図書館の個人閲覧席の小さな仕切りのなかで本を読んでいるのを見たことがあったそうです」とジェーンはつづけた。「本から顔を上げたとき、彼はあまりにも悲しそうな、あまりにも悲嘆に暮れた顔をしていたので、彼女ははっと息を呑んだそうです」

彼女はそこで間を置いた。芝居がかった間の取り方だったので、わたしはなにかが来ることを予感して警戒した。ほんのわずかに体に力が入ったせいで、わたしは前に乗り出す姿勢になり、俳優のポーズがくずれてしまった。

「けれども、数年後には、そういう表情は消えて」とジェーンはつづけた。「しばらくすると、二度と見られなくなってしまった、と彼女は言いました」

「しかし、彼女はそれを見たいと思っていたのではありませんか？」とミスター・シングルトンが訊いた。

「ええ、そう思っていると言っていました」とジェーンは答えた。

「そして、ある特別のときに、彼女はそれを期待していたのではありませんか？」

「はい、そうでした」

「彼の悲しみを、あの悲嘆に暮れた表情を」と、ミスター・シングルトンは強調するように言った。

「そうです。彼の悲しみを」

「その特別なときというのは、彼女がご主人の顔に悲しみの表情を見たいと心から願ったときというのは、どんなときだったか、ミセス・マディソンはあなたに言いましたか？」

「はい、言いました」

「それはどんなときだったんですか、フォーブズ博士？」

「自分が死にかけていることを彼に打ち明けたときです」と証人は答えた。「自分の病状を彼に教えるのをためらったのは、彼の顔にその悲しみを見ることができないかもしれないと恐れていたからだと言っていました。そして、ようやく彼に打ち明けたとき、やはり恐れていたとおりになったそうです」

わたしは自分を抑えられなかった。そういう破壊的な答えにはどんな反応も示さないようにしたいと思っていたが、それでも自分を抑えきれず、思わず目をつぶって、まるで目に見えない手で押されたかのように、がっくりと椅子の背にもたれかかった。

そのあとは、ただ巨大な空洞からいろんな声が聞こえてくるだけだった。

「そういう会話をしているとき、ミセス・マディソンは自分の人生全般について話しましたか？」

「はい、話しました。たとえばソルボンヌの学生だったときに書いた論文のことを話してくれました。ブランシュ・モニエという女性の裁判についての論文です。その人は家族によって長年監禁されていて、屋根裏部屋に鍵をかけて閉じ込められているのを発見されたのです。ほとんど餓死寸前で、ひどく不潔な状態で暮らしていたということでした。鎧戸も閉じて釘付けにされ、ほとんど完全な闇のなかで暮らしていたそうです。それにもかかわらず、最後に解放されたとき、彼女はその屋根裏部屋を〝かわいらしい小さな洞窟〟と呼んだそうです」

「『かわいらしい小さな洞窟』ですか?」とミスター・シングルトンが繰り返した。

「そうです。それがサンドリーヌが引用した言い方でした」

「で、ミセス・マディソンはその物語について何か言いましたか?」

「ある意味では、それは自分の物語だと言いました」

「自分の物語?」

「長いあいだ、自分は『かわいらしい小さな洞窟』に、冷たくて暗い場所に住んでいたのだ、と彼女は言いました。そして、多くの女がそういう場所に住んでいるのだと思うとも言いました。かつてひとりの男を愛した核になる理由がなくなってしまったとき、女は必然的にそういう場所に住むことになるというのです」

「核になる理由?」とミスター・シングルトンは聞き返した。「ご主人を愛した核になる理由が何だったのか彼女は言いましたか?」

「はい」と証人は答えた。「やさしさです。彼はそのやさしさを失ってしまった。心の温かさを。人に同情する能力を。やさしい思いやりのある気持ちをなくしてしまった、と彼女は言っていました」

わたしは目をつぶったままだった。いまや、両のまぶたが引き下ろされ、重しで固定されて、もはや目をあけることはできなかった。

その暗闇を見つめながら、わたしはサンドリーヌの診断結果を自分がほとんどなんの感情も表さずに聞いたことを思い出していた。あとになって——自分が気にかけている証拠に——やさしい、同情的な振る舞いをあれこれしたが、そのどれひとつとして心からのものではなかった。彼女はそういう感情のない身振りを見透かして、それが血の通わない見せかけにすぎないことを見抜いていたのだろうか?

「彼がそういうものをすっかり失ってしまっているこ

とを悟ったのは、診断結果が出る一週間くらい前、あるものを見たときだった、と彼女は言いました」

ジェーンの声がいまや陰鬱さを帯びていることが、暗室の底にいるわたしにもはっきりと聞き取れた。同時に、彼女が苦労して、自分の声のテノールの響きをくずすまいとしているのもわかった。あたかもこれから話そうとしていることがその自制心を脅かし、ピンと張っていた心の糸をゆるめて、なんとか維持している声をうわずらせかねないと思っているかのように。

「それは彼女が知り合いのある女性の家に行ったときのことでした。その人はその前年に乳癌になり、最近マンモグラムを受けて、その結果を待っているところでした。サンドリーヌがまだいるうちに、彼女のご主人が帰ってきました。彼が郵便物を取ってきて、そのなかにマンモグラムの結果がありました。彼がそれを開封し、いっしょに、その男の人と奥さんがいっしょに診断結果を見たそうです。それを読んでいるあいだ、ふたりはなにも言わなかった、とサンドリーヌは言いました。それから突然、その男の人の目にいっぱい涙が湧き出して、奥さんを腕のなかに引き寄せて言ったそうです。『癌はなかった、癌はなかったんだ』って」

「その経験について、ミセス・マディソンはどう思ったんですか？」とミスター・シングルトンが訊いた。

「これが愛だ、これこそほんとうの愛だと思ったそうです」とジェーン・フォーブズは答えた。「自分の奥さんに癌がないことを知ったとき、その人は歓喜と安堵と、彼女によれば——わたしはその言葉を覚えていますが——『心からの感謝』の念で涙を流したのです」

わたしは目をあけた。それで終わりだと思ったからだったが、実際にはそうではなかった。

「それから彼女はこう言いました」とジェーン・フォーブズはつづけた。「自分の夫が〝物事へのやさしい気持ち〟を失ってしまったことにはまだ耐えられる。

結局のところ、多くの女性がその事実に耐えているのだから。けれども、問題は彼を本来の彼自身に立ち返らせる方法が見つからないことだというのです。彼女はほかのなによりもそれがしたかったのに、もう時間が残されていないと」

「わかりました。で、あなたが最後にミセス・マディソンと話をしたのはいつでしたか？」

「亡くなる一週間ほど前でした」とジェーンは答えた。

「そのとき、彼女は自分の病状について話しましたか？」

「いいえ。彼女が話したのは娘さんのこと、どんなに娘さんを愛しているかということでした」

「ミスター・マディソンについてなにか言いましたか？」

「いいえ、言いませんでした」

「自殺についてなにか言いましたか？」

「いいえ。一時間くらい話しましたが、サンドリーヌはなにか書き上げたいものがある、クレオパトラに関するちょっとしたメモを書き上げたいのだと言っていました」

「ちょっとしたメモ？」

「そうです」

「自殺と関係のあるメモではなくて？」

「いいえ、クレオパトラについて彼女が考えていたことに関するメモです」とジェーンは答えた。「前半の部分、一ページくらいはすでに書いたけど、最後の一節を書き終えたいということでした。わたしは、すぐその翌日にでも、また彼女に会えるものと思いこんでいたんですが、彼女はそれっきり貯水池にはやってきませんでした。そして、一週間後に、彼女が亡くなったことを知ったんです」

「それでは、貯水池のそばでのその午後が、あなたがミセス・マディソンに会った最後だったんですね？」

「はい」

「しかし、そのクレオパトラについての会話ですが、それがあなたと彼女との最後のやりとりではなかったんでしたね？」

「ええ、正確には、そうではありませんでした」

だが、ふたりはそのあとは一度も会っておらず、サンドリーヌはその一週間後に死んでいる。それが最後のやりとりではなかったなんてことがどうしてありうるのか？

「彼女が亡くなった数日後、サンドリーヌからの手紙を受け取ったんです」とジェーン・フォーブズは言った。「亡くなった日の午後に発送された手紙でした」

ミスター・シングルトンは自分のテーブルに戻って、一枚の紙片を持ってくると、ジェーン・フォーブズに手渡した。

「これがその手紙ですか？」と彼は尋ねた。

「はい、そうです」

「その手紙の内容を説明していただけますか？」

「これはクレオパトラに関する彼女の考えの最後の一節だと思われます」とジェーンは答えた。「この裁判にはなんの関係もないと思っていたんですが、サンドリーヌが自分の最後の考えだとしてベッドのそばに残したメモをアラブランディ刑事が読み上げたとき、無関係ではないと気づいたので、わたしはあなたに連絡したんです」

ミスター・シングルトンは頭を傾けてそのメモを指した。「それを読み上げていただけますか？」

彼女はそのとおりにした。

カエサルは俗物で、しばしばこの世の下層を構成する無知蒙昧な人間たちをいかにも愉快そうに冷笑した。しかし、クレオパトラは、人生の最後の日々に、そういう虚栄心がもたらす結果を、その毒が心を麻痺させることを理解していた可能性が大きい。もしもそれが事実ならば、エジプトコブラの毒牙が自分の肉に食いこむのを感じながら、彼女は案じたにちがいない。自分が命がけで変えてやらなければ、カエサルはずっとその愚行をつづけ、かつて存在したもっとも残酷な人間とおなじくらい、やさしさというものを知らずに死んでいくことになるだろう。そんな侘びしい運命から彼を救ってやることこそ彼女の愛の目標になり、勝利の証になり、彼に罪を贖《あがな》わせることこそ彼女の最後の、置き土産になるだろうと。

ジェーン・フォーブズがその手紙をミスター・シングルトンに返して、モーティの反対尋問を待っているあいだ、わたしは胸のうちで考えていた。ほかの人たちはこれを聞いて、サンドリーヌのクレオパトラに関する考えを聞いたとしか思わないかもしれないが、わたしはその悲痛な文章の行間を読み取り、衝撃的なメッセージを理解して、彼女の献身的な心を感じることができるのだと。

ああ、わたしの愛しいサンドリーヌ、とこの予定外の証人を尋問するためにモーティが立ち上がったとき、わたしは考えていた。ああ、わたしは何というものを失ってしまったことか。

モーティとの夕食

『アンドレとの夕食』というのがサンドリーヌのお気にいりの映画のひとつだった。モーティと夕食をする約束をした〈パピーズ・ステーキ・アンド・ブルー〉に向かって車を走らせながら、わたしは思い出していた。彼女が気にいっていたのは、会話のなかごろでふいに形勢が逆転して、ちびで、ずんぐりむっくりの、すこしもぱっとしないウォレス・ショーンが、ふいに自分の人生について雄弁に語りはじめるところだった。ふたりの会話を聞いているうちに、はるかに世知に長けたアンドレの人生より、意外にも、この男の人生のほうが静かな豊さに満ちた、意味のあるものとして浮かび上がってくるのである。

モーティの向かい側に腰をおろしたとき、わたしは依然としてこのちょっと変わった小品へのサンドリーヌの愛着について考えていた。わたし自身は、俳優の演技に意外性がなく、メッセージもどちらかというと陳腐だと考えていたのだが。席について店内を見まわすと、カウンターの上にはロングホーン、飾り気のない木のテーブルに赤いチェック模様のクロスが目に入った。

「あんたはこういう店は好きじゃないかもしれないが」とモーティが言った。「わたしがここを選んだのは、コバーン大学の人間とでくわす可能性があまりないからなんだ」

わたしは肩をすくめた。「わたしはどこで食事するかを気にする段階はもう通り越してしまったよ、モーティ」

彼はわたしをまじまじと見つめた。「裁判が終わるころにはあんたはかなり疲れ切っているだろうと警告したはずだが」

わたしはうなずいた。「まあ、それだけはほんとうだ」

モーティは注文してあった巨大なビールジョッキから一口飲んだ。「あんたはジェーン・フォーブズをどう思ったかね？」と彼は訊いた。

わたしがそれに答える前に、ウェイトレスが来たので、モーティはステーキと数種類の付け合わせとビールのお代わりを、わたしはサラダだけを注文した。

「わたしとしては、彼女の証言にはそれほど破壊的なものはなかったような気がするんだが」とモーティはつづけた。「あんたはそんなに近づきやすい人間じゃない。しかし、だからどうだというんだ。あんたの奥さんはときどきふさぎこんだり、寂しがったりしたかもしれないが、それが死刑に値するのかね？」彼は片手を振った。「ばかばかしい」

彼によるジェーンの反対尋問は礼儀正しくかつ当を得たものだった。ミスター・シングルトンの質問に対する彼女の答えをひとつひとつ取り上げて、一歩ずつ、彼女がサンドリーヌの口調に不安を聞き取ったことはなく、夫に殺されるかもしれないとかすかにでも疑っていた兆候はないことをジェーンに認めさせた。そのあと、彼はさらにつづけて、サンドリーヌとの会話のなかで、彼女に注意したほうがいいとか、地方当局すなわち警察に相談したほうがいいとか言いたくなるようなことを少しでも聞いたかどうかと質問したが、それに対しては、ジェーンは非常にはっきり「いいえ」と答えた。

「それにしても、あのクレオパトラに関するメモだが」と、巨大なビールジョッキからさっと一口飲んでから、モーティはつづけた。「あれはシングルトンには藪蛇になるかもしれないぞ。あんたの奥さんがインテリ女に見えることになるから」彼は肩をすくめた。

「いずれにせよ、裁判は終盤に差しかかっている。だから、もう一度弁護方針を確認しておきたいと思ってね」

料理が来て、モーティはすぐさま熱心に食べはじめた。わたしは自分の皿をつついたが、少しも食欲がないことを彼はすぐに見て取った。

「衰弱してしまうぞ」と彼は言った。「何が問題なんだ？」

わたしは肩をすくめた。「意志の欠如だ」

「何に対する？」

「裁判をつづけることに対する」

「おい、それはないだろう」と、モーティは打ち消すように手を振ったが、そのあと、わたしの顔をじっと観察してから、こう言った。「本気なんだな？　もっとひどいことが出てくるのを知っているからかね？　サンドリーヌから？」

わたしが答えずにいると、彼は身を乗り出して、いかにも最良の弁護士らしい、父親らしい表情を浮かべた。「彼女はあんたを殺そうとしているんだぞ、サム。あんたの言うとおりだったんだ」

またもや、わたしはなんとも言わなかった。

「ところで、弁護のことだが、わたしはそれを持ち出したいと思っている」とモーティはつづけた。「じつは、奥さんに関するいくつかの可能性を持ち出さないというあんたの決定を考えなおすべきじゃないかと思うんだがね」

わたしの沈黙が彼をけしかける作用をしているようだった。

「彼女は黒後家グモなんだ、実際」と彼は言った。「典型的な黒後家グモで、かび臭い自分の穴の底からあんたの墓穴を掘ろうとしているんだ。しかも――」

「やめてくれ」とわたしは穏やかに言った。「やめてくれ、モーティ」

そして、わたしは立ち上がった。

「夕食をありがとう」とわたしは静かに言った。「では、あした」

まっすぐ家に帰りたくはなかった。アレクサンドリアがいるはずだったからである。ひとりになって、襲いかかってくるさまざまな矛盾する考えになんとか折り合いをつけたかった。サンドリーヌに関するありとあらゆる考え、彼女がわたしに何をしようとしているのか、していないのか、そして、それはなぜなのか。

しかし、腰をおろして考えられる場所はどこにもなかった。いまでは図書館にさえ行けなかった。物を考えるために最後に行ったのはそこだったが、立ち並ぶ書棚の彼方からミセス・クレンショーがじっと見ていることにわたしは気づいた。彼女はサンドリーヌとわたしを最初にコバーン大学に招いた男の未亡人だった。わたしたちをコバーンに招聘するため、あれこれ尽くしてくれたのがいまは故人になった親切な彼女の旦那だった。わたしが彼女の姿を認めると、向こうではさっと目をそらしたが、それで彼女がどんなふうに思っているかがよくわかった。わたしは彼女の亡夫の評判を汚したばかりか、彼が倦むことなく尽力していた大学や古風で良識的なこの大学町に汚辱をもたらしたと思っているにちがいなかった。

したがって、図書館はわたしには門戸が閉ざされていたし、市場や雑貨店、かつてはわたしを歓迎してくれたそういう場所も、二度と歓迎してくれないにちがいなかった。裁判の結果がどうであれ、わたしはすでに醜悪な大騒ぎを引き起こしたのであり、わたしがこの地に住んでいるかぎり、それはわたしにまつわりついて離れないだろう。それに疑問の余地はなく、いずれはこの町を出ていかざるをえないだろう、とわたしは思った。わたしの胸には大きな赤いAという文字が書かれているのだから。もちろん、そういう文字が書かれて然るべきコバーンの住人はほかにも大勢いるが、わたしの生ぬるい情事はあっと驚くほど大々的に明るみに出されたので、その爆発音の反響が町の公園やすてきな木陰のある歩道を一歩歩くたびに、あたりに響きわたるにちがいなかった。

というわけで、わたしは近隣のいろんな地区を車でグルグル走りつづけた。そうしているうちに、叔父から聞いた戦争の話が、ミッドウェー海戦でアメリカ軍の戦闘機が日本の艦隊の大部分を沈めたときの話が頭に浮かんだ。叔父はじつに面白そうに話してくれたのだが、日本人のパイロットが母艦に戻ろうとしたとき、母艦があるべき場所には黒煙と燃える油膜しかなかったのだという。そのときは、彼らを犠牲《だし》にしてわたしも陰険な笑い声をあげたような気がするが、いまやその不運なパイロットとまったくおなじように、波間に消えた避難所を探して、わたしは当てもなくグルグル走りまわっていた。

夜中の十二時が近づいて、過ぎていった。一時になると、アレクサンドリアはもう眠っているにちがいないから、クレセント・ロード237番地のドライブウェイに忍びこんでもいいころだ、とわたしは自分に言い聞かせた。自分の家にひそかに入っていき、そっと廊下をたどって、ようやくベッドに体を横たえ、もう一晩眠れない夜と格闘することができる頃合いだろうと思った。少なくとも、いまなら、これ以上なにごともなくベッドにたどり着けるだろうと。

だが、そうはいかなかった。

わたしが車から下りると、背後から彼女が近づいてきた。影のなかから、深みから現れるなにかみたいに、海面下に潜んでいるのではないかと永遠に人が恐れているサメみたいに。かすかな、葉擦れのような、不気味な音がして、振り返ると、彼女が近づいてくるのが見えた。家を取り囲む、手入れをしていない生け垣の壁の背後から、彼女は文字どおり、ぬっと現れた。

「車は数ブロック先に置いてきたわ」と彼女は言った。

「エイプリル」とわたしはつぶやいた。

「あなたに会う必要があったのよ」

ほっそりした体を黒いオーバーコートで包み、ウェストをベルトで締めて、襟を立てていたので、喉元から小さな尖った翼が羽をひろげているように見えた。ペイズリー織りのスカーフを首に巻いて、端をコートのなかにたくしこみ、わたしには推し量れない理由から、黒い革手袋をしていた。まるでこれが犯罪現場で、指紋を残したくないと思っているかのように。しかし、エイプリルはあくまでエイプリルらしく、じつにちぐはぐなことに、白いスニーカーを履いていた。

一瞬、標的との距離と射程を合わせようとするかのように、彼女はわたしから数歩のところで立ち止まった。

「ここに来てはいけないことはわかっているの」と彼女はささやいた。そして、明かりの消えた家のほうにちらりと目をやった。「娘さんがいるんでしょう?」

「もう眠っているよ、間違いなく」

「ほかには来る場所がなかったのよ」と彼女は言った。「会いにくる場所が」

「わかっている」とわたしは言って、彼女がなにか言うのを待った。だが、ただ凍りついたように立ち尽くしてわたしを見つめているだけだったので、店に入ってきた客に声をかける店員みたいに気楽な口調で、わたしは言った。「なにかわたしにできることがあるのかい、エイプリル?」

わたしの台詞のじつに軽率なばからしさが、彼女から歯を剥き出してうなるような笑い声を引き出した。

「あなたにできることですって?」と嚙みつくように言い放つと、彼女のなかに潜んでいるとは想像もしなかった怒りをあらわにした。彼女はとっさにそれを抑えつけ、わたしは胸を撫で下ろしたが。「ああ」と彼女はささやくように言った。「もうメチャクチャよ。メチャクチャ……」

「わたしが言いたかったのは……エイプリル」とわたしは口ごもった。「言いたかったのは、もしもなにかきみのために――」

「もうわたしのことじゃないのよ」と、いまやとても穏やかな、ひどく打ちのめされた声で彼女は言った。「クレイトンなの。彼は耐えられないのよ、サム。わたしが証言台に立つことに」彼女はあの物乞いをするような目でわたしを見つめた。ボロボロになった心が皮膚みたいに垂れ下がっているような気がした。「こんな仕打ちを受けることを彼はなにもやっていないのに。やったのはわたし、あなたとわたしなのに」

「わたしたちがやったことは裁判とはなんの関係もない」とわたしは弱々しく言った。「あのことはもともとけっして公には――」

「なら、だれが悪いの?」初めに爆発させたあの怒りをふたたびあらわにする気配を漂わせながら、彼女がさえぎった。「犬なの? 猫なの?」

「わたしの言いたいことはわかっているだろう、エイプリル?」

「クレイトンがこんな目に遭っているのはだれのせい?」とエイプリルは訊いた。「だって、ひとつだけ確かなのは、彼にはなんの責任もないということだからよ、サム。わたしたちがやったことにも、そのあと起こったことにも」

そのあと……というのは、もちろん、サンドリーヌが死んだことだった。彼女が死という言葉を口にしたがらないのは、それが殺人だったかもしれないと考えている証拠だった。

「彼らはひどいことを言うにちがいないわ、サム」と、いまや静かに泣きだしながら、彼女はつづけた。「わたしたちがクレイトンとサンドリーヌを笑いものにしたとか」彼女は嘆願するような目でわたしを見た。「わたしたちが使った名前のこと、覚えてるでしょう? それに、あなたが書いたあの小説。わたしはあれを読み上げさせられるのよ、サム!」彼女はうなだれて、すすり泣いた。「わたしたちは怪物よ」と彼女はつぶやいた。「だれもがわたしたちは怪物だと思うでしょう」

「わたしに何をしてほしいんだい、エイプリル？」とわたしは尋ねた。「いや、わたしに何ができると思っているんだい、と訊くべきかもしれない。というのも、わたしにはもはやなにもできないからだ。ずっと前から、もうどうしようもなくなっているんだ」わたしは大波に襲われるのを感じた。真っ赤な、煮えたぎる大波に。それに持ち上げられ、ひっくり返され、破壊的な力ではじき飛ばされた。「わたしは何者でもないんだ！」とわたしは激しい口調で言った。「わたしは何者でもない！」

彼女は顔を上げて、陰鬱な驚きの目でわたしを見つめた。あたかも眼前のわたしがバラバラになり、腕がもげ落ち、脚ががっくりと折れて、粉塵の雲のなかで崩壊するビルみたいに、くずれ落ちていくかのように。わたしの心のなかで起こったことがそのままそっくり外部に現れるのを目の当たりにして、それにどう対処すればいいのか、いや、そもそもそんなものに対処する方法があるのかどうか、わからずにいるみたいに。

やがて、ようやく、彼女は言った。「ときどき思うことがあるの、あなたがやったのかしらって」

「そんなことは思わないでほしい」とわたしは穏やかに言った。「わたしはやっていないんだから」

「もしもあなたがやったのなら」と、驚くほど率直で正直な口調で、彼女はつづけた。「有罪になってほしいわ」

「もちろんそうだろう、エイプリル」

わたしは少し前にモーティから言われたことを思い出した。殺人犯人を弁護する古くからの南部的やり方は、被害者が殺されても仕方のない人間であり、被告が——つらい目に遭い、嘘をつかれ、辱められた——被告がそれを実行するのにぴったりの人間だったことを示すことだという。

「もちろん、そうだろう」とわたしは繰り返した。

束の間の沈黙のあと、彼女は言った。「わたしはあした証言するのよ」

「知っているよ」

「クレイトンも来るわ」いまや目を光らせて、彼女はつづけた。「わたしひとりで立ち向かわせるわけにはいかないって、彼は言うの。これは騎士道精神の問題だって。そう言ったのよ、騎士道精神だって。それが彼の信念なのよ。彼はそういう人なんだわ」

「彼のところに帰るがいい」とわたしは彼女に言った。

彼女はかぶりを振った。「わたしは彼にはふさわしくない」

彼女は一瞬わたしの顔を見つめ、それから、それ以上はなにも言わずに、ゆっくりと後ろを向いて、庭の明かりが届かない暗闇のなかに姿を消した。

しばらくのあいだ、わたしは戸外の星空の下に立っていた。歩道を遠ざかるエイプリルの白いスニーカーのかすかな足音に耳を澄ましていた。だが、やがて、それも聞こえなくなった。それから、家のほうを振り返ると、窓辺にじっと立っているアレクサンドリアの姿が見えた。じっとしているのに震えているみたいに、幽霊のように揺れ動くホログラムの映像みたいに見えた。

わたしが玄関に着いたときには、彼女は下りてきていた。

「じゃ、彼女だったのね」とアレクサンドリアは言った。

彼女は新聞や地元のテレビでエイプリルの写真を見ていた。

「もっと年取っているように見えたけど」と彼女はつづけた。

「悩みがあると老けるものさ」

「それに、あまりきれいでもなかった」

「そう、あまりきれいじゃない」とわたしは同意して、ぼうに締めくくった。「わたしにもよくわかったよ」

彼女のわきをさっとすり抜け、家のなかに入っていった。わたしはまっすぐベッドに向かうつもりだったが、廊下を半分ほど行ったところで、アレクサンドリアの質問がわたしの足を止めた。

「彼女に何があったの、父さん？」と彼女が訊いた。

わたしは振り向いて、娘の顔を見た。「エイプリルになにかがあったわけじゃない」とわたしは言った。「わたしのほうにあったんだ」

「それは何だったの？」

「わたしの挫折だと思う」とわたしは言った。

アレクサンドリアの目が妙にやさしくなった。

「あまりにも深い挫折だったから、わたしはそれを認められなかった。だから、それをほかのみんなのせいにしていたんだ」とわたしはつづけた。

それを認めたショックで、まだ残っていた自分が粉々に砕け、飛び散ったような気がした。「さあ、わかったろう、アレクサンドリア」とわたしはぶっきら

第九日

エイプリル・ブランケンシップを証言台へ

彼女は法廷の前列に席を占めていた。そして、そのかたわらには、みずからの気高い約束にたがわず、クレイトンが坐っていた。上質な黒のスーツ、襟には小さな赤いバラ。古い種族の紳士、サンドリーヌがかつて騎士と呼び、疑う余地もなく尊敬していた男である。

わたしが法廷に入っていったとき、ふたりはすでに席に着いていたが、わたしが被告席のテーブルに着いても、どちらもわたしを見ようとはしなかった。それに応じて、わたしも彼らのほうを見ようとはせず、モーティから渡された書類で忙しいふりをした。実際には、それはなんでもなく、わたしがどうしていいかわからないときや退屈したときに使うように言われている小道具にすぎなかったが。「なにか読んでいるふりをするだけでいい」と、裁判がはじまったばかりのころ、彼はわたしに言ったものだった。「あんたにはむずかしいことじゃないだろう」

だが、この日、裁判の第九日には、わたしはもはやそういうジェスチャー・ゲームをする気にはなれなくなっていた。だから、書類をきちんとそろえおえると顔を上げ、彼女の名前が人で埋まった法廷に響きわたるまで、まっすぐ前を見つめていた。

「エイプリル・ブランケンシップを証言台へ」

彼女がふらりと席から立ち上がったとき、わたしはちらっと視線を投げずにはいられなかった。彼女はクレイトンを見下ろし、彼は手を伸ばして、そっと彼女の手にふれた。その仕草を見て、わたしはオスカー・ワイルドの人生のあの恐ろしい瞬間、彼が刑務所に連行されようとする瞬間のことを思い出した。凋落した劇作家をあざ笑おうとして集まった群衆のなかにひとりの友人が分け入って、ワイルドがその前を通りすぎたとき、じつに恭しく帽子を取ったのだ。ああ、それだけのこともしない悪辣な、じつに悪辣な連中が永遠に天国で暮らしている、とのちにワイルドは書いている。クレイトン・ブランケンシップもやはりそうするにちがいない、とわたしは思った。

証言台のエイプリルは、その前夜わたしの家に現れたときとはまったくの別人に見えた。無地の青いスカートに白いブラウスで、その彩りのせいか、ふわりと空に浮かぶ雲みたいに重さも実質もない感じだった。白い両手が二羽の死んだ小鳥みたいに膝に載せられていた。いや、完全に死んでいたわけではなく、ブルブル小刻みに震えていた。爪を淡いピンクに塗り、髪はひっつめにしてピンで留めていたので、ほとんどオールドミスみたいに見えた。彼女が〝もうひとりの女〟だったと想像するのはむずかしかった。実際、わたしにはそういう女としての彼女の記憶はほとんどなかった。すべてがあまりにも気乗りのしない、なんの情熱もなく意味もないものだったので、そのなんでもなさが、そうでなければ内容のある名詞からすっかり中身を抜き取ってしまったかのように。

ミスター・シングルトンにとって、彼女はじつに料理しやすい獲物であり、一枚の薄い紙切れみたいに、なんの苦もなくずたずたに切り裂いて、風に吹きとばさせることができるにちがいなかった。

「さて、それでは、ミセス・ブランケンシップ」と彼は切りだした。エイプリルが既婚婦人であることを殊更ながら強調した言い方だった。「コバーンに住むようになってどのくらいになりますか?」

彼女はここに十七年間住んでいた。

仕事はしていなかった。つまり、彼女は自分が薄情にも裏切った善良で勤勉な夫に全面的に頼って生活していた、と陪審員は推測できたわけである。

「結婚してどのくらいになりますか、ミセス・ブランケンシップ？」

「十二年です」

「あなたはコバーン大学の南部史の教授、クレイトン・ブランケンシップ博士と結婚されているんですね？」

「はい」

「ブランケンシップ博士とはどこで知り合いましたか？」

「わたしは大学の学部事務室のひとつで働いていたんです」

「どの学部ですか？」

「史学部です」

ああ、それでは、彼女は下級事務員で、おそらくスカートを不適切な高さまで上げるとか、ウォーター・クーラーのそばでにじり寄るとか、そのほかのおなじくらい商売女じみた手管で、孤独な年配の男やもめの注意を惹いたのだろう。

そっと右手を盗み見ると、クレイトン・ブランケンシップの頭にもいままさにそういう考えがよぎっているにちがいない、とわたしは思った。厳かで、悲しげで、やる瀬ない顔をしたこの古典的な紳士は、まず妻の裏切り行為を突きつけられ、さらにいまや紳士的なところなど微塵もない検察官によって彼女が辱められる場面に直面していた。

「あなたは大学院での学位はおもちでないんですね、ミセス・ブランケンシップ？」とシングルトンが訊いた。

「はい」

「大学の学部の学位もですか？」

「はい」

「そうですか。では、あなたの最終学歴はどこまでなんですか、ミセス・ブランケンシップ？」

「高校を卒業しただけです」

「高卒ですか」とミスター・シングルトンは脇台詞みたいに低い声で繰り返した。クレイトン・ブランケンシップほど学識のある男が、貧しく無教育なエイプリルに興味をもったとすれば、それはあきらかに扇情的な理由からにちがいないという考えを強調するかのように。

その仄めかしを聞いたとき、クレイトンはほとんど震えだしそうだった。まさに映画『嘆きの天使』そのもので、あまりの哀れさに、わたしは思わず目をそむけ、ふたたびエイプリルのほうを見ずにはいられなかった。

彼女はポケットから白いハンカチを取り出して、細い小鳥みたいな指でしきりにこねくりまわした。

「ところで、コバーン大学で働いているときに、あなたは別の教授とも知り合いませんでしたか?」とミスター・シングルトンが訊いた。「こちらは英文学部の教授で、サミュエル・ジョゼフ・マディソン博士という人ですが?」

エイプリルはうなずいた。

「声に出して返事をしてもらう必要があるんですがね、ミセス・ブランケンシップ」とミスター・シングルトンはきびしい口調で指摘した。「うなずくだけではだめなんです」

「はい」とエイプリルは弱々しく答えた。

「マディソン教授と知り合ったのはいつでしたか?」

「正確にいつだったかはわかりませんが、たぶん——

——」

「べつに正確な日付を言ってほしいというわけではありません」とミスター・シングルトンがさえぎった。

「では、こう質問させていただきましょう。あなたはマディソン教授と関係をもったことがありますか?

〝関係をもつ〟というのがどういう意味かはおわかりだろうと思いますが、違いますか、ミセス・ブランケンシップ?」

「ええ、わたしたちは……その……わたしたちは……」

「性的交渉をもったのですね?」

「はい」

「その関係はどんなふうにはじまったのですか?」

つづく数分のあいだ、シングルトンはしだいに動揺を深めるエイプリルに、わたしたちが結局は近くのレイルズフォードという町の〈シェイディ・アームズ〉モーテルにたどり着くまでの侘しい過程を一歩ずつたどらせた。不況にあえぐ小さな町、レイルズフォード。福音派の店頭教会や閉鎖された織物工場、知り合いのコバーンの住人がいちばんやってきそうもないところだった。わたしたちが〝会う場所〟——としか彼女は言わなかったが——を見つけたのはそこだった、といまや目の端をハンカチでぬぐいながら、エイプリルは言い、さらにつづく質問に答えて、その意味ありげな名前をほとんどささやくような小声で言った。

「シェイディ・アームズです」

「シェイディ・アームズと言われたんですか?」とミスター・シングルトンが大声で聞き返した。

「はい」

「〈シェイディ・アームズ〉はモーテルですね?」とシングルトンは訊いた。

「はい」

「もっと大きな声で言っていただけませんか、ミセス・ブランケンシップ」とシングルトンが大声で言った。「あなたの発言を記録する必要があるんですから」彼は、なんという哀れな売女だとでも言うかのように、陪審員席にちらりと目をやり、それからその憤懣やる方ないと言いたげな視線をエイプリルに戻した。「日付を覚えていますか?」

「いいえ」

「では、〈シェイディ・アームズ〉にチェックインしたとき使った名前を覚えていますか？」

「はい」

「もっと大きな声でお願いします」

「はい」

「何という名前でしたか？」

わたしは自分の体がこわばるのを感じた。絶対に、そんなことを質問する必要はないはずなのに、とわたしは思った。

「ローズです」とエイプリルは答えた。

「しかし、あなたの名前はローズではありませんね、ミセス・ブランケンシップ？」シングルトンが訊いた。

「はい、違います」

「姓のほうも偽名を使ったんですか？」

「はい」

「それはどんな名前でしたか？」

いまや、エイプリルの両手はひくひく痙攣する小鳥──仰向けに寝かされ、首に巻かれた紐を締めつけられている小鳥みたいに、激しく小刻みに動いていた。

「ルーミスです」

「ローズ・ルーミス！」とミスター・シングルトンが大声で言った。「それがあなたが被告と会っていたとき、〈シェイディ・アームズ〉モーテルでチェックインする際に使った名前なんですね？」

「はい」

「しかし、あなたの名前はローズ・ルーミスではありませんね？」

「違います」

「では、それはどこから取った名前なんですか、ミセス・ブランケンシップ？」

エイプリルは顔を伏せた。

「ミセス・ブランケンシップ？」

彼女は顔を伏せたままだった。

「映画からです」と彼女は言った。「ある映画でマリリン・モンローが演じた役の名前からです」

その名前を思いついたのはわたしだった。エイプリルとは似ても似つかない役柄だったので、わたしたちはその名前を選んだことを笑った。わたしたちが笑ったのはそのとき一度きりだった。

「何という映画ですか？」とミスター・シングルトンが質問した。

「『ナイアガラ』です」

「その映画で、ローズ・ルーミスという女は不倫をしますね、違いますか？」

「はい」

「それどころか、彼女は自分の夫を殺そうとするのではありませんか？」

エイプリルは泣きだしたが、涙ながらにもかすかに「はい」と答えた。

「なぜなら、自分の夫が年寄りで、弱々しいからでしたね？」

エイプリルはうなずいた。

「質問に答えてください」とシングルトンは吼えたてた。「その映画の夫は、〈シェイディ・アームズ〉であなたがその名前を使った、マリリン・モンローが演じているローズ・ルーミスの夫は、年寄りで、弱々しく、不能で、彼女には若い愛人がいて、彼女は夫を殺したいと思っていたんですね。そうではありませんか、ミセス・ブランケンシップ？」

「そうです」とエイプリルは弱々しく言った。

クレイトン・ブランケンシップに目をやると、依然としてまっすぐ前を見つめていたが、その目にはどこか打ちひしがれたような光があった。

「それで、この女、このローズ・ルーミスという女、あなたがマディソン教授との密会のときにその名前を使った不倫をする女ですが、この女は夫が死んでほしいと思っていたんですね？　夫の声が、夫の表情が、夫の手にふれたときの感触が我慢できないので、厄介払いしたいと思っていたんですよね？」

「はい」

「ミセス・ブランケンシップ、あなたがマディソン教授と会っていたときに、ご主人を殺す話をしたことがありましたか?」とシングルトンが訊いた。

エイプリルは目を見ひらいた。「いいえ」と彼女は叫んで、さっとクレイトンに目を向けた。必死になって否認すると同時に、打ちひしがれながらも赦しを乞うまなざしだった。

ミスター・シングルトンはくるりと後ろを振り向いて、検察側のテーブルに歩み寄ると、一束の原稿をさっと取り上げ、大股で戻ってきて、それをエイプリルの震える手のなかに置いた。

「この短篇小説に見覚えがありますか、ミセス・ブランケンシップ?」と彼は訊いた。

エイプリルはかすかにうなずいた。

「声に出して答えていただきたいんですがね、ミセス・ブランケンシップ」とシングルトンは苛立たしげに言った。

「はい」

「これはあなたのために特別に書かれた小説でしたね?」

「はい」

「あなただけが読むように」

「はい。でも、これは単なる……その……パロディだと彼は言っていました」

「タイトルを読み上げていただきたい」と、ミスター・シングルトンは鋼を打つハンマーみたいに平板な、硬い声で命じた。

エイプリルは目を伏せて、タイトル・ページを見た。

「『愛人の企み』」

なんとすばらしい文芸作品だったことか。わたしの腕の下で、自分のためになにか書いてくれないかと愛らしく懇願したエイプリルを思い出しながら、わたしは思った。しかし、エイプリル・ブランケンシップのためにどんなものを書けるというのか、とそのときわたしは考えたものだった。もちろん、すでに何度となく挫折していた『大地の引力』のように複雑ないし野心的なものはだめだった。繊細さやニュアンスは、サンドリーヌならなんの問題もなかったろうし、難解な文学的ないし歴史的言及をちりばめた作品でも問題なかったろうが、エイプリルの場合にはそうはいかなかった。だから、わたしは安っぽい大衆小説のパロディを書いたのだ。口の横からしゃべる冷酷な台詞、剝きだしの暴力的なイメージ、フィルム・ノワールから拝借した登場人物の名前、語り手はジョニー・オクロックという冷笑的な聖書セールスマンで、バルビツール酸系の催眠薬、とくにネンブタールを常用していた。なぜなら、彼が言うには、「たとえ過剰摂取しても、少なくとも死体公示所では梨みたいな匂いがするから」というわけだった。わたしの最後のフィクションへの試みは、すべてがそういう具合だった。冷酷で嘲笑的で、不正直で残酷であり、作品中の一言一句が、冷笑の一言で要約できるような人生を送った作家によって書かれたものだった。

ああ、なんということだ、とエイプリルの証言がつづいているあいだにわたしは思った。『愛人の企み』は実際の地球の引力から、親切心から、変わることのないやさしさからどんなに遠くかけ離れてしまったことか。

「ところで、〝企み〟という言葉は秘密の計画を意味するのではありませんか？」とミスター・シングルトンが訊いた。

「はい」とエイプリルは答えて、さらにこう説明した。「でも、それは言葉遊びみたいなものだ、とサムは言いました。というのは、企み《プロット》には計画という意味もあるけれど、それは彼らが最後には地面に掘ることになる小区画《プロット》、つまり、墓穴という意味もある。だから……その……二重の意味があるのだということでした」

シングルトンはうんざりしたようなため息を洩らした。

「この場合には、わたしたちに関係があるのは〝企み〟という言葉のひとつの意味だけです」と彼は言った。そして、自分のテーブルに辞書を取りにいくと、証人席に歩み寄って、それを証人に突き出した。

「〝企み〟の三番目の定義を読み上げてください、ミセス・ブランケンシップ」とシングルトンは要求した。

エイプリルは、すでに半分泣き声になっていたが、それでも定義を読み上げた。「『通常は悪意のある不法な目的のための秘密の計画』」

ミスター・シングルトンはエイプリルの震える手から辞書をさっと奪い返して、自分のテーブルに戻ると、あらためて証人のほうに振り返った。

「さて、この小説のタイトルの場合、それはふたりの愛人が抱いた企みを意味しているわけですね？」

「はい」エイプリルは弱々しい声で答えた。

「愛人たちの〝悪意ある計画〟はそれぞれの配偶者を殺すことでしたね？」とシングルトンが訊いた。「男の妻と女の夫を？　それに間違いありませんか？」

「はい」とエイプリルはつぶやいた。

シングルトンの唇をちらりと薄笑いがよぎった。

「あなたは自分の夫を殺す計画を立てましたか、ミセス・ブランケンシップ？」

「いいえ」エイプリルはそっと答えて、ふたたび顔を伏せた。質問はまさにシングルトンの意図どおり効果をあげ、彼女の体はふいに震えだした。「ああ、クレイトン」と彼女は涙ながらに言った。「クレイトン、ほんとうにごめんなさい」

あたかもかつては輝かしかったが、いまや汚辱にまみれた夫の名前の重みに耐えかねるかのように、エイプリルは前かがみになって、頭を垂れた。

それを見ると、シングルトンはさっと証人席に歩み寄った。「この小説の著者はだれですか、ミセス・ブランケンシップ？」とシングルトンが鋭い声で訊いた。

「著者の名前はタイトル・ページに書かれています。その名前を読み上げてください」

エイプリルはかすかに体を起こして、そのページに目をやった。「サミュエル・マディソンです」

シングルトンの目つきが強ばり、一瞬そのまま文字どおり石になるかのように見えた。「で、このふたりの愛人たちは彼らの配偶者を殺そうとするんですね、ミセス・ブランケンシップ？」

「はい」とエイプリルはつぶやいた。

「その殺人の動機は何ですか？」

「厄介払いするためです」とエイプリルは答えた。

「ふたりがいっしょになれるように、ですね？」

「はい」

「その殺人を先に持ちかけたのは男の愛人でしたね？」とミスター・シングルトンが訊いた。

「はい」


「その男の愛人ですが、彼の妻は病弱でしたね？」

「はい」

「彼女はほとんどずっとベッドに寝ているか、車椅子を使っているんですね？」

「はい」

「その妻が〝邪魔になって〟いる。それがその男の言い方でしたね？　彼女が邪魔になっているので、厄介払いをしなければならないというのが？」

「はい」

「さて、ミセス・ブランケンシップ、『愛人の企み』のなかで、その男の愛人はどんなふうに妻を殺そうと計画するんですか？」

「毒殺しようと計画します」

「そして、どんなふうにしてその罪を逃れようとするんですか？」

「自殺に見せかけようとするんです」

ミスター・シングルトンはいきなり、ほとんど証人に跳びかかっていきそうな勢いで、演台の背後から飛び出した。

「ミセス・ブランケンシップ、あなたとサミュエル・マディソンはサンドリーヌ・アレグラ・マディソンの殺害を計画しましたか?」とミスター・シングルトンは訊いた。

「いいえ」とエイプリルは答えた。「いいえ」彼女はまたもや顔を伏せ、またもや体が、こんどはもっと激しく、震えだした。

「彼女が邪魔だという理由から?」とシングルトンが叫んだ。

エイプリルは、この世界から隠れようとするかのように、顔にハンカチを押しつけた。「けっしてそんなことはしませんでした。けっして」

「それでは、あなたにとって、それはお遊びに過ぎなかったんですか?」とシングルトンが浴びせかけた。

「あれはただの……冗談のはずだったんです」

「冗談?」とミスター・シングルトンが吼えた。「冗談? しかし、実際には冗談とはほど遠いものになりましたね?」

「あれはただ……」彼女は、天の助けを仰ぐかのように、天井を見上げた。「あれはただ……映画の真似をしただけなんです」

「しかし、それは映画ではなかったんですよね?」とシングルトンが大声で言いながら、ギロリと陪審員席をにらんだ。「現実だったんですから」

エイプリルはいまやふたたび顔をハンカチに押し当てていた。その手があまりにも激しく震えているので、もげてしまうのではないかとさえ思えた。

「それはサミュエル・マディソンにとっては現実だったのではありませんか?」とシングルトンが叫んだ。

「実際の愛人の企みだったのでは?」

「違うわ!」とエイプリルは叫んだ。「違います!」

彼女は止めようもなく泣きじゃくりはじめた。ひとしきり泣くと、必死で息を吸いこみ、それから人間とは思えない、傷ついた獣の咆哮みたいな声を炸裂させた。「違う《ノーオー》！」いまや全身が激しく震え、筋肉が骨から引きちぎられんばかりになり、すべてがねじくれ歪むかに見えたが、やがてふいにどっとくずれ落ちて、震える肉の塊になり、そのあとは、悲しみに打ちひしがれた幼児がしくしく泣くような、低いこどもじみたすすり泣きがつづいただけだった。

ミスター・シングルトンはそれが延々とつづくままにして、その間ずっと容赦ないまなざしで彼女をにらみつけていた。

やがて、とどめの一撃を加えるのを仕事にしている死刑執行人みたいに、彼は言った。「反対尋問をどうぞ、ミスター・ソルバーグ」

「ひどいものだ」とモーティはつぶやくと、わたしを振り返って、「手短にするからな」と小声で言った。

そして、彼は立ち上がると、演台に歩み寄った。その巨体がきちんとその場に収まるのを待つかのように、一瞬、間を置いてから、彼はとても穏やかな口調ではじめた。「おはようございます、ミセス・ブランケンシップ」

エイプリルはそっとうなずいた。

「だいじょうぶですか？」とモーティはやさしく尋ねた。「さもなければ、すこし待ってもいいんですが」

「いいえ」とエイプリルは静かに言った。「どうぞ……つづけてください」

「わかりました」とモーティは穏やかに言って、はじめた。

「ミセス・ブランケンシップ、警察から話を聞かれたとき、あなたは被告との短期間の関係をすこしも否定しようとはしませんでしたね、間違いありませんか？」

「ええ、否定しませんでした」とエイプリルは穏やかに答えた。涙に濡れた赤い目がちらりとわたしのほうに向けられた。「わたしは過ちを犯したんです」

そう答えることで、彼女は同時にふたつの過ちを認めたかのようだった。夫を欺いた過ちと、わたしのような無味乾燥な男を愛人に選んだ過ちを。いまや彼女にもよくわかっていたはずだが、彼女のことなどすこしも気にかけず、彼女を利用しながらなかばあざ笑っていた男……社会病質者でしかなかった男を。

「あなたが最後にミスター・マディソンに……そういうかたちで……会ったのはいつでしたか？」とモーティは訊いた。「ミセス・マディソンの病気の診断が下される三カ月前だったのではありませんか？」

「そうです」

「その当時、あなたとミスター・マディソンはミセス・マディソンの病気のことはご存じなかったんですね？」

「ええ、そのことは知りませんでした」

「ところで、ミスター・マディソンが書いた短篇小説ですが、あなたはパロディだったと言われましたね？」

「はい」

「ふむ。きょうはこの場でいくつかの言葉の定義が問題にされたので、お訊きするんですが、パロディというのは何ですか？」

エイプリルはぽかんとしてモーティの顔を見つめた。

「パロディというのは、ユーモラスな表現のことですね？」とモーティが訊いた。

「そうだと思います」

「パロディは真面目に受け取られるべきものではないんですよね。違いますか、ミセス・ブランケンシップ？」

「そうです。あれは真面目なものではなかったんです」とエイプリルは答えた。

「だから、あの小説は現実の妻や、現実の夫、あるいはだれかを殺そうとする現実の企みとはまったくなんの関係もなかったのではありませんか？」

「ええ」とエイプリルは言った。

「彼は奥さんが自分を理解してくれないとか、そのほかそういう状況で男たちがときに言うようなことを言ったことがありましたか？」

「いいえ、ありませんでした」

「彼は奥さんになんらかの不満を抱いていると仄めかしたことがありましたか？」

「いいえ」

「彼は奥さんに危害を加えたいと思っているようなことを仄めかしたことがありましたか？」

「いいえ」

「たとえ冗談でも？」

「いいえ。彼はミセス・マディソンのことを悪く言ったり、彼女を傷つけるようなことをすると言ったことはありません」

モーティはかすかに身を乗り出した。「ミセス・ブランケンシップ、あなたにはミスター・マディソンを庇わなければならない理由はまったくないんですよね？」

「ええ」

「あなたは彼を愛しているわけではないんですね？」

エイプリルがふいに食い入るような視線をわたしに投げかけた。その悲しげで率直なまなざしを見ると、わたしは自分が彼女の人生にいかに過酷なものを付け足したかを悟った。

「はい」と彼女は言った。

「ミスター・マディソンが言ったことや、そのほかなんでもけっこうですが、彼が奥さんに危害を加えるかもしれないと思われるようなことがなにかありましたか？」

これが決定的瞬間だ、とわたしは思った。もしもエイプリルがわたしを傷つけたいと思うなら、わたしが彼女にした唯一の約束を破り、こんなふうに彼女を公開の鞭打ちの刑場に引き出したことに対して、ほんとうに、深く、致命的に仕返しをしたいと思っているなら、いまこそ彼女はわたしに致命傷を与えることができるのだ。

「いいえ」と彼女は言った。そう言いながら顔を伏せて、彼女はふたたび泣きだした。

モーティはしばらく彼女をそのポーズのまま放置して陪審員の同情を集め、それから、親しかった友人の棺から後ずさりする男のように、後ろにさがった。

「質問は以上です」と彼は言った。

〈シェイディ・アームズ〉の武勇伝

見ていると、エイプリルは必死に落ち着きを取り戻そうとしていた。彼女はゆっくりと機械的にスカートのしわを伸ばして立ち上がり、依然として震えながら、証言台から下りた。クレイトンはすでに立ち上がっていて、彼女のほうに何歩か進み出た。彼女がそばに来ると、腕を差し出して、大勢の地元の住人たちが見守るなか、貴婦人を舞踏会のフロアからエスコートするように、礼儀正しく通路を歩きだした。こんなふうに大っぴらに内臓を摘出されたからには、彼らは丸裸にされたかのように感じていたにちがいなかった。

「このあとは何があるんだい？」とわたしはうんざりしながら尋ねた。

「おなじようなものがつづくが、これほど大げさにはならないだろう」とモーティが答えた。

おなじようなものというのは、わたしのエイプリルとの関係についてのさまざまな補強証拠という意味だった。というわけで、次に証言台に立ったのはバート・ローウェル、あのみすぼらしいモーテルの経営者だった。その侘しい部屋でエイプリルとわたしが何度か会ったのだが、この男がミスター・シングルトンの質問に答えるかたちで、〈シェイディ・アームズ〉でのみじめな武勇伝がつづいた。

たしかに、彼は何度もわたしたちを見ていた。記録によれば、全部で七回だった。その回数の正確さは、彼がミスター・シングルトンに差し出したコーヒーの染みのある宿帳によって証明された。

そのとおり、わたしたちは偽名を使って宿帳にサインした。

次々に質問が繰り出されたが、それに対する答えの実質的な内容には変化がなかった。要するに、わたしは嘘つきの、不倫をしている、愚か者だった。わたしは伝統的なしきたりをあざけり、人生のあらゆる神聖な価値を侮蔑していた。愛情においては不誠実で、人生では傲慢であり、容赦なく、気まぐれに、笑いながら社会秩序の神聖な織り地をずたずたに引き裂く男だった。

反対尋問では、モーティはこの証人に前科があることと、マリファナの販売で二度、郵便詐欺で三度目の有罪判決を受けており、そのうち二件で軽い刑に服し、一件では保護観察処分になっていることを本人に認めさせた。だからといって、それまでの証言が疑わしいとは言えないことは、モーティも承知していたにちがいなかった。彼が以前言っていたように、彼の目的はシングルトンが社会の底辺にいる連中を証人として掻き集めたことをあきらかにすることにあった。彼らの証言に反駁することはできないが、それが目くそ鼻くそを笑う類であるかのように見せることはできる。陪審員は証人が気にいらなければ、証言を信じない傾向がある、というのがモーティの法則だった。

次いで登場したのはウィリー・マイヤーズだった。彼は〈シェイディ・アームズ〉のわたしたちの部屋にピザを配達し、そのときにベッドサイド・テーブルに栓を抜いたワインのボトルとふたつのグラスを見、そのひとつには口紅の染みが付いていたと証言した。さらに、バスルームのドアノブに女のスリップが掛かっていて、ガラスの灰皿には二組の車のキーがあったことにも気づいたという。ミスター・シングルトンはそういうすべてをじつに抜け目なく、わたしがむかしから〝バターフィールド8〟と呼んでいるいかがわしい地区での情事にぴったりの視覚的メタファーとして提示して見せた。わたしはそういう情事を、たとえば『アンナ・カレーニナ』のような格調高い不倫行為とは区別して、そう呼んでいたのだが、いま考えると、不倫関係は、トルストイの幸せな家庭みたいに、結局はすべて似たようなものではないかという気がする。

モーティの反対尋問は、ウィリーを穿鑿好きなおしゃべりとして印象づけようとするものだったが、幸運にも、彼はかつて覗きで逮捕されたことがあった。もっとも、そのときは、不倫のカップルのホテルの部屋ではなく、自分の出身高校の男子シャワールームの窓から覗いたのだが。

ウィリーのあとにも何人かの証人が出て、さらにわたしの卑しい犯罪の証拠を提供した。わたしの携帯からエイプリルへの何度もの通話記録が持ち出された。Eメールの記録もあり、人目を忍ぶ情事にふけるカップルの熱い吐息の感じられる交換というよりは、単なる食料品の注文みたいな文面だったにもかかわらず、そのコピーが使用済みのコンドームみたいに陪審員の前で振りまわされた。

終わったのは午後の四時ごろで、モーティと簡単な打ち合わせ――その席で、ミスター・シングルトンが翌日で弁論を終えそうだという話が出た――をしたあと、わたしは駐車場に向かった。アレクサンドリアはすでに運転席に坐って、わたしを待っていた。

「モーティの話では、検察側はほとんど弁論を終えたようだ」と、わたしは助手席に乗りこみながら、彼女に言った。

「そう」とアレクサンドリアはそっけなく言うと、アクセルを踏んで、車をその場所からバックさせ、それから前進させて、コバーンののんびりした車の流れに合流させた。

彼女は長いこと黙っていたが、頭のなかで黒っぽい小鳥がグルグルまわっているにちがいなかった。

「何なんだい?」とわたしは最後には訊いていた。

そのときには、車はすでにクレセント・ロード237番地のドライブウェイに入っていた。

「何なんだ?」と、最初の質問に答えがなかったので、わたしはあらためて訊いた。

彼女はエンジンを切って、わたしの顔を見た。「いつもの陰鬱な考えのひとつにすぎないわ」と彼女は言った。

「話したくないのかい?」

「あまりね」

「話したほうがいいと思うが」

「どうして?」

「気が楽になるかもしれないから」

彼女は乾いた笑い声をあげた。「なんだか牧師さんみたいに聞こえるわ、父さん」

「多少は、似たようなものかもしれない」とわたしは認めた。「どんな陰鬱な考えなんだい?」

彼女はちょっとためらったが、それからそれを口に出した。「母さんは聖女みたいなものだと思ったのよ……」もう一度ためらってから、つづけた。「……父さんといっしょに暮らしてきたなんて」

わたしはなんとも答えなかったが、その言葉がどんなに深くわたしに突き刺さったか、アレクサンドリアは見て取った。

「ごめんなさい、父さん」と彼女は言った。「でも、父さんが訊いたのよ」

わたしはなにも言わずにうなずいた。なにも言えなかったことで、自分のなかに麻痺の感覚がしみこでくるのを感じた。もはやだれにもなにも与えられないのだという感覚。仮にいつかまた学生を受け持つことがあるとしても、わたしが学生に与えられるものはなにもなく、仮に友人が残ったとしても、友に与えるものもなく、とうとうアレクサンドリアに与えるものもなにもなくなってしまった。人生をどう生きるべきかについての一言の助言も、ちょっとした警句でさえも与えられないのだから。

「父さん？」とアレクサンドリアが小声で呼びかけ、それでもなんの答えもなかったので、手を伸ばして、わたしの手にふれた。「なかに入りましょう」

わたしは車から降りたが、もはやわたしにはなんの魅力もない家のなかに入りたくなかった。それで、逃げ道を探す男みたいに、ドライブウェイの外れの郵便受けに目をやった。

「郵便物を見てくる」とわたしはアレクサンドリアに言って、そちらに向かった。

そこに着いて、どうせ請求書やどうでもいいものばかりだろうと思いながらあけてみると、まさにそのとおりだった。ふつうの生活のふつうの郵便物。しかし、そのなかにサンドリーヌが〝原罪〟と呼んでいたフランスのチョコレートのカタログがあった。彼女は月に一度それを自分へのプレゼントにしていたのだ。黒いリボンを結んだ美しい赤い箱に入っていて、毎月それが届くたびに、サンドリーヌはパッと日が射したようにうれしそうな顔をしたものだった。

彼女が死んでまもなく注文をキャンセルしたので、

そのあとは赤い小箱は届かなかった。だが、それがきれいで優雅なカタログになって、もう一度最後に姿を現したのだった。サンドリーヌの最後のひとつの思い出として。

それまでは、いちばん鮮明に記憶に残っていたのは、あの最後の恐ろしい衝突だった。彼女がわたしにカップを投げつけ、憤懣やる方ない〝われ弾劾す《ジャキューズ》〟を猛烈な言葉にこめて次々と吐き出したあの夜の衝突。

しかし、いまでは、その瞬間ははるか彼方に思え、遠くで冷えていく熾《おき》みたいに消えかかり、それと同時に、あの悲痛な夜以来わたしが抱いたどんな思い出よりも愛おしい記憶がよみがえる余地が生まれていた。

それはわたしたちがコバーンにやってきてまだ数年のころだった。わたしが帰宅すると、サンドリーヌは裏のポーチで、よくそうしていたように、学生のひとりに教えていたので、わたしはキッチンに入っていったが、そこで赤いリボンの結ばれた本を見つけた。添付されているカードにはただ〈わたしからあなたへ〉とだけ記されていた。本はわたしの青春時代のお気にいりの詩人、イェーツの詩集で、その一巻本の詩集をわたしはあの伝説的な地中海周遊旅行に持っていったのだが、長年のあいだにボロボロになり、最後にはページが剝がれてしまった。サンドリーヌがそれとまったく同じ版の詩集を見つけ、それがいまここに、赤いリボンを結ばれて、とくになんでもない日のプレゼントとして置かれていたのだった。その日はわたしの誕生日ではなく、結婚記念日やどんな記念日でもなかったのに。カードをひらくと、なかにサンドリーヌのメッセージが入っていた。

あなたがふたたび奮い立たされるように。
(裏の意味はありません)

いきなり、その記憶の波に押されるようにして、自分の口からなかばすすり泣きのような笑い声が洩れるのを感じた。

(裏の意味はありません)

その括弧で括られたほんのちょっとしたユーモアがまさにサンドリーヌらしかった。だから、その小さな紙片にサインがなくても、わたしにはそれが彼女からのものだとはっきりわかった。

(裏の意味はありません)

その記憶と格闘しているうちに、わたしは突然サンドリーヌが猛烈に恋しくてたまらなくなった。郵便受けのそばに震えながら立ち尽くしていたこのときほど、わたしが彼女を恋しく思ったことはなかったし、そのときより深く彼女の死を悼んだことはなかった。その瞬間に陥っていた底知れぬ弱さのなかで、このときほど彼女が必要だと感じたことはなかった。

わたしはその場にくずれ落ち、郵便受けの陰に胎児みたいに縮こまって、赤ん坊のように泣きわめくか、獣みたいに咆哮したかもしれなかった。そのとき、ふいに、戸口に立っているアレクサンドリアの姿が目に入らなければ。

「一晩中そこに立っているつもりなの、父さん?」と彼女は訊いた。わたしが依然としてぶら下げている優雅なカタログに目をやって、わたしがどうしていいかわからなくなっているのをはっきりと見て取ったようだった。

「入ってくるつもりがあるの?」と彼女は訊いた。

「ああ」とわたしは言って、そのカタログをポケットに突っこんだ。

夕食のあいだ、アレクサンドリアは裁判を除くいろんなことについてしゃべった。自分の仕事についても、いろんな不満を洩らしたが、少なくとも仕事があるだけマシだとも言った。

そのあいだじゅう、わたしはほとんど黙っていた。テーブルの端にぼんやり坐って、自分のなかに閉じこもり、しばしば裏庭に目をやった。家のなかから洩れる薄明かりのなかに、サンドリーヌの東屋が鎮座している裏庭に。

あるとき、ふと気づくと、アレクサンドリアがおしゃべりをやめていた。彼女の顔に目を向けると、黙ってじっとわたしを見つめていた。

「何を考えているの、父さん？」と彼女が訊いた。

そう訊かれるまで、わたしは自分が何を考えているのかさえ意識していなかったが、それはかなり鮮明な考えのような気がした。

「おまえの母さんのことさ」とわたしは穏やかに言った。

「母さんのどんなこと？」アレクサンドリアは、信管を外す代わりに爆発させてしまうのを怖れるみたいに、警戒する口調で訊いた。

「彼女はテレンティウスが大好きだった。ローマ時代の劇作家だが」とわたしは言った。「旅行代理店で彼女が名前をあげた作家だが、彼の詩の一行をよく引用したものだった」

「どんな一行？」とアレクサンドリアが訊いた。

「自分はひび割れている、とテレンティウスは言った」とわたしは答えた。「人間としてひび割れていて、たくさんの穴から洩れていると」

そのあとには長い沈黙がつづいた。アレクサンドリアはわたしには判読がむずかしい表情でじっとわたしを見つめていた。敵意をたたえた表情でないことだけは確かだったが。

「父さんは変わったわね」と、彼女はやがてとても穏やかに言った。これが新種の鳥なのか、それとも妙な特徴があるだけのよく知られた鳥なのか、判別しようとしている鳥類学者みたいに。

数分後、わたしたちは居間に移って、ワインを飲んだ。それぞれグラスに半分ずつだったが、それでもゆっくりとしたペースですこしずつ飲むには充分だった。

「どこにでも住めるとしたら、父さんはどこに住みたいと思う?」と、しばらくしてから、彼女が訊いた。

わたしはまずその質問について、それから自分の答えについてしばらく考えていた。

「ここだな」と、わたしはしばらくしてから言った。

「コバーンだ」

「でも、父さんはずっとここが好きじゃないんだと思っていたけど」とアレクサンドリアが言った。

「わたしは一度もチャンスを与えようとしなかった」とわたしは穏やかに言った。「どんなものにもチャンスを与えられる価値がある」

アレクサンドリアは黙って、ちょっと怖そうに、わたしの顔を見守っていた。それを見て、わたしは自分がひび割れて、洩れていることを悟った。

「そろそろ寝たほうがいいわ」と彼女は言った。どうしたらいまやひどく傷んだ容器と化したわたしの裂け目を修復し、穴をふさぐことができるのか、娘には見当もつかないしるしだった。

「そう、そうしたほうがよさそうだ」とわたしは言った。

数分後、わたしは自分の部屋にいた。明かりを消して、サンドリーヌのことを、はるかむかしに彼女がくれた本のことを、そのなかに挟まれていた言葉のことを考えていた。考えはそれからそれへと移っていき、最後には、アルビで、あの愛らしい、思いつめたような声で、ひとつの結論に達したかのように、「あなたなのよ」と彼女に言わせた何を自分がもっていたのだろうと考えていた。

わたしたちがその町に着いたのは午後遅くだった。それだけははっきりと覚えていた。しばらく歩きまわってから、あの寺院に入っていった。なかに入ると、わたしたちは別れて、サンドリーヌは教会の右側を、非業の死を遂げた聖セシリアの像に向かって歩いていった。聖女のうなじには彼女を斬首しようとして三度切りつけたむごたらしい傷口が赤く、生々しく、鮮明に見えていた。

わたしは反対側の回廊を祭壇に向かって歩いていき、そこで立ち止まって、教会の前面の壁を覆う壁画を眺めていた。数分後、サンドリーヌがわたしに合流し、わたしたちは後ろを向いて、教会を出た。そのころには、日が沈みかけており、わたしたちは高台の通りを歩きながら、谷間を見下ろした。眼下の川は黄金色に脈打ち、わたしたちを包んでいる光みたいに、それまで見たこともないほど穏やかに光り輝いていた。そのときだった。サンドリーヌが「あなたがそうなのよ」と、目に驚いたような光をたたえて言ったのは。「あなたなのよ」

それがわたしたちのアルビでの一日だった。あるいは、少なくとも、わたしがいまでも覚えているのはそれだけだった。わたしたちは翌朝トゥールーズに向けて発ち、そこから列車でパリに戻り、パリからコバーン大学での仕事のオファーが待つ祖国へと戻った。そして、結局、この大学での仕事を引き受け、その後、わたしはサンドリーヌがアルビでわたしのなかに認めたなにかを失ったのだ。それが何だったのか、どこにあったのかはわたしには依然としてわからなかったし、あの場所についてのわずかな記憶を何度たどってみてもわからなかった。何度思い返したことだろう？　その夜のうちに五十回か、ひょっとすると百回か。夜がしだいに更け、やがてかすかに明るむまで、百回以上だったかもしれない。だから、アレクサンドリアが部屋のドアをたたいたとき、わたしはまだ目覚めたまま天井を見つめていた。

「父さん」と彼女はそっと言った。「起きる時刻よ」

「ほんとうに起きなきゃならないのかい？」とわたしは聞き返したが、本気で心の底からそう思っていた。

娘の答えはいかにも彼女らしく実際的で、事務的で、まさにボトムラインそのものだった。

「人生はまだつづくのよ」と彼女は言った。

第十日

マルコム・エスターマンを証言台へ

証言台へ向かう途中、彼はわたしに非常に険しい視線を投げかけたが、それが何を意味しているのかは読み取りにくかった。ひとつには、マルコムはあくまでもマルコムで、やや内気なところがあったし、そのうえ、不本意ながら悪い知らせをもたらすことになる人みたいに、漠然とした恐怖感を抱いていたのかもしれない。

わたしは、通りで会った人に挨拶するみたいに、さりげなく会釈した。サンドリーヌが必要としているときに会いにいき、苦しい心のうちを打ち明けたにちがいない相手に対する友好的な仕草として。

証言台に上がると、マルコムは短い脚でそこまで歩いていったのとおなじゆったりとしたペースで手を上げた。身長はたぶん五フィート三インチくらいだろう。肩幅が狭く、ネコ背ぎみで、分厚いレンズの眼鏡をかけたところは、コバーン大学の学生たちがいかにも茶化しそうな、フクロウを思わせる顔だった。おそらく少年時代からずっとそういう嘲笑に耐えてきたにちがいない。世間は本の虫にはめったにやさしくなかったし、見てくれに戦士＝スポーツマン＝詩人的なところがないときはとくにそうだった。あとは、噛みあとのあるパイプでも手にしていれば、まさに完璧な絵になったところだが、さいわいなことに、マルコムはむかしから煙草は吸わなかった。

「わたしはコバーン大学史学科の准教授です」と、ミスター・シングルトンの最初の質問に答えて、彼は言った。

彼がすでに二十年以上准教授であり、自分たちの居場所や気分の変化を一四〇文字以内の機関銃的な早打ちで絶えずツイートする学生たちに、ずっと古代史を教えていることをわたしは知っていた。結局博士論文を書きおえられなかったので、大学における永遠の煉獄である、足りないのは論文だけという淀みのなかでずっと暮らしていくことになった。めったに目立つことをしなかったせいか、わたしは彼には稀にしか注意を払わなかった。教授会では後ろのほうに坐っていて、ほとんど一言も発言しなかった。よく中庭にひとりで坐っているのを見かけたが、たいていは本を持っているくせに、読んでいることはあまりなく、ぼんやりと宙を見つめて、大きな茶色の目をゆっくりとしばたたき、かつてサンドリーヌが〝悲劇的な瞑想〟と呼んだ表情でじっとしていた。もっとも、彼女がそう呼んだのはマルクス・アウレリウスで、マルコムではなかったけれど。

「さて、コバーンにいるあいだに、あなたはサンドリーヌ・アレグラ・マディソンと知り合う機会がありましたか？」

「はい」とマルコムは答えた。

「そして、彼女と友だちになったんですね、間違いありませんか？」

「はい、友だちになりました」彼の目がさっとわたしに向けられた。「単なる友だちです」と彼は付け加えた。

その答えを聞いて、マルコムとサンドリーヌについてときどきわたしを悩ませていたポルノ的なイメージはたちまち消え去った。マルコムはほんとうのこと以外はけっして言えない男だ、とわたしは見なしていた。思わせぶりというものがない男、たとえほんのかすかにでも、自分が経験していないことを仄めかしたりはしない男。コバーンでは、彼は鷹の巣のなかのスズメみたいに暮らしているにちがいなかった。穏やかな心をもつ、自足した男。自分の慎ましい能力に甘んじて、もっているわずかな宝を護ること以外にはなにも求めない男、ほかに征服したい世界があるわけではなく、凌駕したいライバルがいるわけでもなく、自分以外のだれかに証明してみせる必要のあるなにかがあるわけでもなく、したがって、そういうすべてのゆえに、どっしりと根を下ろした男であり、わが白熱する妻、サンドリーヌはその静かな重力に強く惹かれたにちがいなかった。

「彼女は古代世界の女性たちに興味をもっていました」とマルコムはつづけた。「クレオパトラやヒュパティアです」彼は静かな笑みを浮かべて、さらにつづけた。「自分の心のなかにそういう女性たちを住み着かせていたのです」

ミスター・シングルトンは、サンドリーヌの知的興味を説明するこの優雅でどこか詩的なやり方にはなんの興味もないようだった。

「さて、昨年のあいだに、あなたはミセス・マディソンにしばしば会う機会があった。それは間違いありませんね？」と彼は訊いた。

「はい」とマルコムは答えた。「ときどき職員室や図書館で会いました」

「そういうときには、どんなことを話したんですか？」

マルコムはいつものように謙遜するような笑みを浮かべた。「まあ、大げさな言い方になるかもしれませんが、わたしたちは古代人の叡智について語り合ったと言えるかもしれません」

ミスター・シングルトンがそういう聖なる叡智になんの興味ももっていないのはあきらかだった。

「しかし、もうすこし現世的なことについても話したのではありませんか、エスターマン博士？」

「わたしは博士号はもっていません」とマルコムは訂正し、それから質問に答えた。

「はい、そうですが、ほかのそういうことについて話すようになるまでにはかなり時間がかかりました」と彼は言った。「初め、わたしたちはただ古代史のことしか話しませんでした。彼女は人の知識を引き出すのが、すぐれたところを見つけるのが得意なんです」

ミスター・シングルトンのペースがマルコムにとって速すぎるのはあきらかだったが、この証人を急かすのがむずかしいのもあきらかだった。

「サンドリーヌは深く考える人でした」とマルコムはこれ見よがしにつづけた。「しかし、抽象的なかたちではなかったんです。彼女の考えでは、哲学の目的はまず第一にいかに生きるかを教えることであり、次いで、そのあとに、いかに死ぬべきかを教えることでした」

それがもちろんボトムラインなのだろう、とわたしは考えた。

「わかりました。しかし、ある時点で、ミセス・マディソンは下されたばかりの診断結果についてあなたに話したんですね、そうではありませんか?」とミスター・シングルトンが心なしか苛立たしげに訊いた。

「はい」とマルコムは答えた。「自分はルー・ゲーリッグ病にかかっていると言いました。もちろん、それはとても悲しいことでしたが」

「実際、その診断結果を受け取ったとき、彼女はまっすぐあなたのところへ行ったようですね、違いますか?」

「どうやらそうらしいです」とマルコムは答えた。「あの日、わたしの家に来たとき、彼女は医師と話をしたばかりだったようでしたから」

あの雨の午後、サンドリーヌがひとりで車を走らせたときのことを、わたしは想像せずにはいられなかった。オーティンズ医師のオフィスからコバーンのメインストリートを走り抜け、大学のキャンパスの端をかすめて、静かな田舎道をマルコムのうっすらと木に囲まれたコンドミニアムへ。途中で大学の中庭が目に入ったにちがいない。ここに到着した最初の日、わたしたちはそこでとても温かく迎え入れられたものだった。町外れでは、アレクサンドリアが生まれた病院が現れ、その向こうには彼女がジョギングをした貯水池、彼女が泳いだプール、コバーンに着いた初めの数ヵ月、わたしたちがときどきそのほとりを散歩した池――そこで彼女はわたしの手を取って、「あなたさえその気になれば、サム、あなたはここで幸せになれるわ」と言ったことをいまわたしは思い出す。

しかし、ミスター・シングルトンのつづく質問からもあきらかになっていくように、わたしはその気にはならなかった。

「さて、あなたの家に着いてから、ミセス・マディソンはその診断結果をあなたに打ち明け、それから彼女のご主人について心配していることを話したのですね?」

「はい」とマルコムは答えた。「彼女が失敗したとご主人が感じているような気がするということでした」

失敗した?

サンドリーヌはそんなふうに思っているそぶりを見せたことはなかった。たしかに、彼女が華々しい経歴を積み重ねなかったのは意外だった。彼女が偉大な、いや、それどころかどんな種類の本も書かず、学問の世界で名を上げる努力もしなかったのは。しかし、それはコバーンという場所のせいであり、それがわたしたちの両方に及ぼした催眠効果のせいだろう、とわたしは考えていた。

「職業上の野心の実現に失敗したという意味ですか?」とシングルトンが訊いた。

「いいえ」とマルコムは答えた。「女として失敗した、ご主人がいちばん必要としているものを与えることに失敗したという意味でした」

それでは、結局、彼女は知っていたのか、とわたしは思った。わたしのエイプリルとの浮気を知っていて、それで自分を責めていたのか。わたしの愚行を自分のせいにする理由はいくらでも見つけられたのだろう。彼女はしばしば夜間授業に出かけたり、文書室に閉じこもったり、学生相手にあまりにも多くの時間を過ごしていたのだから。〈シェイディ・アームズ〉での午後の情事はわたしだけの責任だったのに、サンドリーヌは、いかにも彼女らしく、自分を責める無数の理由を見つけたのだろう。そういう意味では、彼女のただひとつの失敗は、エイプリルとわたしについて知っていたことをわたしに突きつけようとしなかったことだろう。その結果、彼女の怒りはどんどんふくれ上がっていき、あの最後の夜についに炸裂したのだろう。

しかし、ほかの多くの点でもそうだったが、やがては、これもわたしの完全な思い違いだったことがあきらかになった。

「で、彼女はご主人が何をいちばん必要としていると考えていたのですか?」とミスター・シングルトンが訊いた。

「矯正です」とマルコムは穏やかな口調で答えた。

「矯正?」とミスター・シングルトンが聞き返した。

「それはどういう意味ですか?」

「彼の方向性を正してやること」とマルコムは答えた。「軌道を修正してやることです。彼女はかつては彼がそうだったものを思い出させることに失敗したんです」

「かつてはどうだったと言うんですか?」

マルコムはわたしのほうにちらりと目をやりながら答えた。

「やさしかったのです」とマルコムは言った。「かつてはとても心のひろい人だったと彼女は言っていました。心をこめて本を読み、心から教えることができる人だと思っていたそうです。ふたりでいっしょに学校をつくろうと計画したこともあるということでした」

彼はミスター・シングルトンに注意を戻した。

「ご主人を残していかなければならないというのが、彼女の最大の心残りだったのだと思います」と彼はつづけた。「彼をそのままの状態で残していかなければならないことが」

ミスター・シングルトンはいまやうんざりしているようだった。こういう証言はすでに指摘されたもっと重要なポイントとはなんの関係もない、と彼が考えているのはあきらかだった。

「ミセス・マディソンは、将来の病気療養中に、ご主人がよい介護者になると思っていると言いましたか?」

「たぶんそうはならないだろうと言っていました」

「なぜですか?」

またもや、マルコムはわたしに注意を向けた。そして、まるであらかじめそうするつもりだったかのように、穏やかであるにもかかわらず、サンドリーヌのそれと変わらぬ強烈なまなざしをそそいだ。

「長年のあいだに、心が硬化してしまったのだと言っていました」と彼は答えた。「幻滅によって心がずたずたになり、その結果分厚い瘢痕組織ができてしまったということです」彼はそこで口をつぐんで、さらに強調するようにつづけた。「瘢痕組織には感覚がありませんから」

「瘢痕組織?」とミスター・シングルトンは言った。あたかもそれが銃弾で、いまやそれを銃に充塡できると言わんばかりに、その言葉をとらえた。「彼女は自分の夫には温かい感情がないと言ったんですね?」

「はい」

「自分の夫は我慢できなくなるかもしれないとは言いませんでしたか?」

「我慢できなくなる?」とマルコムは聞き返し、いまや証言席の前を行きつ戻りつしはじめたミスター・シングルトンに注意を戻した。

「そう、我慢できなくなる」とシングルトンは繰り返した。「彼女の病気に、彼女が死ぬまでに何年もかかるかもしれないことに、我慢できなくなるという意味です。夫は彼女を愛しておらず、彼女が生き延びることを望んでおらず、むしろできるだけ早く死んでほしいと思っている、と彼女は感じていませんでしたか？ご主人についてそんなふうに考えていたのではありませんか？」

わたしは身を乗り出した。なぜなら、たぶん、たぶん間違いなく、誠実で、気取ったところがなく、わたしに恨みを抱いているわけでもないマルコムは、嘘いつわりもなくそれを否定してくれるだろうと思ったからだ。

「はい」とマルコムは言った。「たしかに、彼女はそんなふうに考えていました」

それでは、生涯の最後の夜にサンドリーヌがわたしを責めなじったのは――彼女がそのことを知らなかったのだとすれば――エイプリルとの浮気のせいではなかったのか。そうではなくて、それよりはるかに深刻な裏切り――年を経るごとにわたしの心がしだいに硬化して、しまいには内側に分厚い壁が、死んだ神経の瘢痕組織ができあがり、それが苦悩するサンドリーヌを、恐怖に震えるサンドリーヌを、死にかけているサンドリーヌをわたしから隔ててしまったというのか。

わたしは彼女がどんな不安や悲しみに打ちひしがれていたかを思った。わたしは恐ろしい重みのごく一部を支えるために肩を差し出そうともしなかったのだ。オーティンズ医師による診断のあと、わたしに残された務めはひとつしかないはずだったのに。それは死の宣告を受けた女に、この世に向けた最後の言葉のなかでさえ機知と知性を示した女に、もうひとりのナイルの女王と呼ばれるのにふさわしい、驚くべき洞察力をもっていた彼女に、愛と慰めを与えることでしかなかったのに。

「彼女はご主人をそういう状態のまま残していきたくなかったのです」とマルコムはつづけた。「生きながら死んでいるような状態で。だから、死ぬ前に、彼を変えたいと思っていたのです」

ミスター・シングルトンは陪審員のほうに目をやって、行きつ戻りつをやめた。

「ご主人がどんな人間かをはっきりさせる必要があったので、彼女は総合計画を思いついたのです」とマルコムは付け加えた。

シングルトンは陪審員席に一歩近づいた。「で、その総合計画というのはどんなものでしたか？」

「彼に自分自身の姿を突きつけること」とマルコムは言った。「彼に自分の姿を見せてやれるかどうか試みることでした」

「どんなふうにしてそれをしようと考えているか、ミセス・マディソンはあなたに多少でも話しましたか？」

「彼女は彼に手を差し伸べるつもりでした」とマルコムは言った。「そっとやさしくやってみるつもりでした」

サンドリーヌの最後の六カ月間に、わたしが帰宅すると、彼女が本を読んでいたり音楽を聴いていたりしたときのことをわたしは思い出した。そういうとき、彼女は決まって本から顔を上げたり音楽を止めたりしたものだった。そして、本のなかのちょっとした一節について話したり、聴いていた曲の名前を言ったりしたが、いま思えば、それはいわばソクラテスの流儀で、彼女を会話に引きこんだり、引きこまれたりしてほしいという誘いだったのだろう。そんなこととはつゆ知らず、わたしはことごとく拒否してしまったのだが。

「それで、ミセス・マディソンはその努力が功を奏したかそうでなかったかについてはなにか言いましたか？」とミスター・シングルトンが訊いた。

もちろん、彼女は言っていた。

「多少でも成功したのでしょうか？」

彼の答えを聞くまでもなかった。

「いいえ」と彼は言った。

「ミセス・マディソンはそれが成功しなかったことについてあなたに話をしましたか、ミスター・エスターマン？」

「はい、しました」

「どんなふうに言っていたのですか？」

「彼女の言う〝甘い罠〟はもう仕掛けないということでした」

甘い罠。なんとサンドリーヌらしいことか。まずそれを試して、うまくいかなかったのでやめることにしたが、それでもずっとボトムラインをねらっていたのだ。

「次にどんな試みをするつもりかについて、なにか考えていることを言いましたか？」とミスター・シングルトンが訊いた。

マルコムは首を横に振った。「それがどんなものか、わたしは知りませんが」と彼は言った。「彼から離れるようにするつもりだと言っていました」

たしかに彼女はそのとおりのことを実行した、とわたしは思った。そういえば、夜も昼も、サンドリーヌはわたしを無視して、ほとんど話しかけることもせず、わたしの言うことを聞きもせず、昼も夜もよそよそしくしていた。彼女はいつも〝ストリーミングしている〟、とわたしはアレクサンドリアに言ったものだった。

「わかりました。しかし、ミセス・マディソンはその新しい方法が成功したかどうかについてはなにも言わなかったけれど、最後にはどんなことを試みるつもりかは説明したんですね？」とミスター・シングルトンが訊いた。

「はい」

「ミセス・マディソンによれば、その最終的な試みはどんなものだったのですか？」

「激怒です」とマルコムは言った。「ご主人を激怒させるつもりだと言っていました」

「どんなふうにしてそうするつもりだったのですか？」

「ほんとうのことを言うことによってです」とマルコムは答えた。「彼に面と向かって、できるだけ身も蓋もない言い方で、彼がどんな人間になってしまったかをありのままに言ってやるということでした」

「何と言ってやるつもりだったんですか？」

社会病質者だ、とわたしは思った。

「それは言いませんでした」とマルコムは答えた。

ミスター・シングルトンはちょっと間を置いて、おもむろに陪審員席に目をやると、しばらくそのままにしていたが、やがて証人に視線を戻した。

「いつミセス・マディソンは彼女の夫に〝ほんとうのことを話す〟つもりだと言っていましたか？」と彼は訊いた。

「十一月十四日の夜です」

「十一月十四日ですか」とミスター・シングルトンは繰り返した。「それはミセス・マディソンが……亡くなった夜ですね？」

マルコムはゆっくりとうなずいた。「はい」

「だから、もはやそれ以上の計画はなかったわけですね」とミスター・シングルトンは、死者を悼む人みたいに、穏やかにつづけた。そしてそのまま、両手を祈りを捧げるかのように体の前で組んで、しばらくじっと佇んでいた。それから、彼は言った。「ミスター・エスターマン、サンドリーヌは生涯の終わりに何を望んでいたか、あなたに話しましたか？」

ああ、とわたしは思った。いよいよそのときが来たのか。かってに彼女のファーストネームを使うほど、ミスター・シングルトンがわたしの妻と親密だったことを実証しようとするときが。

「望んでいた？」とマルコムが聞き返した。

「そうです」

「彼女はご主人と娘さんがよい人生を見いだすことを望んでいました」とマルコムは答えた。「ごく当たり前のことですが。できれば、未来を覗きこんで、彼らがよい人生を送っていることを確かめたい、と彼女は言っていました。しかし、未来を覗けるのはフィクションだけで、フィクションだけが、彼女の言い方を借りれば、〝時間と空間の古来の原理をこじあけて〟、未来に待ちかまえているものを見せてくれるのだということでした」彼はちょっと間を置いて、それからつづけた。「ご主人と娘さんにとって未来がいいものであることを見届けられたなら、サンドリーヌは安らかに眠れただろうと思います」彼は柔らかな笑みを浮かべた。「彼女はその安らかさがどんなものかを示す絵画さえもっていたんです」

「その絵をあなたに見せましたか？」

「はい、見せてくれました」とマルコムは答えた。

ミスター・シングルトンは自分のデスクに歩み寄り、大形の本を取ってくると、それを証人に手渡した。

「しるしの付いているページをあけていただけますか？」と彼は頼んだ。

マルコムは言われたとおりにした。

「サンドリーヌがあなたに見せたのはその絵でしたか？」

「はい、そうです」

「その絵について、サンドリーヌは何と言ったんですか？」

「ご主人といっしょに見たのだそうです」とマルコムは法廷に説明した。「アルビというフランスの小さな町で。アントニオ・マンチーニという画家の作品で、『休息』という題が付いています」

そのとき、突然、わたしは悟った。

サンドリーヌの頭と心にあんなにも強烈に焼きつけ

られた瞬間は、寺院のなかではなく、町の中央広場の小さな画廊でのことだったのだ。実際には、それは画廊ですらなく、有名な絵画作品の複製を売っている店にすぎなかった。壁にはほかのいろんな複製が掛かっていた。オランダの巨匠からピカソまでのあらゆる絵が、作品の制作年代にもスタイルにもなんの関係もなく、店主に美術史に関する素養がこれっぽっちでもあることを示すどんな秩序もなしに、まったくでたらめに並べられていた。

それにもかかわらず、その混沌のなかで、サンドリーヌは『休息』に目をひかれ、長いことその前にじっと立っていた。わたしもいっしょで、わたしたちふたりはその技術のみごとさによってではなく、その作者や流派に関するどんな知識のせいでもなく、ただ単にそのまがい物のキャンバスに描かれているものによって、その場に釘付けになっていた。ベッドに横たわっているひとりの女。白いシーツでなかば体を覆うようにして、目をひらき、唇もかすかにひらいている。ベッドの横には小さいテーブル、テーブルの上には水差しのような瓶がいくつか置かれ、一本のロウソクの光がそのすべてに反射している。その一本だけのロウソクが女の顔を、髪を、陶器のように真っ白な上半身を、剝きだしになった片方の胸のすぐ下に手で持っているバラの花を照らしていた。

わたしたちは黙って長いあいだその絵の前に立っていた。それから、依然としてその絵に言いようもないほど心を揺さぶられたまま、わたしは言った。「不思議だけど、この絵のなかの女性が心配で仕方がない」

サンドリーヌはうなずいた。「もちろんそうでしょう、サム」

「この部屋のなかに入っていって、彼女のそばに横たわり、ただ……抱きしめてやりたくなる」

「そうね」とサンドリーヌは言って、わたしを見上げると、笑みを浮かべた。「それこそほんとうの輝ける鎧の騎士というものだわ」

　そして、それこそサンドリーヌがもっとも暗い時間を過ごしていたとき、わたしのじつに高貴な妻がわたしをもっとも必要としていたときに、わたしがなりそこねたものだった。

　それを認めたとき、わたしにひとつの考えが浮かんだ。人間の一生のなかで、自分がどんなに低劣で利己的な人間であり、そう、まさに社会病質者そのものだったことをふいに悟ることがあるとするなら、その瞬間、身を切られるような無言の苦しみのなかで、人は自分の首が転がることをただ黙って受けいれるだろうという考えが。

　そのあとにもほかの質問がつづき、それに対する答えがあり、遠くでぼんやりとわんわんいっている声が聞こえたが、もはや言われている内容はわたしの頭には入らなかった。やがて、突然、その声がやんだ。

「検察側は以上で弁論を終わります、裁判長」とミスター・シングルトンが言った。

　モーティが立ち上がりかけたが、わたしは彼の腕をつかんだ。「弁護側の弁論も終わりだ」とわたしは彼に言った。

　モーティは、たったいまわたしが言ったことに啞然として、じっとわたしの顔を見たが、わたしが本気であることは疑いようもなかった。

「弁論を終わらせてくれ」とわたしは断固として言った。「弁論を終わらせなければ、あんたを解雇する」

「お願いだ、サム」

　わたしは首を横に振った。「そうするか、それとも解雇かだ」

「サム……」

「だめだ！」

　モーティはうなずいて、おもむろに椅子から立ち上がった。

「裁判長、わたしの依頼人はある結論に達しました」

と彼は言った。そこで一度間を置いたので、一瞬、わたしは彼が思いなおして、後ろを向き、わたしの決定に異議をとなえるのではないかと思った。しかし、実際には、彼はわたしの顔をちらりと見て、決心が変わらないことを見て取ると、ふたたび裁判官のほうに向きなおった。「弁護側も弁論を終えます」と彼は言った。

というわけで、とうとう、サンドリーヌの裁判におけるあきらかに有罪の被告人も弁論を終えることになった。

評　決

「覚悟はいい？」と、間違いなくわたしの裁判の最終日になるはずの日、彼女に近づいていくと、アレクサンドリアが訊いた。彼女は玄関に立って、すでにドアをあけていた。

わたしはうなずいた。「ちゃんとできているよ」とわたしは言った。

「ただ、忘れないでほしいのは、父さん」と彼女はつづけた。「たとえどういう結果になろうと、わたしたちはなんとか乗り切っていくだろうということよ」

わたしは笑みを浮かべた。「そう、なんとか乗り切っていくだろう」

陪審員の評決を待っていた過去二日のあいだにはっ

きりしたのは、アレクサンドリアがわたしは有罪ではないという結論を出したことだった。サンドリーヌの死はわたしの人生を救おうとする、わたしの目を覚まして、自分の姿を、ショックを受けて変わらないかぎり永久にそうでありつづけるだろう自分の姿を見せようとする、最後の死に物狂いの試みだったと彼女は考えるようになっていた。

攻撃に備える戦士みたいに、いま、アレクサンドリアは言った。「そうしましょう」

裁判所に行く途中、わたしたちはまっすぐ町を通り抜けた。店に出入りしている人々や、いつもどおりの車の流れ。サンドリーヌは、はるかに理想主義的な夢の代わりに、この町の静かな裏通りや慎ましい大学を受けいれた。どこと決まっていたわけではないが、地球のどこか遠い片隅に学校を建てるという彼女の夢。わたしたちの、わたしたちの人生の、わたしたちの仕事の未来像として、しかし、まだ完全にあきらめてしまっていたわけではない夢。

「何を考えているの、父さん?」とアレクサンドリアが訊いた。

「いつものとおり、おまえの母さんのことさ」とわたしは言った。「こんどは、彼女がどんなに文法やエレガントな文章構成にうるさかったかということだがね。たとえば彼女は〝into which〟とか〝about which〟とか〝according to whom〟とかいう言いまわしを使うべきだと強調して、そのほうが文章が継ぎ目なく美しく流れるようになると言っていた。彼女はそういうことをわたしに教えてくれたんだ」

「それはわたしにも教えてくれたわ」とアレクサンドリアが言った。「で、わたしはそれをスリープレスアイ・ドットコムの作家たちにも伝えようとしたんだけど、彼らは古くからの教訓を学ぶ気はすこしもないみたい」

モーティは裁判所の石段の最上部で待っていた。わたしが弁護をやめるように命じたことが依然として不満そうで、P・G・ウッドハウスの言い方を借りれば、四十フィートの距離から牡蠣に穴をあけられそうな、険しい目でじっとわたしをにらみつけた。

「ほんとうに確かなのかね」と、わたしが近づいていくと、彼が訊いた。「まだなにかしらわたしにできることがあるかも……」

わたしは首を横に振った。

「そうか、わかった」とモーティは言った。「では、行こう」

陪審員たちは非常に真剣な面持ちで一列になって法廷に入ってきた。だれもが廷内の遠くの一点か、裁判官か、ミスター・シングルトンのいるあたりに目を向けていた。ミスター・シングルトンは公判第一日とおなじスーツを着ていたが、首の後ろの蛇みたいなしわは、彼が腰をおろすと、それほど目立たなくなった。

着席したあとも、陪審員たちは厳粛に前を見つめるか、自分の手を見下ろすか、さもなければ、法廷のなかを動きまわる想像上の光のダンスを目で追っていた。十二人の善良で真摯な市民。わたしにも彼らはふいにそのとおりの人たちに見えた。モーティの灼熱する想像力によって思い描かれた、憎悪に燃える田舎者たちではなく、素朴で、慎みのある人たち、なすべき仕事をあてがわれ、彼らにできるベストを尽くしてそれをやり遂げた人たちに見えた。

「陪審員長、あなたがたは評決に達しましたか?」とラトレッジ裁判官が訊いた。

「はい、達しました、裁判長」と陪審員長が答えた。

陪審員長が立ち上がってわたしの裁判の評決結果を渡そうとしているとき、わたしたちを災難のほうに振り向ける蝶番はめったに軋ることがない、とわたしは思った。人生には警告が満ちているはずだが、それは赤児の泣き声で掻き消されてしまうのだ。

「それを事務官に渡してください」とラトレッジ裁判

官が言った。

彼は言われたとおりにして、腰をおろし、事務官が陪審の評決結果を法廷速記者に持っていくのを見守った。

「評決を読み上げてください」と裁判官が指示した。

法廷速記者が立ち上がって、読み上げた。

「わたしたち、陪審は、上述の裁判において、被告、サミュエル・ジョゼフ・マディソンを無罪であると判断しました」

驚いたことに、法定内には物音ひとつなく、不満のさざ波さえ起こらなかった。何人かの記者が手帳にメモしていたが、そのかすかな動きを除けば、世界はしんと静まりかえっていた。

裁判官が陪審に言った。「みなさん、わが民主主義が必要とする務めを果たしていただいたことに感謝します」と彼は言った。「ご苦労様でした」

モーティがわたしをちらりと見て、つぶやいた。

「まったく運のいいやつだな、サム」

そうかもしれないが、とわたしは思った。陪審の十二人の男女は、わたしが妻を殺害したかもしれないが、それを証明する証拠が不充分だと判断しただけなのかもしれない。彼らは裁判官によって公正かつ綿密かつ証拠法を順守するように説示されており、忠実にそれに従っただけで、その結果、わたしが信じるすべてを、わたしという存在のすべてを依然として軽蔑しているにちがいないこのコバーンの住人たちは、わたしを無罪放免したのだろう。

いま、彼らが立ち上がると、わたしも立ち上がった。わたしにはそうやって敬意を示すことくらいしかできることはなかったからだ。

陪審員の最後のひとりが出ていくと、ミスター・シングルトンがモーティのそばにやってきて、笑みを浮かべながら、手を差し出した。モーティはその手をにぎって、笑みを返し、それから、まあ、評決は出たわけで、それは悪いことではない、と言うかのように目を見交わした。そのあと、わたしが驚いたことに、ミスター・シングルトンはわたしにも手を差し出した。いまやその確信は薄らいではいたものの、わたしがサンドリーヌを殺したと彼が本気で信じていたのはあきらかだった。

「証拠から起訴せざるをえないと感じたんですよ」と彼はわたしに説明した。「しかし、強力な証拠がないのはわかっていました」そう言うと、彼は礼儀正しく一礼して、後ろを向き、去っていった。

「いやな野郎だ」とモーティがつぶやいた。

そうだったのだろうか？　わたしにはもはやわからなかった。モンテーニュは叡智の権化だとサンドリーヌは考えていたが、それはあまりにも多くの矛盾する問題に対して、彼はただ「わたしは判断を保留する」と答えたというただそれだけの理由からだった。

わたしはいまミスター・シングルトンに対してそうすることにした。わたしに不利な証言をしたすべての証人に対しても、大学の同僚たちや、この世のすべてのコバーンの住人のような人々に対しても。

「で、これからどうするつもりだね？」と、法廷から出たとき、モーティがわたしに訊いた。

「わからない」とわたしは認めたが、それはほんとうだった。

階段の最上部で、彼はわたしの手をにぎった。「連絡を保つようにしてほしい」と彼は言ったが、それが本心でないのはわかっていた。

「そうするよ」とわたしは言ったが、わたしにもその気はなかった。

アレクサンドリアがわたしの腕を取って、笑みを浮かべた。「父さんの運転でうちへ帰りましょう」

というわけで、わたしはそうした。町のなかを、わたしがサンドリーヌと分かち合った人生のなかを通り抜けて、おびただしい記憶のなかへ戻っていった。記憶というのは、ありとあらゆる隙間から芽を出す花になんと似ていることかと思いながら。

家に着くと、アレクサンドリアはなかに走りこみ、ジェンナに電話して判決を知らせた。わたしは郵便受けを見にいったが、いつもの請求書と広告のほかにはなにもなかった。家までの小道を半分ほど戻ったとき、背後にまたもや足音が聞こえたが、振り返ると、こんどはそこに立っていたのはエイプリルではなかった。

「クレイトン」とわたしは言った。

彼は上着からピストルを取り出した。祖父の決闘用のピストルだとすぐにわかった。おそらくわたしが彼の家を訪ねたとき、彼が言っていたピストルにちがいなかった。

破廉恥な男を始末するにはなんとうってつけの武器だろう、とわたしは思った。

「わたしの祖父はこのピストルで妻の名誉を守った」とクレイトンが言った。「わたしもおなじことをするつもりだ」

わたしは黙ってうなずいた。そして、一瞬、なぜ自分は怖がっていないのだろう、と思った。こんなふうに死ぬのが、コバーンの陪審員によって無罪放免されたあと、クレイトン・ブランケンシップに撃たれて死ぬのが、なぜふさわしいことだと感じているのだろう。わが町の住人たちの多くは、たとえ口先ではこういう私的制裁をどんなに非難するとしても、実際には、正義が行なわれたのだと感じるにちがいないし、クレイトンこそそれを実行するのにぴったりの人間だからだろうか。モーティが弁護に立って、彼の無罪を勝ち取るにちがいないが。

「あんたにとって彼女はただの愚かな女にすぎなかったのだろう」とクレイトンは言った。「あんたはエイプリルのことをそんなふうに、弄ぶことができる愚かな女だと思っていたにちがいない」

わたしはうなずいた。「そう、わたしはまさにそんなふうに思っていた」とわたしは言った。

クレイトンはピストルをかすかにわたしのほうに突き出した。「動くなよ」と彼は言った。

「動くつもりはない」とわたしは請け合った。それほど確かなことはこれまで一度もなかったくらいだと思った。

「断っておくが、わたしもあんたといっしょに死ぬつもりだ」とクレイトンは言った。「あんたの始末が付きしだい」

「そんなことをする必要はない」とわたしは言って、むりやり悲しげな笑みを浮かべた。「あんたは罪には問われないだろう、クレイトン。わたし自身があんたには罪がないと思うんだから」

そのやさしい高貴な目のなかのなにかがかすかに軟化したような気がした。「こんなことになってほんとうに残念だ」彼が撃鉄を引き起こすと、致命的なカチリという音が響いた。「じゃ」と彼はそっと言った。

「それじゃ」

彼はためらった。ほんとうに引き金を引く気だったのかどうかはわからない。わかっているのは、暗闇のなかから声が聞こえたことだけだった。

「父さん？」

アレクサンドリアだった。玄関に立って、その奇妙な光景を、向かい合って立っているクレイトンとわたしを透かし見ていた。

「こんばんは、ミスター・ブランケンシップ」と彼女は柔らかな、愛らしい……そう……とてもやさしい声で言った。その声を聞いて、わたしは涙ぐみそうになった。ああ、なんとサンドリーヌと似ていることか、とわたしは思った。ああ、なんとあのすべてを知り抜いていた母親と似ていることか。

クレイトンはとっさに撃鉄をもとに戻して、ピストルをポケットに滑りこませた。

「なかに入りませんか？」とアレクサンドリアが訊いた。

声にかすかな怯えがあったが、実際の行動はそれとは逆だった。信じられないほど大胆なことに、芝生に一歩踏み出した。

「こんばんは、アレクサンドリア」と、彼女のほうを振り向きながら、クレイトンが穏やかに言った。唇にちらりと笑みを浮かべて。「わたしが来たのは、あんたのお父さんに……」彼はそこで口をつぐんで、大きな目をわたしのほうに向けた。「わたしも陪審と同じ意見だと言いたかったからなんだ」

アレクサンドリアはさらに一歩、また一歩とわたしたちに近づいてきた。結局、わたしたちは冷たい月明かりの下に、悲劇的な小さい円をつくった。

「わたしはあんたのお母さんを心から尊敬していた」とクレイトンはアレクサンドリアに言った。それから、わたしの顔を見て、ほとんど想像もできないほどの寛大さで言った。「あんたがいい人生を、サム、いい残りの人生を送れるといいと思っている」アレクサンドリアのほうをちらりと見て、「あんたの忠実な、とても忠実な娘さんと」

「ありがとう」とわたしは言ったが、ほんとうに心の底から感謝していた。

彼は後ろを向いて、暗闇のなかに戻っていった。どこから見ても、輝ける鎧の騎士だった。

「で、父さんは夕食には何がお望み？」とアレクサンドリアが訊いた。

「ポップコーンだ」とわたしは穏やかに答えた。

彼女はあきらかに戸惑った顔で、わたしの顔を見つめた。

「小さいころのことを覚えているだろう？」とわたしは訊いた。「母さんとわたしがきょうは〝ジャンク・ナイト〟にしようと宣言して、夕食をポップコーンだけとか、ポテトチップスとオニオン・ディップとかにしたことがあるのを」

彼女は笑って、「それと映画」と指摘した。「いつも映画を見たわ」

「そうだ、映画だ」

「わたしがなにか借りてくる」と彼女が言った。

「わたしはポップコーンをつくろう」

彼女が戻ってきたころには、わたしは大きなボウル一杯のポップコーンをつくっていた。バターも溶かしてさっと混ぜ、風味豊かな塩を多すぎるくらいたっぷりと振りかけた。

「いい匂い」と、キッチンに入ってきたアレクサンドリアが言った。彼女はなにも書かれていないDVDのケースを持っていたので、どんな映画を選んだのかはわからなかった。

「古いやつよ」と、彼女は謎めかして言った。「母さんのお気にいりのひとつ。みんなでいっしょに見たことがあるのを思い出したの」

「ようし」とわたしは言って、ポップコーンのボウルを取り上げると、すでにソーダのグラスを二個用意してあったトレイに載せた。「これで準備完了だ」

映画は『選ばれしもの』で、アレクサンドリアの言うとおり、たしかにサンドリーヌのお気にいりだった。ハイム・ポトクの小説に基づく作品だが、彼女が原作を読んでいないのはまず間違いなかった。それでも、この映画にはむかしからなにかしらサンドリーヌの胸を打つものがあった。たぶん、ふたりの人間が引き裂かれながら、絶えずまた結びつこうとするところだろうか。どちらかというと、わたしは感傷的な映画だと思っていたし、ラスト・シーンでナレーターが語るタルムードからの物語を除けば、依然としてそう感じたけれど。

暗闇のなかに娘と坐って、ジャンク・ナイトの食べかすを周囲に撒きちらしながら、わたしはいま一度その声に耳を傾けた。かつては愛しあっていたが、その関係がくずれて、いまでは別々の場所で暮らしているふたりの物語。ひとりがもうひとりに伝言を送る。

「わたしたちを隔てている距離の半分まで来てほしい」とその伝言は言っていた。「そこでわたしはあなたに会いたい」もうひとりはそれを拒否する。「残念だけれど」と返信は言う。「中間点であなたに会うことはできない」その返事を読んで、もうひとりは愛しているこの相手と二度と会えず、いっしょにいることもできなくなるかもしれないと考える。それで、ふたつめの伝言を送る。「それなら、どこまで来られるか教えてほしい。わたしはそこであなたに会いたい」

そこでサンドリーヌが目を潤ませたことをわたしは思い出した。

わたしは目を潤ませたりはしなかったし、その夜もそんなことはなかった。にもかかわらず、わたしは自分がこの古い物語にとても感動していることに気づいた。感動しながら、わたしはどこまで行けばいいのだろうと考えていた。まだサンドリーヌに会えるかもしれない場所にたどり着くためには。言葉をとても大切にしていた彼女。文章は〝into which〟や〝according to whom〟で手の指みたいにつなぐべきだと考えていた彼女。そうすれば叡智の重みを担えるようになるのだから、と学生たちに教えていた彼女に。

「これからわたしたちはどうすればいいのかしら、父さん？」と、最後のクレジットが流れているとき、アレクサンドリアが訊いた。

ふいにわたしにはその答えがわかった。

「こうしよう」とわたしは言った。

サンドリーヌ・スクール・オヴ・クマシの敬愛された創設者、サミュエル・ジョゼフ・マディソンが七十四歳で亡くなった。ミスター・マディソンは二〇一四年に妻のサンドリーヌ・アレグラ・マディソンを記念してこの学校を創設し、学校にはその名前が冠された。ミスター・マディソンは二十五年間にわたってクマシやその周辺の村のこどもたちに教えた。生徒の多くはイギリス、オーストラリア、アメリカに渡って高等教育の学位を取得したが、この記事を書いている記者もそのひとりである。ミスター・マディソンの遺族、娘さんのアリもやはりこの学校で教師をしており、彼女によれば、この学校のドアはこれからもいつまでもひらかれているとのことである。

——西アフリカニュース・エイジェンシー
二〇四二年七月十二日、ガーナ、アクラ

訳者あとがき

ニューヨーク大学に奇跡的に合格して、ミネソタの片田舎から出てきたサム・マディソンは、ハンサムからはほど遠い、見るからに田舎育ちの、ただひょろりと背が高いだけの青年だった。かなり優秀な成績で大学院まで進んだサムは、とりあえず教職に就いて、そのかたわらいつか偉大な小説を書くつもりになっていた。

そんな青年の前に、ある日、降って湧いたように美女が現れる。ワシントン広場のベンチで、まるでそのなかに吸いこまれるかのように一心不乱に本を読みふけっていたサムが、ふと目を上げると、そこに見たこともないほど美しい女が立っていた。彼をじっと観察していたその女は、二言三言話しかけたあと、いきなり「わたしはたちは奇妙なカップルになるでしょうね」と予言する。

サンドリーヌは大学教授の両親の愛娘で、海外暮らしが長く、フランス語も堪能で、いろんな才能に恵まれており、しかも目の覚めるような美人だった。にもかかわらず、本人は信じられないほどそれを意識しておらず、人生にどんな野心をもっているのかとサムに訊かれると、「そのうち、赤ちゃん」と答えたりする娘でもあった。

やがて、ふたりは薄汚れたアパートで同棲するようになり、大学院を卒業して、まもなく正式に結婚する。ふたりしてジョージア州の小都市、コバーンの地味な大学の教職に就き、翌年には娘も生まれて、これで長年の夢だった偉大な小説が書ければ、サムの人生は完璧だったのかもしれない……。

天才は努力の積み重ねから生まれる、と考える人は少なくないが、何年も必死に努力してもまったく思うような結果が得られないことも稀ではない。サムは自分の才能の乏しさを思い知らされ、しだいにシニカルな中年男になっていく。なんの取り柄もない田舎町の二流大学の文学教授。レベルの低い学生や志の低い同僚たちを冷笑し、田舎町の田舎臭さを忌み嫌って、こんな泥沼のような土地にはまり込んでしまったのがそもそも間違いだった、と彼は考えるようになる。

しかし、美貌と才能を兼ね備えたサンドリーヌは、その気になれば偉大な作品さえ書けそうなのに、そんな野心からはほど遠く、できの悪い学生たちにほんとうに必要とされる教師になることに全精力を注いで悔やむところがない。サムは、妻の本来の才能が開花しないのはこの田舎町のせいだとさえ考えるようになっていた。

サンドリーヌが四十六歳のとき、彼女は自分の体に変調を感じ、医者に行くと、ＡＬＳ（筋萎縮性側索硬化症）だと告げられる。この難病にはまだ確たる治療法がなく、全身の筋肉が徐々に衰えて、やがては言葉も不自由になり、呼吸も困難になって死に至る。本人にとっては長期の闘病と避けがたい死という過酷な未来が待ちかまえていることになり、介護者にとっても、病気の進行につれて、しだいに負担が重くなり、最後は入浴から下の世話までしなければならないという困難な生活が待ち受けているので、病人はもとより介護者まで鬱病になることもめずらしくない、と医者は言う。

その後、サムの目には、サンドリーヌが心を閉ざして、自分のなかに閉じこもっているように映るが、彼女は何を考えていたのだろう？　あるとき、「わたしは決心した」と彼女は言うが、それはどういう意味だったのか？

病気の診断からほぼ半年後、サンドリーヌは自宅のベッドで眠るように死んでいた。

病魔に徐々におかされていくよりは一思いの自死を選んだのか？　あるいは、延々とつづくかもしれぬ介護の重圧から逃れようとして、サムが妻を毒殺し、自殺に見せかけたのか？　それとも、サムには妻が邪魔になるもっと別の理由があったのか？

部屋中に書物や書き物が散らばっている混沌としたベッドルーム。その暗がりのなかにロウソクを灯し、真っ白な上半身をさらして、片手に一輪のバラの花を持っていた死体。サム・マディソン教授の冷ややかで高慢な対応。地元の警察は毒殺を疑い、無数の情況証拠を積み上げて、数ヵ月後、ついにサムを殺人罪で起訴するに至る。

大学教授が同僚教授でもある美人妻を殺害？　これが地元はもとより全国のマスコミの好餌にならないはずはなかった。殺人の嫌疑をかけられただけで、サムは学長から辞職を強要され、人々の冷たい視線とマスコミの喧騒のなかで、裁判がはじまる。

物語はこの公判第一日から最後の陪審員による評決まで、一日ごとに法廷で展開されるドラマを追うかたちで語られる。裁判は犯罪を裁くために行なわれるものではあるが、被告がある犯罪をほんとうに犯したのかどうかを知るためには、その人間を徹底的に裸にしなければならない。いや、裸どころか、「わたしの人生は死体安置所の死体みたいに解剖され、ヌメヌメした内臓が鋼鉄製のテーブルの上に引き出されて、何もかもが全世界の人々の目にさらされることになるだろう。（……）なにひとつ個人的すぎて人目にはさらせないものはないというのが厳然たる事実だった。なぜなら、わかりやすく言えば、裁判は内臓を摘出する手術にほかならないのだから」とサムは言う。そういう意味では、この主人公の人生を、サンドリーヌとの結婚生活を如実に描き出すには裁判ほど適切な場はなかったのかもしれない。

しかし、その結果、あきらかにされるのは、高慢なインテリの心に巣くった陰険な殺害計画なのか、それとも、それとはまったく別の真実があるのだろうか。はたしてサム・マディソンは有罪なのか無罪なのか？　読者はときには一方に、またときには他方に傾きながら、ページをめくる手を止められないだろう。法廷での審理の場面と主人公の頭によみがえる回想の場面を二重写しにしながら、クックはお馴染みの手法で読者をぐんぐん引っ張っていく。しかし、たとえどちらにしても、不治の病を抱えた妻が死んでいったあと、どんな人生が残されているのだろうと思わずにはいられないが、そういう疑問に対して、作者は最後の最後にひとつの大きな救済の道を用意している。

二〇一四年十二月

HAYAKAWA POCKET MYSTERY BOOKS No. 1891

村《むら》 松《まつ》 潔《きよし》

1946年生，国際基督教大学卒，
英米仏文学翻訳家
訳書
『ローラ・フェイとの最後の会話』トマス・H・クック
（早川書房刊）
『ソーラー』イアン・マキューアン
『ディビザデロ通り』マイケル・オンダーチェ
他多数

この本の型は，縦18.4センチ，横10.6センチのポケット・ブック判です．

〔サンドリーヌ裁判《さいばん》〕

2015年1月15日初版発行　2015年2月25日再版発行

著　者　トマス・H・クック
訳　者　村　松　潔
発行者　早　川　浩
印刷所　星野精版印刷株式会社
表紙印刷　株式会社文化カラー印刷
製本所　株式会社川島製本所

発行所　株式会社　早　川　書　房
東京都千代田区神田多町2－2
電話　03-3252-3111（大代表）
振替　00160-3-47799
http://www.hayakawa-online.co.jp

（乱丁・落丁本は小社制作部宛お送り下さい
送料小社負担にてお取りかえいたします）

ISBN978-4-15-001891-7 C0297
Printed and bound in Japan

ハヤカワ・ミステリ〈話題作〉

1873 ジェイコブを守るため

ウィリアム・ランディ
東野さやか訳

十四歳の一人息子が同級生の殺人容疑で逮捕され、地区検事補アンディの人生は根底から揺らぐ。有力紙誌年間ベストを席巻した傑作

1874 捜査官ポアンカレ ―叫びのカオス―

レナード・ローゼン
田口俊樹訳

かの天才数学者のひ孫にして、ICPOのベテラン捜査官アンリ・ポアンカレは、数学者爆殺事件の背後に潜む巨大な陰謀に対峙する

1875 カルニヴィア1 禁忌

ハヤカワ・ミステリ創刊60周年記念作品

ジョナサン・ホルト
奥村章子訳

二体の女性の死体とソーシャル・ネットワーク「カルニヴィア」に、巨大な陰謀を解く鍵が！ 壮大なスケールのミステリ三部作開幕

1876 狼の王子

クリスチャン・モルク
堀川志野舞訳

アイルランドの港町で死体で見つかった三人の女性。その死の真相とは？ デンマークの新鋭が紡ぎあげる、幻想に満ちた哀切な物語

1877 ジャック・リッチーのあの手この手

ジャック・リッチー
小鷹信光編・訳

膨大な作品から編纂者が精選に精選を重ねたすべて初訳の二十三篇を収録。ミステリ、SF、幻想、ユーモア等多彩な味わいの傑作選

ハヤカワ・ミステリ〈話題作〉

1878 地上最後の刑事 ベン・H・ウィンタース 上野元美訳

〈アメリカ探偵作家クラブ賞最優秀ペイパーバック賞受賞〉小惑星衝突が迫り社会が崩壊した世界で、新人刑事は地道な捜査を続ける

1879 アンダルシアの友 アレクサンデル・セーデルベリ ヘレンハルメ美穂訳

シングルマザーの看護師は突如、国際犯罪組織による血みどろの抗争の渦中に放り込まれる！ スウェーデン発のクライム・スリラー

1880 ジュリアン・ウェルズの葬られた秘密 トマス・H・クック 駒月雅子訳

親友の作家ジュリアンの自殺。執筆意欲のあった彼がなぜ？ 文芸評論家のフィリップは友の過去を追うが……異色の友情ミステリ。

1881 コンプリケーション アイザック・アダムスン 清水由貴子訳

弟の死の真相を探るため古都プラハに赴いた男の前に次々と謎の事物が現れる。ツイストと謎があふれる一気読み必至のサスペンス！

1882 三銃士の息子 カミ 高野 優訳

美しく無垢な令嬢を救わんとスーパーヒーローがダイカツヤク。脱力ギャグとアリエナイ展開満載で世紀の大冒険を描き切った大長篇

ハヤカワ・ミステリ〈話題作〉

1883 **ネルーダ事件**
ロベルト・アンプエロ
宮崎真紀訳
ノーベル賞に輝く国民的詩人であり革命指導者のネルーダにある医師を探してほしいと依頼された探偵は……。異色のチリ・ミステリ

1884 **ローマで消えた女たち**
ドナート・カッリージ
清水由貴子訳
警察官サンドラとヴァチカンの秘密組織に属する神父マルクスが出会う時戦慄の真実が明らかになる。『六人目の少女』著者の最新刊

1885 **特捜部Q ―知りすぎたマルコ―**
ユッシ・エーズラ・オールスン
吉田　薫訳
犯罪組織から逃げ出したマルコは、殺人事件の鍵となる情報を握っていたために昔の仲間に狙われる！　人気警察小説シリーズ第五弾

1886 **たとえ傾いた世界でも**
トム・フランクリン
ベス・アン・フェンリイ
伏見威蕃訳
密造酒製造人の女と密造酒取締官の男。偶然拾った赤子が敵対する彼らを奇妙な形で結びつけ……。ミシシッピが舞台の感動ミステリ

1887 **カルニヴィア2　誘拐**
ジョナサン・ホルト
奥村章子訳
イタリア駐留米軍基地で見つかった人骨が秘める歴史の暗部とは？　駐留米軍少佐の娘を誘拐した犯人は誰なのか？　波瀾の第二部！